Das Buch

Die Achtzigerjahre, eine Stadt im Ruhrgebiet, Helmut ist 16. Seine Eltern reden nicht miteinander und seine Mutter fragt ihn ständig: »Junge, was willst du eigentlich?« Wenn er das nur selbst so genau wüsste. Helmuts lakonische Selbsteinschätzung lautet: drogenabstinenter, heterosexueller Nichtdemonstrierer, so wenig Engagement wie möglich, so viel leben (lassen) wie nötig. Helmut trägt wie alle anderen Bäckerhosen, hört Platten von den Beatles und Bob Dylan, tanzt zu Madness und Fischer Z. Und er ist verliebt in die hübsche blonde Schulsprecherin Britta, die ihn in die Gehimnisse der Liebe einführt. Ihr zuliebe engagiert er sich sogar in der Nicaragua-Gruppe. Aber zur ersten Liebe gehört die erste Enttäuschung.

Der Autor

Frank Goosen hat neben seinen erfolgreichen Büchern, darunter *Raketenmänner* und *Sommerfest*, zahlreiche Kurzgeschichten und Kolumnen in überregionalen Publikationen und diversen Anthologien veröffentlicht. Darüber hinaus verarbeitet er seine Texte teilweise zu Soloprogrammen, mit denen er deutschlandweit unterwegs ist. Einige seiner Bücher wurden dramatisiert oder verfilmt. Frank Goosen lebt mit seiner Frau und seinen beiden Söhnen in Bochum. Weitere Informationen finden Sie auch unter www.frankgoosen.de.

Weitere Titel bei Kiepenheuer & Witsch:

»Sommerfest«, Roman, KiWi 1333, 2014,
»Mein Ich und sein Leben«, Roman, KiWi 1458, 2015,
»Sechs silberne Saiten«, KiWi 1448, 2015.

KiWi
1457

Frank Goosen

Liegen lernen

Roman

Kiepenheuer & Witsch

MIX
Papier aus verantwortungsvollen Quellen
FSC® C083411

Verlag Kiepenheuer & Witsch, FSC®-N001512

2. Auflage 2019

Zuerst erschienen im Eichborn Verlag, Frankfurt am Main 2001.

Umschlaggestaltung: Rudolf Linn, Köln
Umschlagmotiv: © Mario Kegel – Fotolia.com
Gesetzt aus der Whitman
Satz: abavo GmbH, Buchloe
Druck und Bindung: CPI books GmbH, Leck
ISBN 978-3-462-04818-6

Für Maria

»Von einer Katze lernen
heißt siegen lernen.
Wobei siegen ›locker durchkommen‹ meint,
also praktisch: liegen lernen.«

Robert Gernhardt

Teil eins

1 Im September 1998 stürzte ein Mann frühmorgens vornüber aus einer im Souterrain gelegenen Kreuzberger Kneipe in eine Pfütze brackigen Regenwassers und fühlte sich nun bereit für einen abschließenden Döner. Sein Leben als verantwortungsloses, bindungsunfähiges, triebhaftes Arschloch war definitiv an einem Tiefpunkt angekommen. Gegenüber war eine Plakatwand, auf der stand: »Wir werden nicht alles anders, aber vieles besser machen!« Der Mann war knapp über dreißig, ungewaschen und unrasiert und hatte seit einigen Tagen nicht mehr richtig geschlafen. Fast schien es, als wolle er liegen bleiben, da in der Pfütze. Einfach liegen bleiben, ging ihm durch den Kopf. Aber der große breite Wirt mit der hohen Stimme und die fünf stummen Biker würden sicher etwas dagegen haben. Und ob das hässliche, magere Mädchen, das seit Stunden im Schneidersitz in ein Mineralwasser hineinmeditiert hatte, sich für ihn verwenden würde, war mehr als fraglich. Aus der Kneipe kam chinesische Musik.

Der Mann schmeckte Regenwasser. Er fror. Aber das alles dauerte nur ein paar Sekunden, dann stand der Mann auf und ging in die nächste Telefonzelle. Man sah ihn telefonieren, den Kopf gegen den Apparat gelehnt. Nach ein paar Minuten kam er wieder heraus. Er ging ein paar Schritte und blieb vor einem türkischen Imbiss stehen.

Aus dem Döner würde nichts werden. Der Mann hatte kein Geld mehr. Er konnte jetzt nur noch warten.

Dieser Mann, der mit leerem Magen, Kopfschmerzen und einem tauben Gefühl in den Knochen vor diesem Imbiss stand, war ich. Die ganze Geschichte hatte an dem Tag angefangen, als meine Eltern sich einen Farbfernseher kauften.

Es hatte bis zum Spätsommer 1982 gedauert, bis mein Vater den uralten Schwarz-Weiß-Fernseher auf den Müll warf und ein neues Gerät anschaffte. Wenn es nach ihm gegangen wäre, hätte es nicht unbedingt ein Farbfernseher sein müssen, wahrscheinlich war ihm ohnehin schon lange alles zu bunt, aber der Händler hatte einfach keine Schwarz-Weiß-Geräte da, und das war unser Glück. Der Apparat wurde geliefert, als die großen Ferien vorbei waren, aber das war Zufall.

Mein Vater tat immer so, als interessiere Fernsehen ihn nicht, aber seine allabendliche »Tagesschau« ließ er sich nicht nehmen. Filme, Serien und Reportagen schien er immer nur widerwillig zu sehen, nach dem Motto: Na, wenn der Fernseher schon mal an ist ... Das hat er nie gesagt, aber man sollte das von ihm denken.

Meine Mutter hat immer sehr gern ferngesehen. Wenn es nach ihr gegangen wäre, hätten wir schon längst einen »Buntfernseher« gehabt. Aber mein Vater meinte, dafür sei kein Geld da. Meine Mutter schüttelte dann nur den Kopf und seufzte. Sie mochte »Was bin ich?«, und wenn Robert Lembke den Gong schlug, machte sie die Augen zu, denn dann wurden die Berufe der Leute eingeblendet, und sie machte die Augen erst wieder auf, wenn der Gong zum zweiten Mal ertönte, und dann versuchte sie mitzuraten.

Ich glaube, meinem Vater ging das ziemlich auf die Nerven. Aber er sagte nichts, sondern atmete nur ein paarmal hörbar aus oder kratzte sich etwas zu oft am Fuß.

Meine Eltern hatten eine graue Sitzgarnitur. Meine Mutter saß auf dem Zweisitzer und mein Vater in einem der beiden Sessel. Seine Füße legte er auf den anderen Sessel, und der Dreisitzer blieb meistens leer. Meistens zog sich mein Vater die Socken aus, und dann sah man, dass er sich nicht so gern die Fußnägel schnitt.

Ich war begeistert, dass wir endlich einen Farbfernseher hatten. Ich konnte mir ein Leben ohne Fernsehen schon gar nicht mehr vorstellen, und vor allem konnte ich mich an ein Leben ohne Fernseher gar nicht mehr erinnern. Der Fernseher war immer dagewesen.

Meine frühesten Fernseherinnerungen haben alle mit amerikanischen Serien zu tun. Da war ein Mann, der im Vorspann durch eine Menge Türen ging und schließlich in einer Telefonzelle stand, die aber in Wirklichkeit ein Fahrstuhl war, der abwärts fuhr. Dann gab es eine Serie, die hieß »Renn, Buddy, renn!«. Auch da kann ich mich nur noch an den Vorspann erinnern, wo ein Mann, natürlich, die ganze Zeit rennt, durch Straßen und über Brücken, wahrscheinlich in New York. Das Größte aber war »Bezaubernde Jeannie«. Ich weiß nicht warum. Das einladende Dekolleté von Barbara Eden hat mir erst Jahre später etwas gesagt. Aber ich fand es toll, wenn sie vor eben diesem Dekolleté ihre linke Hand auf ihre rechte legte, die Ellenbogen abspreizte und dann einmal kurz nickte. Dann war sie weg oder etwas anderes war da oder verändert oder was weiß ich. Ihren Mann, Colonel Nelson, der bei der NASA arbeitete, hat sie »Meister« genannt, aber man hatte nie den Eindruck, dass er auch einer war. Der »Meister« war

Larry Hagman, der dann später J. R. wurde, aber das hat man ihm damals noch nicht angesehen. Ich war so begeistert von der bezaubernden Jeannie, dass meine Mutter sie als Mittel zur Disziplinierung anwendete. Hatte ich irgendetwas angestellt, war Jeannie gestrichen. Ich habe ein paarmal geheult deswegen, aber das hat nichts gebracht.

Wenn meine Eltern fernsahen, dann sahen sie fern und nichts anderes. Da wurde nicht geredet. Aber meine Eltern redeten ohnehin nicht viel, jedenfalls nicht miteinander. Wir waren die absolut letzten, die einen Farbfernseher bekamen. Ich traute mich gar nicht zu sagen, dass wir noch ein Schwarz-Weiß-Gerät hatten, damit wäre ich unten durch gewesen. Nur Mücke wusste davon, denn Mücke wusste ohnehin alles, aber er hielt dicht, denn auch bei seiner Familie hatte es lange gedauert, bis ein Farbfernseher im Wohnzimmer stand, allerdings hatte Mückes Familie wirklich kein Geld.

Als es am Morgen hieß, gegen Mittag würde der neue Fernseher geliefert, wusste ich, dass ein neuer Abschnitt in meinem Leben begann. An diesem Tag hörte ich zum ersten Mal von Britta.

Aber vorher hörte ich von einer Brust.

Mein Freund Mücke hatte in den Ferien angeblich zum ersten Mal eine Brust angefasst. Als ich morgens zur Schule kam, passte er mich schon hundert Meter vorher ab, zündete sich eine Zigarette an, stieß den Rauch aus, nahm die Zigarette zwischen Daumen und Zeigefinger und unterbreitete mir die Neuigkeit, als hätte er zufällig eine Methode zur Kernfusion entdeckt.

Er war mit seinen Eltern in der Eifel gewesen, zwei Wochen. Die Brust sei die Brust einer Frau von immerhin neunzehn Jahren gewesen. Eine tolle Brust, aber das müsse er ja eigentlich nicht hinzufügen, schließlich hätte er sie sonst nicht angefasst. Eine richtige Titte sei das gewesen, groß und rund und geil, die Titte einer gefickten Frau, gefickt von seinem Bruder. Sein Bruder habe die Frau von immerhin neunzehn Jahren mitgebracht, als er Mücke und seine Eltern in der Eifel besucht habe. Mücke hatte die ganze Nacht kein Auge zugetan, weil er dachte, dass sein Bruder vielleicht jetzt nebenan was mit der Frau von immerhin neunzehn Jahren machte, und selbstverständlich habe ihn, Mücke, das so scharf gemacht, dass er wiederum die ganze Nacht was mit sich selber gemacht habe. Und als er am nächsten Morgen, völlig übernächtigt und mit Augenlidern schwer wie Hanteln, mit zum Platzen voller Blase ins Bad getaumelt sei, habe da die Frau von immerhin neunzehn Jahren gestanden, nackt wie nichts, und habe sich mit einem Handtuch zwischen den Beinen herumgerieben. Wahrscheinlich habe sie sich nur abgetrocknet, aber beschwören wollte Mücke das nicht, denn sein Bruder versorgte ihn nach wie vor mit harten Fakten über die Geilheit der Frauen im Allgemeinen und der Versautheit dieser Frau von immerhin neunzehn Jahren im Besonderen, und vielleicht, so Mücke, habe sie es nicht ausgehalten und schnell mal mit dem Badetuch nachgeholfen, aber wie gesagt, das könne er nur vermuten. Die Frau von immerhin neunzehn Jahren habe, fuhr Mücke fort, offensichtlich nicht einmal daran gedacht, ihre Brüste mit dem Handtuch zu bedecken – was natürlich zu den Schilderungen passte, die Mücke von seinem Bruder kannte, nein, im Gegenteil, sie habe ihn unverschämt angegrinst, das Handtuch zu Boden fallen lassen, ihre Brüste mit den Händen hochgehoben und gefragt, ob sie Mücke gefielen. Klar, habe Mücke gesagt, nicht schlecht die Dinger, und daraufhin habe die Frau von immerhin neunzehn Jahren gefragt, ob er sie mal anfassen wolle. Wenn's sein muss, habe Mücke gesagt und die Dinger angefasst und außerdem beschlossen, im neuen Schuljahr Klassensprecher zu werden. Er sei jetzt in dem Alter, wo man beginne, sich über andere Sachen den Kopf zu zerbrechen als darüber, wie man an immer bessere Wichsvorlagen komme. Die Frau von immerhin neunzehn Jahren habe darauf bestanden, dass er ihre Brüste nicht einfach nur mal so antippe, mit dem Zeigefinger oder so, sondern, dass er sie richtig in die Hand nehme – wobei er übrigens festgestellt habe, dass zwei richtige Titten ganz schön schwer sein können.

»Na ja«, sagte Mücke, »das mit dem Klassensprecher, das habe ich schon wieder verworfen. Ich reiß mir doch nicht für diese jämmerlichen Idioten den Arsch auf.«

Mücke erzählte viel. Immer wieder von seinem großen Bruder, der sich oft prügelte und viel Sex hatte.

Ich behielt meine Ferienerlebnisse für mich. Ich war in Holland gewesen. Es war der letzte Urlaub gemeinsam mit meinen Eltern, aber das wusste ich damals noch nicht. Ich war in eine blonde Holländerin verliebt. Im vierten Schuljahr war ich in Anke verliebt gewesen. Ich hatte den ganzen Tag an sie denken müssen. Und jetzt hatte ich drei Wochen lang an diese Holländerin denken müssen.

Die Holländerin war vielleicht knapp über zwanzig und arbeitete in einer Bäckerei, in der ich jeden Morgen frische Brötchen holen musste. Für meinen Vater hätte es auch drei Tage altes Brot getan, aber meine Mutter bestand auf frischen Brötchen, schließlich sei Urlaub. Die Holländerin war ganz hellblond. Und unter der weißen Bäckerschürze trug sie immer einen sehr kurzen Rock. Sie sprach deutsch mit einem holländischen Akzent, sie hörte sich an wie die Tochter von Rudi Carrell. Sie war sehr freundlich und lächelte oft, und dann sah man weiße Zähne, die genau zu ihrem Haar passten. Einmal ging ich nach dem Frühstück noch einmal hin und wartete, bis der Laden Mittagspause machte. Als sie herauskam trug sie keine Schürze mehr. Sie hatte sehr schöne, braune Beine. Sie war die schönste Frau der Welt.

Es war ein sehr stiller Urlaub, denn meine Eltern redeten nicht viel miteinander, aber wie schon gesagt, das war bei uns nicht unbedingt Mode. Wir kamen seit Jahren hierher. Immer nach Holland, immer in das gleiche Nest am Meer. Nur die Pensionen wechselten, sahen aber alle gleich aus. Morgens, nach dem Frühstück, gingen wir spazieren und dann in ein Lokal, um zu Mittag zu essen. Nachmittags gingen wir wieder spazieren oder spielten Minigolf. Dann gingen wir in ein Café und tranken Kaffee und aßen ein Stück Kuchen. Dann gingen wir zurück in die Pension. Wenn das Wetter schlecht war, saßen wir in der Pension und blätterten Illustrierte durch. Um sechs Uhr gab es Abendessen, egal bei welchem Wetter. Leberwurstbrote und Hagebuttentee, jeden Abend. Danach ging mein Vater allein am Strand spazieren. Ich konnte ihn vom Fenster meines Zimmers aus sehen, wie er direkt am Wasser entlangging, als müsse er den Strand vermessen, den Kopf gesenkt, die Augen auf den Sand geheftet. Vielleicht suchte er etwas. Gefunden hat er nie was. Meine Mutter räumte in der Zwischenzeit die Gemeinschaftsküche der Pension auf und widmete sich dann ihren Kreuzworträtselheften, die sie im Urlaub stapelweise durcharbeitete, als bekäme sie Geld dafür. Später saßen wir vor dem Fernseher, und meine Mutter häkelte Topflappen. Spätestens um elf gingen wir ins Bett.

Von alledem erzählte ich Mücke nichts. Er hätte sich nur darüber lustig gemacht, wo er doch jetzt eine Brust angefasst hatte. Vor der Schule schnippte Mücke seine Zigarette weg und atmete ein letztes Mal Rauch aus.

Wir hörten von Britta, bevor wir sie sahen. Sie war »die Neue«. Einige Jungs hatten sie schon gesehen. »Sie ist geil, absolut fickbar!«, sagte der lange Schäfer, den keiner leiden konnte. Er wollte Mückes Freund sein, deshalb redete er wie Mücke.

In der ersten großen Pause sahen wir sie. Sie war wunderschön. Sie hatte ganz dunkle Haut, als habe sie sehr lange in der Sonne gelegen. Ihre Augen waren schmal, und ihre Brauen sahen aus wie aufgemalt. Sie war anders als die anderen Mädchen. Sie sah aus, als würden wir sie nicht interessieren.

Wir umkreisten sie unauffällig, die ganze Pause lang. Wir konnten nicht genug von ihr kriegen und wussten nicht, was wir sagen sollten.

Als ich am Mittag nach Hause kam, war mein Vater schon da. Ein Mann in einem weißen Kittel stand neben ihm. Der neue Fernseher war da, ein großer Kasten aus schwarzem Kunststoff. Es lief das Testbild. Der Mann versuchte, meinem Vater noch einen Videorekorder aufzuschwatzen, aber damit wollte mein Vater nichts zu tun haben. Ich ging in mein Zimmer und wartete, dass meine Mutter mich zum Essen rief.

Die erste Sendung, die ich in unserem neuen Farbfernseher sah, war natürlich die »Tagesschau«. Mein Vater hatte es sich vorbehalten, das neue Gerät selbst einzuweihen. Nach der »Tagesschau« kam Professor Grzimek. Nach einer halben Stunde Farb-TV ging ich in mein Zimmer. Ich setzte mir Kopfhörer auf und hörte »The Concert in Central Park«. Ende Mai 82 war ich auf dem Simon-and-Garfunkel-Konzert im Dortmunder Westfalen-Stadion gewesen. Ich trug Bluejeans und ein weißes Hemd mit Börtchen und eine schwarze Weste, so wie Art Garfunkel auf der Platte. Ich mochte am liebsten »America«, weil ich den Begriff »New Jersey Turnpike« so gut fand. Ich hatte eine Kompaktanlage von Schneider, Plattenspieler und Kassettenrekorder. Die hatte ich mir von dem Geld gekauft, das ich zur Konfirmation bekommen hatte.

Ich hatte schon einiges an Platten. Vor allem Beatles und Simon and Garfunkel und ein bisschen Bob Dylan. In der Schule waren wir uns weitgehend einig, dass heutige Musik nicht gut war. Außer vielleicht Bap, aber das hatte politische Gründe. Es war nicht so schwer, Platten zu kaufen. Irgendwie war immer etwas Geld übrig. Meistens musste ich nur eine oder zwei Wochen einigermaßen mein Geld zusammenhalten, dann konnte ich mir wieder was leisten. Zu Weihnachten und zum Geburtstag ließ ich mir dann noch welche schenken.

Die letzte Platte von Dylan hieß »Shot of Love«, und die hatte uns nicht begeistert. Alles hörte sich an wie selbst gemacht, wie in der Garage aufgenommen. Man war allgemein der Ansicht, die letzte gute Platte sei »Live at Budokan« gewesen. Die musste man haben. Aber das war ein Doppelalbum und entsprechend teuer. Vor dieser Investition hatte ich bisher zurückgeschreckt.

Als ich am nächsten Morgen aufstand, erwischte ich meine Mutter dabei, wie sie den Fernseher einschaltete. Sie starrte ein paar Sekunden auf das Testbild, dann bemerkte sie mich, schaltete den Apparat aus und legte die Fernbedienung weg.

Mein Vater war Stationsvorsteher bei der Deutschen Bundesbahn. Er war groß und still. Er hatte lange Arme, die manchmal nicht zu ihm zu gehören schienen, so sehr schlackerten sie neben seinem Körper her. Meine Mutter hatte mal im Einzelhandel gearbeitet, in einem Kaufhaus, in der Spielwarenabteilung. Dann hatte das Kaufhaus geschlossen, und ein paar Monate lang hatte sie Schuhe verkauft. Dann war ich gekommen. Seitdem war sie Hausfrau. Und mein Vater hatte Karriere machen dürfen. Als Stationsvorsteher. Manchmal fragte ich mich, ob meine Mutter vielleicht auch hätte Karriere machen wollen. Sie hätte schon längst Abteilungsleiterin sein können für Holzeisenbahnen und Brummkreisel.

Meine Mutter war etwas kleiner als mein Vater und unheimlich dick. Im Sommer trug sie ärmellose Blusen, aus denen ihre Arme hervorquollen wie Wurst, die nicht in den Darm passte. Am schlimmsten war ihr riesiger Busen. Als kleines Kind, als sie mich noch manchmal umarmte und an sich drückte, hatte ich oft Angst, er würde eines Tages abfallen und mich unter sich begraben.

Außerdem sang meine Mutter. Schlecht, aber gern. Als meine Ohren noch kaum über die Tischplatte reichten, sang meine Mutter mir gern die Schiwago-Melodie vor, in der Version von Karel Gott: »Weißt du, wohin …« Dazu trug sie ein rotes Kleid mit schwarzen, knubbeligen Knöpfen und erzählte sich selbst von den Weiten der russischen Taiga und der tiefen Liebe, die ein Mann wie Omar Sharif einer Frau schenken konnte.

Auch mein Vater hatte mit Musik zu tun. Und zwar im Keller.

Der Keller: Wände und Decken hatte mein Vater mit Holz verkleidet, einen Teppich hatte er gelegt und eine

Heizung installiert, um dort seinen Schatz zu lagern, eine riesige Schallplattensammlung, Hunderte von kunstledernen Alben, die in durchsichtigen Plastikfolien je fünfzig kleine Vinylscheiben beherbergten. Vom Boden bis zur Decke reichten die prall gefüllten Regale, und mein Vater verbrachte ungezählte Wochenenden damit, immer wieder neue Ordnungskriterien auszuknobeln. Manchmal ging er auch einfach nur am Regal entlang und strich mit den Fingerkuppen über die Rücken der Alben oder nahm eine Platte heraus und überprüfte im fahlen Licht der Kellerfunzel ihren Zustand. Mitten im Keller stand auf einem halbhohen Tisch ein Plattenspieler aus den Fünfzigerjahren, der erste, den sich mein Vater von seinem eigenen Geld gekauft hatte, ein Koffergerät mit einem unförmigen Arm, mit einer dicken Nadel am Ende.

So viel ich weiß, ist meine Mutter nie in diesem Keller gewesen. Mich selbst hatte mein Vater eines Tages mit nach unten genommen, nur um mir klarzumachen, dass ich dort nichts anrühren durfte. Einmal jedoch bin ich meinem Vater heimlich gefolgt, habe an der Kellertreppe gewartet, bis er eine Platte aufgelegt hatte, und mich dann näher geschlichen. Durch schmale Schlitze in der aus Holzlatten zusammengefügten Tür sah ich meinen Vater vor dem Plattenspieler stehen. Er stand einfach da und sah der Platte beim Drehen zu, bis sie zu Ende gespielt hatte. Dann nahm er die Platte vorsichtig vom Teller und verstaute sie wieder in einem der Alben. Er ging an den Wänden entlang und fuhr mit den Fingerkuppen über die Rücken der Alben, griff schließlich eines heraus, blätterte darin herum, nahm eine neue Platte heraus, legte sie auf und stand wieder davor und sah ihr beim Drehen zu. Das tat er noch einige Male. Und dann, ich glaube, es war bei der sechsten oder siebten Platte, kam plötzlich Bewegung in meinen Vater. Zunächst war gar nichts zu bemerken, dann jedoch sah ich, wie sein Oberkörper sich bewegte, vor und zurück und auch zu den Seiten. Mein Vater tanzte. Er tat so, als halte er jemanden im Arm, und drehte sich. Nach etwa einer halben Stunde wurde mir langweilig, und ich ging wieder nach oben.

Meine Eltern fassten sich nie an. Manchmal, im Winter, hängte sich meine Mutter bei meinem Vater ein, aber das war kein echtes Berühren, da berührten sich nur die Mäntel.

Ich konnte mir nicht vorstellen, dass meine Eltern mich auf die übliche Art und Weise bekommen hatten. Die Vorstellung, meine Eltern hätten Sex gehabt, um mich zu bekommen, war absurd. Wo sollte mein Vater in den Mutterberg eindringen? Wie konnte er sicher sein, dass es die richtige Stelle war, wenn sein Ding irgendwo stecken blieb, wo es warm und feucht war? Das konnte genauso gut die Achselhöhle meiner Mutter sein oder eine Bauchfalte. Und wenn doch, wie hatten sie sich in Stimmung gebracht? Hatte meine Mutter die Schiwago-Melodie gepfiffen? Hatte mein Vater gesungen: »Heißer Sand und ein verlorenes Land und ein Leben in Gefahr«? Hatte er sich ein dünnes Bärtchen auf die Oberlippe geklebt, um auszusehen wie Omar Sharif? Vielleicht war mein Vater gar nicht mein Vater. Vielleicht war meine Mutter gar nicht meine Mutter. Ich sah auch keinem von beiden ähnlich. Vielleicht hatten sie mich adoptiert. Oder gefunden.

Zwei Wochen nach dem Ende der Ferien sollte der neue Schülersprecher gewählt werden. Der alte hatte Abitur gemacht. Britta kandidierte. Eine Woche lang verteilte sie vor der Schule Flugblätter und zog sich damit den Zorn des alten Schmalendorf zu, der mindestens seit Kaiser Wilhelm Direktor unserer Schule war. Schmalendorf war noch im Krieg gewesen, und er mochte keine Flugblätter.

Am Wahltag regnete es. Wir wurden in die Aula getrieben, wo sich die Kandidaten vorstellen sollten. Genauer gesagt stellten sich zwei Gremien zur Wahl, bestehend aus je vier Leuten, an deren Spitze der eigentliche Kandidat beziehungsweise die Kandidatin stand. Die beiden Gruppen saßen auf der Bühne an je einem Schultisch, auf dem kleine grüne Appolinaris-Flaschen standen. Mücke und ich saßen in der letzten Reihe. Britta war noch nicht da. Die anderen versuchten, so zu tun, als seien sie nicht nervös. An dem einen Tisch saßen nur drei Leute, das musste Brittas Gremium sein. Zwei Jungs, ein Mädchen. Einen kannte ich aus der Oberstufe: groß, sehr dünn, dichtes, schwarzes Haar, das ihm auf dem Kopf hockte wie ein Helm. Niemand hatte ihn je in etwas anderem als seinem Jeansanzug gesehen. Auf der rechten Brusttasche der Jacke stand »Public Enemy No. 1« geschrieben, mit Filzstift.

Neben ihm saß ein höchstens elfjähriges Mädchen, das ich noch nie gesehen hatte; sie trug ein hellblaues, hochgeschlossenes Kleid und hatte ihre langen, blonden Zöpfe zu Affenschaukeln geflochten, die neben ihrem Kopf hin und her baumelten. Der Dritte war ein stadtbekanntes Tennis-Ass aus einer unserer Parallelklassen, ein hübscher Bengel, der Lacoste-Polohemden und teure Tennisschuhe trug. Die Schuhe waren ihm von einer Ausrüsterfirma gestellt worden, die in ihm die große deutsche Tennishoffnung witterte. Man munkelte, alle möglichen Mädchen seien hinter ihm her, sogar einige aus der Oberstufe.

Am anderen Tisch saßen vier Jungs aus der Oberstufe. Alle hatten kurze Haare. Einer von ihnen las die FAZ. Das war der eigentliche Kandidat. Er trug geflochtene italienische Schuhe, eine helle Stoffhose mit Bundfalte und Bügelkante sowie ein himmelblaues Hemd mit weißem Kragen.

»So stelle ich mir den Typen vor, der den Drachen erledigt hat«, sagte Mücke.

»Siegfried?«

»Genau den.«

Alle warteten auf Britta. Am Rande der Bühne stand Schmalendorf, der einleitende Worte sprechen wollte und über die Verspätung sichtlich verärgert war. Schließlich riss ihm der Geduldsfaden, er ließ das Saallicht herunter- und das Bühnenlicht hochfahren. Als er gerade anfangen wollte zu reden, kam Britta durch den Zuschauerraum, sprang auf die Bühne und setzte sich auf ihren Platz. Sie trug Jeans und Turnschuhe, ein rotes T-Shirt mit V-Ausschnitt und darüber ein offenes Cordhemd. Ihre Haare hatte sie zu einem Pferdeschwanz zusammengebunden.

Schmalendorf sagte etwas über das Privileg, wählen zu dürfen, und erklärte den Wahlvorgang: Wir sollten uns anhören, was die beiden Gremien zu sagen hatten, konnten dann Fragen stellen und sollten dann auf dem Zettel, den wir am Eingang erhalten hatten, entweder ein Kreuzchen bei Gremium A oder eben bei Gremium B machen. Britta war A. Deshalb durfte sie anfangen. Schmalendorf reichte ihr das Mikro.

Britta gab das Mikro weiter an Staatsfeind Nummer eins, der eine kurze Einführung gab, wieso und warum sich dieses Gremium in genau dieser Zusammensetzung zur Wahl stelle: gleichmäßige Besetzung mit Männern und

Frauen, die aus der Unter-, Mittel- und Oberstufe kamen, um auch allen Interessen mit gleicher Gewichtung entsprechen zu können. Während er redete, zog Britta erst ihr Cordhemd aus, zog dann das Gummi aus ihrem Pferdeschwanz und schüttelte ihr Haar. Sie bog den Oberkörper zurück, und alle sahen, dass sie keinen BH trug. Das Mädchen mit den Affenschaukeln und das Tennis-Ass stellten sich vor und sagten etwas, das ich nicht hörte. Dann gaben sie das Mikro an Britta weiter. Im Gegensatz zu ihren Vorrednern erhob sie sich, kam nach vorn, ging am Bühnenrand auf und ab und schien jeden von uns einzeln anzusehen.

Sie sagte, dass gerade die Schule als neben der Familie primärer Ort der Sozialisation sich einklinken müsse in den gesellschaftlichen Diskurs und dass gerade in diesen Zeiten, da es um eminent wichtige Fragen des Überlebens der menschlichen Rasse auf diesem Planeten gehe, die Debatten nicht vor den Klassenzimmern haltmachen dürften. Die Menschheit sei heute in der Lage, sich hundertfach selbst zu zerstören, und der westlichen Welt falle nichts Besseres ein, als im Profitinteresse des militärisch-industriellen Komplexes unvermindert an der Rüstungsspirale zu drehen, das legitime Selbstbestimmungsrecht der Völker beispielsweise in Mittelamerika mit Füßen zu treten und über die Führbarkeit eines thermonuklearen Krieges zu spekulieren, wobei der Verlust Europas und die Verseuchung der Atmosphäre billigend in Kauf genommen würden, anstatt den ersten Schritt in eine atomwaffenfreie Welt zu tun und auf die Stationierung der Pershing II und Cruise-Missiles zu verzichten. In der ersten Reihe meldete sich ein Fünftklässler und fragte, was das bedeuten sollte.

»Krieg ist Scheiße«, sagte Britta, »und dicke Männer verdienen daran.«

Dann kam sie auf die Gefährdung unserer Umwelt zu sprechen, die Zerstörung der natürlichen Ressourcen durch eine seit Mitte des neunzehnten Jahrhunderts rücksichtslos durchgeführte Industrialisierung, den Rückgang der Artenvielfalt, das Abholzen des Regenwalds, den sauren Regen und die Gefahren der sogenannten friedlichen Nutzung der Kernenergie. Harrisburg sei erst der Anfang gewesen, vielleicht passiere das nächste dicke Ding gleich vor unserer Haustür, in Biblis oder Krümmel oder sonst wo. Und es sei in jedem Falle falsch, den Kopf in den ohnehin cadmiumhaltigen Sand zu stecken, jeder und jede müsse sich im Gegenteil darüber im Klaren sein, dass nur das Individuum in der Lage sei, den Lauf der Welt zu verändern, weshalb sie uns alle zu größtmöglicher Eigeninitiative auffordern wolle. Im Falle ihrer Wahl werde sie Arbeitsgruppen einrichten, die sich all dieser Themen annehmen würden, die prüfen sollten, was hier, an unserer Schule, in unserem ganz konkreten Lebensumfeld getan werden könnte, um einen Beitrag zu leisten. Ferner werde sie dafür sorgen, dass mindestens zweimal pro Halbjahr eine Rocknacht in der Pausenhalle stattfinde, bei denen Bands von der Schule Gelegenheit erhalten sollten, erste Auftritte zu absolvieren. Das bisher vernachlässigte Schülercafé solle zu einem auch außerhalb der Unterrichtszeiten geöffneten Treffpunkt werden, in dem Folkmusikabende veranstaltet werden sollten, wo sich aber auch eine Schülerliteraturgruppe, zu deren Gründung sie hier nachdrücklich aufrufe, formieren solle. Zur Realisierung ihrer Pläne habe sie bereits beim Hausmeister und den Vertrauenslehrern vorgefühlt, und sie alle seien bereit, sich mehr oder weniger direkt dort einzubringen. Natürlich müsse ein Raucherraum für die Oberstufe her, da es ein Unding sei, dass Rauchwillige bei Wind und Wetter sich vor dem Gebäude auf der Straße treffen müssten, was überdies ein versicherungsrechtliches Problem darstelle. Doch bei allem, was sie auf die Beine stellen wolle, sollten wir immer daran denken, dass sie nur unsere Vertreterin, die Erfüllungsgehilfin des Schülerinnen- und Schülerwillens, nicht aber unsere Vortänzerin sein könnte, die Initiativen müssten von uns selbst getragen werden, wir selbst hätten es in der Hand, Einfluss auf das zu nehmen, was Einfluss auf uns ausübe, nur so hätten wir die Möglichkeit, uns ein Stück Selbstbestimmung in einer fremdbestimmten Welt zu erkämpfen, ein Kampf, der uns jedoch keine Angst machen dürfe, sondern den wir als Chance begreifen müssten, als Chance, die Ausbildung unserer Persönlichkeit nicht anderen zu überlassen, sondern sie in die eigenen Hände zu nehmen.

Und dann legte sie das Mikrofon auf den Boden und setzte sich wieder.

Ein paar Sekunden lang war es sehr still. Dann aber fing irgendjemand an zu klatschen, und die anderen fielen mit ein, und schließlich wurde gejohlt und gepfiffen und geschrien. Siegfried trommelte mit den Fingern hektisch auf der Tischplatte herum, stand schließlich auf, ging nach vorn und bückte sich nach dem Mikro. Er betonte, im Gegensatz zu seiner Vorrednerin wolle er nicht zu so platter, billiger Polemik greifen. Erste Pfiffe. Das Hochpeitschen pubertärer Emotionen sei seine Sache nicht. Mehr Pfiffe. Aber dieses Vorgehen wolle er der Unerfahrenheit seiner um einige Jahre jüngeren Gegenkandidatin zugute halten. Erste Buhrufe. Ferner wolle er darauf hinweisen, dass ein

Schülersprecher nicht über ein allgemeinpolitisches Mandat verfüge, ja dass die politische Betätigung eines gewählten Schülervertreters auch rechtlich schlichtweg verboten sei. Und er könne sich nicht vorstellen, dass die Mehrheit der Schülerschaft, besonders aber die reiferen Jahrgänge, sich außerhalb der Gesetze bewegen wolle. »Wieso nicht?«, rief Mücke, und ein paar Leute lachten.

Natürlich sei auch er, fuhr Siegfried fort, für Rock- und Folkabende, und auch für einen Raucherraum wolle er sich einsetzen, und zum Thema Schülercafé habe er vor allem zu sagen, dass eine solche, sicherlich sehr begrüßenswerte Einrichtung, wolle sie langfristig überleben, auch die Frage der Wirtschaftlichkeit bedenken müsse. Allgemeines Stöhnen.

Mittlerweile waren vor allem die Fünft- und Sechstklässler in den ersten Reihen unruhig geworden, Pärchen begannen herumzuknutschen, und ein paar Plätze neben mir packte jemand ein Leberwurstbrot aus. Siegfried hörte irgendwann auf, weil sowieso keiner mehr zuhörte. Er gab das Mikrofon an Schmalendorf zurück und setzte sich wieder. Sein Nebenmann klopfte ihm halbherzig auf die Schulter. Siegfried schüttelte den Kopf.

Jetzt durften Fragen gestellt werden. Es kamen keine. Wir machten unsere Kreuze, standen auf, drängelten uns zum Ausgang durch und warfen die Wahlzettel in eine der beiden hölzernen Urnen, die im Foyer auf einem Tisch standen.

Bis zum Beginn der nächsten Stunde war noch etwas Zeit. Mücke ging nach draußen und rauchte. Ich saß in der Pausenhalle und schrieb die Mathehausaufgaben vom langen Schäfer ab. Dann ging plötzlich die Tür zum Schulhof auf und Britta kam herein. Mir fiel das Heft von den Knien.

Sie sah mich an. Sie lächelte. Sie sagte: »Hallo!« Ich sagte auch »Hallo!«, aber es hörte sich an wie »Urgh!« Sie ging an mir vorbei zu den Mädchentoiletten. Ich holte mein Portemonnaie hervor und zählte mein Geld. Dann ging ich in die Stadt und kaufte mir »Bob Dylan live at Budokan«.

2 Als Kind soll es ja eigentlich ganz leicht sein, zu wissen, was man will. Ich wollte vor allem: groß werden. Aber dummerweise reichte das nicht aus, denn groß wurde man ja sowieso. Man musste noch mehr wollen. Ständig musste was gewollt werden. Ich weiß nicht, wie oft meine Mutter zu mir sagte: Ich möchte wissen, was du eigentlich willst. Immer wieder kam es zu Situationen, in denen man sagen musste, was man wollte. An der Supermarktkasse gestattete mir meine Mutter, eine Süßigkeit mitzunehmen. Da waren aber so viele: Die drei Musketiere zum Beispiel, ein geflochtener Schokoladenstrang mit Karamel gefüllt. Das Ding sah aus wie ein Zopf, und wenn man reinbiss, dann konnte man das Karamel mindestens einen halben Meter lang ziehen, und wenn man es kaute, dann blieb mehr als die Hälfte in den Zähnen hängen. Lecker, aber aufwendig. Oder sollte es doch Hanuta sein, wo man meiner Ansicht nach zuerst eine der beiden Waffelschichten von der Schokoladenfüllung abnagen musste, um den vollen Genuss zu haben? Oder doch ein Raider, wo in dem goldenen Papier zwei Riegel steckten, die aussahen wie Zigarren? Und dann tauchten eines Tages diese Schokoladeneier mit den Bausätzen im Bauch an der Supermarktkasse auf und machten die Entscheidung noch schwerer.

Es war zum Verzweifeln. Ich wusste nicht, was ich tun sollte. Meistens gelang es mir, alles auf zwei Alternativen einzugrenzen, aber das machte es nicht leichter. Im Gegenteil. Um nicht ganz mit leeren Händen dazustehen, entschied ich mich dann oft überhastet für eines, und wenn ich das dann hatte, wurde mir plötzlich klar, dass ich doch lieber das andere hätte haben wollen. Viel lieber. Es wurde eine existenzielle Frage. Aber das wollte meine Mutter nicht begreifen. Sie war nur genervt, weil ich solche Zicken machte. »Herrgott, manchmal möchte ich wirklich wissen, was du eigentlich willst.« Nicht nur du, Mama, nicht nur du.

Am Wochenende nach der Schülersprecherwahl hatte Onkel Bertram Geburtstag, und natürlich mussten wir hin. Das hatte ich nicht zu entscheiden, obwohl mir das wiederum sehr leichtgefallen wäre. Ich konnte den Onkel nicht ausstehen, aber das konnte niemand.

Onkel Bertram war eigentlich mein Großonkel, der Bruder meines Großvaters väterlicherseits. Er war ein Ekel, aber man munkelte, er habe Geld, also waren alle nett zu ihm und ließen sich seine Unverschämtheiten gefallen. Er war bekannt für seine Fürze. Er furzte in aller Öffentlichkeit, ohne sich zu schämen. Er rülpste auch gern. Wenn bei den Familienfeiern das Abendessen gereicht wurde, hing ihm immer irgendetwas aus dem Mundwinkel heraus. Mal ein Stück Fleisch, mal ein bisschen Salat. Dann wieder lief ihm Soße das Kinn hinunter. Seelenruhig ließ er es laufen und schickte noch einen Rülpser hinterher. Onkel Bertram rauchte Lord Extra. Und er trank Export, in rauen Mengen, ohne betrunken zu werden. Wenn er trank, konnte er noch mehr furzen.

Seine erste Frau, meine Großtante, war schon tot. Fast fünfzig Jahre lang hatte sie den Onkel ertragen, hatte ihm das Bier gebracht und die Zigaretten angezündet, wenn er es verlangte, und hatte sich beschimpfen lassen, wenn ihm irgendetwas nicht passte, oder einfach nur, weil es ihm Spaß machte. Die Ehe war kinderlos geblieben.

Als meine Großtante starb, war ich vielleicht sechs Jahre alt. Ich kann mich nicht daran erinnern, dass sie jemals etwas gesagt hätte, außer vielleicht »Guten Tag!« und »Auf Wiedersehen!« oder »Hat es geschmeckt?« oder »Lasst euch bald mal wieder sehen!«. Einmal gingen meine Eltern und ich zum Kaffeetrinken am Sonntagnachmittag hin, und als wir klingelten, machte Herr Figge, der alte Nazi von nebenan, die Tür auf und führte uns ins Wohnzimmer, und da kniete meine Großtante vor Onkel Bertram und wusch ihm in einer Plastikschüssel die Füße. Ich sah nur ihre zum Dutt geknüpften Haare und ihren geblümten Kittel. Sie hatte zwei Kittel. Einer war blau gemustert, der andere braun. Ich glaube, sie hatte nichts anderes anzuziehen, ich habe sie jedenfalls nie in etwas anderem gesehen. Sie wusch ihm die Füße mit Wasser und Seife, und Onkel Bertram grinste breit, als wir hereinkamen. Dann sah er Herrn Figge an und grinste noch breiter. Herr Figge war beeindruckt.

Nur ein halbes Jahr nach dem Tod meiner Großtante hatte Onkel Bertram wieder eine gefunden, die ihm die Unterhosen wusch und den Fernseher an- und ausschaltete. Sie hieß Frau Fuchs und war fast so dick wie meine Mutter. Sie war etwas gesprächiger, aber das ließ mit den Jahren nach. Ich fragte mich, wie er auch diese Frau dazu brachte, das alles für ihn zu tun. Wahrscheinlich war auch hier Geld im Spiel.

Onkel Bertram erklärte jedem die Welt. Als ich seiner Meinung nach alt genug war, die Wahrheit zu ertragen, nahm er mich bei einer Familienfeier beiseite, legte mir den Arm um die Schulter, nahm mich mit auf den Balkon und drückte mich in einen Stuhl, ließ sich selbst in den daneben fallen und kam ganz dicht an mich heran, so dicht, dass ich riechen konnte, was er gegessen hatte. Bevor er loslegte, kniff er noch die Augen zusammen, schnitt eine schmerzhafte Grimasse, hob eine Arschbacke und ließ einen seiner donnernden Fürze fahren. Und dann erklärte er mir, wie das wirklich war mit Adolf und den Autobahnen und dem »Kriech«, und überhaupt hätten die Engländer auch die KZs erfunden, siehst du, das hast du nicht gewusst, und das hätte auch alles hingehauen, wenn da nicht die verdammten Itaker gewesen wären, feige Hunde alle miteinander. Und Herbert Wehner (auch ein Italiener?, fragte ich mich) sei das größte Arschloch, das rumlaufe, der könne nämlich Russisch, weil der im »Kriech« in Moskau gewesen ist, der feige Hund, wie der Brandt, der Verbrecher, die sollte man sowieso »nach drüben« verfrachten, zu den Russen, wo sie hingehören, und überhaupt sind das auf jeden Fall Spione, und die Russen, da sollte ich mal drauf achten, die wollen »Kriech«, das sieht man denen an, achte mal auf den Breschnew, wie der guckt, oder der Gromyko, die wollen »Kriech«, so viel ist klar. Dann stand er auf, legte mir die Hand auf die Schulter, mahnte mich, darüber mal nachzudenken, zog eine Grimasse, knallte noch einen raus und ging wieder hinein.

Diese Familienfeiern liefen immer gleich ab: Man traf sich am Nachmittag und trank Kaffee und aß Kuchen. Abends gab es Bier und Buletten und Kartoffelsalat mit harten Gurkenstückchen und viel Mayonnaise. Dann gab es Schnaps. Die Aschenbecher quollen langsam über, was zuerst niemanden störte, dann jedoch einer der anwesenden Tanten so unangenehm auffiel, dass sie überhastet danach griff und die Hälfte auf dem Tisch verteilte. Meist wurde dann versucht, den Dreck mit der Hand in den übervollen Ascher zurückzuschieben, wobei die Asche sich in die weiße, mit selbst gemachten Stickereien aufgewertete Tischdecke rieb. Alte Männer saßen mit durchgedrückten Rücken auf Stühlen mit hohen Lehnen, die Bauchhosen bis unter die Brustwarzen gezogen, oder sie saßen in tiefen Sesseln, aus denen sie ohne Hilfe ihrer Frauen nicht mehr hochkamen. In der Hand hielten sie billige Zigarren, und ihre Nacken waren ausrasiert. Über ihren Köpfen hingen in schlechten Kopien die Motive niederländischer Meister, irgendeine häusliche Szene, der Boden in Schachbrettmuster. Ich erinnere mich an Speichelbläschen, die in Mundwinkeln platzten und an gelbe Zähne, die zu vorgerückter Stunde auch schon mal herausgenommen wurden, was die Münder zu schwarzen Löchern mitten im Zimmer machte. Manchmal war ein Akkordeon dabei, und um Mitternacht wurde vom Westerwald gesungen, über dessen Wipfeln der Wind so kalt pfiff. Oder auch vom treuen Husar, der sein Mädel ein ganzes Jahr geliebt habe und noch mehr. Die schwarzen Löcher gingen lachend auf und zu, und die Speichelbläschen platzten nicht mehr, sondern sammelten sich und liefen schließlich in dünnen Rinnsalen Richtung Kinn.

Die Frauen sangen auch, in den Händen ein altes Taschentuch, um sich die Tränen abwischen zu können, wenn es sie zu sehr rührte. Zwischendurch standen die Männer auf und gingen aufs Klo. Sie trafen die Schüssel nicht und pissten daneben und gingen zurück, ohne sich die Hände zu waschen. Und am Ende roch das ganze Haus nach kaltem Essen, kaltem Rauch und gerülpstem Schnaps.

Einmal war mein Vater nicht da, und ich ging nur mit meiner Mutter zum neunzigsten Geburtstag einer Großtante. Sie waren alle wieder da. Es wurde das volle Programm geboten, inklusive Akkordeon und einer Menge Singerei, und mir fiel auf, dass meine Mutter sehr fröhlich war. Wenn mein Vater dabei war, saß sie meist einfach da und unterhielt sich mit irgendeiner Tante. An diesem einen Abend aber wurde sie immer mehr zum Mittelpunkt des Festes, sang alle Strophen aus vollem Halse und tanzte sogar mit Onkel Bertram, der seine Hand auf den Hintern meiner Mutter legte und die Zigarette beim Tanzen nicht aus dem Mund nahm. Wenn meine Mutter mal ein paar Minuten nicht tanzte, dann trank sie. Einige Schnäpse und auch Bier aus der Flasche. Einige Tanten machten komische Gesichter. Auch Onkel Bertram machte ein komisches Gesicht, aber er feuerte meine Mutter an, nur ja nicht nachzulassen und fasste sie immer wieder an, meist am Hintern. Und irgendwann war der Akkordeonspieler müde und wollte gehen, aber meine Mutter forderte lautstark Zugaben, und der Mann spielte weiter und tanzte und sang, aber jetzt hatte sie Mühe, die Tonart und den Rhythmus zu halten. Nach und nach verabschiedete sich die Festgemeinde, bis nur noch meine Mutter, die Großtante, die Geburtstag hatte, und ein erschöpfter Akkordeonspieler, der sein Instrument schon nicht mehr halten konnte, zurückblieben. Der Mann sank in der Ecke zusammen, und das Akkordeon gab einen letzten klagenden Ton von sich und war dann endlich still.

Dann liefen wir quer durch die Stadt nach Hause, weil keine Busse mehr fuhren und ein Taxi zu teuer war. Meine

Mutter nahm mich an der Hand und sagte, wie toll es sei, am Leben zu sein, und dass man das keinen Moment vergessen dürfe, egal, was man tue und wer man sei und wie weit man es gebracht habe, jeder Mann und jede Frau habe dankbar zu sein, einfach für die Tatsache, auf dieser Erde leben zu dürfen, und das dürfe ich nie vergessen, ich dürfe alles vergessen, ich dürfe sogar meine »arme, alte Mutter« vergessen, nicht aber, wie schön es sei, am Leben zu sein, und wie schön das Leben sein könne, wenn man nur wolle. Wir liefen mehr als eine Stunde, und meine Mutter hörte nicht auf zu reden.

Im Hausflur begann sie wieder zu singen, ganz leise zunächst, als sie die Wohnungstür aufschloss schon lauter, und als die Tür hinter uns ins Schloss fiel und meine Mutter den schweren Schlüsselbund einfach auf den Boden fallen ließ, sang sie fast so laut wie noch vorhin auf der Feier, und dann begann sie wieder zu tanzen, zog sich den Mantel aus und drehte Pirouetten und warf den Mantel von sich und kickte ihre Schuhe in eine Ecke und tanzte auf ihren Strümpfen weiter, mit geschlossenen Augen sich immer weiter um die eigene Achse drehend, im vagen Walzertakt. Sie zog ihre Bluse aus dem Bund ihres Rockes, und ich hängte meine Jacke an die Garderobe im Flur, und meine Mutter warf ihre Bluse auf den Boden. Ihre riesigen Brüste kämpften gegen das riesige Mieder an. Meine Mutter tanzte ins Schlafzimmer, und durch die Tür sah ich kurz darauf ihren Rock, diesen braunen Rock mit dem Umfang eines Heizkessels, auf die Diele fliegen. Dann geschah eine Zeit lang nichts. Ich ging in mein Zimmer und zog mich aus. Und dann ging plötzlich das Licht aus, und ich drehte mich um und sah die Umrisse meiner Mutter, die im Gegenlicht der Dielenlampe viel größer aussah als normal. Sie sagte, in ganz hoher Tonlage und fast noch singend, ich solle mal herkommen, also kam ich mal her, und sie packte mich unter den Armen und hob mich hoch und drückte mich an sich, und da merkte ich, dass sie nichts anhatte. Sie drückte meinen Kopf zwischen ihre Brüste, wo er fast völlig verschwand. Es war sehr feucht, da zwischen ihren Brüsten, und es roch und schmeckte irgendwie nach … altem Blumenkohl, jedenfalls war es das, woran ich denken musste, obwohl ich noch nie alten Blumenkohl gegessen hatte, schließlich kochte meine Mutter alles immer ganz frisch, aber trotzdem roch es nach Blumenkohl, da zwischen ihren Brüsten, diesen riesigen Dingern, aber eben nach Blumenkohl, der nicht mehr so ganz frisch war, eigentlich sogar schon verdorben, ja so riecht das hier, dachte ich. Ich konnte kaum atmen, da zwischen ihren Brüsten, und meine Mutter fragte, ob ich mich auch so sehr freue, am Leben zu sein, aber sie wollte wohl keine Antwort, denn sie setzte mich wieder ab und verschwand ins Badezimmer und ich verschwand in mein Bett und schlief gleich ein.

Also: Am Wochenende nach der Wahl hatte Onkel Bertram Geburtstag. Alles lief ab wie gehabt: nachmittags Kirsch- und Stachelbeertorte, abends Frikadellen und Kartoffelsalat mit beinharten Gurkenstückchen. In diesem Stadium begann Onkel Bertram meist, die Anwesenden in ernste Gespräche zu verwickeln. Es passte ihm nicht, wie die meisten ihr Leben angingen. Der eine hatte sich zu hoch verschuldet, die andere war dem falschen Mann auf den Leim gegangen, der Dritte erzog seine Kinder falsch, die Vierte hatte den falschen Beruf ergriffen. Onkel Bertram gab konkrete Anweisungen, wie dies oder das abzustellen sei. Niemand widersprach. Es musste wirklich eine Menge Geld im Spiel sein.

An diesem Sonntag wandte er sich mal wieder mir zu, zog mich in die Küche, wo Frau Fuchs saß und auf weitere Instruktionen wartete. Mit einer kurzen Kopfbewegung schickte der Onkel sie hinaus. Dann setzte er sich an den Küchentisch und wies mir den Platz gleich neben sich zu. Er nahm zwei Flaschen Bier aus dem Kühlschrank, stellte sie auf den Tisch und fragte, ob ich mich damit auskenne. Ein wenig, sagte ich. Gut, sagte der Onkel, ich sei jetzt in dem Alter, wo ich ab und an einen Schluck vertragen könne. Er öffnete die Flaschen und stieß mit mir an. Er nahm einen tiefen Schluck. Ein kleines bisschen Bier sammelte sich in seinem Mundwinkel. Er setzte die Flasche wieder ab und fuhr sich mit dem Handrücken durchs Gesicht. Dann rülpste er und sagte, er mache sich Sorgen um die deutsche Jugend. Da er auf eine Entgegnung zu warten schien, fragte ich: »Wieso?« Darauf sagte er, das sei natürlich nichts Neues, er mache sich schon lange Sorgen um die deutsche Jugend und um das ganze Land. »Komm, nimm noch 'n Schluck!«, sagte er.

»Also, Junge«, fing der Onkel an, und seinem Ton nach zu urteilen, wurde es jetzt ernst, »ich mache mir auch Sorgen um dich.«

»Um mich?«

»Es steht nicht gut um die deutsche Jugend.«

»Nicht?«

»Nein. Nicht gut. Um die deutsche Jugend.«

»Aha«, sagte ich und wartete.

»Helmut, mein Junge, zunächst einmal: Nimmst du Drogen?«

Ich verneinte ehrlich. Damit gab sich der Onkel jedoch nicht gleich zufrieden, sondern beteuerte, es ginge ihm nicht darum, mich den Behörden oder meinen Eltern auszuliefern, sondern einfach darum, solche Probleme früh genug zu erkennen, um mir helfen zu können, damit ich nicht auf die schiefe Bahn gerate. Ich sagte, mit Drogen hätte ich nichts am Hut.

»Gut«, sagte der Onkel, nachdem er mir lange tief in die Augen geschaut hatte. »Wenn du mal meinst, du brauchst etwas, dann halte dich hier dran!« Onkel Bertram hob die Bierflasche und trank. Dann sagte er: »Und jetzt zu etwas, das vielleicht noch viel wichtiger ist.«

»Was denn, Onkel Bertram?«

»Helmut, machst du mit bei diesen Demonstrationen?«

»Demonstrationen?«

»Helmut, du weißt, der Russe steht vor der Tür, der hockt in Thüringen, nimm noch 'n Schluck, Junge, der hockt in Sachsen, der Russe, also direkt vor unserer Nase, und da hat er uns an den Eiern, wenn wir nicht aufpassen, Helmut, mein Junge, und einige von deinen Altersgenossen meinen, den sollte man mal machen lassen, den Russen, also ich kann nur sagen, die sollen doch rübergehen, wenn sie meinen, dass es da besser ist, aber Helmut, mein Junge, nimm noch 'n Schluck, ich hoffe, du bist nicht so dumm und gehst denen auf den Leim. Also: Warst du schon einmal auf so einer Demonstration?«

»Nein.«

»Gut, mein Junge, das soll auch so bleiben, nimm noch 'n Schluck!« Und vor lauter Erleichterung entwich dem Onkel ein ganzes Bündel von Fürzen. Und dann ging es zum gemütlichen Teil über: Der Onkel wollte wissen, wie es mit »Mädels« aussah.

»Wie meinst du das, Onkel Bertram?«

»Na ja, mein Junge, du hast es doch mit Mädchen, oder? Also, du willst mir doch keine Schwuchtel werden. So ein langhaariger Schwuler mit Handtäschchen und Ohrring und allem? Du hast es doch mit Mädels, oder?«

»Na ja, jedenfalls nicht mit Jungs.«

»Gut, Junge, das hört sich alles sehr gut an. Liegt gerade was an?«

»Was meinst du damit, Onkel Bertram?«

»Hast du 'ne Schickse?« Erst viel später ist mir aufgefallen, dass ausgerechnet der rechtsradikale Onkel ausgerechnet ein jüdisches Wort in diesem Zusammenhang gebrauchte. Vielleicht war Onkel Bertram ja ein viel größerer Dialektiker, als wir alle dachten.

»Nicht direkt«, sagte ich. »Aber ich arbeite daran.«

»Gut. Aber lass dir nicht auf der Nase herumtanzen. Denk immer daran, dass du der Chef im Ring sein musst. Lass dich nicht unterbuttern. Ich weiß, dass das jetzt in Mode gekommen ist, aber lass dir kein X für ein U vormachen. Und wenn du Fragen hast, dann komm zu mir, deine Eltern müssen davon nichts erfahren. Komm, Junge, nimm noch 'n Schluck.« Und dann stieß er noch mal mit mir an, verlagerte sein Gewicht auf die mir zugewandte Seite, ließ zur anderen Seite einen Furz heraus, stand auf, ging zum Kühlschrank, nahm eine Flasche Korn heraus, stellte sie auf den Tisch, nahm aus dem Küchenschrank zwei Pinnchen, goss sie randvoll, stellte eines vor mich hin und hob das andere vor sein Gesicht. Ich prostete ihm zu. Ich stürzte den Korn genau wie der Onkel in einem Zug herunter. Dann musste ich husten, und der Onkel lachte. Er sagte, ich solle so bleiben, wie ich bin, und ging zurück zu der zu seinen Ehren angetretenen Festgesellschaft, um sich wieder den verpfuschten Leben seiner missratenen Verwandten zu widmen. Ich atmete auf. Ich war der drogenabstinente, heterosexuelle Nichtdemonstrierer, die große weiße Hoffnung der Familie, des ganzen Landes.

So völlig unerfahren, wie es aussah, war ich damals aber schon nicht mehr. Ich hatte mal auf einer Party mit einem Mädchen Händchen gehalten. Es war beim langen Schäfer, vielmehr bei seinen Eltern, in der Kellerbar. Die Wände waren holzgetäfelt, und auf dem Holz klebten Autogrammkarten von Schlagerstars: Freddy Breck, Peter Rubin, Mouth and McNeal, Bernd Clüver, Peggy March und anderen. Es floss noch kein Alkohol, und wenn, dann nicht besonders viel, ich habe jedenfalls nichts davon mitbekommen. Die Tische und Stühle hatte Schäfer rausgeräumt, und in den Ecken lagen jetzt Matratzen ohne Laken, und Mücke machte Bemerkungen über die Flecken auf den Dingern.

Ich kannte das Mädchen nicht, das plötzlich neben mir saß, aber sie war mir beim Tanzen aufgefallen. Sie tanzte ziemlich viel. Sie hatte blonde Haare, zu vielen kleinen Locken verdreht. Sie trug eine weiße Bluse und schwitzte. Sie hatte ziemlich große Brüste, und es schien ihr nichts auszumachen, dass man das sehen konnte. Sie trank Cola aus einer fast leeren Literflasche. Etwas lief ihr am Kinn herunter, und dann bot sie mir die Flasche an, aber ich wollte nicht, weil meine Mutter mir erzählt hatte, dass immer etwas Speichel in die Flasche hineinläuft, wenn man daraus trinkt.

Die Musik war sehr laut, und das Mädchen schrie mir etwas zu, das ich nicht verstand, und sie lachte, also nickte ich. Sie rutschte etwas näher und schrie mir ins Ohr, ob ich die Party auch toll fände und dass sie Jasmin heiße. Ich dachte, das hört sich ja an wie ein Parfüm, und ich schrie ihr meinen Namen ins Ohr und dass ich die Party auch toll fände. Bis hierhin war alles einfach. Dann saßen wir nur so da und sagten beide nichts. Ich hatte das Gefühl, sie lehne ihre Schulter an meine, aber das konnte auch Einbildung sein. Was war jetzt zu tun? Ich kam mir wieder vor wie an der Supermarktkasse. Sollte ich einen halben Meter Karamel aus geflochtener Schokolade ziehen? Oder lieber erst eine Waffelplatte von der Füllung nagen? Sollte ich mir eine Zigarre aus Goldpapier gönnen? Oder hatte ich es mit einer Bausatzüberraschung in einem Ei zu tun? Es gelang mir nicht einmal, das alles auf zwei Alternativen einzugrenzen.

Dann plötzlich lag ihre Hand auf meiner.

Ach du Scheiße!

Was jetzt?

Meine Hand schwitzte, auch auf dem Rücken. Musste ich jetzt mit ihren Fingern spielen? Fest stand, dass ich irgendetwas tun musste. Aber was? Schweiß lief mir die Wirbelsäule hinunter. Ich hatte die Chance, hier etwas zu erleben. Diese Chance durfte ich nicht versauen. Sollte ich erst ihre Hand streicheln und dann ihren Oberschenkel? Und dann? Musste ich sie dann küssen? Aber dann hätte ich ja gleich aus der Flasche trinken können, wegen der Spucke. Musste ich meinen Arm um sie legen? Musste ich ihr an die Brust gehen? Musste ich sie nach Hause bringen? Wo sie wohl wohnte? Vielleicht am anderen Ende der Stadt, und zurück fährt vielleicht kein Bus mehr, und ich muss stundenlang laufen und kriege Ärger mit meinen Eltern, weil ich viel zu spät komme. War das Mädchen mit dem Parfümnamen das wert? O Gott, sie hatte gerade mal ihre Hand auf meine gelegt, und schon hing da ein Rattenschwanz an existenziellen Entscheidungen dran!

Unter meinen Achseln entstand ein Bodensee aus Schweiß.

Und dann dachte ich daran, dass Mücke mich vielleicht beobachtete, obwohl ich ihn nicht sehen konnte, also musste jetzt dringend etwas geschehen, denn sonst konnte ich mir tagelang das Gequengel anhören, dass ich zu blöd sei, mich an Weiber ranzumachen und was weiß ich nicht noch alles, also packte ich ihre Hand und wollte sie streicheln, aber irgendwas stimmte nicht, denn sie schrie auf, und das hörte man im ganzen Raum, denn in genau diesem Moment war ein Song zu Ende und der nächste hatte noch nicht angefangen, es war wie in der Doornkaat-Werbung, und alle sahen zu mir hin, und das Parfümmädchen sprang auf und sagte noch etwas zu mir, aber da lief schon wieder Musik, und ich konnte es nicht verstehen, und dann war sie weg.

Glücklicherweise hatte Mücke nichts mitbekommen, denn er war gerade auf dem Klo.

Die Achtzigerjahre waren keine gute Zeit, um erwachsen zu werden, jedenfalls keine Zeit, auf die man voller Sentiment zurückblicken kann. Schlaghosen, Clogs, Abba, Ilja Richter – die Siebzigerjahre hatten Charme, da kam noch was aus den Sechzigern rüber, vielleicht sogar die Ahnung der Idee, die Welt könne besser werden. Die Achtziger hatten so etwas nicht. Auf den Illustrierten waren entweder nackte Frauen oder Atompilze, manchmal beides, und man wusste oft nicht, was schlimmer war.

Wie alle anderen Jungs in den Jahrtausenden zuvor taten wir damals eine Menge, um Mädchen zu beeindrucken. Plötzlich trugen wir zum Beispiel Bäckerhosen. Wir machten zwar Abitur, um einen Job zu kriegen, bei dem man gerade nicht mitten in der Nacht aufstehen und mit seinen Händen arbeiten musste, aber wir trugen Bäckerhosen. Es gab unterschiedliche Auffassungen darüber, wie die Hosen sitzen mussten. Manche meinten, sie könnten nicht weit genug sein, sodass man Bierflaschen drin unterbringen konnte, ohne dass es auffiel. Der Stil kam aus England: Baggy Trousers. Es gab einen Song von Madness, der so hieß.

Andere wiederum meinten, die Bäckerhosen müssten knalleng anliegen. Man durfte sie kaum über den Spann und die Ferse bekommen, und am Hintern mussten sie so straff sein, dass man ein Fünfmarkstück zwischen die Arschbacken klemmen können musste. Adidas-Basketball-Schuhe, weiß mit schwarzen Streifen, waren eine mögliche Ergänzung.

Meine Bäckerhose lag irgendwo in der Mitte. Die knallenge Variante traute ich mir ebenso wenig zu wie die extrem weite. Überhaupt fand ich Bäckerhosen nicht besonders schick, aber sie waren billig, und das freute meine Mutter.

Musik war wichtig, um an Mädchen ranzukommen. Man musste sich auskennen. Und in dem präakademischen Milieu unserer Schule, wo viele Mädchen aus Professorenfamilien kamen, durfte es nicht einfach Chart-Futter sein. Madness waren in Ordnung. Die waren in den Charts, und vor allem in England der Hit, aber sie waren noch ungewöhnlich genug, dass es schmückte, sich zu denen zu bekennen. Auch Fischer Z. waren in Ordnung. Wegen »Berlin« und »Marliese« und »In England«.

Under the red skies of Paradise: Down in the bunkers under the sea, men pressing buttons, dont care about me.

Es war schlimm, es war »The day after«, alle waren tot, alles war verseucht, aber man konnte dazu tanzen.

Auch Dylan war okay, schon wegen »With God on our side«, wo er gegen die Deutschen wetterte. Allerdings ließ er bei Live-Auftritten, wenn er »With God …« spielte, die deutsche Strophe mittlerweile weg.

Though they murdered six millions, in the ovens they fried,
the Germans now too have God on their side.

Das beeindruckte uns. Er hatte recht.

Noch besser, als sich mit Musik auszukennen, war allerdings, Musik selbst zu machen. Gitarre spielen brachte einen an Mädchen heran. Und in Liedern konnte man Dinge bekennen, die sich kitschig angehört hätten, wenn man sie ausgesprochen hätte, zumal man sie auf Englisch singen konnte, und das war nie kitschig, sondern cool. Wenn man sich nicht traute, richtig von Liebe zu singen, sang man gegen das Böse in der Welt, also gegen Nazis und Amerikaner. Mücke fand das natürlich bescheuert. »Du willst gegen Amerikaner singen? Gegen Gebäck?« Außerdem konnte man noch gegen sauren Regen und Waldsterben singen, auch wenn Mücke meinte, das mit dem Waldsterben sei nur eine große Lüge.

Ich kriegte meine Eltern dazu, mir eine Gitarre zu kaufen. Wenn man sich korrekt ausdrücken wollte, nannte man die Gitarre »Klampfe«. Das hörte sich altmodisch an, nach Mittelalter und Minne. George Harrison hat mal gesagt, er habe sich das Gitarrespielen selbst beigebracht, und das versuchte ich auch. Bis tief in die Nacht hockte ich da und arbeitete mich an A-Dur, D-Dur, G-Dur ab, bis meine völlig entnervten Eltern drohten, meine »Klampfe« bei der nächsten Gartenparty als Grillanzünder zu verwenden. Von da an übte ich heimlich, unter der Bettdecke. Aber unter der Bettdecke lesen war schon schlimm genug. Unter der Bettdecke mit einer großen Gitarre herumfuhrwerken, das hatte etwas Erniedrigendes. Ich versuchte es unter dem Bett. Aber die Gitarre passte nicht zwischen meinen Bauch und den Lattenrost. Dann schlich ich manchmal in den Keller, aber von meinem Gewimmere fielen Spinnen und Asseln tot von der Wand, und das wollte ich dann auch nicht.

Also nahm ich doch Unterricht. Meine Eltern übernahmen dankbar die Kosten. Nicht, dass sie meinem Talent vertrauten, nein, sie waren einfach froh, dass ich nicht im Hause war. Ich ging in ein Jugendzentrum in einem anderen Stadtteil, und um das Geld für die Straßenbahn zu sparen, ging ich zu Fuß. Ich war eine Dreiviertelstunde unterwegs.

Das Haus war ein altes Amtshaus aus der Jahrhundertwende. Ich kam in einen Flur, in dem ein paar Plakate an den Wänden hingen, die zum Sommerfest der Sozialistischen Deutschen Arbeiterjugend einluden, und ein paar handgeschriebene Zettel, auf denen alte Platten, Bohrmaschinen und Autos zum Verkauf angeboten wurden. Am Telefon hatte man meiner Mutter gesagt, ich solle in den ersten Stock gehen und dann in den ersten Raum auf der linken Seite. Das tat ich. Dort lag ein Mann auf dem Boden, der hatte lange, blonde Haare und einen schmutziggelben Bart, er trug eine braune Cordhose und ein kariertes Hemd. Ich sagte »Hallo!«, und der Typ stand auf und gab mir die Hand. Seine Augen waren ganz klein und ganz rot. Das war mein Gitarrenlehrer. Er schien sich vor allem von seinen Fingernägeln zu ernähren, denn die waren heruntergefressen bis zum Nagelbett.

Mein Gitarrenlehrer hieß »Stoney«, und damals war ich zu blöd, seinen Spitznamen mit seiner äußeren Erscheinung und seinem geistigen Zustand zusammenzubringen. Stoney fragte mich, was ich lernen wolle. Ich sagte, ich wolle Liedermacher werden und Lieder gegen das Böse in der Welt machen, also gegen Nazis und Amerikaner und sauren Regen und Waldsterben. Stoney meinte, ich sei auf dem richtigen Weg. Dann fing der Unterricht an.

Ich holte meine Gitarre aus dem Kunststofffutteral, das meine Eltern mir zum Geburtstag geschenkt hatten, und Stoney ging zu einem in der Ecke auf dem Boden stehenden Plattenspieler und legte eine LP auf. Stoney rückte zwei Stühle zurecht, und wir setzten uns drauf.

»Peter Burschs Gitarrenkurs« las ich auf der Hülle. Peter auf der Platte sagte, als Erstes würden wir mal die Saiten unserer Klampfe kennenlernen. Na ja, dachte ich, Vorder- und Rückseite sind da, das kann ja nicht so lange dauern, aber Peter meinte natürlich die Strippen, die vorne über das Loch gezogen worden waren und aus denen die eigentliche Musik kommen sollte. Peter erklärte jede Saite einzeln. Er sagte: »Die dicke E-Saite!«, und schlug eben die auch an. Dann sagte er: »Die A-Saite!«, und kurz darauf gab auch diese einen Ton von sich! Ein Wunder! Der Urgroßvater meines Urgroßvaters hätte geglaubt, der Himmel sei ihm auf den Kopf gefallen. Da waren Töne, aber der, der sie machte, war gar nicht da!

Stoney drehte sich auf seinem Oberschenkel eine Zigarette.

Peter machte alle sechs Saiten durch, bis zur »dünnen E-Saite«. Jetzt kannten wir alle sechs Saiten der Gitarre. Wir hatten sechs neue Freunde hinzugewonnen.

Dann sagte Peter, wir wollten nun gemeinsam unsere Klampfe auch stimmen. Wieder spielte er jede Saite einzeln an. Die entsprechende Saite an meiner Gitarre musste sich dann genauso anhören. Jede Saite spielte Peter ungefähr achthundertmal an. Wahrscheinlich wurden mit dieser Platte in der DDR Regimekritiker gefoltert. Ich schraubte an den Knöpfen am Kopf des Geräts herum, und für meine Ohren hörte sich das alles bald sehr gut an. Stoney aber war ein strenger Lehrmeister, ein Yoda der Wandergitarre. Er schüttelte den Kopf und setzte die Nadel wieder zurück. Wieder durfte ich mir jede Saite achthundertmal anhören. Dann nahm Stoney die Gitarre selbst in die Hand und stimmte sie, wobei er genervt die Augen verdrehte. Ich würde wohl beim Kampf gegen Nazis und Amerikaner und sauren Regen und Waldsterben nicht unbedingt im Musikcorps eingesetzt werden. Als Stoney fertig war, hörte sich meine Gitarre genauso an wie vorher. Stoney nahm die Nadel von der Platte und sagte, in der nächsten Woche würden wir wiederholen, was wir heute gelernt hätten, und dann wolle er mir einen Akkord beibringen. Vielleicht f-Moll. Oder a-Moll. Und nach ein paar Wochen könnten wir uns dann vielleicht mal an einen G7 wagen. Dann gab ich ihm die zwanzig Mark, die meine Mutter mir mit auf den Weg gegeben hatte, und war entlassen.

Als ich nach Hause kam, eröffnete ich meinen Eltern, dass ich das Gitarrespielen wohl aufgeben würde. Mein Vater sah aus, als hätte ihm jemand zwanzigtausend Mark geschenkt. Auf so einen schnellen Erfolg hatte er nicht gehofft. Ich sagte, ich wolle es mal mit Schlagzeug versuchen. Die Gesichtsfarbe meines Vaters wechselte in Richtung Leberschaden. Ich ging in mein Zimmer, während meine Eltern in der Küche zu einer Krisensitzung zusammenkamen. Sie erwogen offenbar, mir eine eigene Wohnung zu finanzieren. In einer anderen Stadt. Dabei hatte ich nur Spaß gemacht.

Eine Woche lang rührte ich die Gitarre nicht an, und als ich wieder zu Stoney gehen sollte, tat ich es einfach nicht. Es mochte ja sein, dass einem das Gitarrespielen gewisse Vorteile verschaffte, ein gewisses Ansehen. Aber es schien nicht so einfach zu sein, wie es aussah. Ich hatte gedacht, ich kriege ein paar Akkorde beigebracht und die halbe Welt liegt mir zu Füßen, wenigstens die weibliche Hälfte. Aber vom Gitarrespielen kriegte man rote Augen und entwickelte den Zwang, seine Fingernägel abzubeißen, und wenn man nicht aufpasste, hockte man irgendwann bei Partys in der Ecke und murmelte fünfhundertmal »die dicke E-Saite« vor sich hin wie einer dieser Typen, die in der U-Bahn das Ende der Welt vorhersagen.

Ich ließ die Finger von der Gitarre. Der Geschlechterkrieg musste auch mit anderen Waffen geführt werden können.

3

Eine Woche später war Klassenfahrt. Nach Berlin. Sudhoff, unser Geschichtslehrer hielt es für dringend notwendig, vor Ort nachzusehen, was es mit der deutschen Geschichte auf sich hatte. Und deutsche Geschichte, das hieß für ihn: Berlin. Da hatte er studiert, da war er auf die Straße gegangen, da hatte er Rudi Dutschke kennengelernt. Na ja, jedenfalls von Weitem gesehen, gestand er später mal. Die beste Nachricht war: wir unternahmen die Fahrt zusammen mit einer Parallelklasse. Und zwar genau der von Britta.

Wir fuhren mit dem Zug. Alle Jungs waren auffallend pünktlich am Bahnhof. Wir standen in kleinen Gruppen herum und versuchten sehr ausgeschlafen zu wirken. Mücke rauchte. Dabei hatte er noch nicht mal gefrühstückt, wie er uns versicherte. Wer fehlte, war Britta.

Der Zug lief ein, die Türen gingen auf, wir stiegen in den Wagen, der für uns reserviert worden war, machten uns breit, himmelten herum. Britta war immer noch nicht da. Sudhoff sprach mit dem Schaffner. Der schüttelte den Kopf. Sudhoff stellte sich in die Tür. Und als der Schaffner gerade die Trillerpfeife in den Mund nahm, kam Britta mit einem schweren Rucksack die Treppe hochgehastet und sprang in den Zug. Hinter ihr knallte die Tür zu. Natürlich war Sudhoff nicht sauer. Sudhoff war nie sauer. Vielleicht fand er mal was »echt nicht gut«, aber sauer wurde er nicht. Er gab ihr einen Klaps auf den Rucksack und schickte sie zu ihrem Platz. Als sie schwer atmend, völlig außer Puste und die Haare schweißverklebt an unserem Abteil vorbeikam, waren alle sehr still. Dann sahen wir uns an. Mücke grinste und rieb sich den Schritt.

Sudhoff und die Klassenlehrerin der Parallelklasse, die magere Frau Jacobs, hatten ein Abteil für sich, und das war auch noch im nächsten Wagen. Mücke zog die Vorhänge zum Gang zu und holte aus seiner Tasche ein paar Dosen Bier. Wir hatten uns alle eingedeckt. Der lange Schäfer hatte einen Kassettenrekorder mitgebracht. Eigentlich wollte nie jemand etwas mit Schäfer zu tun haben, aber er hatte immer die neuesten Platten. Er bekam von irgendwoher Geld. Vielleicht stahl er aus dem Portemonnaie seiner Mutter. Oder seine Eltern waren ungewöhnlich großzügig. Schäfer hatte alles. Von Barclay James Harvest über Queen bis hin zu Ideal und Trio. Er hatte für diese Fahrt mindestens zwanzig Kassetten eigens zusammengestellt. Wir tranken Bier und redeten über die Musik, die wir hörten, und überlegten uns, an welche von den Mädchen wir uns in Berlin heranmachen würden. Niemand sprach von Britta.

Zunächst mal lief Barclay James Harvest: »Hymn«. *Jesus came down from heaven to earth / People say it was a virgin birth.* Es war ziemlich monoton. Ich mochte das nicht besonders. Außerdem sagte Mücke, Barclay James Harvest sei nur was für Mädchen und Schwuchteln: Zickenmusik, sagte Mücke, Teesäufergejammere. Es wurde viel Tee getrunken, damals. Jeder hatte ein Stövchen und Tassen aus Ton zu Hause herumstehen, und natürlich durfte das nicht richtig gespült werden, selbst wenn es aussah, als hätte jemand drei Jahre lang Teer darin aufbewahrt. Man ging in den »Teeladen« am Hauptbahnhof und kaufte Wildkirsch und Vanille und Orange Pekoe und Jasmin, schaufelte es zu Hause in einen braun gewordenen Strumpf, hängte den in die selbstverständlich vorgewärmte Kanne und goss das schließlich mit selbstverständlich kochendem Wasser auf und ließ die ganze Sache zwischen zweieinhalb und fünf Minuten (handgestoppt) ziehen.

Es gehörte zum guten Ton, dann und wann kleinere oder größere Runden bei sich zu Hause zu versammeln und den ganzen Nachmittag Tee zu trinken und zu reden. Dazu passte nicht unbedingt Status Quo als Hintergrundmusik. Vor allem viele Mädchen hörten gerne Angelo Branduardi. Das war mir zu sanft, aber ich sagte nichts. Außerdem irritierte mich, dass ich wirklich gar nichts von dem verstand, was der Mann sang. Aus dem gleichen Grunde ist mir auch das französische Chanson bis heute fremd geblieben.

Manchmal, wenn der Teenachmittag in den Abend überging, holte jemand eine »Klampfe« hervor und fing an zu singen. Erst mal Joan Baez oder Hannes Wader, so zum Warmwerden. Dann auch mal was Selbstgeschriebenes. Danach löste sich die Runde meist schnell auf.

Ich hatte auch ab und zu Teenachmittage bei mir veranstaltet, aber darauf geachtet, dass meine Eltern nicht zu Hause waren. Mücke hatte damit nichts am Hut. Er wolle nicht reden, sagte er. Und er hasste »Paföng-Tee«. Ich machte mit, wegen der Mädchen. Ich sah sie mir an und fragte mich, was ich wohl mal mit ihnen tun würde. Dafür nahm ich auch Barclay James Harvest in Kauf.

Wir waren schon in Niedersachsen, gerade durch Hannover durch. Mücke sagte: »Mann, Schäfer, mach doch mal dieses Gewimmer aus! Das ist ja nicht zum Aushalten! Bist du schwul, oder was?« Dann stand Mücke auf und reichte mir eine frische Dose Bier. Mit einer Kopfbewegung bedeutete er mir, ihm zu folgen.

Er ging zwei Abteile weiter. Das Abteil, in dem Britta saß. Als er die Tür aufmachte, lachten die sechs Mädchen in dem Abteil. Aber wohl nicht über ihn, sondern über etwas, das sie sich gerade erzählt hatten.

»Hallo, Mädels!«, sagte Mücke. Die einzige Antwort war ein unterdrücktes Glucksen. Mücke wandte sich direkt an Britta: »Ich wollte dir gratulieren.«

»Wozu?«, wollte Britta wissen.

»Ich habe dich gewählt.«

»Und dazu wolltest du mir gratulieren?«

»Nein. Dazu, dass du gewonnen hast.«

»Danke schön.«

»Mein Kumpel hier will dir auch gratulieren.« Mücke zog mich in Brittas Sichtfeld. Ich versteckte die Bierdose hinter meinem Rücken. Mir war ziemlich warm.

»Ach hallo, du bist es!«, sagte Britta und lächelte. Mir wurde noch wärmer, aber immerhin bekam ich auch ein »Hallo!« heraus. Mücke sah mich überrascht und misstrauisch an.

»Nett von dir, dass du mir gratulieren wolltest«, sagte Britta, stand auf, kam auf mich zu und gab mir die Hand. Sie war ganz weich.

Ein paar Sekunden lang sagte niemand etwas. Dann sagte Britta: »Nett, dass ihr da wart, Jungs, aber wir hatten hier gerade ein sehr ernstes Gespräch unter Frauen und es wäre ganz prima, wenn ihr uns entschuldigen würdet.« Britta lächelte mir noch einmal zu und sagte: »Aber schöne Musik habt ihr da bei euch.« Dann gingen wir zurück in unser Abteil.

»Okay«, sagte Mücke, »Schluss mit der Komödie. Was läuft da zwischen euch?«

»Gar nichts.«

»Blödsinn. Ich habe doch gesehen, wie sie dich angeguckt hat.«

»Ich habe sie einmal kurz getroffen, das ist alles. Hat mich selbst überrascht, dass sie mich überhaupt wiedererkannt hat.«

Mücke sah mich an wie einen Widerstandskämpfer, der im Verhör den Stützpunkt der Rebellen nicht verraten will. Dann ließ er es dabei bewenden.

Als wir in unser Abteil zurückkamen, hatte der lange Schäfer die Musik gewechselt. Es lief jetzt »Berlin« von Fischer Z. Ich sagte: »He, Schäfer, spiel doch noch mal Barclay James Harvest!«, und Mücke sah mich an, als hätte ich plötzlich einen ganz schlimmen Ausschlag im Gesicht.

An der Zonengrenze standen wir fast eine Dreiviertelstunde herum, während zwei Vopos, ein ziemlich junger und ein etwas älterer, durch den Zug liefen und unsere Reisepässe kontrollierten. Als wir weiterfuhren, hockten sie am Ende unseres Ganges auf zwei Notsitzen und ließen uns nicht aus den Augen. Sie trugen blassgrüne Hemden und Mützen auf dem Kopf, die ihnen ein wenig zu klein waren. Außerdem trugen sie dunkle Brillen, obwohl es draußen bedeckt war. Offenbar hatten sie zu Hause Westfernsehen. Wir waren die dekadente Westjugend, der Grund dafür, dass sie ihren Job gerne machten. Wir benahmen uns auch nicht sonderlich gut. Wir tranken Bier und hörten Musik. Mücke kramte in Schäfers Kassetten herum, fand, was er gesucht hatte, und kurz darauf dröhnte ausgerechnet die Deutsch-Amerikanische Freundschaft ihr »Tanz den Mussolini, tanz den Adolf Hitler« durch den Wagen.

Die Vopos verzogen keine Miene, aber das passte wohl ins Bild. Mücke reichte das nicht. Er baute sich breitbeinig im Gang auf und starrte seinerseits die Vopos an. Ein paar Minuten lang geschah nichts. Es war jetzt die Frage, wer als Erster wegsehen würde. Mücke hielt durch. Er war nicht mehr ganz nüchtern. Fräulein Menke sang inzwischen »Hohe Berge«. Dann stand der jüngere der beiden Vopos auf und kam langsam auf Mücke zu. Mücke bewegte sich nicht. Wir sahen alle zu und hielten die Klappe. Auch aus Brittas Abteil war nichts zu hören. Dann stand der Vopo direkt vor Mücke, nur wenige Zentimeter entfernt. Mücke war viel kleiner als der Mann, der jetzt auf ihn herabsah. Der Vopo stemmte die Hände in die Seiten und Mücke tat es ihm nach. »Ich lieb dich nicht, du liebst mich nicht« kam es jetzt aus den kleinen Lautsprechern. Ich wartete darauf, dass der Vopo Mücke die Hände auf den Rücken drehte und fesselte. Oder dass er ihm seine Pistole an den Kopf hielt. Nichts davon geschah. Dann grinste der Vopo breit. Mücke versuchte auch zu grinsen. Es sah aus, als hätte er Schmerzen. Dann ging der Vopo kopfschüttelnd zu seinem Platz zurück. Der ältere grinste jetzt auch. Eine Zeit lang unterhielten sie sich gedämpft, lachten immer wieder laut auf und sahen zu uns herüber. Mücke grinste uns an. In Griebnitzsee stiegen die beiden Vopos aus. Sie lachten immer noch.

In Berlin waren wir in einer Fabrik untergebracht, die zu einem Kulturzentrum umgebaut worden war. Je ein großer Schlafraum für Jungs und Mädchen. Tagsüber mussten wir uns alles Mögliche ansehen. Viel Nazi-Zeugs. Abends hockten wir im Aufenthaltsraum der Fabrik, tranken Wein und aßen Nudeln. Sudhoff und Frau Jacobs bestanden darauf, dass sich Jungs und Mädchen in gleich starkem Maße am Kochen beteiligten. Mücke und mir gelang es, uns davor zu drücken. Wir besorgten die Getränke. Von einem nahe gelegenen Laden besorgten wir Cola, Wasser und die erlaubte Menge Bier und Wein. Mücke ließ auch noch eine Flasche Whiskey mitgehen. Er schob sich die Flasche in die Jacke, und als wir an der Kasse standen, schwitzte ich, aber es ging gut. Mücke grinste.

An diesen Abenden brachte ich es nicht fertig, Britta anzusprechen. Sie selbst hielt es auch nicht für nötig. Ein paarmal unterhielt ich mich mit Gisela, von der ich Mathe abschrieb, wenn ich keine Lust hatte, mich an den langen Schäfer zu wenden. Mücke dichtete mir gleich eine Affäre mit ihr an, aber ich verzog nur höhnisch den Mund.

Am letzten Tag fuhren wir rüber nach Ost-Berlin. Am Tag zuvor hatten wir am Reichstag gestanden, in die Spree geblickt und uns die Kreuze angesehen, die dort aufgestellt worden waren, um an die zu erinnern, die beim Versuch, in den Westen zu kommen, ertrunken oder erschossen worden waren.

Zuerst standen wir Schlange unterm Bahnhof Friedrichstraße. Wir mussten einzeln in eine längliche Kabine treten. In der Kabine saß ein Mann in einer kleineren Kabine und verlangte wortlos meinen Pass. Über mir war ein Spiegel angebracht. Der Mann kontrollierte im Spiegel, ob ich mir vielleicht eine Panzerfaust an die Wade gebunden hatte. Dann betrachtete er meinen Pass, als hätte er noch nie einen gesehen. Er verglich das Bild mit meiner tatsächlichen Erscheinung. Er ließ sich Zeit. Vielleicht wollte er sich mein Gesicht ganz genau einprägen, um mich später malen zu können. Unaufgefordert legte ich einen Zwanzigmarkschein und ein Fünfmarkstück hin und bekam die gleiche Summe in Ost-Geld zurück. Die Scheine sahen ein bisschen aus wie Zigarettenbildchen aus den Fünfzigern. Die Münzen waren etwas leichter als unsere. Dann zeigte der Mann mit dem Daumen nach links, und ich durfte gehen.

Draußen mussten wir fast eine Stunde warten. Frau Jacobs war noch immer drin. Sudhoff wurde unruhig, konnte aber nichts machen. Dann kam sie heraus. Sie hatte geheult. Ihre Augen waren noch ganz rot. Wie sich später herausstellte, hatte man sie festgehalten, weil sie ein Geo-Heft über Ost-Berlin mit dabei gehabt hatte. Man sagte ihr, darin stünden Lügen über die Deutsche Demokratische Republik. Um Frau Jacobs zu zeigen, dass man die DDR nicht für dumm verkaufen konnte, ließ man sie eine Stunde lang in einem fensterlosen Raum sitzen. Ohne Uhr. Die hatte man ihr auch abgenommen, aber die bekam sie wieder, denn die Uhr verriet nur die Zeit, und die war nicht gelogen, nicht mal in der DDR. Sudhoff legte den Arm um die Jacobs, aber sie schüttelte ihn gleich wieder ab und bemühte sich, ein Lächeln hinzubekommen.

Wir gingen Richtung Unter den Linden. Es bildeten sich erste Grüppchen. Mücke und ich gingen nebeneinander, und es dauerte nur ein paar Sekunden, bis der lange Schäfer neben uns war und sagte: »Geil, was?«

»Ich weiß nicht, was du meinst, Schäfer«, sagte Mücke.

»Na, das alles hier«, sagte der lange Schäfer und sah sich um. Wir sagten nichts.

Ich wusste nicht, wie ich das finden sollte. Es war in Ordnung, dachte ich, bisher war es nicht so schlimm, wie ich gedacht hatte. Nur die Autos sahen wirklich komisch aus.

Wir bogen nach rechts ab und gingen hoch zum Brandenburger Tor. Sudhoff erklärte uns, was alles in den Gebäuden rechts und links untergebracht war. Er kannte sich ziemlich gut aus. Die Jacobs sagte nichts.

Das Brandenburger Tor war weiträumig abgesperrt. Das war keine vorübergehende Absperrung. Ein Geländer war fest im Asphalt verankert worden. Wir standen an diesem Geländer, als wollten wir so nahe wie möglich an das Tor ran. Am Tor liefen Soldaten herum und rauchten. Manchmal verschwanden sie in dem Gebäude rechts vom Tor, kamen aber nach ein paar Minuten wieder heraus. Plötzlich stand Britta neben mir.

»Na?«, sagte sie.

Ich schluckte.

»Schon ein komisches Gefühl, was?«

»Ja«, sagte ich, obwohl ich nicht genau wusste, was sie meinte.

Sudhoff erzählte jetzt, dass gleich hier an der Ecke früher das berühmte Luxushotel Adlon gestanden habe. Davon war nichts mehr zu sehen. Er erzählte auch, wann das Brandenburger Tor gebaut worden war. Dann machten wir uns wieder auf den Weg, diesmal auf der anderen Straßenseite. Nach ein paar Metern standen wir vor der sowjetischen Botschaft. Hinter einem gusseisernen Zaun stand riesengroß der Kopf von Lenin.

Als wir weitergingen, ging Britta neben mir und sagte, sie fände es unmöglich, dass alle immer so über die DDR herfielen. 1961 habe man wohl kaum eine andere Wahl gehabt, als die Mauer zu bauen, so viele Leute seien aus der »Ostzone«, wie man das nannte, abgehauen. Was sollten die denn machen? Sie glaubten daran, dass der Sozialismus eine gute Sache sei. Und wenn wir uns mal umschauten, war es denn wirklich so schlimm? Sie hatte recht, es sah doch alles ganz normal aus.

Als wir am Fernsehturm vorbeikamen, wollten einige hochfahren. Sudhoff erlaubte es. Er sagte, wir könnten uns jetzt alle ein wenig herumtreiben. Um sechs wollte er uns alle wieder am Bahnhof Friedrichstraße sehen. Ich merkte, dass Mücke mich ansah. Aber plötzlich sagte Britta zu mir: »Ich habe einen Wahnsinnsdurst. Sollen wir nicht irgendwo was trinken gehen?« Die Frage war ausschließlich an mich gerichtet. Niemand anders hatte sie gehört. Britta hatte sich leicht zu mir vorgebeugt und ziemlich leise gesprochen. Ich nickte. Dann sah ich Mücke noch mal an. Zwischen seinen Augen hatte sich eine steile Falte gebildet. Dann drehte ich mich um und folgte Britta.

Wir fanden eine Kneipe in der Nähe des Alexanderplatzes, die noch Stühle draußen stehen hatte. Wir setzten uns und bestellten Bier. Das Bier war sehr preiswert, der halbe Liter nur fünfzig Pfennig. Ich fragte mich, wie ich bei diesen Preisen die fünfundzwanzig Mark loswerden sollte. Ich hatte gehört, man könne nichts zurücktauschen.

Ich war ein wenig überrascht, dass Britta Bier trank. Es sah merkwürdig aus, sie trank in tiefen Schlucken.

Wir hatten das Gefühl, wir wurden nicht betrunken, und bestellten immer weiter. Britta fragte mich aus. Wer meine Eltern seien und wo ich wohnte und was ich mal mit meinem Leben anstellen wollte. Ich wurde langsam etwas lockerer. Ich fragte mich, ob ich ihr sagen sollte, dass ich als Entwicklungshelfer nach Afrika gehen wollte. Das wollte ich zwar nicht, aber es hätte sicher Eindruck bei ihr gemacht. Aber dann dachte ich, ich müsste erzählen, warum ich nach Afrika wollte, und da hätte ich wohl kaum eine Antwort drauf gehabt. Also sagte ich, ich hätte mir noch keine Gedanken gemacht.

»Dann wird es aber Zeit«, sagte sie. »In drei Jahren machen wir Abitur.«

Drei Jahre. Sie hätte auch sagen können, im nächsten Jahrhundert. Das war für mich gleich weit weg. Ich fragte sie, was sie mal machen wolle. »Keine Ahnung«, sagte sie.

Langsam wurden wir doch betrunken. Ich jedenfalls. Ich lief ständig zur Toilette. Wir lachten viel. Wir waren uns einig, dass das Bier nicht besonders gut war. Britta fragte mich, was Jungs an Fußball fänden. Ich zuckte mit den Schultern. Dann sagte sie, es sei Zeit. Wir mussten zurück. Als ich aufstand, war mir ganz komisch. Aber ich fühlte mich klar. Ich fühlte mich wohl nur komisch wegen Britta. Den ganzen Nachmittag hatten wir geredet. Nur wir beide. Wir gingen los.

Meine Sinne waren enorm geschärft. Alles zeichnete sich viel deutlicher ab, alle Geräusche waren lauter. Ich roch die Autos auf der Straße und das, was hinten aus ihnen herauskam. Ich roch Britta. Ihr Haar, Apfelshampoo. Ihren Atem, Bier. Ich hätte am liebsten ihre Hand genommen, aber ich traute mich nicht. Sie hatte den ganzen Nachmittag mit mir geredet, das hieß noch nicht, dass sie mit mir Hand in Hand gehen wollte. Ich dachte daran, wie ich zum ersten Mal Hand in Hand gegangen war. Sie hieß Michaela. Es war auf dem Schulhof einer Realschule bei uns in der Gegend. Es war ihre Schule. Mücke hatte gesagt, bei ihr könne man vielleicht mal die Zunge reinstecken. Sie hatte schon zwei Freunde gehabt. Ich hatte nicht gewusst, was Mücke mit »Zunge reinstecken« meinte, aber ich fragte nicht nach. Mücke stellte uns vor und sagte dann nichts mehr. Wir unterhielten uns, und dann fragte ich sie, ob sie mit mir gehen wolle. Sie sagte: »Klar!« und zuckte mit den Schultern. Dann nahm ich ihre Hand, und wir gingen ein bisschen auf dem Schulhof herum. Es war später Nachmittag. Sobald ich ihre Hand in meiner hatte, konnte ich nicht mehr mit ihr reden. Wir trafen uns am nächsten Tag noch mal und gingen Eis essen. Danach liefen wir Hand in Hand durch die Stadt. Einmal die Fußgängerzone rauf, dann wieder runter. Am nächsten Tag sagte sie mir, sie würde lieber wieder mit Wolfgang aus ihrer Klasse gehen. Ich sagte: »Okay!«, und das war es dann. Aber immerhin war ich jetzt mal mit einem Mädchen gegangen.

Aber mit Britta war es nicht so einfach. Um mich herum war DDR, lauter Kommunisten. Wenn Onkel Bertram mich jetzt hätte sehen können. Wenn ich Brittas Hand nahm, war ich dann auch ein Kommunist? War sie denn einer? Sie fand die Mauer nicht so schlimm, also musste sie Kommunistin sein. Aber das war mir egal. Meine Hände schwitzten. Ich konnte gar nicht mit Britta Hand in Hand gehen.

Am Bahnhof Friedrichstraße standen alle anderen schon herum und warteten auf uns. Mücke grinste. Neben ihm stand die schöne Claudia. Ich fragte mich, ob die beiden Hand in Hand gegangen waren. Sogar Sudhoff grinste, als er uns kommen sah, und auch die Jacobs sah wieder etwas besser aus. Wir gingen hinein und stellten uns in die Schlange. Ich musste pinkeln. Britta unterhielt sich mit der Jacobs. Ich musste sehr dringend pinkeln. Niemand schien sich dafür zu interessieren. Mücke redete wieder auf die schöne Claudia ein. Ich hielt es nicht mehr aus. Ich ging wieder raus, ging nach links und stellte mich hinter einen Busch. Das Pinkeln tat fast weh, so groß war der Druck. Ich machte meine Hose zu, und dann sah ich ihn: Er sah aus wie der aus dem Zug, aber das konnte er nicht sein. Und er richtete sein Maschinengewehr auf mich.

»Was machen Sie denn da?«

Mir ging durch den Kopf: Ich weiß nicht, wie das bei euch heißt, aber wir nennen das pinkeln. »Ich habe gepinkelt«, sagte ich und bemühte mich, nicht zu lallen.

»Ach, Sie kommen aus dem Westen?«

Und ich kann da auch wieder hin, dachte ich, aber ich sagte nur: »Jawohl!«

»Sie haben sozialistischen Mutterboden entweiht!«

Ich fragte mich, ob sein Gewehr entsichert war.

»Das können Sie vielleicht im Westen machen, aber hier nicht.«

Was konnte ich vielleicht im Westen machen? Sozialistischen Mutterboden entweihen? Hatten wir da welchen? Kam ich jetzt vor Gericht? Oder sollte ich standrechtlich erschossen werden? Vielleicht ließ er es wie einen Unfall aussehen (»Er ist mir in die Kugel gelaufen, Genosse Generalsekretär!«), oder ich wurde auf der Flucht erschossen.

»Machen Sie, dass Sie hier wegkommen!«, sagte er angewidert und zeigte mit dem Lauf seiner Kalaschnikow, wo es langging.

Als ich zurückkam, war die Schlange nur ein paar Meter weitergekommen. Britta redete mit anderen Mädchen. Ich war wieder nüchtern. Ich stellte mich neben Mücke.

»Na, alte Sau?«, sagte er. »Hast du für mich einen mit reingesteckt?«

Abends gab es eine Party. Sudhoff gestand uns ein paar Bier mehr zu, und der lange Schäfer ordnete seine Kassetten, um den Discjockey zu machen. Britta hatte nicht mehr mit mir geredet, seit wir wieder im Westen waren. Auch auf der Party beachtete sie mich nicht.

Die Mädchen hatten Räucherstäbchen aufgestellt und Tee gekocht. Die meisten von ihnen hielten nichts von Alkohol, erlaubten sich allenfalls mal einen Schluck Rotwein. Von Weitem sah ich Britta, wie sie Bier trank. Es war etwas komisch, dass sie mich nicht beachtete, aber vielleicht erwartete ich einfach zu viel.

Anfangs war alles recht steif, es hockten größere Grüppchen zusammen und das einzige Thema war Schule. Dann wurde es draußen dunkler, und bald wurde der Raum nur noch von Kerzen erhellt. Mir wurde ein bisschen schlecht von den Räucherstäbchen. Die Grüppchen wurden kleiner. Britta saß mit Sudhoff und der Jacobs zusammen. Mücke machte sich wieder an die schöne Claudia heran. Ich stand beim langen Schäfer, der mit zwei Kassettengeräten arbeitete: auf einem spulte er vor und zurück und hörte mit einem Kopfhörer hinein, auf dem anderen spielte er ab. Zwischendurch hielt er mir einen Vortrag darüber, wie wichtig die richtige Reihenfolge der Musik für eine erfolgreiche Party sei. Und als DJ müsse er jederzeit flexibel reagieren können. Sein Ziel sei es, im Laufe des Abends alle zum Tanzen zu kriegen. Aber er wollte uns noch ein wenig Zeit lassen.

Mücke hatte im Spülkasten der Herrentoilette die Whiskeyflasche versteckt. Er war schon drei- oder viermal auf dem Klo verschwunden, um sich einen Schluck zu genehmigen. Ich hatte mich noch zurückgehalten. Als ich mir ein neues Bier holte, stieß ich fast mit Gisela zusammen, die sich vom improvisierten Büfett etwas rote Grütze geholt hatte. Wir kamen ins Gespräch. Sie fragte, ob mich Berlin auch so beeindruckt hätte wie sie. Klar, sagte ich. Gisela sagte, sie wolle nach dem Abitur hierhergehen, um Medizin zu studieren. Wir setzten uns auf den Boden in eine Ecke, und sie erzählte mir von sich. Am liebsten hätte sie ein Kreuzberger Hinterhofzimmer ganz nahe an der Mauer. Dann fragte Gisela, ob sie mal von meinem Bier trinken dürfte. Ich reichte ihr die Dose, und sie trank, ohne die Öffnung vorher abzuwischen. Sie hatte die Knie angezogen und ihre Arme darauf verschränkt und fuhr mit ihrem Kinn auf ihrem Unterarm hin und her. Sie trug einen weiten Rock und Schuhe aus auberginefarbenem Samt mit einem Streifen über dem Spann. Ich warf einen Blick auf ihre Fesseln. Schön schlank.

»Eigentlich mag ich gar kein Bier«, sagte sie.

Ich zuckte mit den Schultern. Sie hatte blonde Locken, die ihr bis auf die Schultern fielen. Ihre weiße Bluse hatte pumpige Ärmel und Rüschen am Hals. Sie sah ein bisschen aus wie eine Bäuerin oder eine Magd. Über ihre Schulter hinweg sah ich, dass Britta jetzt nur noch mit Sudhoff sprach. Die Jacobs war weg. Sie lachten. Mücke hockte immer noch mit der schönen Claudia zusammen.

Gisela veränderte ihre Sitzposition etwas. Ich konnte jetzt ein wenig von ihrer Wade sehen. Ich ging zur Toilette und nahm einen Schluck aus der Whiskeyflasche. Das Zeug brannte mir im Rachen, und mir traten die Tränen in die Augen. Ich spülte mit Leitungswasser nach. Als ich von der Toilette kam, saß Gisela immer noch da und wartete auf mich. Ich konnte ihren Slip sehen. Als ich mich wieder setzte, sagte sie, man könne sich gut mit mir unterhalten. Ganz kurz legte sie mir die Hand auf den Unterarm. Ich nickte. Dann drehte der lange Schäfer die Musik lauter auf. Einige fingen an zu tanzen. Zum Unterhalten war es jetzt zu laut. Ich sah, dass die schöne Claudia allein dasaß. Mücke war offenbar mal wieder auf der Toilette. Ich schrie Gisela ins Ohr, ich müsse mal nach Mücke sehen, sie nickte, und ich stand auf und ging zur Toilette zurück. Die Tür war abgeschlossen.

Als Mücke herauskam, hatte er die Flasche in der Hand. »Es wird einfach zu lästig, ständig aufs Klo zu rennen«, sagte er.

»Klar«, sagte ich. Dann ging er an mir vorbei und nach oben, in den Jungsschlafraum im zweiten Stock. Ich blieb ein paar Minuten stehen, dann ging ich ihm nach. Mücke saß auf der Fensterbank. Das Fenster war offen.

»Na«, sagte ich und prostete ihm zu.

»Na, du alte Sau, warst du schon mit dem Finger drin?«

»Was machst du hier?«

»Wonach sieht das wohl aus? Ich gucke nach draußen.«

»Geile Stadt, was?«

»Scheißstadt. Blödes Pissnest.«

Er war schon ziemlich hinüber. Seine Lider hingen schwer über den Augäpfeln. Von unten hörte man ELO: »Don't bring me down«. Ich hasste ELO. Sie wollten Beatles sein.

»Du bist ja total blau«, sagte ich. »Pass bloß auf, dass Sudhoff nichts davon mitbekommt.«

Mücke verzog den Mund und meinte, Sudhoff sei ein Arschloch, ein windelweicher Sack, der ihn mal kreuzweise könne. Und ich sollte auch mal nicht den dicken Max machen mit meiner Vopo-Geschichte, die ja wohl allenfalls zur Hälfte wahr sei, und außerdem sei es eine verdammt schwache Leistung, dass ich meine Pisse nicht bei mir behalten könne, da sei es nur gerecht, wenn auf mich geschossen würde. Und dann sah er wieder zum Fenster hinaus und sagte: »Guck dir diese Scheißstadt an. Und die andere Scheißstadt da drüben. Zum Kotzen das alles. Die kommen sich alle so besonders vor.« Dann sah er nach unten. »Was meinst du, wie hoch ist das?«

»Keine Ahnung. Fünf Meter vielleicht.«

»Reicht.«

»Was reicht?«

»Ich meine, wenn man mit dem Kopf aufschlägt, dürfte es reichen. Allerdings sind fünf Meter nicht genug, um unterwegs bewusstlos zu werden. Das heißt, man kriegt den Aufprall noch mit, und wenn man Pech hat, überlebt man doch, und dann hat man den Salat: Rollstuhl. Und man kackt in einen Sack, der einem aus dem Bauch hängt.«

»Was erzählst du für eine Scheiße?«

Mücke schwang die Beine aus dem Fenster. »Man müsste«, sagte er, »einen halben Salto hinbekommen, damit man genau auf dem Schädel landet.«

»Was ist denn mit Claudia? Das sah doch ganz gut aus.«

»Blöde Fotze. Macht auf Rührmichnichtan.«

»Sieht aber toll aus.«

»Mein Bruder hat gesagt, man darf sich nicht zum Affen machen.«

»Das machst du aber gerade. Komm wieder rein, bevor Sudhoff was merkt.«

»Der soll mich am Arsch lecken, der Sudhoff, die blöde Sau!«

»Sei vernünftig und komm wieder rein.«

»Ich glaube, ich muss kotzen.«

»Also komm rein, und wir gehen kotzen.«

»Mir ist schlecht.«

»Kein Wunder, du hast mindestens 'ne halbe Flasche Whiskey intus.«

»Ich glaube, ich kriege den halben Salto nicht hin. Ich glaube, ich lande auf meinem Arsch. Und mein Arsch ist aus Stahl, da passiert nichts. Scheiße.«

Spucke lief ihm aus dem Mundwinkel. Der lange Schäfer hatte jetzt »Patricia the stripper« aufgelegt. Was sollte ich machen? Sollte ich seinen Arm packen und ihn einfach hereinzerren? Was, wenn er mir dabei erst recht abschmierte? Sollte ich zu Sudhoff gehen? Aber das würde Mücke mir mein Leben lang vorhalten. Dann aber meinte er, diese Scheißstadt habe es nicht verdient, dass er sich hier aufs Pflaster werfe, also schwang er seine Beine nach innen, sprang von der Fensterbank, verlor das Gleichgewicht, knallte auf den Holzfußboden und fing an zu kotzen. Ich wartete, bis er fertig war, dann holte ich zwei Rollen Klopapier und wischte den Mist weg. Mücke sagte nicht mal danke. Er war auf sein Bett gekrochen und eingeschlafen. Ich hoffte, der Gestank würde sich verziehen, bis die anderen schlafen gingen. Dann versuchte ich das Klopapier voller Kotze im Klo herunterzuspülen. Dabei verstopfte das Klo. Ich nahm das rote Gummidings daneben und stocherte so lange herum, bis alles abfloss. Als ich aus der Toilette kam, stand Britta da.

»Hallo«, sagte sie.

»Hallo«, sagte ich.

»Ich dachte schon, du wärst reingefallen.«

»Bin ich nicht«, sagte ich.

»War ein schöner Nachmittag«, sagte sie.

»Finde ich auch.«

»Sollten wir mal wieder machen.«

»Ja«, sagte ich.

Und dann legte sie mir eine Hand auf die Schulter, sah sich um, beugte sich vor, gab mir einen Kuss auf die Wange und verschwand auf dem Klo. Meine Wange brannte, und ich dachte, eigentlich müsste da ein Fleck sein, den jeder sehen musste, und weil ich das nicht wollte, ging ich nach oben und legte mich in meinen Schlafsack und hörte Mücke beim Schnarchen zu. Unten dröhnte Musik. Es wurde der Mussolini getanzt. Ich steh auf Berlin, hieß es. Dann legte der lange Schäfer »Hungry heart« auf und alle sangen mit.

4 Ein paar Tage später wurde Helmut Kohl Bundeskanzler. Britta sagte, das sei ein großes Unglück, und wir könnten uns jetzt alle auf etwas gefasst machen. Erst mal passierte aber nichts. Außer, dass das Wetter schlechter wurde, aber es war ja auch Herbst.

Ich ging zu jeder Arbeitsgruppe, in der Britta auch mitmachte: Öko-AG, Anti-Atomgruppe, Arbeitskreis Nicaragua.

Meiner Mutter fiel auf, dass ich nachmittags immer seltener zu Hause war, und sie wollte den Grund dafür wissen.

Wir standen in der Küche, und auf dem Herd köchelte Essen in den Töpfen. Ich sagte, es gäbe eine Menge zu tun, politisch gesehen. Meine Mutter machte »Hm!« und sah mich von unten her an. Ich war jetzt größer als sie.

»Du wirst doch über diesen Unsinn nicht deine Zensuren vergessen?« sagte sie.

»Das ist kein Unsinn.«

»Glaubst du wirklich, ausgerechnet du könntest die Welt verändern?«

»Ich werde meine Zensuren nicht vergessen.«

Meine Mutter drehte sich um und setzte sich auf den Küchenstuhl hinter ihr. Sie stützte ihren Kopf mit den Händen, als sei er ihr zu schwer geworden.

»Ist es jetzt so weit?« fragte sie.

»Was soll so weit sein?«

»Wendest du dich jetzt von deiner Mutter ab?«

»Wie kommst du denn darauf?«

»Ist es nötig, so mit deiner Mutter zu reden?«

»Wie rede ich denn mit dir?«

»Du bist so aggressiv, mein Junge!«

»Ich? Aggressiv? Quatsch!«

»Ach Junge! Manchmal möchte ich wirklich wissen, was du eigentlich willst.«

»Ich weiß überhaupt nicht ...«

»Ach Junge, versprich mir, dass du dein Leben nicht wegwirfst. Versprich mir, dass du auf jeden Fall Abitur machst, hörst du?«

»Mama, natürlich mache ich ... Ich meine, ich weiß überhaupt nicht, was du ...«

»Dein Vater würde es nicht überleben, wenn du ihn enttäuschst!«

Mein Vater hatte sich noch nie für meine Zensuren interessiert. Er erfuhr sie von meiner Mutter. Er brummte dann kurz und schaltete den Fernseher ein oder ging in den Keller. Bei einer Drei schaltete er den Fernseher ein. Bei einer Fünf ging er in den Keller. Ich war nicht besonders gut in der Schule, aber auch nicht schlecht. Ich kam durch.

Meine Mutter stützte immer noch ihren Kopf mit den Händen. Dann fing sie an zu weinen. Ich blieb ein paar Sekunden stehen, dann ging ich in mein Zimmer.

Meine Zensuren interessierten meinen Vater nicht, wohl aber, wann ich nachts nach Hause kam. Es waren jetzt fast jeden Samstag Partys. Eines Sonntagmittags wachte ich auf, und mein Vater stand an meinem Bett und starrte mich an.

»Was hast du dir dabei gedacht?«, fragte er.

»Was denn? Wobei?«

»Gestern.« Bloß kein Wort zu viel. Vielleicht wird ja mal eine Wortsteuer eingeführt. Mein Vater und Marcel Marceau wären wohl die großen Gewinner.

»Gestern war Samstag.«

»Nicht frech werden!«

»Worum geht es denn?«

»Du solltest um zehn zu Hause sein.«

»Und wann war ich da?«

»Halb zwölf.«

»Ich hab gedacht, ihr schlaft schon.«

»Was hast du dir dabei gedacht?«

»Gar nichts.«

»Gar nichts?«

»Es war eine Party. Da habe ich wohl die Zeit vergessen.«

Mein Vater atmete aus, schüttelte den Kopf und verließ

das Zimmer. Kurz darauf hörte ich die Wohnungstür zuschlagen. Er ging in den Keller.

Was sollte ich jetzt machen? Wieder einmal hatten meine Eltern mich an die Supermarktkasse gestellt. Nur, dass es hier keine Süßigkeiten gab. Sollte ich mich entschuldigen? Ein bisschen tat es mir ja leid. Vielleicht machten sie sich ja tatsächlich Sorgen. Gleichzeitig schien es aber um was anderes zu gehen. Aber um was? Sorgen machen sah doch wohl anders aus. Aber wie? Das war wieder so eine Situation: Entschuldigen oder nicht? Ich tat erst mal nichts. Aber das hieß nicht, dass ich mich nicht entschuldigte. Es hieß aber auch nicht, dass ich mich entschuldigen würde. War ich jetzt ein Rebell? Schwer durchschaubar, schwer erziehbar? Warum wusste ich nicht, was ich tun sollte. Immerhin ging es um meine Eltern. Und auch wenn das allein nicht ausreichte: Ich würde noch ein paar Jahre mit ihnen auskommen müssen. Sollte ich mich also aus taktischen Gründen entschuldigen? Wieso war das alles so verwirrend? Warum war ich nicht wieder im Kindergarten, wo einem gesagt wurde, was richtig war und was falsch?

Ich ging aufs Klo, wusch mich und zog mich an. Dann ging ich in die Küche, um mir einen Kaffee zu machen. Meine Mutter stand am Herd und machte Essen. Es würde wieder Rindfleisch geben, mit Kartoffeln und Rosenkohl. Ich setzte Kaffee auf, hockte mich an den Tisch und blätterte in der Bild am Sonntag, die mein Vater schon um neun Uhr am Kiosk gekauft hatte. Unauffällig suchte ich nach Brüsten.

»Hat dein Vater schon mit dir geredet?«, fragte meine Mutter, ohne sich zu mir umzudrehen.

»Ja.«

»Und?«

»Was und?«

»Was hast du ihm gesagt?«

»Was soll ich ihm schon gesagt haben!«

»Wie konnte das passieren?«

»Dass ich meinem Vater etwas gesagt habe?«

»Junge!«

»Was ist denn passiert?«

»Das weißt du ganz genau.«

»Ich habe nicht auf die Zeit geachtet.«

»Wieso nicht?«

»Es war eine Party.«

»Und das ist Grund genug?«

»Wofür?«

»Wir haben uns Sorgen gemacht.«

»Ich bin kein Kind mehr.«

»Eben.«

»Was soll das nun wieder heißen?«

»Du hättest wenigstens anrufen können.«

»Mein Gott, es geht um anderthalb Stunden. Was macht ihr denn, wenn ich wirklich mal was ausgefressen habe? Komme ich dann in ein Waisenhaus?«

»Darüber macht man keine Witze.«

»Ich finde das auch nicht komisch.«

»Du hast auf alles eine Antwort, was?«

»Viel zu selten.«

Meine Mutter seufzte. »Du weißt doch, was aus dem Sohn von der Frau Heinemann geworden ist, oder?«

Natürlich wusste ich, was aus dem Sohn von Frau Heinemann geworden war, Michael Heinemann, der sich Maik nannte, mit ai. Er war erst einundzwanzig, hatte aber schon im Gefängnis gesessen, weil er Automaten geknackt hatte, in Apotheken eingebrochen hatte und Drogen nahm.

Seine Mutter kaufte nur noch in Geschäften ein, wo man sie nicht kannte. Wahrscheinlich hatte die Unterweltkarriere ihres Sohnes auch damit begonnen, dass er anderthalb Stunden zu spät von einer Party nach Hause gekommen war.

»Der Michael hat immer noch keine Arbeit gefunden, seit er aus dem Gefängnis heraus ist!« sagte meine Mutter.

»Ich habe ja noch nicht einmal Abitur!«, gab ich zu bedenken.

»Aber das machst du doch wohl noch mein Junge. Tu mir das nicht an!«

»Ich sehe zurzeit keinen Grund, es nicht zu machen.«

»Was soll das heißen ›zurzeit‹?«

»Nichts, Mama, ich mache Abitur und damit hat sich's!«

»Du machst mir Angst, wenn du so redest.«

»Ach Mama, jetzt hör aber mal auf.«

»Musst du unbedingt so mit deiner Mutter reden?«

»Wie denn? Wie rede ich denn mit dir?«

»Ach Junge. Junge, ach Junge!«

Ich nahm meinen Kaffee, ging in mein Zimmer und sah aus dem Fenster. Mein Vater verließ gerade das Haus, um doch noch zu seinem Frühschoppen zu gehen. Eigentlich war es dazu viel zu spät, aber das hatte er ja seinem Herrn Sohn zu verdanken.

Schon um Viertel nach eins war er wieder zurück, und wie üblich war meine Mutter da bereits seit fünfzehn Minuten sauer auf ihn, da eigentlich um eins gegessen werden sollte. Dabei kam mein Vater immer um genau diese Viertelstunde zu spät, das hing mit den Busfahrplänen zusammen, und meine Mutter wusste das. Aber sie hatte alles immer genau um eins fertig, nur um beim Essen öfter mal stumm den Kopf schütteln zu können. Mein Vater nutzte das einzige gemeinsame Mittagessen der ganzen Woche gern dazu, ein wenig an mir herumzunörgeln. Wenn ich mich dann verteidigte, brummte er: »Immer beim Essen!«, als hätte ich davon angefangen. Heute hielt er den Mund. Ich aß so schnell, wie ich konnte, und ging in mein Zimmer. Ich setzte die Kopfhörer auf und hörte »Independence Day« von Bruce Springsteen. *There was no way this house could hold the two of us.* Bei Onkel Bertram mochte ich einen Stein im Brett haben, aber für meine Eltern war ich ein Problemkind.

Eines Nachmittags stand im Arbeitskreis Nicaragua Grundlagenunterricht an. Eine magere Primanerin mit streng zurückgekämmten Haaren hielt ein Referat über Sandino. Sie hatte dunkle Ringe unter den Augen und sprach sehr leise. Ich kannte sie vom Sehen. Man sah sie des Öfteren im Gespräch mit den Vertrauenslehrern, die dann sehr ernst aussahen und ihr immer wieder die Hand auf die Schulter legten.

Britta saß auf der Fensterbank, hatte ein Bein angewinkelt und ließ das andere baumeln. Die meiste Zeit schien sie der Referentin konzentriert zuzuhören, manchmal jedoch schweifte ihr Blick ab, und sie sah aus dem Fenster.

Als das Referat zu Ende war, wurden noch ein paar Sachen besprochen, und dann durften wir gehen. Britta hielt mich zurück.

»Warte mal«, sagte sie. »Ich wollte noch was mit dir besprechen.«

Ich blieb stehen.

»Setz dich mal!« sagte sie, und ich setzte mich.

»Wir haben da doch demnächst diese große Nicaragua-Aktionswoche ...«

»Ja, haben wir.«

»Und du hast dich mit dieser Thematik doch ganz gut beschäftigt.«

Hatte ich das?

»Na ja, und da dachte ich, du könntest mir vielleicht dabei helfen, anlässlich dieser Aktionswoche ein Flugblatt zu erarbeiten, in dem wir umreißen, was wir da so anstellen wollen und warum und wieso und überhaupt.«

»Klar«, sagte ich, »das könnte ich schon machen.«

»Toll, was hältst du davon, wenn du morgen mal bei mir vorbeikommst, und wir gehen die Sache an?«

»Bei dir? Zu Hause?«

»Ich schreib dir die Adresse auf.« Sie nahm ein Heft aus ihrer abgewetzten Großvater-Aktentasche, riss die Mittelseite heraus, beugte sich über den Tisch und notierte die Adresse und malte auch noch in wenigen, klaren Strichen eine Skizze, wie ich von der Bushaltestelle zum Haus kam.

»Also dann! Morgen um vier!« sagte sie und war weg.

Zuerst war ich begeistert. Ich dachte daran, sofort zu Mücke zu laufen und es ihm zu erzählen. Aber von ihm hätte ich wohl nur Sauereien zu hören gekriegt, und die hätten der Würde des Vorgangs nicht entsprochen. Ich stand also da und genoss meinen Triumph ganz allein, ganz still, Old Shatterhand auf einem Hügel im Abendrot, den harten Blick in die Ferne gerichtet. Ich fühlte mich erwachsen.

Dann dachte ich: Sollte ich das wirklich tun? Sollte ich tatsächlich zu ihr hinfahren? Zu ihr nach Hause? Ich würde höchstwahrscheinlich allein mit ihr in einem Zimmer sein. Die Chancen, dass ich das überlebte, gingen gegen null. Aber wenn ich absagen würde, müsste ich erklären, warum ich das tat. Und was hätte ich da sagen sollen? Tut mir leid, du bist zu schön, ich kann mir nicht vorstellen, mit dir allein in einem Zimmer zu sein?

Ich tat also, was ich immer tat, wenn ich nicht wusste, was ich tun sollte: Ich tat gar nichts. Ich gehorchte einfach. Genau, das war es: Das alles unterlag gar nicht mehr meiner Entscheidung. Ich hatte einen Befehl bekommen, und es war unmöglich, diesen Befehl zu verweigern. Ich war aus dem Schneider. Ich konnte zu Britta fahren und musste mich nicht mal entscheiden, es zu tun.

Am nächsten Tag setzte ich mich also in den Bus und fuhr hin zu ihr. Sie wohnte ziemlich weit draußen. Ich musste bis zur Endstation fahren und dann noch mal eine Viertelstunde laufen. Ich kam durch einen kleinen Wald, und dann war ich da: ein altes Fachwerkhaus mit einer großen, ausladenden Rasenfläche drum herum, von hohen Pappeln begrenzt. In den Blumenbeeten standen große, aufgespießte Christbaumkugeln. Ich setzte mich hinter einen Baum und wartete. Ich war zu früh. Ich hatte noch eine halbe Stunde Zeit.

Nach der halben Stunde stand ich auf und ging auf das Haus zu. Da war eine schmale, niedrige Tür, daneben hing eine Kette mit einem Porzellangriff. Da ich keine Klingel sah, zog ich an der Kette. Von drinnen hörte ich eine Kuhglocke. Ich wartete ein paar Sekunden, dann ging die Tür auf, und vor mir stand eine Frau, die aussah wie Britta, nur etwas älter. Die Frau war barfuß, trug eine Jeans und ein rotes Unterhemd. Sie hatte Brüste. Ihre Hände waren mit etwas verschmiert, von dem ich hoffte, dass es nur Ton war.

»Hallo, ich bin die Jutta«, sagte sie und blies sich eine Strähne aus dem Gesicht. »Bist du der Helmut?«

»Ich bin der Helmut.«
»Und du willst zur Britta?«
»Ich will zur Britta.«
»Britta ist oben. In ihrem Bereich.«
Ich sagte nichts.
»In ihrem Zimmer.«
»Oben?«
»Hier vorne durch die Tür, quer durch die Galerie, rechts die Treppe rauf, dann links, noch mal ’ne kleine Treppe, und dann bist du auch schon da. Viel Spaß.« Viel Spaß? Ich war für den Weltfrieden und die Menschenrechte unterwegs, das hatte mit Spaß nichts zu tun!

Ich ging durch einen hohen Raum, der früher die Scheune gewesen war. Die Stirnseite war komplett aus Glas. Eine Schiebetür führte nach draußen. Die Bäume standen ganz dicht am Haus, und es war dunkel. An den Wänden hingen Bilder, aber ich konnte nicht erkennen, was drauf war. In der Mitte des Raumes standen Gebilde aus Metall. Kolben, Zahnräder und lange gewundene Drähte. Vielleicht wurden hier ja auch Autos repariert. Rechts war eine alte, schwere Holztür. Dahinter war eine Treppe. Ich ging hoch. An den Wänden und unter der Decke hingen wallende, hellblaue Tücher und auf die Tücher waren Zwiebackscheiben geklebt.

Ich kam zu einer Tür und klopfte. Von drinnen kam nur ein knappes Ja, und ich öffnete die Tür und ging hinein. Britta stand auf einem Stuhl, trug nur Höschen und T-Shirt und streckte sich nach etwas, das auf einem hohen Regal ganz oben lag. Ruckartig senkte ich den Blick und fing an, den Teppichboden auswendig zu lernen. Dummerweise war da gar kein Teppich, sondern wieder nur Parkettboden. Und doch war es interessant zu sehen, dass keine zwei Planken eines solchen Bodens sich glichen. Und wenn man sich anstrengte, konnte man sehr wohl interessante Muster entdecken: kleine Schäfchen, die einander jagten, ein dicker Mann, der Wolken vor sich her blies, eine Blaskapelle aus kleinwüchsigen Chinesen und ein interessantes Ensemble von vier Delfinen, die maritime Kunststücke zeigten.

Britta hatte gefunden, wonach sie gesucht hatte, stieg von dem Stuhl herunter und zog sich eine Jeans an. »Hier«, sagte sie dann, »das ist wichtig!«, und drückte mir das Buch in die Hand. Es hieß »Der große Bruder im Norden« und beschäftigte sich mit der amerikanischen Außenpolitik in Mittelamerika.

Ich sah mir das Zimmer an. Die Wände waren lila, und überall klebten blaue und weiße Sternchen. Unter der Decke hingen die gleichen tüllenen Tücher wie draußen auf dem Gang. In der Ecke lag eine Matratze mit einem schwarzen Spannbetttuch und roter Bettwäsche. Auf dem Boden daneben eine Stereoanlage und ein paar Platten, unter dem Fenster ein Schreibtisch, mit Papier überhäuft, an den Wänden prall gefüllte Bücherregale bis unter die Decke.

»Draußen hängt Zwieback an der Wand!« sagte ich.

»Ist witzig, nicht wahr?«

»Wie hält der denn auf dem Tuch?«

»Pattex.«

Na ja, was hatte ich denn gedacht? Spucke?

»Und was sind das für Metall-Dinger da unten?«

»Das sind Wilfrieds Skulpturen.«

»Wilfried?«

»Juttas Mann. Mein Vater.«

Jutta und Wilfried. Ich glaube, meine Eltern hießen als Kinder schon Mama und Papa.

»Viele Bücher«, sagte ich.

»Wilfried wusste nicht mehr wohin mit den Büchern, und da hat er sie bei mir geparkt. Prima, was?«

Ich fragte mich, ob mein Vater eines Tages seine Schlagersingles bei mir »parken« würde, wenn der Keller einmal zu klein wäre.

»Was liest du denn so?«, fragte sie mich jetzt, mit Betonung auf dem »Du«.

»Ich?«

»Ist sonst noch wer hier?«

»Ich lese morgens die Zeitung.«

Britta lachte. »Du bist witzig.«

Das verstand ich zwar nicht, aber es hörte sich gut an.

»Nee, jetzt aber mal im Ernst, was liest du denn so?«

»Ich lese nicht so viel.«

»Solltest du aber. Lesen macht schlau.«

»Ich lese natürlich den Spiegel«, log ich.

»Na, das ist doch schon mal was«, sagte Britta. »Warte mal«, fügte sie hinzu, »ich habe da was für dich, das wird dir gefallen.« Sie ging an ihrem Regal entlang, suchte und fand ein bestimmtes Buch, fischte es heraus und gab es mir. Auf dem Umschlag war ein Bild, dessen Ecken abgerundet waren. Es zeigte eine männliche Gestalt, die in der Luft zu schweben schien, und an Stelle eines Kopfes war nur ein weißer Lichtschein zu sehen. Links schien aus einem Loch im Hintergrund ein grauer Wasserfall zu entspringen. Rechts war eine kleine Figur zu erkennen, die wie ein Bauer mit Sombrero aussah. Außerdem hingen grüne Bäume und Hügel in der Luft. Zu den Füßen des schwebenden Mannes wand sich so etwas wie eine Straße nach hinten weg. Das Buch hieß »Reise nach Ixtlan. Die Lehre des Don Juan«. Von Carlos Castañeda. Ich drehte das Buch um. Hinten stand drauf, es ginge in dem Buch um extreme Sinneswahrnehmungen und außergewöhnliche Bewusstseinszustände, die nüchtern und aggressiv geschildert würden. Ich schlug es auf. Das erste Kapitel hieß: »Bestätigungen durch die Welt um uns her«.

»Du kannst es behalten«, sagte Britta.

»Danke!« Die Seiten waren vergilbt, und ganz vorne war eine Widmung zu lesen: »Für Wilfried. In Liebe von Brigitte«.

»Ich dachte, deine Mutter heißt Jutta!«

»Brigitte ist die Exfreundin meines Vaters.«

»Exfreundin?«

»Manche Menschen haben mehr als eine Beziehung in ihrem Leben.«

Beziehung? Meine Eltern waren miteinander verheiratet, das schien ihnen zu reichen.

»Lies es und sag mir, was du davon hältst!«

»Jawohl!«, sagte ich.

Dann setzten wir uns an den Schreibtisch und fingen an zu arbeiten. Britta redete, und ich sagte »Ja« oder machte »Aha«. Wir saßen ganz dicht zusammen. Sie roch nach Parfüm und Apfelshampoo, mit einer ganz kleinen Prise Schweiß.

»Das Problem ist«, sagte Britta, »dass gerade ältere Leute immer noch denken, die Amerikaner seien die, die Hitler in die Knie gezwungen haben.«

»Haben sie nicht?«

»Doch natürlich haben sie das, allerdings nur mit Unterstützung der Roten Armee, was heute gern vergessen wird.«

Wurde es das?

»Nur allzu bereitwillig überlässt man also den Amerikanern ...»

Britta redete weiter. Ich dachte daran, dass ich als Kind oft Amerikaner gegessen hatte. Mit einem Glas Milch.

»... und Daniel Ortega hat erst kürzlich bei seinem Gespräch mit Fidel Castro ... Sag mal, hörst du mir überhaupt zu?«

»Was? Wer? Ich?«

»Wo bist du nur mit deinen Gedanken?«

»Ich bin voll da. Völlig konzentriert.«

»Das stimmt doch gar nicht!«

»Ich ... äh ...«

Sie lächelte mich an, und wir beugten uns wieder über das Stück Papier, das mal ein Flugblatt werden sollte. Sie fragte mich, ob ich das eine wohl so besser fände und das andere besser so, und ich sagte, das könne man sehen, wie man will, und sie sagte aha und entschied sich dann für eine der beiden Möglichkeiten, und ich dankte Ronald Reagan dafür, dass er so ein Arschloch war und überall gefährliche Manöver abhielt und die Russen in die Steinzeit zurückbomben wollte, denn sonst hätte ich nicht hier sitzen und die Welt vor ihm retten können.

»Du passt schon wieder nicht auf!«

Ich schluckte. Dann beugte sie sich vor und küsste mich. Mir wurde sehr warm. Ich sah nichts mehr außer ihrem Gesicht. Ich sah, wie die Brauen aus ihrer Stirn kamen, und ich sah, dass sie ein paar ganz feine Härchen über der Oberlippe hatte. Sie küsste mich noch mal. Ihre Lippen waren ganz weich. Ihre Zunge fand einen Spalt zwischen meinen Zähnen und berührte meine Zunge. Britta nahm mein Gesicht in ihre Hände und öffnete ihren Mund etwas weiter. Ich machte meinen auch noch weiter auf. Ihre Zunge machte etwas mit meiner Zunge. Ich hatte Spucke in den Mundwinkeln. Dann waren ihre Zunge und ihre Lippen wieder weg und sie sagte: »Wir müssen weitermachen.«

Wir beugten uns wieder über das Konzeptpapier. Mir war immer noch sehr warm. Ich roch immer noch Apfelshampoo. Und etwas mehr Schweiß. Dann sagte Britta: »Es hat keinen Sinn.« Sie nahm mich an der Hand und führte mich zu der Matratze. Sie setzte sich, und ich setzte mich auch. Ich musste mich hinlegen, und sie legte sich neben mich. Dann kamen wieder die Lippen, die Zunge und die Spucke. Ich machte auch etwas mit meiner Zunge. Dann schob Britta mein Hemd nach oben und streichelte meine Brust. Ich trug ein blaues Fischerhemd mit dünnen weißen Streifen und einem schmalen Börtchen. Ich fuhr ihr mit der Hand über den Rücken. Sie zog mir das Hemd über den Kopf und warf es auf den Boden. Jetzt fuhren ihre Fingerkuppen an meinen Seiten hoch und runter, und ich bekam eine Gänsehaut. Dann ging ihre Hand tiefer. Sie fasste mich an, durch die Hose. Ich streichelte ihren Rücken, durch das T-Shirt. Sie drückte und rieb mich. Ich hörte auf, ihren Rücken zu streicheln. Dann ließ sie mich los und legte ihren Kopf auf meine Brust. Eine Zeit lang war es sehr still.

»Hat es dir gefallen?«, fragte Britta.

»Ja«, sagte ich.

»Ich finde, wir sollten nicht zu weit gehen, beim ersten Mal.«

Ich sagte nichts.

»Außerdem habe ich meine Tage.«

Ich sah auf die Bücher.

»Du bist süß. Du wirst so schön rot.«

Ich hatte Durst.

»Mir ist kalt«, sagte sie. »Wärmst du mich?«

»Ja«, sagte ich.

Es war schon lange dunkel, als ich ging. Ich ging den ganzen Weg zu Fuß nach Hause. In meinem Kopf sang ich Dylan: *Sara, oh Sara, loving you is the one thing I'll never regret.*

5

Am nächsten Morgen trank ich meinen Kaffee schwarz. Ich hatte gewartet, bis mein Vater aus dem Haus war. Meine Mutter sagte nichts, obwohl ich erst nach Mitternacht nach Hause gekommen war. Ich aß ein Brot und ging zur Schule.

Mücke stand draußen und rauchte und spuckte auf den Bürgersteig. »Na, heute schon gewichst?«, fragte er. Die übliche Begrüßung. Ich nahm seine Hand und sagte: »Ah, das erste Stück Scheiße, das ich heute in der Hand halte!«

»Was ist denn mit dir los?«, fragte er und zog an seiner Kippe.

»Nichts«, sagte ich. »Aber ist dies nicht ein wunderbarer Tag?«

»Ein Scheißtag wie jeder andere auch. Bist du besoffen, oder was?«

Ich ließ ihn stehen und machte mich auf die Suche nach Britta. Ich wollte etwas mit ihrer Zunge machen. Ich konnte sie nirgends finden. Es klingelte. Wir gingen hinein. In der ersten großen Pause sah ich sie auf dem Schulhof stehen, zusammen mit einigen Mädchen aus ihrer Klasse.

Sie stand mit dem Rücken zu mir, als ich auf sie zuging.

Sie sagte etwas, und die anderen lachten. Ich sah sie an, ihren Rücken, ihren Nacken, ihr Haar. Ich kam immer näher. Die anderen Mädchen sahen mich schon. Dann stand ich hinter ihr. Ich sagte hallo. Ihr Kopf flog herum. Sie sah mich. Ich lächelte. Sie sagte hallo. Und dann flog ihr Kopf wieder zurück, und sie setzte ihr Gespräch fort. Die Mädchen sahen mich an. Britta nicht. Ich stand noch ein paar Sekunden da, dann drehte ich mich um und ging.

Ich ging aufs Klo. Ich schloss mich in einer Kabine ein. Ein paar Kabinen weiter saß jemand und stöhnte. Es fing an zu stinken.

Ich saß nur so herum.

Dann wurde ein paar Kabinen weiter gespült. Die Tür ging auf, die Tür ging zu. Ich hörte den Wasserhahn und dann wie jemand Papierhandtücher aus dem großen weißen Spender zog, sich die Hände abtrocknete, die Tücher zusammenknüllte und wegwarf. Dann hörte ich, wie sich Schritte entfernten. Ich wartete, bis die Pause vorbei war, und ging in den Unterricht.

Nach dem Unterricht gingen Mücke und ich noch ein wenig durch die Stadt. Wir redeten nicht viel. Mücke erzählte nie etwas. Vor ein paar Jahren war sein Bruder verhaftet worden, weil er ein Auto gestohlen hatte. Das war nicht das erste Mal gewesen, aber dann hatten sie ihn erwischt. Er war ganz normal in eine Verkehrskontrolle geraten. Er hatte keine Papiere dabei und war außerdem betrunken. Mückes Vater hatte den Bruder windelweich geprügelt. Mücke sagte, sein Bruder habe geblutet und geheult. Dann habe er angefangen, sich zu wehren und den Vater windelweich geprügelt. Der Vater habe auch geblutet, aber nicht geheult. Das Schlimmste war nicht, dass Mückes Bruder einen Wagen geklaut hatte, sondern, dass er erwischt worden war. Auch Mücke hatte immer geglaubt, sein Bruder könnte nie erwischt werden. Drei oder vier Tage lang war Mücke sehr still gewesen und hatte niemanden beleidigt.

Als wir vor einem Plattenladen standen und Mücke mich fragte, ob ich mit hineinkäme, sagte ich: »Klar!«, und wir gingen hinein. Ich kaufte mir »Red Skies over Paradise« von Fischer Z. und eine von Barclay James Harvest, die, wo »Hymn« drauf war. Eigentlich wollte ich die gar nicht haben, und Mücke sah mich auch ganz komisch an, aber es tat gut, das ganze Geld auszugeben, ich fühlte mich leidenschaftlich. Dann ging ich nach Hause.

Zu Hause wärmte meine Mutter mir Linsensuppe auf, obwohl ich sagte, ich hätte keinen Hunger. Ich nahm den Teller mit in mein Zimmer und sah der Linsensuppe beim Kaltwerden zu. Es bildete sich eine dicke Haut auf der Oberfläche. Dann hörte ich erst sehr laut, über Kopfhörer, »Marliese« von Fischer Z. *The waiting almost brought me to my knees.* Dann ging das Telefon. Meine Mutter nahm ab, sagte »Einen Moment«, kam dann in mein Zimmer und sagte. »Es ist für dich.«

Es war Britta. Sie fragte, ob wir uns um vier im Raskolnikow treffen könnten. Ich sagte »Ja«, und sie sagte »Toll« und legte auf. Meine Mutter holte gerade den Teller Linsensuppe aus meinem Zimmer, schüttelte den Kopf und sagte »Junge, ach Junge!«

Ich hörte noch einmal »Marliese«, diesmal ohne Kopfhörer, aber trotzdem sehr laut. *Oh Marliese, did, you really think that I'd leave you in peace?*

Das Raskolnikow war nach dem Helden von »Schuld und Sühne« von Dostojewski benannt. Das hatte Britta mir am Abend zuvor erzählt. Auch ein Buch, was ich unbedingt mal lesen müsse, sagte sie. Ins Raskolnikow gingen Leute, die meine Mutter noch immer »Hippies« nannte. Man konnte dort auch viele aus der Oberstufe unserer Schule treffen. Es hatte bis tief in die Nacht hinein geöffnet. Mein Vater sagte, da würde mit Drogen gehandelt.

Ich war pünktlich. Ich war sogar zehn Minuten zu früh da. Ich setzte mich an einen Tisch in der Ecke und wartete. Auf den Holztischen lagen gehäkelte Deckchen und auf den Deckchen standen gläserne Kerzenständer mit weißen Kerzen. Die Kerzen brannten immer, Tag und Nacht. Damit man nicht sah, wie schmutzig die Fenster waren, hatte man Palmen und Ranken und Ficuspflanzen auf die Fensterbank gestellt. Deshalb war es auch ziemlich dunkel im Raskolnikow.

Ein paar Primaner, die ich vom Sehen kannte, saßen an einem Tisch und aßen Pizza. Am Tresen saß ein Mann in einem langen, bis auf die Knie reichenden Hemd. Er trug keine Hose. Hinter dem Tresen stand ein anderer Mann, mit einem langen, blonden Bart, in den er kleine Zöpfchen geflochten hatte. Er trug eine Latzhose und ein violettes Hemd. Ich wurde nicht beachtet. Niemand kam, um meine Bestellung aufzunehmen.

Britta kam um zwanzig nach vier, und als sie sich setzte, kam der Mann hinter dem Tresen hervor, begrüßte sie mit einem Kuss auf die Wange und dann fragte er uns, was wir wollten. Britta sagte »Kaffee« und ich sagte »Ich auch«, und der Mann ging wieder hinter den Tresen.

»Hallo«, sagte Britta.

»Hallo«, sagte ich.

Britta sagte, sie finde es prima hier. Ich sagte, ich fände es auch prima hier, ich sei aber noch nie hiergewesen.

»Echt nicht?«

»Echt nicht.«

»Ich komme ständig hierher. Ich mache hier Hausaufgaben, wenn Jutta und Wilfried mir zu sehr auf die Nerven gehen. Oder wenn sie allein sein wollen.«

»Aha«, sagte ich.

»Du kannst dir sicher denken, weshalb ich mit dir reden möchte«, sagte sie.

Ich konnte es mir nicht denken, aber ich sagte »Ja«.

»Ich fand es gestern sehr schön mit dir.«

Ich sagte nichts.

»Du erinnerst dich doch an gestern?«

»Klar.«

»Hast du es irgendjemandem erzählt?«

»Was denn?«

»Das gestern.«

»Nein«, sagte ich.

»Gut«, sagte Britta und atmete hörbar aus. »Und ich finde, das sollte auch so bleiben. Okay?«

»Wenn du meinst.«

»Weißt du, als Schülersprecherin bin ich ohnehin unheimlich exponiert und werde angegafft und das alles. Da hätte ich gerne so eine Sache wie mit dir ganz für mich, verstehst du?«

»Ja.«

»Ich hasse es, wenn mich alle anstarren beim Küssen.«

»Kein Problem.«

»Ich möchte nicht, dass die Leute über uns reden.«

»Okay.«

»Und wenn du dich daran hältst, dann habe ich noch eine ganze Menge mit dir vor.«

Ich schluckte. Dann griff sie nach meiner Hand. Ließ sie aber gleich wieder los, als der Mann mit dem Kaffee kam.

Von dem Farbfernseher hatte ich nicht viel. Das Programm bestimmte nach wie vor mein Vater. Irgendwie hatte ich gehofft, das würde sich ändern, jetzt, wo mehr Farbe im Spiel war. Manchmal, wenn mein Vater erst später vom Bahnhof kam, konnte ich die eine oder andere Vorabendserie anschauen. Ich sah zu, dass ich »Hart, aber herzlich« so selten wie möglich verpasste. Ich bildete mir ein, dass Stephanie Powers ein bisschen aussah wie Britta. Das ging ganz leicht. Dann bildete ich mir ein, dass ich ein bisschen wie Robert Wagner war. Das war sehr viel schwieriger. Die beiden kamen prima miteinander aus, und dass sie so reich waren, war ihnen fast schon peinlich. Und wenn sie im Bett lagen und sie dann das Licht ausmachte und ihn »Seebär« nannte, dann bekam ich manchmal einen Ständer. Die deutsche Stimme von Jennifer Hart war sehr erotisch.

Am liebsten saß ich vor dem Fernseher, wenn ich ganz allein war, das heißt, wenn mein Vater noch bei der Arbeit und meine Mutter einkaufen war. Dann setzte ich mich in den Sessel meines Vaters und legte meine Füße hoch und schaltete mit der Fernbedienung durch die Programme. Durch alle drei. Das dritte war immer ein bisschen undeutlich. Wenn ich meine Mutter kommen hörte, setzte ich mich auf den Dreisitzer, wo sonst niemand saß, und wenn mein Vater nach Hause kam, schaltete ich den Fernseher aus. Abends setzte ich mich manchmal dazu, wenn meine Eltern »Dallas« sahen. Aber alleine war es irgendwie besser. Dann konnte ich es mir gemütlich machen. Wenn meine Eltern dabei waren, saß ich einfach ganz normal auf dem Sofa. Ich fragte meinen Vater mal, wie es mit einem eigenen Fernseher für mich wäre, aber er sagte, der sei nicht nötig. Ich hätte auf einen sparen können, aber dann hätte ich keine Platten mehr kaufen können. Ich hatte die

Beatles jetzt ziemlich vollständig und fing an, mich den Solo-Platten von John, Paul, George und Ringo zuzuwenden. Dylan hatte viel mehr Platten gemacht, deshalb war bei ihm noch viel Luft bis zur Vollständigkeit. Dylan war eben alleine und konnte sich nicht trennen.

Mit Britta war es in den nächsten Wochen so: In der Schule kannte sie mich nicht, aber nachmittags konnten wir uns treffen, manchmal auch abends. Manchmal gingen wir im Wald spazieren, und dann durfte ich ihre Hand halten und sie auf die Wange küssen. Einmal drückte ich sie gegen einen Baum und versuchte, ihr meine Zunge in den Mund zu stecken, aber das mochte sie nicht. Sie sagte mir, wann sie meine Zunge gebrauchen konnte und wann nicht. Ich wollte ihre immer.

Ich durfte regelmäßig zu ihr nach Hause kommen. Jutta und Wilfried waren die Einzigen, die wussten, dass etwas zwischen uns lief. Britta spielte mir Jacques Brei vor und fragte mich, wie ich den Text fände. Ich hatte in Französisch eine Fünf und das sagte ich ihr auch. Sie sagte, das sei schade.

»Findest du nicht auch, dass diese Musik ganz toll zu einem verregneten Novembernachmittag bei Tee und Kerzenschein und Räucherstäbchen passt?«

Das hatte nichts mit Französischkenntnissen zu tun, also sagte ich »Ja«.

In ihrem Zimmer galt das, was draußen galt, nicht mehr. Wir lagen auf ihrer Matratze, unter dem Milky-Way-Himmel, und ich lernte richtiges Zungenküssen, und sie knetete meine Hose. Einmal machte ich mir selbst an meinem Gürtel zu schaffen, aber sie schob nur meine Hand weg und sagte, sie wisse schon, was sie tue.

Jutta und Wilfried waren in Ordnung. Sie waren ziemlich viel zu Hause, denn Wilfried war Bildhauer, und Jutta hatte eine Galerie in der Stadt, aber um die kümmerte sich hauptsächlich ihr Geschäftspartner. Sie hatten keine richtige Arbeit, waren aber auch nicht arbeitslos. Das war komisch. Wilfried arbeitete in einem kleinen Anbau, und manchmal hörte ich ihn hämmern und schweißen. Er machte viel mit Metall.

Einmal lag ich mit Britta auf der Matratze, und wir redeten über Weihnachten. Britta sagte, Weihnachten sei nur noch ein sinnentleertes Ritual, ein reines Konsumfestival. Mit Religion habe das nichts mehr zu tun. Allerdings sei Religion ohnehin abzulehnen, das sei Opium fürs Volk, alles Unsinn. Zu Weihnachten würden sich Jutta und Wilfried ein paar Freunde einladen und kräftig einen draufmachen. »Das wird ein Heidenspaß«, sagte sie. Ich könnte auch kommen, wenn ich wollte. Ich sagte, das müsse ich erst mit meinen Eltern klären. Britta zog die Stirn kraus und verdrehte die Augen. Ich sagte, es würde aber wohl kein Problem geben. Dann stand ich auf und ging zur Toilette.

Auf dem Weg dorthin kam ich an Juttas und Wilfrieds Schlafzimmer vorbei. Die Tür stand halb offen. Ich sah hinein. Das Bett war ungemacht. Erst beim zweiten Hinsehen sah ich, dass Jutta drin lag. Sie war nackt und schlief. Wilfried war nicht da. Jutta machte ein Geräusch und drehte sich in meine Richtung, die Augen geschlossen. Sie sah mich nicht. Aber ich sah sie. Sie war ganz nackt. Sie hatte große, schwere Brüste, die an den Seiten herunterrollen wollten. Und sie hatte keine Schamhaare. Sie war rasiert. Ich sah noch ein wenig hin, dann ging ich zur Toilette. Die Tür war verschlossen, und ich wollte gerade wieder weggehen, als der Schlüssel umgedreht wurde, die Tür aufging und Wilfried vor mir stand. Auch er war nackt. Er sagte »Hallo«. Ich sagte auch »Hallo«.

»Alles klar?«, fragte Wilfried.

»Alles klar«, sagte ich und ging ins Bad.

Jutta und Wilfried hatten Sex gehabt. Um halb fünf am Nachmittag. Während ihre Tochter Besuch hatte. Jutta und Wilfried waren Eltern. Der Gedanke, meine Eltern könnten Sex haben, verursachte mir Übelkeit.

Ich setzte mich hin und pinkelte. Als Kind war ich sehr stolz gewesen, als ich endlich im Stehen pinkeln konnte. Aber Britta sagte, nur Machos pinkelten im Stehen und außerdem sei es unhygienisch, weil immer etwas daneben ging. Das sah ich ein.

Als ich zu Brittas Zimmer zurückging, stand die Schlafzimmertür noch immer einen Spaltbreit auf. Ich sah Wilfried, wie er Jutta im Arm hielt. Beide waren immer noch nackt.

Als ich zu Britta zurückkam, sagte ich eine Zeit lang nichts.

Dann fragte mich Britta, was los sei, und dann erzählte ich ihr, was ich gesehen hatte. Britta lachte.

»Ja, sie können sich manchmal nicht halten. Sie vögeln noch immer ziemlich viel miteinander. Ist doch toll.«

Sie sagte das, als wisse sie alles darüber.

Weihnachten kam näher. Bei uns zu Hause lief das immer so ab: Am Heiligen Abend tauschten meine Eltern und ich Geschenke aus und hockten dann zusammen und hörten Weihnachtslieder oder sahen fern. Am ersten Feiertag mussten wir nachmittags zu Onkel Bertram, dessen Frau dann wieder ganz viel Essen zubereiten musste. Von Onkel Bertram bekam ich immer einen Umschlag mit hundert

Mark. Dafür mussten wir bis zum Abend bleiben und darauf warten, dass der Onkel betrunken wurde und wir gehen durften. Am zweiten Feiertag fuhren wir immer zu einer Cousine meiner Mutter, die alleine in einem Haus in der Nähe von Kassel wohnte. Drei Stunden hin und drei Stunden zurück. Dazwischen viel Kaffee und Kuchen. Meist war diese Cousine meiner Mutter gar nicht so alleine, denn es saßen noch andere ältere Damen und Herren mit uns im Wohnzimmer und erzählten Krankengeschichten. Aber zum Abschied sagte die Cousine, die Tante Martha hieß, wie sehr sie sich gefreut habe, dass wir da waren, denn sie hätte ja sonst nichts mehr vom Leben, seit der Emil, ihr Mann, gestorben sei. Emil war schon lange tot, und ich dachte, langsam müsste sie sich doch dran gewöhnt haben, aber jedes Mal erzählte Tante Martha wieder das Gleiche, und wenn wir an der Wohnungstür standen und ihr die Hand gaben, dann fing sie meistens auch noch an zu heulen. Im Auto sagte mein Vater dann jedes Jahr, dass es mit der Martha auch jedes Jahr schlimmer werde, und ich wusste gar nicht, was er meinte, denn eigentlich war es doch jedes Jahr dasselbe, ich konnte da keine Steigerung erkennen. Aber das war auch das Einzige, was mein Vater sagte, während wir die drei Stunden nach Hause fuhren. Meine Mutter guckte dann immer auf die Straße, und ich glaube, sie zählte die schwarzweißen Pfosten am Rande der Autobahn, denn sonst gab es da draußen wirklich nichts zu sehen.

Ich wartete auf den richtigen Moment, meinen Eltern zu sagen, dass ich Weihnachten woanders hingehen würde, aber der Moment kam nicht.

Am 24. Dezember lag ich tagsüber in meinem Zimmer

und tat und dachte nichts. Bis gegen Mittag schien noch einigermaßen Betrieb auf den Straßen zu sein, aber der war etwa ab vierzehn Uhr wie abgeschnitten. Ich stellte mich ans Fenster und zählte die Autos, die vorbeifuhren.

Mein Vater hatte den Weihnachtsbaum eine Woche vor dem Fest gekauft und dann im Keller gelagert. Nicht bei seinen Platten, sondern im Gang, wo die Fahrräder der Nachbarn standen. Als es still geworden war auf den Straßen, holte mein Vater den Baum nach oben und hängte die üblichen Kugeln und das Lametta dran. Dann ging er in den Keller und brachte sich mit alten Schlagern in Weihnachtsstimmung. Bei uns wurde darauf verzichtet, das Wohnzimmer zu verschließen, damit der kleine Helmut sich länger auf den reich geschmückten Baum freuen konnte. Der Baum stand deutlich sichtbar herum. Nur die elektrischen Kerzen waren noch aus.

Ich sagte zu meiner Mutter, die in der Küche das Weihnachtsessen zubereitete, dass ich noch mal einen kleinen Spaziergang machen würde.

»Einen Spaziergang? Du? Jetzt?«

»Ja, sicher. Wieso nicht?«

»Du warst doch nie ein großer Spaziergänger. Früher mussten wir dich regelmäßig hinter uns herschleifen, wenn wir mal am Sonntag ein bisschen spazieren gehen wollten.«

»Und deshalb darf ich jetzt nicht?«

»Ach Junge«, seufzte sie, »rede doch nicht immer einen solchen Unsinn. Natürlich darfst du. Ich wundere mich nur.«

Ich ging die Treppe hinunter und in den Keller. Ich wollte tatsächlich spazieren gehen, aber zuvor wollte ich meinen Vater im Keller angucken. Als ich unten ankam, hörte ich keine Musik. Das machte mich stutzig. Ich musste noch vorsichtiger sein, damit er mich nicht hörte. Ich lugte durch die Bretter und sah meinen Vater an der Wand entlanggehen. Dann zog er ein Album heraus, setzte sich auf einen Stuhl und blätterte es durch, allerdings ohne eine Platte herauszunehmen. Aufmerksam betrachtete er die Labels. Dann klappte er das Album zu, stellte es zurück, nahm ein anderes, setzte sich wieder und blätterte es ebenfalls durch. Als er beim fünften angekommen war, wurde es mir langweilig, und ich wollte gehen. Als ich mich umdrehte, machte ich ein Geräusch, ich weiß nicht genau wie, mein Fuß schabte über den Boden oder so, jedenfalls blickte mein Vater auf. Ich weiß nicht, ob er mich sah, dafür waren die Latten an der Tür dann vielleicht doch zu dicht, aber ich wagte nicht, mich noch einmal zu rühren. Einige Sekunden lang sah mein Vater Richtung Tür, dann nahm er ein neues Album aus dem Regal, und ich schlich, völlig geräuschlos diesmal, davon.

Ich lief eine halbe Stunde draußen herum und überlegte, wie ich es meinen Eltern sagen sollte. Ich bog auf einen alten Kinderspielplatz ein, setzte mich auf eine der beiden Mütterbänke und fragte mich, wieso es mir so ging, wie es mir ging.

Als ich wieder nach Hause kam, war das Essen schon fast fertig. Mein Vater saß im Wohnzimmer und betrachtete den geschmückten Baum. Er war zufrieden. Der Baum war nicht besonders groß, aber er stand auf einem kleinen Tisch, damit er größer aussah. Zwischen der Spitze und der Zimmerdecke war immer noch reichlich Platz. An den Zweigen hing etwas Lametta, und zwischendurch ein paar Kugeln, zur Hälfte rote, zur Hälfte silberne. Früher hatte es mal kleine Figuren aus Holz gegeben, fette Engelchen, die mit vollen Backen in kleine Trompeten bliesen. Die waren offenbar jedoch irgendwann abhandengekommen. Niemand fragte danach. Erleuchtet wurde der Baum von einer Kette aus elektrischen Kerzen. Wenn eine nicht funktionierte, gaben alle den Geist auf.

Ich ging ins Wohnzimmer und sagte »Hallo«, und mein Vater sagte auch »Hallo«. Dann fragte er mich, ob es kalt draußen sei, und ich sagte, es ginge so, und mein Vater sagte »Aha«, dann sagten wir eine Weile nichts, und dann war das Essen fertig. Beim Essen durfte nicht geredet werden, weil mein Vater beim Essen seine Ruhe haben wollte. Es gab Rindsrouladen, die innen mit Senf bestrichen und in die Zwiebeln und Speck eingewickelt waren, mit Bindfäden zusammengehalten. Wir mussten sie auf dem Teller auswickeln. Ich kleckerte dabei immer alles voll, aber meine Eltern nicht, sie hatten ein paar Jahrzehnte mehr Übung im Rouladenauswickeln. Wenn sie sahen, wie ich die Roulade bearbeitete, schüttelte meine Mutter den Kopf, und mein Vater knurrte, das sei doch nicht so schwer und wieso ich das nicht lernen könnte und ob ich das absichtlich mache. Zu den Rouladen gab es Kartoffeln. Immer.

Nach dem Essen wurde gespült, weil mein Vater es nicht ertragen konnte, »wenn Weihnachten das ganze dreckige Geschirr herumsteht«.

Nach dem Spülen gingen wir ins Wohnzimmer, und während mein Vater eine Platte mit Weihnachtsliedern auflegte, holte meine Mutter die Geschenke aus dem Schrank, alle eingepackt in Papier mit vielen Tannen und Engeln drauf, auch Herzchen. Mein Vater bekam in diesem Jahr von meiner Mutter einen Satz neue Unterhosen, weil die von vor fünf Jahren ausgemustert und zu Putzlappen verarbeitet werden sollten. Mein Vater bedankte sich für dieses umsichtige und praktische Geschenk. Er selbst schenkte meiner Mutter eine künstliche Orchidee. »Die geht nicht so schnell ein«, sagte er.

Ich schenkte meinen Eltern Weingläser mit ihren Namen drauf. Meine Eltern, vor allem meine Mutter, freuten sich sehr. Ich bekam zwei Geschenke, beide von meiner Mutter, da mein Vater sich aus diesen Dingen stets heraushielt. »Mama weiß besser, was du gebrauchen kannst«, sagte er. Sie überraschte mich mit einer gestreiften Krawatte und einer Flasche Rasierwasser. Es war die gleiche Sorte, die mein Vater benutzte.

Meine Mutter holte eine Flasche Wein aus dem Schrank und goss uns ein. Wir stießen an, und dann sagte ich, ich müsse gleich noch mal weg.

»Was hast du gesagt?«, sagte mein Vater.

»Ich sagte, ich muss noch mal weg.«

»Du musst noch mal weg?«, fragte meine Mutter.

»Was soll das heißen, du musst?«, wollte mein Vater wissen.

»Na ja, es gibt da noch so eine Weihnachtsfeier von ein paar Leuten von der Arbeitsgruppe, und da würde ich gerne noch hingehen.«

»Heute?«, fragte meine Mutter.

»Am Heiligen Abend?«, knurrte mein Vater.

»Wir unterhalten uns doch gerade so schön!«

»Darf ich?«

»Schön, dass du überhaupt noch fragst!«, sagte mein Vater.

»Und?«

»Du weißt, dass ich dich schlecht hier einsperren kann.«

Um acht Uhr konnte ich gehen. Busse fuhren keine

mehr, aber ich hatte Geld gespart, um mit dem Taxi fahren zu können. Ich ließ mich vor dem kleinen Wäldchen absetzen und ging durch die Dunkelheit zum Haus. Über der Tür brannte Licht. Ich klingelte, bekam aber keine Antwort und klingelte noch mal. Dann ging die Tür auf, und ein kleiner Junge in Latzhosen stand vor mir. In der Hand hatte er einen Schokoriegel. Sein Mund war ganz verschmiert. Ich sagte, ich wolle zur Britta, aber der kleine Junge in der Latzhose sagte nichts und tat nichts. Ich räusperte mich und sagte, ich sei Brittas Freund und sie habe mich eingeladen, und wo sie denn sei. Nichts. Dann tauchte eine Frau auf, die ein weißes T-Shirt und schwarze Jeans und weiße Turnschuhe trug. Sie hatte lange blonde Haare mit vielen Locken und Wellen.

»Ja, äh, ich … Britta hat …«

»Ach ja, sie hat ja gesagt, dass vielleicht noch ein Freund vorbeischauen wollte. Hallo, ich bin die Barbara.«

Ich durfte reinkommen und meinen Mantel an der Garderobe aufhängen. Der Junge schloss hinter mir die Tür. »Hier entlang«, sagte Barbara. Sie führte mich in den hohen Raum mit den Skulpturen, die alle an die Seite geräumt worden waren. In der Mitte waren ein paar Sessel im Kreis aufgestellt. In einem offenen Kamin brannte und knackte Holz. Ich sah mich um. Jutta und Wilfried kannte ich schon, und außer ihnen waren da nur noch zwei Frauen und ein Mann, plus Barbara, und in der Ecke saßen zwei Kinder und spielten mit Bagger und Zug. Britta war nicht da. Jutta stand auf und kam auf mich zu. »Hallo!«, rief sie, »das ist ja schön, dass du kommen konntest!«, und als sie bei mir angekommen war, gab sie mir einen Kuss auf die Wange. »Fröhliche Weihnachten!«, sagte sie. Sie stellte mich den anderen Anwesenden vor. »Also, das ist Helmut, ein Freund von Britta, der ist auch politisch sehr engagiert an seiner Schule. Helmut, das sind Gaby und Dagmar, das ist Richard, und Barbara hast du ja schon kennengelernt.« Alle sagten »Hallo!« und »Fröhliche Weihnachten!«, also sagte auch ich »Hallo!« und »Fröhliche Weihnachten!« und gab jedem die Hand.

»Britta ist gerade im Keller«, sagte Wilfried, »und holt … Ach, da ist sie ja.«

Britta kam gerade durch eine Tür und hatte ein paar Flaschen unter dem Arm.

»Hallo!«, rief sie, und: »Fröhliche Weihnachten!« Sie lächelte, und ihre Wangen waren leicht gerötet. Sie küsste mich kurz auf den Mund. Sie schmeckte ein bisschen nach Alkohol. Sie trug ein blaues Kleid mit halblangen Ärmeln, eine schwarze Strumpfhose und Pumps. Sie hatte Lippenstift aufgelegt. Jutta wies mir einen freien Sessel zu, und ich setzte mich. Der Sessel war sehr tief und bequem.

Britta hatte Champagner aus dem Keller geholt. Die Flaschen waren blumenverziert. Ich bekam ein Glas. Wir stießen alle an und sagten noch mal »Fröhliche Weihnachten«.

Ich hatte ein Gespräch unterbrochen, das nun wieder aufgenommen wurde. Richard baute gerade ein Haus, und da sah er sich immer wieder vor diverse Probleme gestellt, die Wilfried mit dem Bauernhaus alle schon hinter sich hatte. Richard war ziemlich lang, sein Haar war pechschwarz und fiel ihm bis auf die Schultern, außerdem trug er einen Vollbart und eine runde Brille. Ich sah mir die anderen an: Gaby trug einen rot karierten Schottenrock, der an der Seite von einer riesigen Sicherheitsnadel zusammengehalten wurde, und an den Beinen ebenfalls schwarze Strumpfhosen, allerdings gröber als Brittas, und vollständig blickdicht, an den Füßen Schnürstiefel. Oben herum trug sie einen schwarzen Rollkragenpullover, der eng genug anlag, dass ich beschloss, noch einen Schluck Champagner zu nehmen. Ihre Nase war etwas groß, dafür standen aber ihre Augen etwas näher zusammen als sonst wohl üblich. Das brünette Haupthaar hatte sie zu einem Pferdeschwanz gebunden.

Dagmar, die Frau daneben, trug einen roten Arbeitsoverall und darüber ein dunkles Jackett mit einer Rose im Knopfloch. Ihre Haare waren lang und glatt und in der Mitte gescheitelt. An den Füßen hatte sie alte Adidas-Turnschuhe, von denen die Streifen schon abgingen.

Ich trank mein Glas aus. Barbara, die neben mir saß, schenkte mir nach und lächelte mich an. Wilfried trug ein Ringel-T-Shirt und Jeans. Jutta trug einen kurzen Rock, aber keine Strumpfhose. Ihre Schlappen, die sie im Haus immer trug, hatte sie abgestreift und die Knie ganz eng an sich herangezogen. Dadurch sah man ziemlich viel von ihren Beinen. Ich nahm noch einen Schluck.

»Bist du auch in Brittas Gremium?«, fragte Barbara mich.

»Was? Ich? Äh … nein.«

»Aber du engagierst dich anderweitig.«

»Ja, ich, ähm … bin in dieser Arbeitsgruppe.«

»Arbeitsgruppe?«

»Nicaragua. Sandinisten, Dritte-Welt-Kaffee, amerikanischer Imperialismus.«

»Ah, ja, interessant.«

Ich nahm noch einen Schluck Champagner.

»Was hast du denn für Lieblingsfächer?«

»Lieblingsfächer?«

»Ja, du musst doch Lieblingsfächer haben in der Schule.«

»Ich weiß nicht.«

»Was willst du denn nach dem Abitur machen?«

»Nach dem Abitur?«

»Ja.«

»Keine Ahnung«, sagte ich, »wahrscheinlich studieren.«

»Ach ja, und was?«

»Keine Ahnung.«

»Aber du weißt, dass du Abitur machen willst, oder?«

»Ja«, sagte ich. »Was sonst.«

»Und wie hast du Britta kennengelernt?«

»In der Schule.«

»Aha.«

Britta unterhielt sich mit Gaby. In meinem Bauch prickelte der Champagner. Im Kopf spürte ich ihn auch schon. Ein paar Minuten sagte ich nichts, und Barbara sagte auch nichts. Dann nahm ich noch einen Schluck Champagner und fragte: »Und was machen Sie so?«

»Du kannst ruhig du sagen.«

»Und was machst du so?«

»Ich bin Journalistin.«

»Und was macht man da so?«

»Du hast ja einen Schwips.«

»Die Gerüchte über meinen Schwips sind übertrieben«, sagte ich. Barbara lachte.

»Liest du gerne Oscar Wilde?«

»Keine Ahnung.« Den Spruch hatte ich von Britta. Richard sagte gerade, er wolle gerne ein Haus haben, aber er wolle nicht so gerne bauen.

»Du bist nicht sehr gesprächig«, sagte Barbara.

»Ich?«

»Du bist in Britta verliebt, nicht wahr?«

Ich sah mich um. Das hatte niemand gehört.

Dann stand Britta auf und sagte: »Helmut, wir machen jetzt Bescherung.« Und zu Barbara: »Ich muss ihn dir leider entführen.« Barbara sagte, das sei okay, und lächelte.

Britta verabschiedete uns, nahm mich bei der Hand und führte mich die Treppen hinauf, am Zwieback vorbei in ihr Zimmer. In der anderen Hand hatte sie noch eine Flasche Champagner. In dem Zimmer brannten schon einige Kerzen. Britta nahm zwei Gläser aus dem Regal. »Hast du dich gut mit Barbara unterhalten?«

»Sie ist sehr privat geworden.«

»Na ja, sie hält halt nichts von oberflächlicher Partyplauderei.«

Britta ließ den Korken knallen, ohne dass der Schampus überlief, und goss mir das Glas voll.

Wir stießen an.

»Okay«, sagte sie dann, »es geht los.« Sie lüftete die Bettdecke auf der Matratze und holte ein ganz flaches Geschenk hervor. Es war in braunes Packpapier eingeschlagen, und obendrauf war ein grünes Herz, das aus dem gleichen Material bestand wie Christbaumkugeln. Ich machte das Papier ab. Es war eine Schallplatte. Keith Jarrett. »The Köln Concert«. »Toll«, sagte ich.

Ich umarmte sie und küsste sie auf den Hals und dann auf die Wange und dann auf den Mund.

Dann holte ich mein Geschenk aus der Hosentasche. Ich hatte die kleine Schatulle nicht mehr zusätzlich eingepackt.

»Für mich?«, fragte Britta. Sie klappte die Schatulle auf und sah den Ring und klappte die Schatulle wieder zu.

»Du bist wahnsinnig!«, sagte sie.

Britta klappte die Schatulle wieder auf und nahm den Ring heraus. Er hatte mich immerhin knapp hundert Mark gekostet. Ich hatte einige Wochen lang keine einzige Platte gekauft. Der Ring hatte einen ganz kleinen Stein. Innen hatte ich ihren Namen eingravieren lassen. Und: »Von H.«

»Du bist echt wahnsinnig!«, sagte Britta.

»Gefällt er dir?«

»Natürlich, was für eine Frage. Aber das hättest du nicht tun sollen.«

»Wieso nicht?«

»Der muss doch sündhaft teuer gewesen sein!«

»Geld spielt keine Rolle«, sagte ich.

»Ich glaube, ich habe ein schlechtes Gewissen, wenn ich den annehme.«

»Zurückgeben kann ich ihn nicht, und mir passt er nicht.«

»Na dann … Du bist süß.«

Sie küsste mich. Sie war ganz warm. Meine Ohren brannten. Sie bewegte ihre Zunge sehr heftig in meinem Mund. Sie fing an, mir das Hemd aus dem Hosenbund zu ziehen und streichelte meine Brust und meinen Bauch. Sie küsste meine Brustwarzen. Sie nahm meine Hand und legte sie auf ihre Brust. Ich streichelte ihre Wangen und küsste sie auf den Hals und atmete in ihr Ohr. Ich streichelte ihren Nacken. Ich zog den Reißverschluss ihres Kleides hinunter. Sie biss mir in die Unterlippe, aber nur ganz leicht. Ich streichelte ihren Rücken. Sie trug einen BH. Sie sah mich an und bog ihre Schultern etwas nach vorne, sodass ihr Kleid langsam herunterrutschte. Sie zog ihre Arme aus den Ärmeln. Sie trug einen schwarzen BH. Sie küsste meinen Bauchnabel und wand sich aus dem Kleid. Sie zog mir das Hemd über den Kopf und küsste mich auf die Stirn. Dann auf die Nase und auf den Mund. Sie griff auf ihren Rücken und hakte den BH auf und legte sich auf meine Brust und küsste mein Schlüsselbein. Dann zog sie den BH weg, und ihre Brüste lagen warm auf meiner Brust. Sie richtete sich auf, nahm meine Hände und legte sie auf ihre Brüste. Ich streichelte sie. Dann griff sie zu meinem Gürtel und machte ihn auf. Sie streifte mir die Hose ab. Dann zog sie mir die Socken aus. Ich griff nach ihrer Strumpfhose, schob den Bund ein wenig herunter und küsste ihren Bauch. Sie zog sich die Strumpfhose aus und legte sich auf mich. Ich streichelte ihren Rücken. Sie küsste mich und bewegte ihre Zunge sehr heftig in meinem Mund. Sie rieb sich an mir. Dann bewegte sie ihre Hand nach unten und schob einen Finger unter das Gummiband meiner Unterhose. Ich streichelte ihren Hinterkopf und küsste ihre Haare. Sie fuhr mit ihrem Finger unter dem Gummiband hin und her. Dann schob sie ihre Hand hinein. Ich streichelte ihren Rücken, ihre Seite, fuhr mit meinem Finger über ihre Rippen. Sie berührte mich. Sie zog mir die Unterhose aus. Sie streichelte mich. Ich ließ meine Hand auf ihrem Rücken liegen und schloss meine Augen. Die Kerzen flackerten. Ich schob meine Hand ihren Rücken hinunter und legte sie auf ihren Po. Ich fuhr mit dem Zeigefinger unter das Gummiband ihres Slips. Ich schob meine Hand weiter nach unten und streichelte die Haut ihres Pos. Sie küsste mich und zog sich dabei den Slip aus. Dann legte sie sich neben mich. Sie nahm meine Hand und führte sie nach unten. Ich streichelte ihr Haar. Ich streichelte sie. Wir küssten uns. Sie leckte meine Nase. Dann hob sie ein Bein an und bewegte es über mich hinweg auf die andere Seite. Dann ließ sie sich ganz langsam nieder. Sie war sehr warm. Sie legte ihre Hände auf meine Brust. Sie sah mich an und lächelte.

Die Kerzen waren heruntergebrannt. Britta trug den Ring. Wir hörten Keith Jarrett. Wir hörten immer wieder die erste Seite. Wir tranken noch etwas Champagner. Im ganzen Haus war nichts zu hören.

6

Niemand bekam mit, was zwischen Britta und mir war. Unbemerkt kamen wir durch den Winter. Manchmal hätte ich gern jemandem davon erzählt. Aber das ging nun mal nicht.

Ein paarmal stritten wir uns, Britta und ich, aber nicht oft. Und eigentlich war es auch gar kein Streit. Es war mehr so, dass Britta sauer auf mich war und ich dann nicht wusste, was ich sagen sollte. Das endete dann damit, dass ich mich entschuldigte.

Ich vernachlässigte die Schule. Als meine Versetzung gefährdet war, redete meine Mutter auf mich ein, dass ich ihr das doch nicht antun könnte. Mein Vater hockte nur da und schüttelte den Kopf. Die Sache war für ihn erledigt. Ich war kurz davor, ernsthaft abzurutschen, mein Leben zu verpfuschen. Was meine Eltern mir sagten, war mir egal. Als Britta Wind davon bekam, dass ich in Latein, Französisch und Mathematik durchhing, sah das anders aus.

»Das finde ich nicht gut«, sagte sie und drehte sich von mir weg. Wir hatten gerade miteinander geschlafen. Es war später Nachmittag. Ich fühlte mich wie Wilfried. Es ging auf die Osterferien zu. Ich hatte ihr gesagt, ich würde wohl hängen bleiben, aber das sei mir egal, ich wollte auch weiterhin so viel Zeit mit ihr verbringen wie bisher. Und das fand sie jetzt nicht gut.

»Nimm mich nicht als Ausrede dafür, dass du zu faul bist.«

»Ich bin nicht faul«, sagte ich. »Ich kriege das einfach nicht hin. Alles, was über die vier Grundrechenarten hinausgeht, kriege ich nicht in den Schädel.«

»Aber in Latein und Französisch liegt es doch wohl nur daran, dass du nichts tust. Scheiß auf Mathe. Aber in Latein und Französisch musst du was tun. Ich will nicht, dass du hängen bleibst.«

Wenn wir nicht bei ihr zu Hause waren oder spazieren gingen oder ins Kino, saßen wir im Raskolnikow. Der Wirt begrüßte mich jetzt auch. Er hieß Uwe. Nachmittags waren wir zu zweit dort, aber wenn wir abends hingingen, waren wir meist zu siebt oder acht. Es waren immer ein paar aus der Oberstufe dabei, vor allem »Public Enemy No. 1«. Es wurde viel über Politik geredet. Ich war jetzt so weit, dass ich auch ein paarmal was sagte. Über Musik konnte ich ganz gut mitreden, denn ich konnte den langen Schäfer anzapfen, der mir alles Mögliche auf Kassette aufnahm. Ein paarmal fragte man mich, ob ich nicht mal ein paar Platten ausleihen könnte, und dann sagte ich, ich leihe nichts aus, könne aber Kassetten machen. Dann ging ich zum langen Schäfer, und der erledigte das für mich. Die Kassetten musste ich ihm bezahlen, aber ich ließ mir das Geld wiedergeben, und bekam meist noch ein Bier ausgegeben, weil ich mir die Mühe gemacht hatte. Alle hielten mich für sehr ordentlich, denn der lange Schäfer beschriftete die Kassettenhüllen mit der Schreibmaschine.

Mein Verhältnis zu Mücke kühlte etwas ab. Er fragte

mich ein paarmal, was mit mir los sei, und ich sagte, ich wisse nicht, was er meine. Er sagte, ich würde mich nicht mehr um ihn kümmern, und ich fragte ihn, ob ich seine Mutter sei. So etwas war er nicht gewohnt.

Dabei trafen wir uns noch immer, nur nicht mehr so häufig. Mücke passte nicht, dass ich in allen möglichen Arbeitsgruppen dabei war. Er gab nicht unbedingt eine politische Meinungsäußerung ab, fand nur alles Scheiße und meinte, wenn es nach ihm ginge, müsste man den Russen mal richtig was auf die Schnauze geben. Aber das sagte er nur, weil er gern gegen alles war. Als ich ihn mal fragte, ob es nicht auch irgendetwas gäbe, für das er sich engagieren könnte, sagte er nur: »Freies Ficken für alle!« und ließ mich stehen. Seine Bemühungen auf diesem Gebiet waren nach wie vor nicht von Erfolg gekrönt. Er lief jetzt nicht mehr der schönen Claudia hinterher, sondern versuchte es bei einigen anderen. Es funktionierte nicht.

Ich kannte Mücke schon ewig. Wir waren zusammen aufgewachsen. Eigentlich hieß er Mircea Kuwelko. Sein Vater war in den Sechzigern aus der ČSSR gekommen. Seine Familie wohnte nur ein paar Straßen weiter, aber ein paar entscheidende Straßen. Da, wo die Kuwelkos wohnten, wurde die Gegend schlecht und die Häuser schmutzig. Mücke und ich waren schon im Kindergarten zusammen, und schon damals war er ein eher aggressives Kind, das die schlimmen Wörter, die es zu Hause zu hören bekam, an den anderen Kindern ausprobierte. Bestrafungen waren zwecklos. Mücke war es egal, wenn man ihn zwei Stunden im Keller einsperrte. Von zu Hause war er noch ganz andere Sachen gewohnt. Ich weiß nicht, ob sein Vater ihn verprügelte, aber jedenfalls war er nicht nett zu ihm. Wenn ich mal bei Mücke zu Besuch war, wurde er ständig von seinem Vater angeschnauzt, er solle das Licht im Bad ausmachen, eine Flasche Bier holen oder ganz einfach nur das Maul halten, egal, ob er etwas gesagt hatte oder nicht. Herr Kuwelko hatte jede Menge Zeit, sich über alles Mögliche aufzuregen, denn er hatte keine Arbeit. Er war Frührentner. »Auf Rücken.« Sein Rücken war kaputt, aber selbst Mücke wusste nicht, wieso und wovon.

In der Grundschule hatte man herausgefunden, dass Mücke sich nicht nur Kraftausdrücke merken konnte, sondern ziemlich clever war. Er zeigte das nicht gern. Aber es war unbestreitbar. Auf dem Gymnasium schrieb er sehr gute Massenarbeiten. Niemand konnte ihn leiden, aber er war gut.

Er war sehr stolz auf seinen Bruder, auch wenn sein Bruder nichts taugte. Er klaute und prügelte sich und rauchte und soff. Aber früher, als wir noch klein waren, traute sich niemand an uns heran, auch nicht in Mückes Gegend, denn wir standen unter dem Schutz seines Bruders, und dessen Rache würde fürchterlich sein. Ich habe mal gesehen, wie er einen Typen aus der Nachbarschaft zusammengeschlagen hat, weil der Mücke als »asoziale Sau« beschimpft hatte. So redete man nicht mit dem Bruder von Mückes Bruder.

Mücke hatte auch eine Schwester, die hieß Tatjana. Tatjana war sehr still und hing immer nur mit ihrer Mutter zusammen. Auf der Grundschule hatte ich sie noch ein paarmal gesehen, aber dann wurde sie zur Hauptschule geschickt, weil Herr Kuwelko meinte, für Mädchen reicht das. Mücke redete nie über sie.

In diesem Frühjahr und in diesem Sommer hatte ich also immer weniger mit Mücke zu tun. Selbst wenn ich gewollt und gedurft hätte, hätte ich ihm nicht erklären können, was zwischen mir und Britta lief. Etwas war jetzt anders. Mit Mücke zu reden, das war wie zu Hause Mittagessen. Obwohl da ja nie viel geredet wurde. Und natürlich gebrauchten mein Vater und meine Mutter nicht solche Ausdrücke wie Mücke. Aber trotzdem war es so. Wenn ich ihn sah, sah ich meine Eltern und ihre Wohnung.

Manchmal rief Gisela an. Ich ging ein paarmal mit ihr Kaffee trinken, wenn Britta keine Zeit hatte. Es war in Ordnung, aber ich konnte nichts mit ihr anfangen. Sie interessierte sich nicht für Politik, hörte nur klassische Musik und wollte mal Medizin studieren. Wir gingen nur Kaffee trinken. Aber nicht ins Raskolnikow. Gisela sagte wieder, man könne sich so gut mit mir unterhalten, dabei sagte ich gar nicht viel.

Eines Nachmittags sagte Britta, sie hätte mich mit Gisela gesehen. Wir lagen da, nachdem wir miteinander geschlafen hatten. Seit Neuestem durfte ich auch mal oben liegen.

»Du hast mich gesehen?«, fragte ich.

»Ja.«

»Und?«

»Nichts und«, sagte sie. »Ist mir nur aufgefallen. Läuft da was zwischen euch?«

»Wie bitte?«

»Na ja, ich kann doch mal fragen.«

»Das kann nicht dein Ernst sein!«

»Sie ist doch ganz nett«, sagte Britta.

»Aber, das ist doch Unsinn. Du weißt doch: Ich liebe dich.«

Das hatte ich noch nie gesagt.

»Du liebst mich?«, fragte sie. »Weißt du überhaupt, was das ist?«

Ich sagte nichts. Es war jetzt eine komische Stimmung. Es hatte ihr nicht gefallen, dass ich das gesagt hatte. Worüber sollten wir jetzt reden? Britta fing an, mich zu streicheln, und dann schliefen wir noch einmal miteinander. Abends aßen wir mit Jutta und Wilfried, und alles war wieder in Ordnung.

In den Osterferien war ich fast ständig bei Britta. Jutta und Wilfried fuhren für eine Woche zu Wilfrieds Eltern ins Allgäu. Ich setzte zu Hause durch, dass ich über Nacht wegbleiben durfte. Ich erzählte was von Partys und dass alle da schlafen würden. Meinen Eltern war es mittlerweile egal, was ich machte.

Zum ersten Mal konnte ich in Brittas Armen einschlafen. Wir liebten uns ziemlich oft, und ich hatte wohl einiges dazugelernt. Ich durfte jetzt häufiger oben liegen. Ich verlor mich jetzt nicht jedes Mal so vollständig darin. Das machte es für Britta schöner, dachte ich. Außer beim ersten Mal sah mich Britta immer dabei an. Sie konnte die Augen nicht schließen dabei. Manchmal war sie ziemlich heftig, stieß mich, wenn sie auf mir saß, als sei ich das Mädchen und sie der Junge. Wenn sie kam, flatterten ihre Augen, gingen aber nie ganz zu. Man sah dann das Weiße in ihren Augen. Sie wurde ganz still und alles in ihr spannte sich an. Ich konnte es kommen sehen, es schien in ihr aufzusteigen, und erst wenn sie wirklich kam, stöhnte sie laut auf, als habe sie minutenlang die Luft angehalten.

Wenn ich bei ihr übernachtete, blieben wir lange wach. Manchmal warteten wir auf den Sonnenaufgang, liebten uns und schliefen erst dann ein. Wir schliefen bis mittags und frühstückten dann im Bett. Meistens zogen wir uns gar nicht an. Wir liebten uns auch in der Küche und zwischen Wilfrieds Kunstwerken.

Am Ende der Osterferien blieb ich noch einmal über Nacht, obwohl Jutta und Wilfried schon wieder zurück waren. Wir lagen wieder lange wach. Wir hatten ziemlich viel Wein getrunken. Ich küsste sie und streichelte sie, und sie sagte: »Im Sommer fahre ich nach Amerika.«

»Da wollte ich auch immer mal hin«, sagte ich und kroch hinunter zu ihren Füßen und küsste ihren großen Zeh.

»Ich fahre wirklich.«

»Wohin denn?« Ich fing an, mich mit ihrem großen Zeh zu beschäftigen.

»In ein kleines Nest in Illinois.«

»Für wie lange? Vier Wochen?«

»Ein Jahr.«

Ich sah sie an. Ich sah ihre Beine und ihr Schamhaar, ihren Bauch, ihre Brüste und schließlich ihre Augen.

»Ein Jahr?«

»Das berühmte Amerikajahr«, sagte sie. »Ich gehe da zur Schule.«

»Ausgerechnet in Amerika?« Ich war fassungslos. Ein Jahr. Eine Ewigkeit. Und ausgerechnet zu diesen imperialistischen Arschlöchern.

Ich wollte wissen, warum sie das tat, und sie sagte, es sei immer gut, mal für ein Jahr ins Ausland zu gehen. Ihr Vater habe das für sie geregelt, der habe ziemlich lange drüben gelebt.

»Wilfried hat in den USA gelebt?«

»Wilfried ist nicht mein Vater. Jedenfalls nicht mein leiblicher.«

»Juttas Mann, mein Vater«, hatte sie gesagt, als ich das erste Mal hier gewesen war.

»Es ist mir zu kompliziert, ständig zu erklären, wie das mit meinen Eltern ist. Außerdem hat Wilfried mich zum größten Teil aufgezogen. Mein richtiger Vater hat meine Mutter verlassen, als ich sechs Jahre alt war.«

Ich sagte, ich würde auf sie warten. Und vielleicht könnte ich so viel sparen, dass ich zu Weihnachten mal rüberkommen könnte. Sie sagte, das sei keine so gute Idee.

»Wieso nicht?«

»Sieh mal«, sagte sie und hockte sich in den Schneidersitz, »ein Jahr ist eine lange Zeit und wahrscheinlich wirst du jemand anders kennenlernen, während ich weg bin.«

»Nein«, sagte ich.

»Vielleicht lerne ich auch jemand anderes kennen.«

»Du willst jemand anderes kennenlernen?«

»Das habe ich nicht gesagt. Ich habe nur gesagt, dass ein Jahr eine lange Zeit ist.«

Später lagen wir herum und sagten nichts. Es wurde kalt, und wir deckten uns zu.

In den nächsten Wochen versuchte ich, nicht daran zu denken. Die Sommerferien sollten Mitte Juni anfangen. Noch zwei Monate.

Wir fuhren viel mit dem Fahrrad raus. Britta vernachlässigte ein wenig ihr Amt. »Public Enemy No. 1« übernahm immer mehr.

Einmal fuhren wir nach Köln und gingen ins Museum Ludwig. Britta erklärte mir alles über Kunst. Jedenfalls alles, was ich wissen musste. Sie fand es witzig, dass ich davon keine Ahnung hatte. Sie dachte immer, an so etwas komme man nicht vorbei, das sei doch überall. Ich beichtete ihr auch, dass ich erst mit vierzehn meine erste Pizza gegessen hatte. Da musste sie richtig laut lachen. Ich sagte, meine Eltern gingen eben nicht so oft aus, es wurde immer zu Hause gekocht, und Britta fragte mich, was das denn damit zu tun habe.

Hätte ich damals Kilometergeld bekommen, wäre ich reich geworden. Wir gingen sehr viel spazieren. Wir gingen in den Wald und sahen uns Käfer und Ameisen und Spinnen an. Ich ekelte mich ein bisschen davor, aber Britta meinte, ich solle mich nicht so anstellen. Sie nahm eine Spinne und setzte sie mir auf die Hand. Die Spinne krabbelte über meinen Handrücken bis zu meinen Fingerspitzen und schien dann nach unten zu schauen. Mir wurde schlecht. Ich schüttelte die Spinne ab. Britta lachte wieder. Sie hatte immer viel zu lachen, wenn sie mit mir zusammen war.

Im Mai, als es wärmer wurde, gingen wir immer häufiger in den Stadtpark. Hier suchten wir uns Ecken, wo uns keiner sehen konnte. Wir legten uns in die Sonne, und Britta trug nur einen Bikini. Einen blauen. Ihre Brustwarzen drückten sich durch den Stoff. Ich musste mich auf den Bauch legen.

Wir nahmen immer einen Picknickkorb mit und fuhren mit dem Fahrrad. Britta hatte ihr eigenes, und ich nahm das von Wilfried. Beim Fahrradfahren trug Britta noch Hosen und ein Top. Beides zog sie im Stadtpark aus. Einmal zog sie auch das Bikinioberteil aus. Ich drehte mich wieder auf den Bauch.

Im Stadtpark küssten wir uns immer nur, sonst nichts. Also, wir lasen und unterhielten uns und aßen Wassermelonenstücke, aber liebten uns nicht oder so. Ich hätte es getan. Es war mir egal, ob uns jemand sah. Aber Britta sagte, in der Öffentlichkeit müssten wir uns benehmen. Wir hörten Musik aus einem Kassettenrekorder. Simon and Garfunkel standen hoch im Kurs, hatten sich erst kürzlich wieder zusammengetan. Britta brachte mal wieder Kassetten von Angelo Branduardi mit. Ich konnte seine Stimme nicht leiden, aber das sagte ich natürlich nicht. Wenn wir Wassermelone aßen, zog ich mir immer das Hemd aus, damit ich mich nicht bekleckerte. Der Mai war ziemlich gut und warm. Wir waren oft im Park. Ich hatte fast vergessen, dass Britta nach Amerika wollte.

Mitte Juni schlug dann unser letztes Stündchen. Wir gingen nicht in den Stadtpark, sondern fuhren runter zum Fluss. Da waren wir schon ein paarmal gewesen, aber meistens fuhren wir nicht dahin, denn auf dem Rückweg ging es ziemlich lange ziemlich steil bergauf. Wir lagen da und küssten uns. Ich bekam den längsten Kuss meines Lebens. Wir hörten die Platte »One Trick Pony« von Paul Simon, und der Kuss dauerte fast die gesamte erste Seite, von »Late in the evening« bis »Oh Marion«. Danach waren unsere Wangen voller Spucke und unsere Lippen gerötet, und die Haut um unsere Lippen ganz weich und schrumpelig, als hätten wir zu lange im Badewasser gelegen. Dann hakte ich ihr Bikinioberteil auf und streichelte und küsste ihre Brust. Heute war das erlaubt. Mehr aber nicht.

Es war der letzte Schultag. Am Morgen hatte es Zeugnisse gegeben, und ich war doch versetzt worden. Britta war zufrieden mit mir. Das »Mangelhaft« in Mathe hatte ich mir aber gegönnt.

Als es dunkel wurde, brachen wir auf. Mir war zum Heulen zumute. Warum musste das ausgerechnet mir passieren? Wir schoben unsere Räder durch das hohe Gras zum Feldweg hinauf. Dann gingen wir schweigend Richtung Straße. Wir kamen an einer Kneipe vorbei. Am Wochenende saßen hier bis tief in die Nacht Menschen. Heute war Ruhetag. Zwei Männer kamen uns entgegen. Sonst war nichts los hier unten. Es war noch nicht ganz dunkel, man konnte noch alles sehen, und als die beiden nur noch ein paar Meter von uns entfernt waren, pfiff der eine durch die Zähne. Er starrte Britta an. Sie hatte sich nicht ganz angezogen, sie trug nur die Hose und das Bikinioberteil.

»Geile Titten, Schwester!«, sagte der, der gepfiffen hatte. Beide blieben stehen. Wir versuchten, uns an ihnen vorbeizudrängeln, aber sie versperrten uns den Weg.

»Wohin denn so schnell?«, sagte jetzt der andere. »Bist du mit diesem Milchbubi unterwegs, Schwester?« Sie trugen Jeans und T-Shirts, von denen die Ärmel abgeschnitten waren. Sie rauchten und hielten Bierdosen in der Hand.

Britta stöhnte genervt auf und sagte, sie sollten uns durchlassen. Die beiden lachten nur. Britta schob einfach ihr Rad weiter und rammte den einen der beiden am Bein. Der hielt sie fest und fasste sie an die Brust. Ich warf mein Rad weg und ging auf den, der Britta festhielt, los. Ich schrie wie am Spieß, als ich auf den Mann losging, und ich trat und schlug gleichzeitig, trat gegen sein Schienbein und schlug nach seinem Kopf und traf ihn am Ohr. Ich wollte ihm in die Eier treten, aber dazu kam ich nicht mehr, denn er ließ Britta los und stieß mich zurück, direkt in die Arme des anderen. Der hielt mich an den Armen fest und der andere schlug mir in den Magen. Ich wollte nach vorn zusammenklappen, aber der Griff um meine Arme war ziemlich hart. Ich bekam keine Luft. Vor meine Augen schoben sich schwarze Scheiben. Britta fing an zu schreien. Ich wurde noch mal geschlagen, diesmal ins Gesicht, aber nur mit der flachen Hand. Vielleicht hatte er doch ein Herz. Dafür schlug er mehrmals zu. Er wollte mir nichts brechen, sondern mir nur wehtun. Britta schrie immer lauter. Dann ging im Haus, wo die Kneipe war, ein Fenster auf, und jemand beschwerte sich über den Lärm. Der eine schlug mir noch mal in den Magen, ich fing an zu husten und zu würgen, dann ließ mich der andere los, und beide liefen davon. Ich fiel um. Britta kniete sich neben mich und strich mir über den Kopf. Sie schrie nicht mehr. Sonst passierte auch nichts. Keine Polizei oder so. Ich wartete, bis ich einigermaßen wieder Luft bekam. Das dauerte ziemlich lange. Ich dachte, ich müsste ersticken. Mein Gesicht brannte. Dann stand ich auf, und wir schoben die Räder bis zur Straße. Von der nächsten Telefonzelle rief Britta ein Taxi. Wir packten die Räder in den Kofferraum und ließen uns zu ihr nach Hause fahren. Die ganze Fahrt über hielt sie mich im Arm. Es ging mir langsam besser. Diesen Abend würde sie nicht vergessen, drüben in Illinois.

Wilfried zahlte das Taxi, und Jutta und Britta brachten mich hinein und legten mich auf eine Liege im Wohnzimmer. Offenbar blutete ich aus einer Wunde an der Augenbraue. Jutta wischte mir das Blut ab und legte mir einen Waschlappen ins Gesicht, damit es abkühlte. Jutta hatte meinen Kopf in ihrem Schoß, und ich sah hoch zu ihren großen Brüsten. Ich war okay, bekam wieder Luft, musste nicht ins Krankenhaus. Wilfried hatte mich hinfahren wollen, aber ich sagte, das sei nicht nötig.

Britta und ich gingen nach oben, in ihr Zimmer. Britta sagte, sie sei mir sehr dankbar. So etwas habe noch nie jemand für sie getan. Ich vermutete, sie kam auch nicht ständig in solche Situationen. Und ich konnte auch drauf verzichten.

Ich konnte nicht über Nacht bleiben. Am nächsten Mittag schon ging Brittas Flugzeug. Die Koffer standen schon gepackt in ihrem Zimmer. Wir küssten uns und streichelten uns, und dann sagte ich ihr, dass ich sie liebe, denn heute durfte ich das, immerhin hatte ich mich für sie zusammenschlagen lassen. Sie küsste mich und strich mir über den Kopf und sagte, sie würde mir schreiben. Da wusste ich noch nicht, dass ich sie erst sechs Jahre später wiedersehen würde.

Bis drei Uhr blieb ich da. Dann ging ich zu Fuß nach Hause. Den ganzen Weg über heulte ich. Ich kümmerte mich nicht darum, dass meine Eltern wach wurden, als ich heimkam.

Ich schlief nicht. Ich wartete auf den Sonnenaufgang. Es ging aber keine Sonne auf, es wurde nur heller. Der Himmel war milchig weiß. Dafür war es schon am frühen Morgen sehr warm und feucht. Es waren Ferien. Es gab keinen Grund, aus meinem Zimmer zu kommen. Ich hörte, wie meine Eltern aufstanden. Ich hörte meinen Vater im Bad und meine Mutter in der Küche. Ich setzte mich auf den Boden und legte den Kopf an meine Zimmertür. Ich konnte hören, dass sie auch heute Morgen nicht miteinander redeten. Irgendwann schlug die Wohnungstür zu, und mein Vater war weg. Meine Mutter ließ mich schlafen. Sie ging ins Bad. Ich hörte Wasser rauschen. Sie schien zu duschen. Das wunderte mich. Bei uns wurde nicht geduscht. Bei uns wurde sich gewaschen und einmal in der Woche wurde gebadet. Ich für mich hatte das geändert, als Britta mich darauf aufmerksam machte, dass ich roch. Als sie es gesagt hatte, fiel es mir auch auf. Manchmal, wenn ich meinen Eltern zu nah kam, konnte ich sie riechen, und sie rochen nicht gut. Meine Mutter roch immer noch nach altem Blumenkohl, aber mittlerweile wohl nicht nur zwischen ihren Brüsten. Mein Vater roch irgendwie alt.

Gegen zehn kam ich aus meinem Zimmer und ging aufs Klo. Meine Mutter wünschte mir einen guten Morgen. Ich hatte ein paar Punkte gutgemacht, weil ich versetzt worden war. Ich duschte ebenfalls. Ich rieb mich unter den Armen mit Deo ein und putzte mir die Zähne. Dann frühstückte ich. Danach putzte ich mir noch mal die Zähne, weil ich Brotkrumen in den Zwischenräumen hatte. Außerdem hatte ich den Nachgeschmack von Leberwurst im Mund. Dann ging ich in die Stadt und durchstreifte ein paar Plattenläden. Es gab eine neue von Springsteen, die hieß »Nebraska«. Auf dem Cover sah man durch eine Windschutzscheibe. Jenseits der Scheibe war schlechtes Wetter. Auf der Motorhaube lag Schnee. Ich kaufte die Platte und ging nach Hause und hörte sie mir an, zweimal hintereinander. *From the town of Lincoln, Nebraska, with a sawed off four-ten on my lap, through the badlands of Wyoming, I killed ev'rything in my path.* Dann hatte ich heiße Ohren von den Kopfhörermuscheln. Ich setzte den Kopfhörer ab und legte etwas anderes auf.

Irgendwann kam meine Mutter zu mir ins Zimmer.

»Kannst du nicht anklopfen?«, fragte ich sie.

»Anklopfen? Seit wann das denn?«

»Seit heute.«

»Ach Junge.«

»Was ist denn?«

»Was hörst du denn da für komische Musik?«

»Keith Jarrett. ›The Köln Concert‹.«

»Wer?«

»Musst du doch kennen.«

»War das ein Klavier?«

»Nein, es waren vier Waschbretter und drei kaputte Trompeten. Natürlich war das ein Klavier. Besser gesagt ein Flügel.«

»Und das gefällt dir?«

»Natürlich.«

»Aber das hatte doch überhaupt keine Melodie.«

»Ach Mutter.«

»Ach Junge, ich wollte doch nur mal hören, was du da hörst. Hast du die Platte geschenkt bekommen?«

»Ja.«

»Von deiner Freundin?«

»Kann sein.«

»Du hast also eine Freundin.«

Durfte ich jetzt bekennen?

»Es gibt da jemanden«, sagte ich.

»Willst du uns sie nicht mal vorstellen?«

»Nein.«

»Du verstehst doch, dass eine Mutter sich für so etwas interessiert.«

»Für so etwas?«

»Du weißt schon, was ich meine.«

»Ich möchte jetzt noch etwas Musik hören.«

»Du wirfst deine Mutter aus deinem Zimmer?«

»Ja«, sagte ich.

»Ach Junge! Manchmal möchte ich wirklich wissen, was du eigentlich willst!«, seufzte meine Mutter einmal mehr, schüttelte den Kopf, verließ mein Zimmer und schloss die Tür besonders leise.

Teil zwei

7 Es war erstaunlich leicht, etwas mit Gisela anzufangen. Über ihre Eltern bekam ich ihre neue Nummer heraus und rief sie an. Sie lebte in einer Wohngemeinschaft und studierte Medizin, so wie sie es vorgehabt hatte. Sie sagte, sie freue sich, von mir zu hören, und nahm meine Einladung zum Essen noch für den gleichen Abend an.

Ich hatte nicht viel Übung in diesen Sachen. Ich hatte mich ein paarmal mit Frauen getroffen, aber dann hatte ich zu viel an Britta gedacht. Fünf Jahre lag die Sache mit Britta zurück. Ich rief Gisela an, weil ich hoffte, dass es bei ihr einfach sein würde. Und sie hatte Britta gekannt. Sie war nicht Britta, aber sie war mit ihr zur Schule gegangen, hatte mit ihr nach dem Sportunterricht zusammen geduscht, sie musste wissen, wie Britta nackt aussah. Also hatten wir schon mal was gemeinsam.

Britta hatte mir nicht besonders häufig aus Amerika geschrieben. Anfangs schrieb ich ihr jede Woche einen Brief, und etwa auf jeden vierten oder fünften antwortete sie. Dann meldete sie sich lange gar nicht. Dann schrieb sie, sie habe einen gewissen Greg kennengelernt. Kurz bevor sie wieder nach Deutschland kam, schrieb sie, sie werde zu ihrem leiblichen Vater nach München ziehen. Bis dahin war ich noch überzeugt gewesen, ich könnte Greg vergessen machen, wenn sie erst mal wieder ein paar Wochen bei mir war. Aber sie ging nach München, ohne noch einmal zu Hause vorbeizukommen. Ihre Münchner Adresse bekam ich über Jutta heraus. Sie wollte sie mir zuerst nicht geben. Sie sagte, wenn Britta sie mir nicht gegeben habe, sei es nicht richtig, wenn ich sie von ihr bekomme. Ich nervte sie damit, dass es ein Notfall sei, und insgeheim dachte ich daran, ihr zu drohen, den Behörden zu verraten, dass sie nachmittags mit ihrem eigenen Mann Sex gehabt und dass ihr Mann sich ungeniert nackt vor dem Freund ihrer Tochter gezeigt habe. Aber glücklicherweise musste ich diese letzte, brutalste Waffe nicht benutzen, denn irgendwann rührte ich Jutta so sehr, dass sie mir Brittas Nummer doch gab. Ich war selbst überrascht von der Zielstrebigkeit, mit der ich dieses Ziel verfolgt hatte. Diesmal war die Wahl an der Supermarktkasse ganz einfach gewesen: keine Chance für Hanuta, es mussten Die drei Musketiere sein.

Dann machte ich auch noch den nächsten Schritt: Ich schrieb Britta nach München, dass ich sie gern sehen würde. Ich schrieb nichts von Liebe und dass ich nachts nicht schlafen konnte und tags nichts essen. Ich schrieb nur, dass ich sie gern sehen würde. Ich schrieb ihr, dass ich mich an ihre Arme und Beine erinnern könnte, ihre Zehen und ihre Augen und ihre Brüste. Ich schrieb ihr, dass ich mich daran erinnern könnte, wie wir miteinander geschlafen hatten, nachmittags, zwischen Wilfrieds Skulpturen. Sie antwortete mir nicht. Ich wollte wütend werden, aber das gelang mir nicht. Eine Zeit lang spielte ich mit dem Gedanken, einfach nach München zu fahren, in der Hoffnung, dass es anders sein würde, wenn sie mich sah. Aber wollte ich das wirklich? Wollte ich mich so sehr zum Affen machen? Es hatte doch wohl einen Grund, dass sie nicht auf meine Briefe antwortete. Vielleicht hatte sie sie nicht bekommen. Vielleicht hockte bei der Post irgendein unzurechnungsfähiger Psychopath, der Liebesbriefe aufspürte und vernichtete. Aber das war natürlich Unsinn. Ich fuhr nicht.

Als ich Gisela anrief, war schon lange nichts mehr passiert.

Ich war zwanzig, hatte keinen Sex und kein Geld. Aber immerhin hatte ich eine kleine Wohnung. Gleich nach dem Abitur war ich ausgezogen. Meine Eltern hatten nur mit den Schultern gezuckt. Aber sie gaben mir fünfhundert Mark im Monat. Mit diversen Jobs verdiente ich noch ein bisschen hinzu, sodass es gerade reichte.

Wofür es immer reichte, waren Platten. Ich hatte mittlerweile eine ganz stattliche Sammlung zusammen. Immer wenn ein Brief von Britta gekommen war, musste ich losziehen und Platten kaufen. Manchmal lieh ich mir Geld. Ich pumpte meine Mutter an, die mir immer wieder etwas gab. Was in den Sechzigerjahren wichtig gewesen war, hatte ich jetzt einigermaßen vollständig. Die Platten standen in einer langen Reihe auf dem Boden unter dem Fenster im Wohnzimmer. Wenn ich eine bestimmte suchte, musste ich auf allen vieren davor herumkriechen und die Schrift auf den schmalen Rücken entziffern. Immer wieder nahm ich mir vor, das alles mal alphabetisch zu ordnen, aber irgendwie hatte ich den Punkt verpasst, wo das noch problemlos möglich gewesen wäre. Jetzt hätte es wohl einen ganzen Tag gedauert. Ich ließ es, wie es war.

Am liebsten hörte ich noch immer über Kopfhörer. Manchmal saß ich mitten in der Nacht neben meiner alten Kompaktanlage und hörte »Nebraska«. Manchmal auch »Nights in white Satin«, aber nur, wenn ich etwas getrunken hatte. Wenn ich wütend war, hörte ich »Jumpin' Jack Flash«, also das Übliche. Eigentlich war mal eine neue Anlage fällig, aber dazu fehlte mir das Geld. Ich kriegte es nicht hin, einfach mal ein halbes Jahr keine Platten zu kaufen, um auf eine Anlage zu sparen.

Wenn ich zu Hause war, konnte ich es nicht ertragen, wenn es still war. Tagsüber lief Musik, abends der Fernseher. Wenn ich aufstand, legte ich als Erstes was auf. Die Eagles waren immer gut, um morgens langsam auf Touren zu kommen. *It's another Tequila Sunrise.* Eigentlich brauchte ich einen CD-Player, schließlich brauchten CDs sehr viel weniger Platz, aber dafür hatte ich kein Geld, und einstweilen ging es ja noch so.

Neuerdings redeten die Leute von Kabelfernsehen. Ich hatte nichts dagegen, ein paar neue Programme wären nicht schlecht. Immerhin hatte ich jetzt einen Videorekorder, den ich gebraucht gekauft hatte. Ich hatte mich auf eine Anzeige gemeldet und für zweihundert Mark ein riesiges, uraltes Exemplar aus der Urgeschichte des Videorekorders erstanden. Es machte Geräusche beim Abspielen, aber das war egal, immerhin hatte ich jetzt für mich persönlich den Sendeschluss abgeschafft. Nicht weit von meiner Wohnung war ein Videoverleih, wo man mich bald beim Vornamen nannte. Action und Science-Fiction hatten es mir angetan. Aber natürlich musste es einigermaßen intelligent sein. Rambo kam nicht in die Tüte, und Chuck Norris schon mal gar nicht. Wenn ich mir etwas für den Kopf gönnen wollte, sah ich mir Woody Allen an oder so etwas wie »Kramer gegen Kramer«.

Um den Wehrdienst hatte ich mich erst mal gedrückt. Zunächst wurde während der Dauer der Regelstudienzeit »von einer Einberufung abgesehen«, und nach dem achten Semester musste ich einen förmlichen Rückstellungsantrag stellen.

Als ich mich einschrieb hatte ich keine Ahnung von Haupt- und Nebenfächern. Ich kannte auch nicht den Unterschied zwischen Staatsexamen und Magister. Als ich in der Schlange im Foyer des Auditorium maximum stand, dachte ich, dass mir Geschichte und Deutsch immer sehr leichtgefallen waren. Also sagte ich: »Geschichte und Deutsch«, als ich bei dem unfreundlichen Herrn hinter dem niedrigen Tisch ankam. Dieser Mann sollte mich einschreiben. Ohne mich anzusehen, fragte er: »Lehramt oder Magister?« Ich zögerte einen Moment. Lehrer wollte ich auf keinen Fall werden, also sagte ich: »Magister.« Dann fragte er mich nach meinem Hauptfach. Hauptfach? Davon hatte ich keine Ahnung. Aber ich hatte keine Lust, erst nachzudenken und mich dann noch einmal hinten anzustellen. Also sagte ich: »Geschichte.« Dann sagte der Mann, ich brauche noch ein zweites Nebenfach, und ohne lange nachzudenken, sagte ich: »Politik.« Der Mann klebte mein Passbild in mein Studienbuch, und ich war eingeschrieben. Ich bekam einen eingeschweißten Ausweis, ebenfalls mit Foto, mit dem ich billiger ins Kino kam. Beide Fotos waren fürchterlich. Ich hatte sie erst am frühen Morgen, auf dem Weg zur Einschreibung, in einem Fotoautomaten am Bahnhof gemacht. Beim ersten Foto hatte ich direkt in den Blitz gesehen, und auf den anderen dreien tränten mir die Augen. Ich hatte kein Kleingeld mehr gehabt, um neue Fotos zu machen.

Nach der Einschreibung gab es in der Historischen Fakultät noch ein »Erstsemesterfrühstück«, an dem etwa zwanzig Leute teilnahmen. Ein ziemlich abgeklärter älterer Student mit einem blonden Schnauzbart und schwarzen Sportschuhen erzählte uns allerlei Zeug, das sich wohl niemand merken konnte, außer dass man den meisten Profs nicht trauen könne und jeder von uns am besten noch mal zu einer individuellen Beratung in die Fachschaft kommen solle. Dann war alles vorbei, und ich fuhr nach Hause. Auf das Angebot der individuellen Beratung bin ich nicht zurückgekommen.

Am Freitag der gleichen Woche besuchte ich meine erste Vorlesung. Ich dachte, es ginge darum, die Geschichte der Menschheit möglichst chronologisch durchzuarbeiten, also suchte ich mir »Die Geschichte der Griechen im fünften Jahrhundert vor Christus« als erste Veranstaltung aus. Die Vorlesung fand in einem langen flachen Raum statt, mit hässlichen grauen Tischen, die alle wackelten. Immerhin gab es hier Fenster. Als ich um neun Uhr ankam, saßen erst etwa zehn Figuren herum, und ein Mensch schrieb in einer endlosen Kolonne Stichwörter an die Tafel. Zwei oder drei Leute schrieben eifrig ab. Die anderen sahen gelangweilt aus dem Fenster oder unterhielten sich. Ich setzte mich nicht zu weit nach vorn, um nicht als Streber zu gelten, aber auch nicht zu weit nach hinten, um nicht den Eindruck zu vermitteln, ich wolle mich absondern. In den nächsten Minuten füllte sich der Raum zusehends, bis etwa vierzig Leute darin saßen.

Pünktlich um Viertel nach neun betrat ein Mann den Raum, den ich trotz seiner Jugend selbstverständlich für den Professor hielt. Er trug eine helle Cordhose und braune italienische Schuhe, ein weißes Hemd und eine karierte Weste sowie eine zur Weste passende Fliege und ein dunkles Tweed-Jackett. Ich war einigermaßen überrascht, als der junge Mann am Pult vorbeiging und in meiner Reihe, nur ein paar Stühle von mir entfernt, Platz nahm. Er sah mich an und grüßte. Ich grüßte zurück. Er beugte sich vor, reichte mir die Hand und sagte: »Hallo, ich bin Beck!« Ich ergriff seine Hand und nannte meinen Namen.

Dann ging die Tür wieder auf, und ein sehr merkwürdiger Mann kam herein. Er war vielleicht fünfzig Jahre alt, schlank, und auf seinem Kopf saß sein Haar als militärisch kurz geschorene Bürste. Er trug ein grob kariertes Jackett mit breiten Revers, die aus der Mode gekommen waren, als es in Deutschland noch autofreie Sonntage gab, darunter ein Hemd aus der gleichen Zeit. Die Hose passte sich dem in Stil und Farbe an. Seine Schuhe waren in einem sehr hellen Braun gehalten, hatten die Form von Fußballschuhen, nur ohne Stollen, und über den Spann zogen sich bis zur Spitze zwei schwarze Nähte. Der Mann stellte eine schwere Tasche aufs Pult und begann ohne Begrüßung zu reden, wobei er aus der Tasche ein Manuskript hervorholte, aus dem er während der nächsten Dreiviertelstunde vorlas. Zwischendurch tauchten immer wieder einige der Stichworte auf, die an der Tafel standen. Am Ende packte der Mann sein Manuskript wieder in die Tasche, redete aber trotzdem weiter, nahm die Tasche und ging, immer weiter redend, zur Tür, öffnete sie, verschwand und redete wahrscheinlich noch auf dem Flur weiter. Es war, wie wenn man im Zoo ein besonders merkwürdiges Tier sieht. Einige der Anwesenden sahen sich an und grinsten. Ich sah Beck an, und er übernahm das Grinsen für mich. Gemeinsam gingen wir hinaus.

»Tja«, sagte Beck auf dem Flur, »das war Golinski, eine echte Erscheinung. Ich komme jedes Semester nur zur ersten Vorlesung, um zu sehen, wie weit es mit ihm inzwischen bergab gegangen ist. Lass uns einen schlechten Kaffee in der überfüllten Cafeteria trinken!«

Der Kaffee war wirklich nicht besonders gut, aber auch nicht so schlecht, und besonders voll war es auch nicht, aber Beck fühlte sich unwohl. Er fand es dreckig und mochte die Leute nicht. Ich fand, es sah ein bisschen aus wie bei mir zu Hause: In der Ecke vergammelte eine Zimmerpalme, und überall lag Papier herum.

Beck klärte mich darüber auf, dass es nicht unbedingt üblich sei, so viele Vorlesungen wie möglich zu besuchen. Er selber beschränke sich auf ein oder zwei pro Fach, die er dann drei- oder viermal besuche, bevor er die Lust daran verliere. Wenn überhaupt etwas Interessantes geschehe, dann in den Seminaren. Wirklich spannend könne es an so einer riesigen, architektonisch total missratenen Massenuniversität jedoch nur zugehen, wenn man sich in eine der Institutsbibliotheken zurückziehe. Ich sagte, ich hätte von dem ganzen Betrieb keine Ahnung. Beck meinte, ich solle mich nur an ihn halten, er kenne sich hier aus.

In den nächsten Wochen tat ich genau das: Ich hielt mich an Beck. Wir freundeten uns an, und ich folgte seinen Ratschlägen, wo ich es für richtig hielt. Nach zwei Semestern wusste ich selbst, wo es langging.

Wenn es stimmt, dass der Höhepunkt der sexuellen Leistungsfähigkeit des Mannes mit neunzehn Jahren erreicht wird, dann war der bei mir ungenutzt verstrichen. Ich hatte mich ein paarmal mit Frauen getroffen. Ich hatte versucht, sie ins Bett zu kriegen, aber es hatte nicht geklappt. Es war wohl so, dass man Interesse heucheln musste, wenn man bei ihnen landen wollte. Die meisten Frauen reagieren auf Sätze wie »Hör auf zu labern, lass uns lieber gleich ficken, mich interessiert auch nicht, wie du heißt!« gelinde gesagt nicht besonders wohlwollend. Aber an den Frauen, mit denen ich mich traf, interessierte mich nun mal nichts anderes. Sie waren so uninteressant. Was sie über Literatur wussten, wusste ich auch schon oder interessierte mich nicht. Politisch kamen sie mir naiv vor. Wenn man sie fragte, was sie für Musik hörten, sagten sie: »Och, eigentlich alles.« Sie überraschten mich nicht, sie brachten mir nichts Neues bei. Sie waren nicht Britta.

Als ich Gisela anrief, tat ich das deshalb, weil ich wusste, dass sie mich mochte. Wir kannten uns, wir hatten eine gemeinsame Vergangenheit. Das Näherkommen würde schneller gehen. Ich wusste, dass sie mir keine Angst machen würde. Ich dachte auch an Sex, aber nicht in erster Linie. Als ich Gisela anrief, tat ich das vor allem, weil ich ein Erfolgserlebnis brauchte.

Ich ging mit Gisela in ein Restaurant ganz in der Nähe von meiner Wohnung und achtete darauf, dass ich nicht zu viel Wein trank. Gisela erzählte mir von ihrem Medizinstudium.

»Medizin ist prima«, sagte ich. »Ärzte werden immer gebraucht.« Ich stellte mir vor, wie dem Mann am Nebentisch ein Hühnerknochen im Halse stecken blieb, er röchelnd und krebsrot angelaufen aufstand, unter panikartigen Zuckungen den Tisch umwarf und zusammenbrach, Gisela ihm zu Hilfe kam, den Mann hochwuchtete und mit einem von hinten angebrachten Ringergriff den Knochen aus dem Schlund des Mannes heraus- und quer durchs Restaurant katapultierte. Sicher würden wir dann nicht zahlen müssen.

Gisela hatte sich mehr Gedanken über ihre Garderobe

gemacht als ich. Sie trug einen schwarzen Rock und schwarze, blickdichte Strümpfe und eine weiße Bluse und darüber einen schwarzen Angorapulli. Sie sah aus wie eine Kellnerin in der Mittagspause. Außerdem hatte sie etwas Lippenstift aufgelegt. Ich mochte das sonst nicht. Britta hatte sich nie geschminkt, und sie hielt auch bei anderen Frauen nichts davon. Aber an Gisela sah es ganz gut aus, vielleicht, weil sie selbst ein wenig blass war. Nach dem dritten Glas Wein dachte ich, es könnte nicht allzu schwer sein, diesen Mund zu küssen und meine Zunge hineinzustecken. Es war faszinierend. Die ganze Sache konnte so einfach sein. Das war mir nicht aufgefallen, als ich mit Britta zusammen gewesen war. Jetzt saß ich Gisela gegenüber, mit der ich mich schon in der Schule immer so gut verstanden hatte, und alles an ihr schien zu sagen … na ja, nicht gerade »Nimm mich jetzt und hier und nimm mich hart«, aber immerhin »Umarme mich, küsse mich, hab mich lieb!«. Ich fühlte mich sehr erwachsen.

Sie hatte noch immer Kontakt zu einigen Leuten aus unserer Jahrgangsstufe. Sie erzählte mir, was sie trieben. Ich fragte nach dem langen Schäfer, aber von dem hatte sie nichts gehört. Auch nicht von Mücke. Mücke hatte ich nur ein paarmal seit dem Abitur gesehen. Ich machte einen Witz über Schmalendorf, den Direktor, und Gisela lachte. Das sah schön aus. Vielleicht machte der Wein ihr Lachen noch schöner, aber ich dachte, es ist bestimmt auch ohne Wein ziemlich schön. Ich sagte ihr das. Sie wurde rot und schlug die Augen nieder.

Ich sagte, sie sehe heute Abend sehr gut aus. Sie sagte »Danke«, und dann sagten wir beide ein paar Sekunden nichts. Dann fragte sie mich, was ich nach dem Studium machen wolle. Ich sagte, das werde man sehen. Dann sagten wir wieder ein paar Sekunden nichts. Sie hatte keine Ahnung von Geschichte und ich keine von Medizin.

Ich bemühte mich, das vierte Glas Soave langsamer zu trinken. Irgendwann würden wir zahlen müssen, und so wie es aussah, erwartete sie von mir, dass ich sie nach Hause brachte. Einfacher wäre es gewesen, zu mir zu gehen, ich wohnte nur ein paar Meter weiter, aber das schlug ich nicht vor. Ich hatte nicht aufgeräumt. Sie sollte nicht gleich den richtigen Eindruck von mir bekommen.

Irgendwann zahlte ich. Eigentlich konnte ich mir das alles nicht leisten, aber ich ließ die Rechnung kommen und zahlte alles. Ich half Gisela in den Mantel und wir gingen hinaus. An der frischen Luft wurde mir bewusst, wie viel Alkohol in vier Gläsern Soave steckte. Ich ließ mir nichts anmerken.

Britta und ich hatten immer viel Wein getrunken. Britta konnte ziemlich was vertragen. Ich fand das ungewöhnlich für ein Mädchen, aber das sagte ich nicht, das hätte ihr nicht gefallen. Sie sagte immer, jeder kann alles. Männer können Frauen sein und umgekehrt. Nur halt nicht beim Kinderkriegen. Einmal haben wir in ihrem Zimmer gesessen und Wein getrunken, und als sie zur Toilette wollte, ist sie die Treppe runtergefallen. Nicht die ganze, aber immerhin die letzten vier oder fünf Stufen. Ich hörte sie schreien und lief zu ihr. Sie lag auf dem Boden und lachte. Sie trug nur ein T-Shirt, und das war hochgerutscht, und ich sah ihren Hintern. Britta war betrunken. Ich betrank mich auch, damit es nicht auffiel. Später, beim Sex, haben wir uns redlich bemüht, aber wir konnten uns nicht konzentrieren.

Einmal, als Jutta und Wilfried nicht da waren, haben wir uns über Wilfrieds Whiskey hergemacht. Der erste Schluck war fürchterlich. In meinen Backentaschen sammelte sich Speichel. Der zweite Schluck war schon etwas besser, und nach dem dritten hatte ich es heraus. Später wurde mir doch noch schlecht. Ich wankte die Treppen hinunter zur Toilette. Ich ging vor der Schüssel in die Knie, als wollte ich sie anbeten, und kotzte. Britta kam mir nach und lachte. Dann merkte sie, dass es ernst war, und sie kniete sich neben mich und strich mir über den Kopf. Ich war kreidebleich. Später gab sie mir eine ganz neue Zahnbürste und sah mir zu, wie ich mir die Zähne putzte, um den ekelhaften Geschmack loszuwerden.

Es machte Spaß, sich mit Britta zu betrinken. Manchmal dachte ich, saufen macht schlau. Nach ein paar Gläsern war mir immer alles so klar, und was ich sagte, hörte sich ziemlich klug an, und ich sprach ohne große Pausen. Wenn Britta betrunken war, bekam sie so ein Glänzen in den Augen. Es war ein leicht irres Glänzen. Sie schien dann näher bei mir zu sein. Wir wussten dann beide gleich viel.

Ich fragte mich, wie das wäre, sich mit Gisela zu besaufen.

Sie sagte, sie trinke nur ganz selten mal ein Glas Wein, und betrunken sei sie noch nie gewesen.

»Aber in Berlin hast du von meinem Bier getrunken«, sagte ich.

»Aber nur, weil es dein Bier war«, sagte sie und sah dann gleich weg.

Wir mussten ziemlich weit gehen, um zu ihrer Wohnung zu kommen. Wieder sagten wir eine Zeit lang nichts. Um irgendetwas zu tun, bot ich ihr meine Armbeuge, und sie hakte sich ein.

Dann standen wir vor ihrem Haus. Sie fragte mich, wo

ich wohnte, und ich sagte es ihr. Sie sagte, das sei aber ziemlich weit zu laufen. Ich sagte Ja. Sie fragte mich, ob ich noch einen Moment mit nach oben kommen wollte, um noch einen Kaffee zu trinken. Sie könne mir dann ein Taxi rufen. Ich sagte, ich könne nicht lange bleiben, morgen hätte ich gleich um neun eine Vorlesung. Sie sagte okay, und wir gingen hoch.

Noch im Mantel, zeigte sie mir ihr Zimmer. Der Schreibtisch war eine auf geschwungenen Chrombeinen liegende Glasplatte, der Teppichboden anthrazitfarbener Velours, das Bett im französischen Stil, mit schwarzem Betttuch und weißer Wäsche. Sie kam mit einem allenfalls zur Hälfte gefüllten Bücherregal aus. Bei ihr hatte niemand irgendwas »geparkt«. Sie fragte mich, ob ich meinen Mantel ausziehen wollte, und ich zog ihn aus und legte ihn aufs Bett. Dann gingen wir in die Küche, und sie setzte den Kaffee auf. Ich sagte, ihr Zimmer sei sehr nett. Sie sagte, die anderen Zimmer könnte sie mir nicht zeigen, wegen ihrer Mitbewohner. Sie erzählte mir ein wenig von ihnen, und dann war der Kaffee fertig. Sie goss ihn in zwei Becher, und wir gingen hinüber in ihr Zimmer.

Und dann stand sie da, mit dem Kaffee in der Hand, gegen ihren Schreibtisch gelehnt, und ich auch, ebenfalls mit dem Kaffee in der Hand, die Tür im Rücken.

Als es dann losging, war es ganz leicht. Ich ging zu ihr, stellte meinen Kaffeebecher auf dem Schreibtisch ab und kam ihr dabei sehr nahe. Ich strich ihr das Haar hinters Ohr und küsste sie auf die Wange. Sie senkte den Kopf ein wenig und schloss die Augen. Ich legte ihr meine Hand an die andere Wange und küsste sie noch einmal, diesmal näher zum Mund hin. Sie drehte sich leicht zu mir. Ich küsste sie auf den Mund. Sie hob den Kopf. Ich küsste sie wieder auf den Mund, und wieder. Sie öffnete die Lippen etwas, und ich schob meine Zunge dazwischen. Ich hörte sie durch die Nase atmen. Dann legte sie mir eine Hand in den Nacken. In der anderen hielt sie immer noch die Kaffeetasse. Ich nahm sie ihr ab und stellte sie auf den Schreibtisch. Sie stieß sich vom Schreibtisch ab und drängte sich gegen mich. Sie küsste mich. Ich fuhr mit einer Hand über ihren Rücken. Dann setzten wir kurz ab, und sie sah mich an. Ihre Augen waren ein bisschen rot. Dann küsste sie mich sehr sanft. Ich zog ihr den Angorapulli aus. Dann küsste ich sie sehr sanft. Ich fuhr ihr mit der Kuppe meines Zeigefingers die Nase entlang, über die Lippen und das Kinn, den Hals hinunter über den Ausschnitt und über die Bluse zwischen ihren Brüsten hindurch bis zum Bauch. Da legte ich meine Hand hin. Sie zog mir das Hemd aus dem Bund, streichelte über meinen Rücken. Ich zog ihr die Bluse aus dem Rock und streichelte ihren Bauch. Dann knöpfte ich ihr die Bluse von unten nach oben auf. Sie trug einen weißen BH mit einer kleinen rosafarbenen Blume zwischen den Körbchen. Ich küsste sie wieder, eine Hand in ihrem Nacken, ihren Haaransatz streichelnd. Dann legte ich eine Hand ganz leicht auf einen Busen. Sie atmete ein. Ich legte meine Hand wieder auf ihren Rücken und suchte den Verschluss ihres Büstenhalters. Ich bekam ihn ziemlich schnell auf.

Ich streifte ihr die Bluse von den Schultern und auch die Träger des BHs. Ich zog meinen Pullover und mein Hemd aus. Ich umarmte sie. Dann hatten wir Sex.

Es war erstaunlich leicht, etwas mit Gisela anzufangen.

8 Die Achtzigerjahre gingen zu Ende. Das hört sich pathetisch an, und dabei hatten die Achtziger nun wirklich nichts mit Pathos zu tun. Irgendwann waren in der Schule immer mehr Leute mit ledernen Aktenkoffern aufgetaucht. Sie kämmten sich, sie trugen Schuhe mit Troddeln, sie besuchten die erstmals angebotenen Informatikkurse, sie hatten den Führerschein. Die etwas wilderen Mädchen fingen an, sich Kruzifixe und Rosenkränze umzuhängen, und trugen Röcke über Leggings und dazu Schnürstiefel. Aber auch Mädchen, die in Bluse und Rock zum Unterricht erschienen, waren keine Außenseiterinnen mehr. Es gab immer noch die Wildlederjackenträger, aber die Hegemonie ging langsam an jene über, die schmale Lederkrawatten zu pastellfarbenen Polohemden für nicht ehrenrührig hielten. Es kam die Unsitte auf, Jackettärmel bis zum Ellenbogen hochzuschieben. Kurz vor dem Abitur, ziemlich genau Mitte der Achtzigerjahre, sagte Mücke, eine Kultur, in der geschminkte Schwuchteln wie George Michael und Boy George nicht standrechtlich totgeschossen würden, verdiene es, unterzugehen.

Wir waren dagegen. Gegen Kohl. Aber wir sagten es keinem. Und Kohl hieß nicht nur Helmut, sondern alles. Kohl hieß »besenrein«. Kohl hieß grinsen. Kohl hieß »endlich SS-Gräber besuchen«. Plötzlich mussten Fußballspieler vor einem Länderspiel die Nationalhymne singen. Man musste ihnen nur beibringen, dass sie die dritte und nicht immer die erste Strophe singen sollten, wie sie es im Fanblock gelernt hatten. Zum Sendeschluss – den es damals noch gab – lief ebenfalls die Nationalhymne, wie in Amerika, nur eben die deutsche. Wir lernten »Werner«-Comics auswendig und tranken Bier aus Flaschen mit Plopp-Verschluss und furzten und hielten das für Widerstand.

Wir gewöhnten uns daran, dass über dem roten Knopf im Osten zitternde Altmännerhände schwebten. Die Kommunistenchefs waren hinfällig und sabberten und mussten gestützt werden und hatten künstliche Ausgänge. Dafür gab es ständig neue.

Die Achtziger waren vor allem um die Mitte herum und gegen Ende finster, und die Sommer waren schlecht, aber ich lernte in ihnen das Zusammenleben und das Ficken, das Liebsein und das Lügen. Man kann es sich eben nicht aussuchen. Wäre ich mit den Beatles aufgewachsen, hätte ich vielleicht auch an eine bessere Welt geglaubt.

Nach ein paar Wochen sagte Gisela, es sei doch vielleicht schön, wenn ich in ihre WG ziehen würde. Ich überschlug, dass ich etwa zweihundert Mark im Monat sparen würde, und sagte, das sei wirklich schön. Gisela sagte, Joe, einer ihrer drei Mitbewohner, würde demnächst ausziehen, und dann sei das Zimmer frei. Schlafen könnte ich bei ihr, aber Joes Zimmer sei doch ein tolles Arbeitszimmer für mich. Wir würden zusammen wohnen, hätten aber jeder unseren eigenen Bereich. Als sie das sagte, musste ich an Britta denken. Und an Jutta, wie sie gesagt hatte, Britta sei oben, in ihrem Bereich.

Joe zog aus, und ich zog ein. Ich habe ihn nicht mal gesehen. Joe hatte eine Menge Regale gehabt, die Wände waren mit Löchern übersät. Ein ganzes Wochenende ging für die Renovierung drauf. Gisela half mir. Sie war wirklich sehr nett.

Aus meiner alten Wohnung hatte ich nur meinen Schreibtisch, einen Stuhl, einen Sessel und einen Kleiderschrank mitgebracht. Alles andere hatte ich auf den Sperrmüll geworfen, und auch das war nicht viel gewesen. Die Bücher, die ich in den letzten Jahren gekauft hatte, weil ich glaubte, dass sie mir von Britta empfohlen worden wären, stapelte ich einfach auf dem Boden. Gelesen hatte ich kaum eines davon.

Das Zimmer war ziemlich klein. Das Problem waren meine Platten. Ich musste mir ein Regal kaufen, wo die Platten hineinpassten. Also bohrte auch ich Löcher, um ein Kellerregal aus Metall zu befestigen, das ich für fünfundzwanzig Mark im Baumarkt gekauft hatte. Gisela sagte, wenn das mit meinen Platten so weiterginge, müsste ich mir was einfallen lassen. Ich fragte mich, was sie das anginge, sagte aber nichts.

Ich hatte meinen Fernseher aus der alten Wohnung mitgebracht und meinen riesigen Videorekorder. Gisela sah nicht so viel fern, also stellte ich die Dinger in meinem Zimmer auf. Die Programme waren nur über Zimmerantenne zu empfangen. Das Erste ging ganz gut, das Zweite zur Not auch, das Dritte nur bei gutem Wetter. Aber ich hatte ja den Videorekorder. Oft saß ich in meinem Zimmer in meinem alten Sessel und sah fern, während Gisela nebenan büffelte.

Ich selber musste nicht viel für die Uni tun. Es machte mir Spaß und es fiel mir leicht.

Außer Gisela und mir wohnten noch ein Mann und eine Frau in der großen Altbauwohnung. Der Mann hieß Rüdiger und machte gerade eine schwere Zeit durch. Allerdings waren für Rüdiger alle Zeiten schwer. Er war fast einsneunzig groß, ziemlich kräftig, ohne wirklich dick zu sein, und weil ihm vorn die Haare ausgingen, ließ er sie hinten umso länger wachsen. Dafür rasierte er sich zweimal am Tag. Meistens trug er Jeans und T-Shirt und darüber ein offenes Hemd und wechselte seine Kleidung täglich, bis auf die Hose. Er war nachlässig und ordentlich zugleich. Und so sah auch sein Zimmer aus: der Schreibtisch war unter mehreren Pyramiden von Papier gar nicht mehr zu sehen, aber das Bett war immer frisch bezogen. Rüdiger hatte Jura studiert und auch abgeschlossen. Danach hatte er zwei Jahre in einer Anwaltskanzlei gearbeitet. Dann fand er heraus, dass regelmäßige Arbeit nichts für ihn war. Während seines Studiums hatte ihn regelmäßige Arbeit nicht gestört. Gisela vermutete, es müsse damit zu tun haben, dass seine Frau ihn verlassen hatte. Sie hatten ein Kind gehabt, aber darüber redete Rüdiger nicht. Also waren seine Tage nun gekennzeichnet von einem Trott aus Aufstehen, Herumlungern und Schlafengehen. Zwischendurch sah er fern, und manchmal las er historische Romane. Bisweilen ging er sogar arbeiten, trug Zeitungen aus oder saß in einem Parkhaus herum und passte auf, dass alle richtig rein- und rausfuhren.

Die Frau, die das dritte Zimmer bewohnte, hieß Barbara und arbeitete am Theater. Sie war fünfundzwanzig und hatte ganz kurzes schwarzes Haar. Sie trug Schnürstiefel zu kurzen schwarzen Röcken und abgetragene Kleidung aus den Siebzigern. Barbara war oft müde. Meist kam sie erst spät in der Nacht nach Hause und nicht immer ganz nüchtern. Die Arbeit am Theater schien ihr keinen Spaß zu machen. Am Morgen ging es ihr besonders schlecht, denn sie musste schon ziemlich früh wieder auf der Probe sein. Sie war Hospitantin und bekam nicht mal Geld. Ich fragte mich, wovon sie lebte. Sie redete nicht viel. Barbaras

Zimmer war eigentlich keines, sondern eher eine Höhle. Die Fenster hatte sie sich mit pinkfarbenen, grünen und blauen Tüchern verhängt, ihre Kleider hingen an einer Stange an der Wand oder lagen auf dem Boden verstreut, die zwei Sessel, die unter allerlei Kram wie noch mehr Kleidungsstücken, Büchern und Papieren schier zusammenbrachen, waren ebenso wie der runde, alte Holztisch vom Sperrmüll. Bei ihrem Einzug hatte sie den alten Teppichboden herausgerissen und keinen neuen verlegt, sodass man an den Stellen, wo es möglich war, dunkelrote Holzbohlen sehen konnte.

Gisela mochte Barbara und hatte immer etwas Mitleid mit ihr, weil sie meinte, ihr werde am Theater wirklich übel mitgespielt. Bisweilen wusch Gisela Barbaras Wäsche für sie mit und übernahm den Küchendienst, wenn Barbara nicht dazu in der Lage war.

Es war gut mit Gisela. Ich betrachtete sie gern, und ich mochte es, wenn sie mich anfasste. Wir verstanden uns gut, stritten uns nicht und hatten meist die gleiche Meinung. Mit Gisela zu schlafen war anders als mit den anderen. Sie war sehr still und ließ mich machen. Sie war nicht prüde, hatte keine Angst, etwas auszuprobieren, aber sie kam nicht selber darauf. Ich konnte alles machen, was ich wollte, aber manchmal dachte ich, wenn wir es nur ganz einfach machen würden, wäre es auch in Ordnung für sie. Immerhin gelang es mir, nicht jedes Mal an Britta zu denken.

Es wurde Zeit, dass ich eine regelmäßige Arbeit bekam, die mich nicht zu sehr anstrengte. Bisher hatte ich im Supermarkt oder im Getränkehandel Kisten geschleppt und Regale ein- oder ausgeräumt. Ich hatte bei Inventuren geholfen und Botengänge erledigt. Ich hatte sogar zwei Wochen in den Semesterferien auf dem Bau gearbeitet, aber dann war ich dreimal hintereinander zu spät gekommen und war gefeuert worden.

Also wurde ich Parkwächter. Rüdiger besorgte mir den Job, nachdem ich ihm erzählt hatte, ich brauchte Arbeit. Der Job war nicht gut bezahlt, aber leicht. Ich saß vier Stunden am Tag in einer kleinen Kabine herum und musste eigentlich gar nichts machen. Fast alle zahlten an den Kassenautomaten. Nur wer kein Kleingeld hatte, kam bei mir vorbei. Schon aus lauter Langeweile fing ich an, ernsthaft zu studieren. Ich nahm mir Bücher mit, breitete mich aus und fing an zu lesen. Ab und zu warf ich einen Blick auf die Überwachungsmonitore, aber da war nie etwas Interessantes zu sehen.

Ich hatte nur das eine oder andere Mal Gelegenheit, mich zu wundern, wer in diesem Land alles einen Führerschein bekam, wer überhaupt frei herumlaufen durfte. Einmal wurde ich von einem wütenden Hupen aus meinen Studien gerissen, und als ich aus dem Fenster sah, fuchtelte ein Mann in einem VW-Golf vor der geschlossenen Ausfahrtschranke ärgerlich mit den Armen. Ich ging hinaus und fragte, was sein Problem sei. »Ich komm nicht raus, verdammte Scheiße! Die Schranke geht nicht hoch!«, schnauzte er mich an und hielt mir seinen Parkschein entgegen.

Ich sah mir den Schein an. Der Schein trug keinen Aufdruck vom Kassenautomaten. Ich sagte: »Na ja, Sie müssen auch erst bezahlen.«

»Wie ›bezahlen‹?«

»Dies ist ein gebührenpflichtiges Parkhaus«, zitierte ich aus der Geschäftsordnung, »und bevor Sie wieder rausfahren, müssen Sie am Kassenautomaten oder bei der Aufsicht bezahlen.«

Der Mann sah mich an, als hätte ich gerade etwas sehr Dummes gesagt. »Aber«, sagte er dann, »draußen steht doch ›Frei‹ dran!«

Ich sah dem Mann in die Augen und wusste, er meinte es ernst. Schlagartig fühlte ich mich sehr schwach und sehr müde. Er tat mir leid. Sicher hatte er noch viel größere Probleme. Ich schlurfte in meine Bude zurück und öffnete die Schranke manuell. Was sollte ich ihm groß erklären.

Abgesehen davon, war alles ganz einfach: Auto fahren, studieren, Sex haben, erwachsen sein, nicht an Britta denken.

Wenn ich nicht bei Gisela war oder im Parkhaus oder in der Uni, war ich mit Beck zusammen. Mit ihm ging ich essen, und er versuchte, mir Geschmack und Lebensart beizubringen. Er erklärte mir, dass man in guten Restaurants das Besteck von außen nach innen benutzte. Beck fand, Manieren und Lebensart seien in unserer Zeit zunehmend verwildert und es sei Zeit, etwas dagegen zu tun. Gutes Benehmen habe etwas mit Respekt zu tun, den man anderen Menschen entgegenbringe, und Respekt sei die Grundlage für alles andere. Beck erklärte mir die Welt. Ohne große Anstrengung sammelte er seine Seminarscheine. Ansonsten ließ er an der Uni kein gutes Haar. »Mal abgesehen davon«, sagte er, »dass sie eine architektonische Zumutung ist, wird sie bevölkert von Idioten und Schmarotzern. Achtzig Prozent der Leute, die hier eingeschrieben sind, sind eigentlich zu blöd für ein Hochschulstudium.« Beck sagte, das liege daran, dass nichts mehr verlangt werde. Das Studium sei zu einfach, die Zwischenprüfung bei den Historikern ein Witz. Das sei keine Prüfung. Es handele sich eher um ein je nach Professor längeres oder kürzeres Gespräch, in dem ganz allgemein über Studieninhalte geplaudert werde. Manche Profs erledigten das in Gruppen von fünf oder zehn Leuten, um sich nicht weiter damit zu belasten. Das sei alles den sozialdemokratischen Auswüchsen der Siebziger zu verdanken, meinte Beck. Da glaubte man, dem Wissensdurst der Studierenden vertrauen zu können. Ein verstaubtes, linkes Bildungsideal, sagte Beck. Der Wegfall des Drucks und der Gängelei früherer Zeiten verführe zu Schlendrian und Faulenzerei. »Sieh dich um«, sagte Beck. »Die blockieren alle nur Studienplätze, sind eigentlich zu blöd.«

Beck war nicht beliebt an der Uni. Er ignorierte die Kleiderordnung. Bei den Geisteswissenschaftlern herrschten noch immer unumstritten die Wildlederjackenträger. Ein lederner Aktenkoffer galt hier als faschistoid. Beck war immer wie aus dem Ei gepellt, manchmal sogar im Anzug und immer in teuren Schuhen. Er war ein Exot, und er wurde misstrauisch beäugt. Mörder und Diebe hätten es unter Geisteswissenschaftlern leichter gehabt als Leute, die sich gut anzogen.

Manchmal saßen wir bis in die frühen Morgenstunden zusammen. Beck versuchte mir den Unterschied zwischen gutem und schlechtem Wein beizubringen. Ich fand heraus, dass ich nur ganz jungen, leichten Wein mochte. Bei manchem teuren Roten, bei dem Beck die Zunge schnalzen ließ, verzog ich das Gesicht, weil mir der Nachgeschmack nicht passte. Manchmal gingen wir auch ins Raskolnikow, aber das mochte Beck nicht sonderlich. Er machte Witze über die langhaarigen Latzhosenträger, die sicher nur mit Stoffkondom vögelten. Die anderen sahen ihn an, als käme er von einem anderen Stern. Einmal fragte Uwe mich, wen ich da immer anschleppte. Ich sagte, Beck sei ein Freund von der Uni, und Uwe schüttelte nur den Kopf.

In einer dieser Nachtsitzungen erzählte mir Beck von sich. Er stammte aus Bayern. Beck sagte, sein Vater habe in einer Autofabrik gearbeitet und sei eigentlich ein netter Mann, ein guter Vater gewesen, der mit seinem Sohn Drachen steigen ließ und kleine Spielzeuge aus Holz selbst schnitzte. Aber alle paar Monate fiel der Vater in ein tiefes Loch und fing an zu saufen. Dann wurde er tagelang nicht nüchtern, saß am Küchentisch und starrte das Tischtuch an. Dann wankte er durch die Zimmer und brüllte, er halte es nicht mehr aus. Manchmal warf er Sachen an die Wand. Beck und seine Schwester lagen in ihren Betten und versuchten sich einzureden, sie schliefen.

Seine Mutter, sagte Beck, sei sehr schön gewesen. Sie hatte mal einen Schönheitswettbewerb gewonnen und hätte es ganz sicher bis zur Miss-Germany-Wahl geschafft, doch das passte ihrem Vater nicht in den Kram, einem stiernackigen Schreinermeister aus einem Dorf in der Nähe von München. Ihre Mutter überredete sie, Sekretärin zu werden, die wurden immerhin manchmal von einem reichen Chef geheiratet. Stattdessen lernte Becks Mutter auf einer Tanzveranstaltung Ende der Fünfziger diesen jungen Arbeiter mit den dunklen Haaren kennen. Sie wurde schwanger, heiratete, bekam ein Mädchen, wurde wieder schwanger und bekam einen Jungen. Dann wurde sie noch mal schwanger, erlitt eine Fehlgeburt, konnte keine Kinder mehr bekommen und lag nachts wach und presste die Lider zusammen, wenn ihr Mann sich am Geschirr verging.

Das Erste, was er ablegte, als er von zu Hause wegging, war der breite bayerische Dialekt, den sein Vater sprach. Zunächst war es Beck gar nicht in den Sinn gekommen zu studieren. Er ging nach Berlin, weil es weit weg war. Weil es der Ort war, von dem alle sagten, dass man da hinmüsse. Weil es eingemauert war. Weil es groß war. Dort lebte er in einer Wohngemeinschaft, fühlte sich aber sehr bald unwohl. Er verabscheute den alltäglichen Alkoholismus und das ausufernde Kiffen, das seine Mitbewohner dumpf und dämlich gemacht habe. Zwischendurch zogen sie los, mit einer Kiste Bier an der Hand, und besetzten irgendein Haus, schliefen ein paar Nächte dort und kamen dann in die WG zurück. Ungefähr zu dieser Zeit entwickelte Beck seine Vorliebe für teure Klamotten und eine etwas geschraubte Redeweise. Es war ziemlich genau die Zeit, als ich selbst in Berlin war und beinahe beim Pissen erschossen worden wäre.

In unsere Gegend kam er dann wegen einer Frau. Sie war fünfzehn Jahre älter als er und hieß Gabriele. Sie lernten sich in einem Taxi kennen. Beck war der Fahrer. Den ganzen Abend über hatte er vor dem Kongresszentrum unter dem Funkturm gestanden, wo irgendein Medizinerkongress stattfand mit anschließendem Schwof. Und plötzlich kam sie weinend mit verschmiertem Mascara herausgelaufen, sprang in sein Taxi und wollte »einfach nur weg hier«. Sie steckte ihm einen Hunderter zu und sagte, er solle »einfach so herumfahren«. Im Rückspiegel beobachtete Beck, wie sie immer wieder eine Hand vor ihre Augen legte und weinte. Schwarze Bäche rannen über ihre Wangen. Sie war schön, selbst in ihrem Elend.

Fast eine Stunde war er kreuz und quer durch West-Berlin gefahren, ohne dass ein Wort zwischen ihnen gefallen wäre. Dann fragte sie, ob die hundert Mark schon aufgebraucht seien, wenn ja, solle er sie einfach aussteigen lassen, mehr Geld habe sie nämlich nicht dabei. Beck sagte, das sei schon in Ordnung. Dann fuhr er rechts ran, drehte sich zu ihr um und fragte sie, ob sie nicht irgendwo was trinken gehen sollten. Gabriele starrte ihn an, als habe er sie beleidigt. Einige Sekunden dachte sie nach, dann lächelte sie und ließ sich von ihm einladen. Im Laufe der folgenden Nacht, die sie mit dem Taxi durch die Stadt fuhren, bis es sie an den Wannsee verschlug, erzählte Gabriele ihm alles von ihrer missratenen Ehe mit einem mittelmäßig begabten Chirurgen, mit dem sie zwei Kinder hatte. Gegen Morgengrauen nahm Beck sie in ihrem langen Abendkleid mit in seine verlauste WG und zeigte ihr sein sauberes, helles, aufgeräumtes Zimmer. Sie zogen sich aus und legten sich ins Bett, und dann schliefen sie miteinander, und zwei Tage lang taten sie nichts anderes, dann zog Gabriele sich wieder ihr Abendkleid über und fuhr zu ihrem Mann ins Hotel und am nächsten Tag mit ihm nach Hause.

Wochenlang telefonierten sie jeden Tag miteinander. Gabrieles Mann hatte sie gar nicht groß gefragt, wo sie gewesen war, sein Interesse für seine Frau beschränkte sich darauf, dass sie bei relevanten Verabredungen und Abendgesellschaften anwesend war und gut aussah. Nach drei Monaten hielt Beck es nicht mehr aus und fuhr zu ihr. Sie trafen sich in einem Hotel, das sie bezahlte. Er blieb eine Woche. Dann fuhr er nach Berlin zurück, jedoch nur, um seine Sachen zu packen und kurz darauf eine Wohnung in Gabrieles Nähe zu beziehen. Sie gab ihm Geld, das er zunächst nicht annehmen wollte, dann aber doch nahm, als sie es ihm aufnötigte. Er gab das Geld jedoch nicht aus, sondern legte es an, um mit dem so Ersparten irgendwann eine gemeinsame Zukunft zu finanzieren. Zwei- bis dreimal in der Woche trafen sie sich nachmittags in Becks Wohnung. Gabrieles Mann vermutete wohl, dass da etwas vor sich ging, aber offenbar war es ihm egal, sicherlich hatte er auch etwas nebenher laufen. Gabriele sagte, sie liebe Beck, wolle aber ihren Mann nicht verlassen, wegen der Kinder. Zwei Jahre lang ging das so. Dann nahm ihr Mann einen Job an der Uniklinik in München an, und Gabriele ging mit ihm. Ausgerechnet München! Das brach Beck mehr als nur das Herz.

Gisela sagte, sie freue sich sehr auf unser erstes gemeinsames Weihnachtsfest. Das klang wie der Beginn einer langen Reihe. Sie hatte auch schon einen detaillierten Plan für die Feiertage ausgearbeitet. Sie sagte, es wäre doch toll, wenn wir am 24. erst bei meinen Eltern »vorbeischauen«, um dann zum Abendessen zu den ihren zu fahren. Am 25. müsse sie ihre Tante Anni besuchen gehen. Die freue sich schon sehr auf mich. Am zweiten Feiertag müssten wir nur kurz einen Abstecher zu Onkel Karl ins Altersheim machen. Onkel Karl war eigentlich gar nicht ihr richtiger Onkel, sondern nur ein guter Freund ihres Großvaters gewesen, der früher aber häufig auf sie aufgepasst habe, weshalb sie ihn bis heute »Onkel« nenne und mehr oder weniger regelmäßig besuche. Der Nachmittag des 26. gehöre dann uns beiden, wobei zu bedenken sei, dass wir wohl mit den Vorbereitungen für den Abend ziemlich viel zu tun hätten, denn da habe sie ein paar Freunde zum Essen eingeladen, wie sie das eigentlich jedes Jahr tue. »Du kannst ja auch jemanden mitbringen, diesen Beck vielleicht. Und überhaupt: wenn dir das alles zu viel wird, musst du es nur sagen, das wäre schon in Ordnung, wir können das natürlich auch alles ganz anders machen.«

Gisela und ich kamen gegen fünf bei meinen Eltern an. Meine Mutter trug ein mindestens fünfzehn Jahre altes, violettes Kleid und war wohl noch am gleichen Tag beim Friseur gewesen. Sie wirkte zwei Zentimeter größer. Der violette Stoff spannte über ihrem Busen. Sie begrüßte Gisela sehr freundlich. Sie sagte, sie freue sich, »endlich das Mädchen kennenzulernen, für das sich unser Junge entschieden hat«. Gisela lachte und sagte: »Ja, ja, so geht das.«

Mein Vater hatte seinen alten dunklen Anzug angezogen. Er saß in seinem Sessel im Wohnzimmer und stand auf, als wir hereinkamen. Er sagte »Guten Abend« zu Gisela.

Meine Mutter sagte: »Nehmen Sie doch Platz! Kann ich Ihnen etwas anbieten? Einen Kaffee vielleicht? Ich würde Ihnen ja auch etwas zu essen machen, aber das bekommen Sie ja gleich bei Ihren Eltern, also, ich habe auch gar nichts vorbereitet, wissen Sie, wir sind ja keine großen Esser, auch nicht zu Weihnachten, mein Mann und ich machen heute Abend vielleicht noch ein paar Brote, und dann gehen wir früh ins Bett, ist eben auch immer dasselbe.«

»Ein Kaffee wäre nett«, sagte Gisela. Meine Mutter ging in die Küche.

Mein Vater schlug die Beine übereinander. Dann schlug er sie wieder zurück. Er rutschte langsam auf dem Sessel hin und her. Gisela sagte, es sei ungewöhnlich mild für die Weihnachtszeit. Mein Vater runzelte die Stirn. »Das Wetter«, sagte Gisela, und mein Vater nickte. Dann warteten wir, bis meine Mutter mit dem Kaffee kam.

Gisela und meine Mutter unterhielten sich ziemlich gut

miteinander. Mein Vater nickte oder schüttelte den Kopf oder grunzte.

Dann war »Bescherung«. Gisela hatte für meine Mutter ein teures Parfüm gekauft, obwohl ich dagegen gewesen war, und für meinen Vater eine Krawatte. »Ach, das wäre doch nicht nötig gewesen!«, sagte meine Mutter, und mein Vater stand auf, sagte: »Das ist aber nett!« und setzte sich wieder.

Ich hatte in diesem Jahr nichts besorgt, aber das entsprach einer vor vielen Jahren getroffenen Abmachung. Als ich noch ein Kind war, hatten meine Eltern gesagt, es sei nicht nötig, dass ich ihnen etwas schenke. Sie machten aber weiter damit, mich zu beschenken.

Und als ich mich bereit machte, mein Geschenk entgegenzunehmen, stand mein Vater wieder auf, sah mich an und hielt eine der längsten Reden seines Lebens.

»Tja, mein Sohn«, begann er, »jetzt wartest du sicher auf dein Weihnachtsgeschenk. Aber ich und deine Mutter haben in diesem Jahr beschlossen, unsere alte Abmachung ein wenig zu erweitern. Da wir auch nicht wissen, was wir dir schenken sollen, was du vielleicht noch nicht hast, gibt es in diesem Jahr nichts. Es wäre doch Blödsinn, dir etwas zu schenken, mit dem du nichts anfangen kannst. Außerdem bist du doch jetzt erwachsen, hast eine Frau und eine eigene Wohnung. Was sollst du da noch mit irgendwelchem nutzlosen Zeug anfangen, das deine Eltern dir zu Weihnachten schenken. Ja, das wollte ich nur sagen.«

Es hätte nur noch gefehlt, dass er sich verbeugt hätte. Er setzte sich wieder hin.

Einige Sekunden Stille.

»Okay«, sagte ich. »Ich glaube, wir müssen jetzt los!«

Meine Mutter stand auf, hielt Gisela die Hand entgegen

und sagte. »Sie müssen unbedingt mal wieder vorbeikommen! Es war sehr nett, Sie kennenzulernen! Grüßen Sie Ihre Eltern von uns, unbekannterweise!«

Gisela stand auf, ergriff die Hand meiner Mutter und sagte: »Mache ich gerne, vielen Dank für den Kaffee!«

»Vielen Dank für das schöne Parfüm! Auf Wiedersehen, Junge, lass dich auch mal wieder blicken.«

»Auf Wiedersehen, Papa.«

»Auf Wiedersehen, Sohn!« Mein Vater lächelte mich freundlich an.

Meine Mutter brachte uns zur Tür und verabschiedete sich noch einmal von uns. Stumm gingen wir die Treppe hinunter und zu meinem Auto.

Wir fuhren zu Giselas Eltern. Während der Fahrt sagte ich nichts. Gisela auch nicht.

Das Essen war gut und reichhaltig. Ihre Eltern behandelten mich, als gehörte ich zur Familie. Nach dem Essen trank ich Schnaps mit dem Vater, und er bot mir eine Zigarre an, aber ich lehnte ab, während die Frauen in der Küche das Geschirr in die Spülmaschine räumten. Er fragte mich nach meinem Studium und was ich danach machen wolle. Ich sagte, das wisse ich noch nicht genau. »Sie haben ja auch noch Zeit«, sagte er. Giselas Vater war etwa so groß wie ich und kräftig. Er war Oberstudienrat, aber ich hatte die Fächer vergessen, die er unterrichtete. Ihre Mutter hatte auch unterrichtet, war aber jetzt Hausfrau.

Erst sehr spät wurden Geschenke ausgetauscht. Gisela nahm mich vorher beiseite und drückte mir zwei kleine Pakete in die Hand, die ich ihrem Vater und ihrer Mutter überreichen sollte. Gisela meinte, es könne für die Zukunft nicht schaden, wenn ich mich in dieser Hinsicht gut einführte. Ich wollte wissen, was denn in den Päckchen drin wäre, und sie sagte, für ihren Vater habe sie eine Krawatte besorgt und für die Mutter ein seidenes Tuch. Ich hatte plötzlich das dringende Bedürfnis, eine Hausratversicherung abzuschließen.

Die Geschenke wurden mit Ausrufen des Entzückens entgegengenommen. Ich bewunderte selbst den Geschmack, den ich bei der Auswahl des Tuches und der Krawatte bewiesen hatte. Ich war nett, ich war aufmerksam. Bei der Wahl zum Schwiegersohn des Jahres wäre ich in die Endausscheidung gekommen.

Später fuhr Gisela uns nach Hause, wir legten uns ins Bett, und sie schmiegte sich an mich, küsste meine Ohrläppchen und meinen Hals und umarmte mich sehr fest.

Ich fing an, sie zu streicheln und zu küssen, fuhr ihr mit der Hand unter die Bluse und schob mein Knie zwischen ihre und legte mich auf sie und war gerade dabei, meine Hose aufzumachen, als sie den Kopf schüttelte, mich sanft von sich schob und lächelnd sagte: »Heute nicht. Heute ist doch Heiligabend!«

Am nächsten Tag besuchten wir Tante Anni. Giselas Eltern waren auch wieder da. Der Vater trug die neue Krawatte und seine Frau das seidene Tuch. Sie betonten noch mal, wie sehr sie sich gefreut hätten. Tante Anni hatte Ohren, groß wie Teller, aber sie konnte damit kaum noch etwas hören. Sie nickte die ganze Zeit und lächelte, und manchmal lief ihr Spucke aus dem Mund. Dann ging jemand hin und wischte ihr den Mund ab. Ich musste ihr die Hand geben. Die Hand fühlte sich an wie Papier, nur etwas wärmer und feuchter. Wir saßen herum und tranken Kaffee, und alle unterhielten sich, und Tante Anni lächelte und nickte.

Danach fuhren wir zu Onkel Karl. Onkel Karl war in Ordnung.

Er konnte nicht still sitzen, stand ständig auf und sah aus dem Fenster oder befingerte eine der Porzellanfiguren, die auf seinem Schrank standen. Er hatte ein ziemlich schönes Zimmer in einem teuren Altenheim. Wir mussten mit ihm spazieren gehen, und er erzählte von den Schwestern und den Pflegern, die alle Idioten waren, und das Essen passte ihm auch nicht. Zwischendurch riss Onkel Karl kleine Witze und lachte sich selbst darüber kaputt.

Dann fuhren wir überraschend zu Giselas Eltern zum Resteessen. Als wir nach Hause kamen, wollte Gisela mit mir schlafen, aber ich sagte: »Heute nicht. Es ist doch der erste Feiertag.«

Am Abend des zweiten Feiertags saßen wir am ausgeklappten Tisch in der Küche, zusammen mit einigen Freunden von Gisela, die ich noch nie gesehen hatte. Beck war auch da. Gisela hatte schon ab Mittag in der Küche gestanden, um ein mehrgängiges Menü herzurichten. Der Tisch war gedeckt mit Tellern, die zueinander passten. Wir hatten eigentlich gar nicht so viele. Sie hatte sich Geschirr von ihren Eltern ausgeliehen, auch Stoffservietten und Silberbesteck und Weingläser. Ich trank Bier. Drei Pärchen hatten sich eingefunden. Zwei Medizinerpärchen und eine Juristenkombination. Was für ein Inzest. Was taten die wohl abends zu Hause? Gingen die gemeinsam den Seminarplan durch und stöhnten beim Vögeln Aminosäuren oder Strafmaßempfehlungen? Beim Essen nutzten die Mediziner ihre zahlenmäßige Überlegenheit. Sie erzählten von ihrem Präparationskurs, wie sie Haut von einer Leiche schälten und sich dann die Muskeln genau ansahen. Jeder bekam ein anderes Körperteil. Eine der Frauen hatte den Penis erwischt und fand das sehr interessant.

Der Jurist sagte, er wolle später auf jeden Fall zur Staatsanwaltschaft. Niemand sagte was, aber seine Freundin nickte.

Die Mediziner waren alle vier blond. Das Blond der Mädchen war falsch und das der Jungs sah nach Segeln aus. Sie hielten die Messer wie Skalpelle und die Gabeln wie große Zangen mit blutgetränkten Tupfern.

Der Jurist hatte dunkles, volles Haar, zurückgekämmt, lässig, ohne nachlässig zu wirken. Er trug eine Krawatte, die von einer kleinen, goldenen Klammer am weißen Hemd festgeklemmt wurde. Ich war froh, dass Britta mich so nicht sah. Der Jurist behandelte die Speisen auf seinem Teller, als wären sie persönliche Feinde, die seiner Familie viel Leid angetan hatten. Seine Freundin hatte ihr dunkles Haar streng zurückgekämmt und trug große, goldene Ohrringe und schwarze Strümpfe. Sie sagte nicht viel, und wenn sie was sagte, stimmte sie eigentlich nur dem Juristen zu.

Beim Dessert fing der Jurist eine Diskussion über die Todesstrafe an. Ich stand auf und ging aufs Klo. Als ich wieder herauskam, stand Beck vor mir.

»Meine Güte!«, sagte er. »Was ist das denn für ein degoutantes, neureiches Pack?«

»Keine Ahnung. Freunde von Gisela.«

Wir gingen in Barbaras Zimmer, um ungestört zu sein. Barbara war über Weihnachten weggefahren. Beck legte sich aufs Bett und hielt Brandreden gegen Ärzte und Anwälte. Ich sah mich um. Ich war noch nie in diesem Zimmer gewesen, hatte nur ein paarmal hineingesehen. Ein Plakat von »Kinder des Olymp« hing an der Wand. Überall lagen Sachen herum. Die Stange, die vor ein paar Wochen noch an der Wand gehangen hatte und ihr den Kleiderschrank ersetzte, baumelte nun an zwei schweren Ketten von der Decke. Unterwäsche und Strümpfe lagen in Kisten. Beck redete, und ich sah mir alles an. Barbara hatte noch nie einen Mann hier gehabt, jedenfalls nicht, seitdem ich hier wohnte. Was machte sie, wenn sie mit einem Mann zusammen war?

Beck hatte mich etwas gefragt, aber ich hatte es nicht mitbekommen.

»Was hast du gesagt?«

»Ich habe dich gefragt, ob du ein Perverser bist?«

»Wieso das denn?«

»Weil du schon seit Minuten in der Unterwäsche einer fremden Frau herumkramst.«

»Barbara ist keine Fremde.«

»Sollen wir noch irgendwohin gehen?«, fragte Beck.

»Ich glaube nicht, dass Gisela noch Lust hat, rauszugehen«, sagte ich.

»Ich meine ja auch nur dich und mich.«

»Ich kann hier nicht weg.«

»Wieso nicht?«

»Wir haben Gäste.«

»Gisela hat Gäste.«

»Ich muss ihr helfen. Aufräumen, abwaschen, das alles.«

»Du bist rechtzeitig zurück. Sonst schreibe ich dir eine Entschuldigung.«

Wir nahmen unsere Mäntel, ich machte die Tür zur Küche auf und sagte, ich ginge noch mal kurz weg. Gisela wurde blass. Sie fragte mich, wann ich zurückkäme. »Früh genug, um dir mit dem ganzen Schlamassel da noch zu helfen«, sagte ich und zeigte auf die verdreckten Töpfe, Pfannen und Teller.

Wir gingen ins Raskolnikow. Wir saßen eine Zeit lang am Tresen, bis ein Tisch frei wurde. Am Tresen saß eine Frau. Sie trug eine Lederhose. Das Leder spannte sich über ihrem Hintern. Die Frau hatte schwarze Haare, einen fest gebundenen Pferdeschwanz. Ich sah immer wieder hin zu ihr.

»Selig sind die geistig Armen«, murmelte Beck, »denn ihrer sind die Praxen und Kanzleien und die Tennisklubs.«

Wir tranken, bis Uwe zumachte. Als wir gingen, saß nur noch die Frau in der Lederhose am Tresen. Als ich mich an der Tür noch einmal umdrehte, sah sie mich an und lächelte.

Als ich in die Wohnung zurückkam, war alles dunkel. Die Küche war blitzsauber. Alles war gespült und eingeräumt, und der Boden war gewischt.

Ich ging in Barbaras Zimmer. Ich suchte wieder nach ihrer Unterwäsche. Ich sah in einer Kiste nach, in der sie die Schmutzwäsche sammelte. Ich steckte meinen Kopf in die Kiste, hoffte, dass ich nicht kotzen musste, und atmete tief ein. Ich roch Frau und Möse und Schweiß. Ich nahm einen roten Schlüpfer heraus und roch an ihm. Er roch noch nach etwas anderem. Mir wurde ein bisschen schlecht. Aber nur ein bisschen. Ich legte mich auf Barbaras Bett und machte meine Hose auf. Ich nahm den roten Schlüpfer in die rechte Hand und fing an, mir damit einen runterzuholen, aber ich war ziemlich betrunken und ziemlich müde, also war ich nach ein paar Sekunden eingeschlafen.

Als ich wach wurde, war es noch immer dunkel, und

mein Mund war sehr trocken. Ich musste dringend etwas trinken, und ich musste pinkeln, und mein Kopf dröhnte. Ich rollte mich von der Matratze und wollte mich aufrappeln. Dabei sah ich Gisela auf dem Boden neben der Tür sitzen. »O Scheiße«, sagte ich und fiel wieder um.

»Ich habe dich kommen hören«, sagte sie, »und dann dachte ich, wieso kommt er nicht ins Bett. Dann finde ich dich hier. Was machst du hier?«

»Ich muss pissen.«

»Hier?«

»Hab mich wohl im Zimmer geirrt.«

»Was soll das mit dem Slip?«

»Was für'n Slip?«

»Du hattest einen von Barbaras Slips auf deinem Penis liegen.«

»Penis! Was für ein Wort!«

»So heißt er nun mal.«

»Ich muss pissen!«, sagte ich, und diesmal schaffte ich es, auf die Beine zu kommen, und taumelte zum Klo. Ich setzte mich hin, um nicht in die Dusche zu fallen. Gisela kam mir nach.

»Ich habe schon alles gespült«, sagte sie.

»Entschuldige, ich pisse gerade.«

»Lass dich nicht stören!«

»Du hättest mit dem Spülen auf mich warten sollen.«

»Habe ich auch.«

»Aber nicht lange genug. Könnte ich jetzt in Ruhe pissen?«

Sie seufzte und verließ das Bad. Ich blieb länger sitzen, als notwendig war.

Am nächsten Morgen fragte Gisela mich, was ich mir dabei gedacht hätte. Ich sagte, ich sei betrunken gewesen, und damit war das Thema vom Tisch. In den nächsten Wochen hatten wir keinen Sex. Eine Zeit lang ging ich Barbara aus dem Weg. Sie war ohnehin die meiste Zeit nicht da. Aber dann saß sie eines Nachmittags in der Küche, und ich setzte mich zu ihr. Gisela war nicht da. Ich fragte sie, wie es ihr gehe. Sie sagte »Okay«. Ich fragte, was das Theater mache, und sie sagte, das sei auch okay. Ich wollte wissen, ob es immer noch so anstrengend war, und sie sagte »Ja«.

Gisela und ich vertrugen uns gut, nur schliefen wir nicht mehr miteinander. Wir trafen uns auch nicht wieder mit den Leuten, die Weihnachten bei uns gewesen waren. Ein paarmal gingen wir mit Beck ins Kino. Wenn wir später in der Kneipe saßen und über den Film redeten, konnten sie sich nicht einig werden. Sie gingen einander auf die Nerven, und ich hörte zu.

Meine Mutter rief ein paarmal an und sagte, ich solle doch mal wieder mit meiner Freundin vorbeikommen. Ich sagte, wir hätten beide zurzeit so viel zu tun, aber ich würde mal mit meiner Freundin darüber reden. Gisela sagte ich nichts von den Anrufen.

Eines Nachmittags ging ich durch die Stadt und kam am Theater vorbei. Ich ging langsamer. Ich blieb stehen. Ich sah nach oben. Dann setzte ich mich auf eine Mauer und wartete. Eine Stunde später kam sie heraus. Ich tat, als sei ich zufällig da.

»Ich kam gerade vorbei«, sagte ich.

Sie nickte.

»Wollen wir einen Kaffee trinken gehen?«, fragte ich.

»Meinetwegen.«

Wir gingen in ein Café ganz in der Nähe, eines, in dem alte Frauen saßen, die ihre Hüte nicht abnahmen. Die Stühle waren nachgeäffter Biedermeier, auf den Tischen lagen schwere Decken mit gestickten Bordüren. Wir hatten uns kaum hingesetzt, da zündete Barbara sich eine Zigarette an. Ich bestellte ein Kännchen Kaffee und zwei Tassen. Ich sagte Barbara, dass ich prima fände, was sie mache.

»Woher weißt du, was ich mache?«

»Na ja«, sagte ich, »das mit dem Theater und so.«

»Wann warst du das letzte Mal im Theater?«

»Weiß nicht. Ist schon was her.«

»Woher willst du dann wissen, dass das toll ist?«

»Stelle ich mir so vor.«

»Es ist Scheiße.«

»Aha.«

»Gequirlte Scheiße.«

»Warum machst du's dann?«

»Frage ich mich auch oft.« Sie drückte die halb gerauchte Zigarette im Aschenbecher aus.

»Was genau ist so Scheiße?«

»Alles. Stress und Lügen.«

»Na, das ist doch interessant.«

»Nicht, wenn man mittendrin steckt.«

Der Kaffee kam, und sie steckte sich die nächste Zigarette an. Ich betrachtete die Kellnerin. Sie war Mitte fünfzig und kompakt. Sie trug schwarze Sandalen. An beiden Füßen lag ihr Zeigezeh auf dem großen. Sie sah nicht aus, als hätte sie Spaß an ihrer Arbeit. Die alten Frauen an den Tischen beschäftigten sich mit nichts. Sie lasen keine Zeitungen oder Bücher und unterhielten sich auch nicht. An einem Tisch saß ein älterer Mann in einem dunklen Anzug mit einem Einstecktuch in der Brusttasche. Auch er beschäftigte sich mit nichts, sah sich nur um. Vielleicht träumten sie von etwas. Manche rauchten.

Irgendwann war der Kaffee alle, und im Aschenbecher lagen sechs oder sieben halb gerauchte Zigaretten. Ich zahlte, und wir gingen raus. Ich sagte, ich müsse noch etwas erledigen und dass wir uns ja später in der Wohnung sehen würden. Barbara sagte »Okay«, drehte sich um und ging. Ich sah ihr nach, bis sie um eine Ecke bog.

Ich hatte nicht wirklich etwas zu erledigen. Ich lief noch ein wenig durch die Gegend. Als ich zu Hause ankam, hatte Gisela Abendbrot gemacht. Barbaras Tür war zu.

Ich lauerte Barbara in der nächsten Zeit ständig auf. Hätte mich jemand gefragt, warum ich das tat, hätte ich gesagt, dies sei ein freies Land. Ich wusste es nicht. Ich hatte mich an der Supermarktkasse ganz eindeutig für das Hanuta entschieden, und eigentlich mochte ich auch gar keine Trauben-Nuss-Schokolade, aber sie war da, und niemand konnte es sehen, wenn ich sie einfach in die Tasche steckte.

Morgens war ich entweder in der Uni oder im Parkhaus. Ich arbeitete an einem Referat über Hexenverbrennungen. Am späten Nachmittag saß ich dann auf der Mauer am Bühneneingang und wartete. Manchmal kam sie gar nicht, und ich ging nach Hause. Aber meistens gingen wir in dieses Café. Ich erzählte ihr, was ich an der Uni so machte, und sie hörte zu und rauchte. Wenn ich sie fragte, sagte sie mir, wie es am Theater war. Es ging ein paar Tage etwas besser. Dann ging es wieder schlechter.

Eines Nachmittags bestellte ich einen Cognac zum Kaffee, stürzte ihn hinunter und sagte: »Ich möchte mit dir schlafen.«

Barbara drückte die Zigarette aus und fragte: »Jetzt sofort?«

»Nein. Ich dachte, am Wochenende, wenn Gisela nicht da ist.«

»Samstagnachmittag hätte ich Zeit.«

»Passt mir gut.«

Ich zahlte, und wir gingen hinaus.

Am Samstagmorgen brachte ich Gisela zum Bahnhof. Sie wollte eine Freundin in Koblenz besuchen und über Nacht bleiben. Am Bahnhof nahm ich Gisela in den Arm und küsste sie und streichelte ihren Rücken und fasste ihren Busen an. Sie lächelte. Sie streichelte mich ein bisschen, und dann kam der Zug, und wir ließen es sein. Ich war plötzlich voller Verlangen nach ihr. Ich wollte jetzt sofort Sex mit ihr. Ich wunderte mich selbst, aber so war es. Ich bekam einen Ständer und umarmte Gisela und drückte mich an sie, damit sie merkte, was los war. Sie sah mich verwundert an. Dann lächelte sie. »Schade«, sagte sie, »das geht jetzt nicht.« Nein, das ging nicht.

Ich winkte ihr zum Abschied und wartete, bis der Zug aus dem Bahnhof verschwunden war. Dann ging ich in ein Café und frühstückte. Danach ging ich durch die Stadt. Ich sah einem Mann ohne Beine beim Akkordeonspielen zu und warf zwei Mark in seine Blechdose. Vor einer Imbissbude standen Leute und aßen Bratwurst. Eine Frau geriet mit ihrem Mann in Streit, weil er Senf auf seinen Mantel bekommen hatte. Ich trank einen Milchkaffee im Raskolnikow und unterhielt mich mit Uwe. Um zwei Uhr war ich wieder zu Hause. Die Tür zu Barbaras Zimmer stand offen. Sie war nicht da.

In der Küche traf ich Rüdiger. An den hatte ich gar nicht gedacht. Ich fragte ihn, was er mache, und er sagte nur: so dies und das. Aber dann sagte er, er würde am Nachmittag angeln gehen.

Um halb drei kam Barbara zurück. Sie hatte eingekauft. Sie packte ihre Sachen in den Kühlschrank und ging in ihr Zimmer. Ich wartete, bis Rüdiger weg war, und ging zu ihr.

Ich sagte »Hey«, und sie drehte sich zu mir um. Sie sagte: »Was ist?«

»Was ist jetzt?«, sagte ich. Sie sah mich an. »Mit Ficken. Du hast gesagt, du hättest heute Zeit.«

»Jetzt?«

»Wann sonst?«

»Komm rein.«

Ich ging ins Zimmer und machte die Tür hinter mir zu. Sie kam zu mir, öffnete meine Hose, griff nach meinem Schwanz, sah mich an und rieb ihn, bis er hart war. Ich fing an, sie auszuziehen. Dann lagen wir auf dem Bett, und ich griff ihr zwischen die Beine, um zu sehen, ob sie feucht war. Wir fingen an zu ficken. Es war nichts dabei.

Wir blieben den ganzen Tag im Bett liegen und wechselten kaum drei Worte. Am Abend sahen wir fern. Dann fickten wir noch einmal. Ich machte ein paar andere Sachen und steckte ihr einmal den Finger in den Arsch. Später sagte ich, ich schliefe wohl besser drüben, und sie sagte »Okay«. Nachts hörte ich Rüdiger heimkommen.

Als am Sonntagabend Gisela zurückkam, war Barbara bis spät nachts im Theater. Wir schliefen miteinander, zum ersten Mal in diesem Jahr. Gisela legte ihren Kopf auf meine Brust. Sie sprach darüber, eine größere Wohnung zu nehmen, nur für uns zwei.

»Weißt du«, sagte sie, »wir brauchen den Platz schon wegen deiner Schallplatten.«

»Schallplatten« war ein merkwürdiges Wort. Hörte sich nach Kindheit an. Ich sagte, eigentlich brauchte ich einen CD-Player. CDs seien zwar etwas teurer, aber dem Vinyl in der Klangqualität deutlich überlegen und brauchten außerdem weniger Platz. »Aber dummerweise habe ich kein Geld, um mir einen CD-Player zu kaufen.«

»Wenn du so gern einen hättest«, sagte Gisela, »könnte ich dir das Geld ja leihen.«

»Das würdest du tun?«

»Natürlich.«

Ich küsste sie und streichelte ihr ein wenig den Rücken, und dann schlief ich ein.

Am nächsten Tag gingen wir zu einem Elektronikgroßhandel und kauften einen CD-Player, einen Verstärker und ein paar CDs. Eine Woche später schleppte ich meine Platten in Giselas Keller. In meinem Zimmer war jetzt viel mehr Platz. Ein- oder zweimal ging ich in den Keller und nahm eine Platte hervor und sah sie mir an. Das Dumme an CDs war, dass die Coverkunst verluderte. Ich blätterte in dem aufwendigen Heft zu Ringo Starrs Soloalbum »Ringo«, mit Radierungen von Klaus Voormann. So was gab es bei CDs nicht. Nicht so. Es war schon blöd, dass das jetzt alles im Keller vor sich hin moderte. Aber es ging nun mal nicht anders.

Ein paar Wochen ging es gut. Wenn Gisela nicht da war, ging ich zu Barbara, und wir fickten. Das war nicht oft, denn auch Barbara war ja oft weg. Ich konnte nicht unbedingt sagen, dass es Spaß machte. Es war nicht »schön«. Aber ich mochte eben auch keine Trauben-Nuss-Schokolade. Barbara schien es scheißegal zu sein, ob ich in ihr war oder der Postbote oder der Portas-Mann. Sie stöhnte nicht wirklich, sie grunzte nur, und am Ende konnte man nicht sagen, ob sie einen Orgasmus hatte oder einen Wadenkrampf. Aber auch mir war das alles scheißegal. Und das fand ich gut. Es war mir scheißegal, ob sie einen Orgasmus hatte oder einen Wadenkrampf, es war mir scheißegal, ob ich eher kam als sie. Es war so wunderbar bedeutungslos. Ich musste mir keine Gedanken darüber machen, ob ich sie gut behandelte oder ob sie das mochte, was ich machen wollte, oder ob es sie vielleicht ekelte. Barbara ekelte sich vor nichts, aber das war nicht der Punkt. Der Punkt war: Es war egal. Es war auch egal, dass mir hinterher nicht einfiel, was ich sagen sollte. Ich musste ihr nicht das Gefühl geben, dass ich sie respektierte, denn das war ihr so scheißegal wie mir. Aber ich wusste jetzt, dass es einen Unterschied gab zwischen »Ficken« und »Liebe machen«. Sogar »Bumsen« war noch netter als »Ficken«. Aber »Ficken« war wie ein Boxkampf, der außer Kontrolle gerät. Es fließt Blut, es ist ekelhaft, der Ringrichter müsste eigentlich abbrechen. Aber es ist geil.

Eines Nachmittags lag ich etwas zu lange in Barbaras Bett, und Gisela kam nach Hause. Ich hörte, wie sie zur Wohnungstür hereinkam. Barbara reagierte nicht. Ich hätte aufspringen und mich anziehen sollen. Aber ich hatte keine Lust. Ich war müde vom Ficken und lag hier gerade so gut. Vielleicht würde Gisela ja wieder gehen, wenn ich mich nur still verhielt. Ich konnte mich nicht dafür entscheiden, aufzustehen. Was nicht hieß, dass ich mich entschieden hatte, liegen zu bleiben. Das war nicht leicht, das Liegen. Auch Liegenbleiben, bewusstes Liegenbleiben, will gelernt sein. Ich hatte gerade meine erste Lektion.

Etwa eine Viertelstunde hörte ich Gisela in der Wohnung hantieren, dann kam sie in Barbaras Zimmer, um zu fragen, ob sie etwas für die Wäsche hätte. Gisela sah mich und verstummte abrupt. Niemand sagte etwas. Ich verzichtete darauf, Gisela anzusehen. Dann ging Gisela in ihr

Zimmer. Ich blieb noch ein paar Minuten liegen. Barbara zündete sich eine Zigarette an. Dann zog ich mich an und ging zu Gisela.

Sie weinte. Sie fragte mich, warum ich das getan hätte, und ich zuckte mit den Schultern, aber das sah sie nicht, also dachte sie, ich hätte keine Antwort gegeben, aber das war mir egal. Gisela sagte, wir müssten uns wohl trennen, und ich sagte: »Tja, wenn du meinst.«

»Ist das alles, was du dazu zu sagen hast?«

»Was soll ich sonst sagen?«

»Vielleicht willst du ja was erklären.«

»Was denn?«

»Wie es dazu kommen konnte vielleicht.«

»Ist halt so passiert.«

»Liebst du sie denn?«

»Nein.«

»Und wie ist es mit mir?«

»Keine Ahnung. Liebst du sie?«

»Liebst du mich denn noch, du ...« Ihr fiel kein passendes Wort ein.

»He«, sagte ich, »*du* willst dich schließlich von *mir* trennen.«

»Und was sagst du dazu?«

»Habe ich doch schon gesagt.«

»Entschuldige, aber ich glaube, ich habe das nicht mitbekommen.«

»Ich sagte vorhin: Tja, wenn du meinst.«

So ging das noch ein oder zwei Stunden weiter, und es war sehr ermüdend. Dann sagte sie, ich könne unmöglich noch eine Nacht bei ihr bleiben.

»Ach, und wo soll ich deiner Meinung nach hin?«

»Was weiß ich. Vielleicht kannst du bei ihr bleiben!

Ach, Scheiße, nein, das will ich auch nicht. Geh irgendwohin, in ein Hotel oder zu diesem Beck, oder schlaf im Park oder in der Bahnhofsmission, ist mir egal.« Ich hatte sie noch nie »Scheiße« sagen hören.

Ich packte meine Sachen und zog für ein paar Wochen zu Beck. Ich wusste, dass ich ein Arschloch war, aber ich wusste nicht, was ich dagegen tun sollte. Eine Zeit lang lag ich nur so herum und sah fern. Vor allem Vorabendserien. Der Fahnder. Soko 5113. Ich musste dran denken, wie ich mir auf Olivia Pascal einen runtergeholt hatte. Sie hatte ein paar ziemlich schlechte Filme gemacht, wo sie nackt herumgelaufen war. Die Fotos waren in der Bravo gewesen. Jetzt war sie eine ernsthafte Kriminalbeamtin.

Ich trank etwas zu viel, und nach zwei Wochen sagte Beck, er könne das nicht mehr mit ansehen, ich solle mir gefälligst eine eigene Wohnung suchen. Ich sah ein paarmal in die Zeitung und hatte Glück.

Ich holte meine restlichen Sachen von Gisela ab. Sie sagte nichts. Stand nur daneben, als ich alles hinuntertrug. Sie sagte nichts wegen des Geldes, das sie mir geliehen hatte. Ich sagte auch nichts.

Zweimal musste ich allein fahren, um meine Platten zu transportieren. Ich nahm mir vor, sie wieder in der Wohnung zu lagern und sie nicht in den Keller zu verbannen.

Ich kaufte mir zwei Böcke, legte eine Holzplatte drauf und hatte einen Schreibtisch. Dann kaufte ich eine Matratze und Bettzeug. Beck schenkte mir einen Ikea-Kleiderschrank, weigerte sich aber, beim Aufbau mitzuhelfen. Über eine Kleinanzeige bekam ich für achtzig Mark einen Kühlschrank und für hundert Mark einen alten Herd. Ich lieh mir von Beck noch etwas Geld und kaufte noch ein paar CDs. Es tat gut, das Geld einfach so zum Fenster hinauszuwerfen. Ich fing an, mich mit Lou Reed und Velvet Undergound zu beschäftigen. Ich mochte vor allem die langsamen Nummern. »A Walk on the Wild Side« kam mir bald aus den Ohren heraus. Jetzt durften es auch mal die Talking Heads sein, die mir bisher zu kompliziert gewesen waren. Aber ich war ja kein Kind mehr.

Manchmal ließ ich jetzt beides laufen: den Fernseher, ohne Ton, und dazu Musik. Die »heute«-Nachrichten unterlegt mit »Burning down the house«. Das hatte was.

Als der Frühling kam, saß ich am offenen Fenster und löffelte heiße Ravioli. Ich war einundzwanzig Jahre alt, hatte ein Auto, eine Wohnung, eine Menge Musik und meine erste echte Trennung hinter mir. Ich konnte in Ruhe abwarten, was als Nächstes kam.

9

Sie hieß Gloria, und eines Tages im Sommer, ein paar Monate nach der Sache mit Gisela, stand sie vor meiner Bude im Parkhaus. Sie war mir schon aufgefallen, als sie mit ihrem offenen roten Sportwagen hineingefahren war. Ihre Haare waren so rot wie ihr Wagen. Und ihre Haut war so weiß, wie man es Rothaarigen nun mal nachsagt. Sie hatte sehr viele, sehr lange Haare, die sich zu Korkenziehern drehten. Ich brütete gerade für ein germanistisches Hauptseminar über Heines Briefen aus Paris. Sie klopfte an die Scheibe, und ich fuhr hoch. Sie lächelte mich an und gab mir ihren Parkschein. Sie wollte mit einem Hunderter bezahlen, und mir war das Kleingeld knapp geworden.

»Hätten Sie es nicht etwas kleiner?«

»Nein, tut mir leid.«

Ich sah in meine Kassenschublade. Ich hätte ihr so gerade noch rausgeben können, aber ich sagte: »Tut mir leid, ich kann nicht wechseln.«

»Tja«, sagte sie. »Und was jetzt?« Sie lächelte.

»Keine Ahnung«, sagte ich.

»Wollen Sie jetzt von mir verlangen, irgendwo wechseln zu gehen?«

»Sie könnten auch sagen ›Stimmt so!‹.«

»Man braucht wohl eine Menge Humor, um hier zu arbeiten, was?«

»Es hilft.«

Sie sah an mir vorbei auf den kleinen Tisch, auf dem meine Bücher lagen.

»Ich vermute, Sie machen das nicht hauptberuflich.«

»Nein, ich studiere.«

»Aha. Und was?«

Ich sagte es ihr. Dann wollte sie wissen, woran ich gerade arbeite. Ich sagte ihr auch das, und sie meinte, mit Heine könne sie nicht viel anfangen. Ich auch nicht, gab ich zurück, und sie sagte, das mache eine Arbeit über Heine doch sicher sehr schwierig, und ich sagte, ich sei dabei aufzuholen. Dann sah sie auf die Uhr und sagte, sie habe noch etwas Zeit, und ob ich ihr nicht einen Kaffee anbieten wolle. Sie nannte mir ihren Namen.

Während ich Wasser in die alte, verkalkte Maschine goss, sagte ich, das sei ein sehr schöner Name.

»Wie man's nimmt«, sagte sie. »Es gibt eine Feuerlöschermarke, die genauso heißt.«

»Haben Sie damit etwas zu tun?«

»Nein, nein. Ich weiß nicht, wie meine Eltern auf den

Namen kamen. Hört sich an wie eine Stripteasetänzerin.«

Dann tranken wir Kaffee.

»Ich muss doch wohl nicht hier sitzen bleiben, bis meine hundert Mark abgeparkt sind, oder?«

»Nein, nein. Ich lasse Sie gleich einfach so raus.«

»Ach, das geht?«

»Ich mache das mit allen rothaarigen Frauen, die hier mit mir Kaffee trinken.«

Sie bot mir das Du an. Ich nahm es.

»Hast du eine Freundin?«, fragte sie.

»Nein.«

»Gut, dann lass uns heute Abend zusammen was trinken gehen. Wann bist du hier fertig?«

»Um sechs.«

»Das ist zu früh. Wo wohnst du?« Ich sagte es ihr. »Soll ich dich um acht abholen?«

»Heute?«

»Hast du keine Zeit oder keine Lust?«

»Heute ist Donnerstag, nicht wahr?«

»Muss wohl. Gestern war Mittwoch. Und wenn sie nichts dran ändern, wird morgen wohl Freitag sein. Also um acht?«

»Ja, sicher. Wieso nicht.«

»Gut, bis heute Abend.« Zwei Minuten später öffnete ich ihrem Sportwagen die Schranke, und sie winkte mir zu, als sie Gas gab.

Als ich um kurz nach sechs nach Hause kam, stellte ich mich unter die Dusche und sorgte dafür, dass ich gut roch. Dann versuchte ich, ein wenig aufzuräumen. Aus der Wohnung war aber nicht viel zu machen. Um kurz nach acht klingelte es.

Immer zwei Stufen gleichzeitig nehmend, kam Gloria die Treppe heraufgehastet. »Hallo, lass mich doch deine Wohnung sehen!«

Ich sagte »Hallo« und machte ihr Platz. Sie sah sich um, nahm die Papiere auf meinem Schreibtisch unter die Lupe, guckte in meinen Kleiderschrank und in den Kühlschrank, warf einen Blick auf Besteck und Geschirr, untersuchte auch noch das Badezimmer und sagte: »Du bist mehr fürs Einfache, was?«

»Bin ich das?«

»Na ja, du gibst dir nicht gerade viel Mühe mit der Einrichtung.«

Ich zuckte mit den Schultern. »Mir reicht es.«

»Okay, wo sollen wir hingehen?«

Ich sagte, das sei mir egal, und das war es auch. Sie trug Bluejeans und ein leichtes schwarzes Herrenjackett, die Ärmel bis zum Ellenbogen hochgekrempelt, und darunter ein rotes T-Shirt, das sich später als ärmelloses Top herausstellen sollte. Und ihr Haar hatte sie frisch gewaschen, denn es wirkte noch voller und noch roter als am Mittag.

»Okay«, sagte Gloria, »ich kenne da einen netten Biergarten etwas außerhalb, da gehen wir hin. Da ist es nicht so überlaufen.«

»Prima«, sagte ich.

Auf der Treppe sagte ich ihr, dass sie sehr gut aussehe. Sie lachte und sagte, Komplimente seien offenbar ebenso wenig meine Sache wie Wohnungseinrichtungen.

»War das falsch?«

»Na hör mal«, sagte sie, »so was sagt man doch nicht im Treppenhaus! Entweder hättest du es noch vor der Begrüßung sagen müssen oder viel später, im Biergarten, wenn es dunkel ist, nachdem wir beide ein paar Biere getrunken haben und anfangen, uns tief in die Augen zu sehen. Dann hätte ich erwägen können, rot zu werden und verlegen den Blick zu senken, und du wärst dir wie ein großer Verführer vorgekommen.«

Der Sportwagen war ein Alfa und ziemlich klein. Zunächst suchte ich nach dem Gurt, aber als Gloria darauf verzichtete, sich anzuschnallen, ließ ich es bleiben. Sie fuhr Auto, wie sie Treppen stieg.

»Toll, was?«, sagte sie.

»Was jetzt genau?«

»So ein Wagen. Offen. Der Fahrtwind.«

»Was machst du damit im Winter?«

»Da steht er in der Garage. Im Winter fahre ich einen anderen Wagen.«

»Toll.«

»Ich habe Geld, musst du wissen.«

»Was machst du?«

»Beruflich? Ich bin Sportreporterin.«

»Echt wahr? Und die werden so gut bezahlt?«

Sie sah mich an, eine runde, voll verspiegelte Sonnenbrille auf der Nase, in der ich zweimal mein fragendes Gesicht sah. »Ich bin übrigens siebenundzwanzig und damit wahrscheinlich fünf bis sechs Jahre älter als du. Ich finde, wir sollten die unangenehmen Sachen gleich am Anfang hinter uns bringen.«

Wieder sah sie mich an, lange. Bis ich den Vorschlag machte, sie solle doch mal wieder nach vorn schauen, wo der restliche Verkehr sich weigere, einfach zu verschwinden. Sie sagte: »Ich habe den Eindruck, als würde ich dich schon seit Wochen kennen.«

»Ich habe doch noch kaum etwas gesagt.«

»Trotzdem.« Jetzt sah sie endlich wieder nach vorn.

Im Biergarten waren trotz des guten Wetters tatsächlich noch einige Tische frei. Wir nahmen einen im Schatten einer großen Kastanie. Gloria zog ihr Jackett aus. Ihre Oberarme waren gesprenkelt mit Sommersprossen. Sie streckte die Arme nach hinten und reckte sich wie nach einer langen Autofahrt, und ich konnte sehen, dass sie unter den Armen rasiert war. Wir bestellten Bier.

»Okay«, sagte sie, »erzähl mir von dir!«

»Was denn?«

»Alles. Wo du herkommst, wer deine Eltern sind, wie du an den Job im Parkhaus gekommen bist, wie es mit deinem Studium läuft, was du danach machen willst, wer deine Freunde sind, in wen du verliebt warst, mit wem du zusammen und mit wem du nur im Bett warst.«

»Das ist eine ganze Menge.«

»Ich habe Zeit.«

Ich ließ es langsam angehen, erzählte erst mal von Beck und vom Studium. Dann fragte ich sie, wieso sie Sportreporterin geworden sei.

»Ist immer noch ungewöhnlich, nicht wahr?«, sagte sie und lachte und nahm einen Schluck Bier. »Ich liebe Wettkämpfe«, sagte sie, »ich liebe Fußball und ich schreibe gern. Und mein Vater hasst das alles. Das ist vielleicht der stärkste Grund.«

Dann ließ sie mich reden. Ich erzählte von allen möglichen Dingen und Leuten. Von Mücke. Sie fragte mich nach Frauen. Ich erzählte ihr von Britta und Gisela. Aber ich ließ ein paar Details weg. Der Abend ging dahin.

Als sie mich wieder zu Hause ablieferte, sagte sie: »Ich hoffe, du verstehst, dass ich nicht gleich bei der ersten Verabredung mit nach oben komme. Aber ich will dich wiedersehen. Wie wär's mit Samstag?«

»Samstag …» Ich tat, als müsste ich im Kopf meine zahlreichen Termine durchgehen, um sie irgendwo dazwischenschieben zu können. »Samstag ist okay.«

»Kannst du kochen?«

»Nein.«

»Frauensache, was?«

»Ich hab's einfach nie gelernt.«

»Weil das in eurer Familie Frauensache war. Na ja, ist auch egal, ich kann auch nicht kochen. Also komme ich am Samstag gegen acht bei dir vorbei und bringe Pizza mit. Bist du wählerisch, was den Belag angeht?«

»Alles, außer Spinat.«

»Gut. Du besorgst ein Video, und wir sehen uns was Nettes an.«

»Welche Art von Film?«

»Komödie oder Thriller. Nur kein Horror, Western oder Science-Fiction. Und natürlich kein Schweinkram.«

»Geht klar.«

Und dann beugte sie sich zu mir herüber, legte mir eine Hand auf die Schulter und küsste mich auf die Wange. Ich ging zur Tür. Bevor ich aufschloss, drehte ich mich noch einmal um. Sie raste die Straße hinunter und winkte mir zu.

So fing die Sache mit Gloria an. Sie verführte mich erst an unserem dritten gemeinsamen Abend. Es fing in ihrem Wagen an und ging in meiner Wohnung weiter. Sie blieb über Nacht und lud mich am nächsten Morgen zum Frühstück ein. Es war leicht mit ihr. Ich musste fast nichts machen. Sie machte alles. Sie sagte, in welches Kino, in welche Kneipe, in welches Restaurant wir gingen, und fast immer bezahlte sie. Ich sagte, das sei mir peinlich, aber sie sagte, sie habe nun mal mehr Geld als ich, darüber solle ich mir mal keine Gedanken machen. »Oder kriegst du da Probleme mit deinem Mannsein? Na also.«

Gloria war Energie. Ich habe sie nie eine Treppe auf die übliche Art hinaufgehen sehen. Auch wenn sie nach einem langen Tag in der Redaktion zu mir kam, vibrierte sie noch. Dann beruhigte sie sich, und wir zogen uns aus und legten uns aufs Bett. Wir schliefen nicht jedes Mal miteinander. Manchmal lagen wir den ganzen Abend nur nackt da, und Gloria schmiegte sich an mich, berührte mit ihren Brüsten meinen Rücken, massierte mich, leckte meinen Nacken und meine Achselhöhlen.

An den Wochenenden waren wir mit ihrem Sportwagen unterwegs, das Verdeck zurückgeklappt. Meistens ließ sie ihre Haare im Fahrtwind wehen, sodass sie nach zwei Stunden überhaupt nicht mehr zu bändigen waren. Manchmal setzte sie ein Kopftuch auf, aber die Dinger hielten nicht. Vier oder fünf Kopftücher landeten auf der Landstraße und blieben dort liegen, weil Gloria es für Zeitverschwendung hielt, anzuhalten und sie wieder einzusammeln. Das imponierte mir.

Gloria war wie ein gut gemeinter Stromstoß. Sie fackelte nicht lange, wenn es darum ging, was wir am Abend oder am Wochenende machen sollten. Das gefiel mir. Sie war erwachsen. Und sie war witzig. Einmal saßen wir am Frühstückstisch, und sie sagte, früher habe sie mal darüber nachgedacht, Kunstgeschichte zu studieren. Den Gedanken habe sie aber wieder verworfen, weil sie lieber richtig arbeiten wollte. Außerdem habe sie nicht gewusst, worauf sie sich hätte spezialisieren sollen. Ich sagte: »Spezialisiere dich doch auf mich!« Und sie zog eine Grimasse und sagte: »Entartete Kunst?« Wir mussten beide lachen. Ich mochte das Gefühl, dass sie mir nicht unterlegen war, so wie Gisela. Es war noch nicht klar, ob sie so viel wusste wie Britta, aber Gloria wusste schon eine ganze Menge.

Nach vier Wochen zeigte sie mir endlich ihre Wohnung. Sie wohnte in einem ziemlich schicken Vorort.

Sie hatte eine Einliegerwohnung in einem großen Haus, das an einem Hang lag und hinten ein Stockwerk mehr hatte als vorne. Als sie die Tür öffnete, standen wir erst mal in einer Diele mit einer Garderobe, an der Sachen hingen. Gleich rechts aber war eine Treppe, die nach oben führte, mit schonenden Kappen auf den Stufen. Die Treppe endete direkt an einer Tür. Gloria schloss auf und ließ mich zuerst hineingehen. Ich stand in einem großen, völlig leeren Flur. An der Wand links von mir hing ein großer, antiker Spiegel, mit Jugendstil-Intarsien im dunklen Rahmen. Von dem mit Parkett ausgelegten Flur gingen vier Türen ab. Die eine war geöffnet und führte in eine kleine Einbauküche aus gebürstetem Stahl. Auf die daneben ging Gloria zu und öffnete sie. Dahinter lag ein riesiges Wohnzimmer, das auf eine große Balkonterrasse hinausging. In dem Wohnzimmer stand ein Ledersofa, und ihm gegenüber ein großer Fernseher auf dem Boden und daneben ein Videorekorder. An der freien Wand neben der Tür stand hüfthoch ein selbst gebautes Regal voller Taschenbücher: Gloria hatte einfach Holzbretter auf Ziegelsteine gelegt. Die Wände waren weiß und leer.

Das andere große Zimmer war das Schlafzimmer, mit einem schwarzen französischen Bett, schwarzem Laken und knallroter Bettwäsche. Da waren zwei Kopfkissen und zwei Decken. Dem Bett gegenüber stand ein großer schwarzer Kleiderschrank mit Spiegeltüren. Auf dem Boden neben dem Bett lag – aufgeschlagen, mit den Seiten nach unten – ein billiger Liebesroman.

Dann war da noch das Badezimmer, weiß gekachelt, mit Wanne, Dusche und zwei Waschbecken. Etwa in Kopfhöhe unterbrach ein schmaler Streifen schwarzer Kacheln das saubere Weiß. Über den Waschbecken hingen zwei Spiegelschränke. Auf der Fensterbank neben dem Klo standen Pflanzen, und auf dem Boden eine kleine Schale mit duftenden Trockenblumen, die einen süßlichen, aber nicht unangenehmen Geruch verbreiteten.

Dann hielt sie mir einen Schlüssel vor die Nase und sagte, ich könne jederzeit herkommen und es mir bequem machen, auch wenn sie nicht da sei. Ich nahm den Schlüssel und küsste sie. Dann legten wir uns aufs Bett und rieben uns ein wenig aneinander. Dann standen wir wieder auf, und Gloria holte eine Flasche Weißwein aus der Küche und zwei Gläser. Wir setzten uns nackt auf den Balkon, denn es war sehr schwül. Von ihrem Balkon konnte man den Fluss sehen, der unserer Gegend den Namen gab. Niemand schien uns sehen zu können, und wenn doch, wäre es wohl egal gewesen.

Als die Saison wieder begann, nahm sie mich mit zu Fußballspielen, zu denen sie Pressekarten bekam, auch wenn sie nicht darüber berichten musste. Nach den Spielen gingen wir zu der Pressekonferenz, und ich lernte andere Journalisten kennen. Sie nahmen das, was sie taten, sehr wichtig. Sie duzten die Fußballer und Trainer, über die sie berichteten. Sie waren Teil einer großen Sache. Gloria fragte mich, ob mir das gefalle, und ich sagte, das sei sehr interessant. Als Kind hatte ich mir etwas mehr aus Fußball gemacht, aber es war in Ordnung, und ihr schien es

Spaß zu machen. Es war schön, mit ihr gesehen zu werden.

Einmal erzählte Gloria, als Kind habe sie immer bei den Jungs mitgespielt. Mit anderen Mädchen habe sie nicht so viel anfangen können. Beim Fußball wollte man sie nicht ernst nehmen, obwohl sie eine gute Ballbehandlung hatte und das eine oder andere Tor machte. Respekt habe sie sich erst erworben, als sie gelernt hatte zu grätschen. Da bekamen einige Jungs Angst vor ihr. Mit ihr war eine Mannschaft stärker als ohne sie. Und Erfolg zählte allemal mehr als Chauvinismus. Aber darüber hinaus hätten die Jungs nichts von ihr wissen wollen. Sie waren noch zu jung, um scharf auf sie zu sein, und als sie es waren, war ihnen der Fußball nicht mehr so wichtig, und sie wollten mit Gloria nichts mehr zu tun haben. Ein Mädchen, das Fußball spielen konnte und auch noch toll aussah, das war zu viel. Und dann die roten Haare.

Sie machte eine Pause und sah nirgendwohin.

»Was ist mit den roten Haaren?«, fragte ich.

»Manchmal habe ich mir gewünscht, sie wären nicht da.«

»Wieso denn?«, wollte ich wissen. »Die sehen doch toll aus.«

»Hexen haben rote Haare«, sagte Gloria.

»Das ist doch Blödsinn.«

»Erzähl das mal den kleinen Jungs, die gerade das Wichsen gelernt haben.«

»Wieso?«

Und dann erzählte Gloria, dass sie nur deshalb unbedingt beim Fußball mitmachen wollte, weil sie dann weniger gehänselt wurde. Einmal, sagte sie, hätten fünf Jungs sie ins Schulklo gezerrt, ihr mit einer stumpfen Bastelschere mehrere Locken abgeschnitten und sie dann in einer Kabine eingesperrt. Und dann hätten sie sich Zigaretten angezündet und die brennenden Kippen über die Tür zu ihr hineingeworfen. Fast eine ganze Schachtel sei ihnen das wert gewesen, ein Riesenspaß.

»Das tut mir leid«, sagte ich. Was hätte ich auch sonst sagen sollen. Ich meinte es wirklich so. Sie sollte mir noch öfter solche Sachen erzählen. Zuerst dachte ich, sie übertreibt etwas. Aber sie erzählte ohne Selbstmitleid, ohne zur Schau gestellten Schmerz. Sie sah dann aus, als sei sie woanders und würde von dort zu mir blicken.

»Das hat mich nicht davon abgehalten«, sagte Gloria, »ständig hinter Jungs her zu sein. Ich dachte mir, ich habe zwei Möglichkeiten: Entweder ich laufe weg, oder ich renne ihnen entgegen und zeige ihnen, dass ich keine Hexe bin, dass man mit mir Pferde stehlen kann. Das haben nicht viele begriffen. Ich hoffe, du begreifst es.«

»Natürlich«, sagte ich. Was hätte ich auch sonst sagen sollen.

Ich zog praktisch bei ihr ein, behielt aber meine alte Wohnung. Eines Abends saßen wir auf dem Balkon und tranken Wein, und sie fragte mich, ob ich nicht wissen wolle, woher das ganze Geld komme.

»Welches Geld?«

»Na ja«, meinte sie und wiegte den Kopf hin und her, »die tolle Wohnung, das Auto, das ständige Auswärtsessen. Und das alles vom Gehalt einer Sportreporterin?«

»Ich habe keine Ahnung, was die verdienen.«

»Die Wohnung gehört eigentlich meinem Mann.«

Ich sagte nichts.

»Ich bin geschieden.«

Ich sagte wieder nichts.

»Schockiert dich das?«

»Warum sollte es?«

»Na ja, in meinem Alter schon geschieden …«

»In *meinem* Alter schon geschieden, *das* wäre bemerkenswert.«

»Stimmt, ich vergesse immer, dass du ein paar Jahre jünger bist.«

»Soll ich mich jetzt geschmeichelt fühlen?«

»Also«, sagte sie und holte Luft. »Als ich zwanzig war, habe ich geheiratet. Er hieß Stefan und war fast doppelt so alt wie ich und hatte Geld wie Heu. Er ist Anwalt und Chef einer Kanzlei mit mehreren Niederlassungen. Wir lernten uns beim Squash kennen. Er sprach mich an, als ich vor der Umkleidekabine auf eine Freundin wartete. Nach einem halben Jahr haben wir geheiratet, und er kaufte diese Wohnung. Eine Zeit lang ging alles gut, dann fiel mir auf, dass ich in seinem Leben immer weniger vorkam und er mehr im Büro lebte als zu Hause. Die klassische Geschichte. Und als ich dann herausbekam, dass er was mit seiner Sekretärin hatte und die von ihm schwanger war, habe ich ihn rausgeschmissen. Er hat mir die Wohnung gelassen und mir einen Haufen Geld gegeben, wohl weniger aus Menschenfreundlichkeit als vielmehr, um alles möglichst schnell hinter sich zu bringen. Ich habe beides angenommen, weil ich dachte, dass ich es verdient habe. Die ganze Sache hat nur drei Jahre gedauert, liegt also mittlerweile lange genug zurück, dass du mir vertrauen kannst.«

Wir tranken Wein, und ein paar Sekunden lang starrte sie auf den Boden.

»Was sagst du dazu?«, fragte sie dann.

»Was soll ich dazu sagen?«

»Stört es dich nicht?«

»Solche Sachen passieren nun mal.«

Sie streichelte meine Hand und lächelte mich an und sagte, ich sei so verständnisvoll und unkompliziert. Sie sagte, sie hätte sich wohl in mich verliebt. Ich rieb ihren Ringfinger zwischen meinem Daumen und Zeigefinger. Ich sagte, ich hätte mich auch in sie verliebt.

Es schien das Beste zu sein, einfach stillzuhalten, dann liefen einem die tollsten Frauen über den Weg. Mit Gloria würde ich es aushalten, das wusste ich. Sie beeindruckte mich, und das war wichtig. Sie war älter, sie war geschieden. Das war gut. Ich wollte jemanden, der mehr wusste als ich. Jetzt konnte es funktionieren. Ich dachte daran, dass es gut sein müsste, Britta davon zu erzählen. Es würde Britta sicher imponieren, dass ich es schaffte, mit einer wie Gloria zusammen zu sein.

Ein paar Tage später gingen wir spazieren. Es war September, aber noch ziemlich warm. Wir gingen umher, ohne viel zu reden, und sie hakte sich bei mir ein und legte ihren Kopf an meine Schulter. Wir achteten nicht darauf, wo wir hingingen und wie spät es schon war, jedenfalls war es dunkel, aber wolkenlos, und am Himmel waren eine Menge Sterne. Und dann gingen wir an einer Mauer entlang, und Gloria sagte: »Sag mal, ist das hier ein Friedhof?«

»Weiß nicht. Glaub schon.«

Sie machte sich los von mir und suchte den Eingang. Ein paar Meter weiter war ein gusseisernes Tor, das aber um einiges niedriger war als die Mauer. Es war verschlossen. Gloria machte Anstalten, drüberzuklettern.

»Was machst du da!«, sagte ich. »Das ist ein Friedhof!«

»Ich weiß.« Sie hockte rittlings auf dem Tor, lachte und

bedeutete mir, ebenfalls hochzuklettern. Dann sprang sie an der anderen Seite hinunter und lief weg. Ich kletterte über das Tor und folgte ihr. Ich fand sie auf dem Hauptweg, die Arme ausgebreitet und mit geschlossenen Augen das Gesicht dem Himmel zugewandt.

»Mann, ist das still hier!«, sagte sie. »Findest du nicht auch?«

»Klar.«

Sie nahm mich bei der Hand und führte mich herum, als kenne sie sich aus.

»Es ist so schön still hier«, sagte sie. »Selbst wenn man manchmal noch etwas hört. Das ist ganz merkwürdig, findest du nicht auch?«

»Mhm«, machte ich.

Mir war mulmig zumute. Wie einem Kind, das einen Film sieht, der zu spannend ist. Mücke hatte früher immer »Gespenstergeschichten« von Bastei-Lübbe gelesen, Comics, die alle mit den Worten endeten: »Seltsam? Aber so steht es geschrieben.« Ich glaubte nicht wirklich daran, dass eine kalte Hand aus einem Grab nach mir greifen würde oder dass sich die Toten um Mitternacht versammelten, um sich gegenseitig zu erzählen, woran sie gestorben waren und an wem sie sich noch rächen müssen. Aber so etwas machte man einfach nicht. Nachts auf einem Friedhof herumlaufen. Wir waren hier doch nicht bei Tom Sawyer. Es fehlte nur noch, dass Gloria einen Kassettenrekorder hervorholte und wir The Cure oder Nick Cave hörten.

Gloria ging vor den Grabsteinen in die Knie und betrachtete die Inschriften. Einige der Menschen waren noch im neunzehnten Jahrhundert geboren und irgendwann in den Fünfzigern oder Sechzigern gestorben.

Manche waren sehr alt geworden. Irgendwo lag eine Frau begraben, die neunundneunzig Jahre alt geworden war. Gloria sagte, das eine Jahr hätte sie auch noch vollmachen können. Dann wäre sicher der Bürgermeister vorbeigekommen und ein Fotograf von der Zeitung. In einer Familiengruft lag ein Kind von drei Jahren. Gloria malte sich die Lebensläufe der Leute aus, wie sie jung und verliebt waren und Sex hatten, bis der Krieg kam, und wie sie alt wurden und krank, verbohrt und unfreundlich. Gloria fragte mich, ob ich das nicht auch unglaublich fände, all diese Leben, die hier begraben seien, die Schicksale dieser Leute und die Stimmung an einem solchen Ort, die Stille und der Ernst des Augenblicks. Ich sagte, ich fände es beeindruckend. Dann küsste sie mich und drückte sich an mich und drängte mich gegen einen Grabstein, der mir bis knapp unter den Hintern reichte. Er war breit und gehörte zu der Gruft, in der das Kind begraben lag. Wir standen hinter dem Stein. Gloria zog mir das Hemd aus der Hose, strich mit ihren Fingernägeln über meinen Bauch und lachte leise. Dann drehten wir uns um die eigene Achse, sodass Gloria nun den Stein hinter sich hatte. Sie löste die Umarmung, und ich dachte, jetzt könnten wir gehen, aber sie lachte, setzte sich auf den Stein, streifte ihre Schuhe ab, griff unter ihren Rock und zog sich Strumpfhose und Slip aus. »O Gott, ist das kalt«, sagte sie, als sie sich wieder setzte. Ihre Strumpfhose und ihr Slip lagen auf dem Boden. »Komm her!«, sagte sie.

»Hier? Jetzt?«

»Warum nicht? Niemand wird uns stören.«

Ich betrachtete sie ein wenig, wie sie halb auf dem Grabstein saß, halb sich gegen ihn lehnte, wie sie ein Bein anwinkelte und mir ihre Hand entgegenstreckte. So etwas machte man einfach nicht. Was sollte ich tun? Ich konnte schlecht Nein sagen.

Ich kniete vor ihr nieder und steckte meinen Kopf unter ihren Rock.

10 Die Sache mit dem Friedhof irritierte mich. War das pervers? Oder war ich ein Spießer? Selbstbestimmte weibliche Sexualität unter Einschluss ungewöhnlichen Verhaltens und fantasievoller Praktiken – davon hatte ich gehört, Britta hatte mir davon erzählt. Aber auf dem Friedhof? War das Glorias Kommentar zur Situation der Sexualität in den Zeiten von Aids, jener »Big Desease with a little Name«, wie es bei Prince hieß, den ich bei Gloria rauf und runter hören musste?

Es blieb nicht nur bei Friedhöfen. Alles Religiöse machte Gloria scharf. Wenn wir an einer Kirche vorbeigingen, drückte sie meine Hand ganz fest, und als wir mal nach Köln fuhren, mussten wir in den Dom gehen, und Gloria nahm mich beiseite und küsste mich und rieb meinen Schwanz durch meine Hose. Ich sagte nichts. Na gut, ich bekam einen Ständer, aber ich fühlte mich nicht wohl dabei. Zunächst dachte ich, es sei dieser Hauch von Tod und Ewigkeit, der von religiösen Symbolen, jedenfalls von christlichen, ausgeht. Dann dachte ich, es sei vielleicht der öffentliche Aspekt, der mich störte und verunsicherte. Das wäre alles in Ordnung gewesen. Darüber hätte man reden können.

Aber dann ging mir auf, dass es mir nicht geheuer war, weil es sich nicht gehörte. So etwas tat man einfach nicht.

Man fickte nicht auf Friedhöfen, man griff seinem Freund in gotischen Baudenkmälern nicht zwischen die Beine, das war unanständig. Und das konnte ich ihr nicht sagen. Wie hätte das denn ausgesehen? Wie hätte sich das angehört, wenn ich zu ihr gegangen wäre und ihr gesagt hätte: »Du, Gloria, ich finde, so wie du verhält man sich nicht im Angesicht Gottes.« Gott war mir egal, wenn es ihn gab, war er ohnehin blind oder hatte schon zu viel gesehen, aber mir ging durch den Kopf, was meine Mutter sagen würde, wenn sie davon erfuhr: »Junge, ach Junge, manchmal möchte ich wirklich wissen, was du eigentlich willst.«

Ein bisschen schämte ich mich dafür. Ich war ein Spießer. Ich ging dagegen an. Ich sagte mir: Du liebst diese Frau, also wirst du auch damit fertig werden, dass sie pervers ist. War sie das? Konnte ich damit so einfach fertig werden?

Wenn wir spazieren gingen, fing ich an, unsere Routen so zu planen, dass wir an keiner Kirche und an keinem Friedhof vorbeikamen. Das war nicht einfach. Na gut, und Gloria kam auch nicht bei jedem Kirchturm in Wallung, aber das Risiko erschien mir zu groß. Schließlich versuchte ich, Spaziergänge allgemein zu vermeiden.

Dann fing es zu Hause an. Eines Abends, als wir schlafen gingen, hing ein Kruzifix über dem Bett. Ich sagte nichts, zog mich aus und legte mich hin. Aber Gloria ließ ihre Nachttischlampe an und begann, an mir herumzufummeln. Ich wollte nicht. Ich wollte schon, aber ich wollte nicht wollen. Ich sah ihr rotes Haar und ihre Augen, die so blitzten, wie sie es immer taten, wenn Gloria in Schwung kam. Man musste schon schwul oder blind sein, um dem widerstehen zu können. Nein, blind hätte nichts genützt, denn da blieb dann immer noch das, was sie und ihr Körper mit einem machten, selbst wenn man sie nicht sah. »Sie und ihr Körper«, jawohl, das schienen zwei verschiedene Einheiten zu sein, Gloria konnte sich so bewegen, dass man dachte, man wäre zu dritt oder zu viert im Bett. Und dann die Geräusche, die sie machte.

Ich konnte nicht anders. Ich musste über sie herfallen. Ich drehte sie herum und warf mich auf sie wie ein Footballspieler auf das Lederei. Aber sie wehrte mich ab wie eine Judo-Championissima, nein, wie eine Ringerin, und warf mich auf den Rücken, drückte meine Schultern nieder und setzte sich auf mich. Normalerweise machte ich an der Stelle immer die Augen zu, denn dieses Bild, wie sie auf mir saß und sich bewegte und ihr Haar zurückwarf und Geräusche machte, das war zu viel, das war zu schön, das war zu geil, um erträglich zu sein. Aber diesmal musste ich hinsehen, und ich sah, dass sie die Augen nicht geschlossen hatte, dass sie aber nicht mich ansah, sondern etwas über mir, und ich wusste, sie sah das Kruzifix an.

Später lag ich lange wach.

Am nächsten Tag, als Gloria schon weg war, sah ich mir den neuen Wandschmuck im Schlafzimmer näher an. Ein bärtiger Mann in einem Lendenschurz, brutal an ein Holzkreuz genagelt. Es war schon ein starkes Stück, dass diese Szene, die aus einem Horrorfilm hätte stammen können, das Symbol einer Weltreligion war. Dieses Ding stand, nein, es hing für Liebe und Vergebung, Barmherzigkeit und ewiges Leben. Es sollte uns ein schlechtes Gewissen machen. Und das hatte es jetzt endgültig geschafft. Ich hatte ein schlechtes Gewissen, weil es mich verstörte, dass meine Freundin beim Anblick des Genagelten scharf wurde, dass sie ihn ansah, wenn sie auf mir saß. War es einfach nur dieses Männerproblem, keinen

Nebenbuhler ertragen zu können? Sollte Gloria keinen Gott neben mir haben? Aber ich war ein großer Junge. Ich würde damit fertig werden. Der Anblick, wenn ich zu ihr aufschaute, war das alles wert. Und diese Wohnung auch. Und ihr Cabrio. Und ihr Lachen natürlich. Die Art, wie sie ihr Haar zurückwarf. Natürlich. Die Art, wie sie einfach bestimmte, was wir abends machen würden, wie sie mir an der Supermarktkasse einfach das Raider zusteckte, ohne mich zu fragen, was ich haben wollte. Die Art, wie mich die anderen Männer ansahen, wenn ich mit ihr zusammen unterwegs war.

Beck mochte Gloria, und bald unternahmen wir vieles zu dritt. Beide kannten sich aus mit gutem Essen. Wir gingen sehr oft in Restaurants. Beck und Gloria hatten immer etwas auszusetzen an dem, was auf den Tisch kam. Mal war es zu kalt, dann zu verkocht, dann zu stark oder zu schwach gewürzt, und nur selten akzeptierte Beck gleich die erste Flasche Wein, die uns der Kellner an den Tisch brachte. Er nahm einen Schluck, schien sich damit den Mund auszuspülen und sah den Kellner an, als habe der eine ansteckende Krankheit. Gloria fand das gut. Sie sagte, man dürfe sich nicht alles bieten lassen. Ich hatte keine Ahnung von Wein und gutem Essen. Wenn das Fleisch nicht gerade hart wie ein Brett war, fand ich es in Ordnung.

Eines Abends, als wir nach einem Essen mit Beck wieder zu Hause waren und uns fertig machten, um schlafen zu gehen, sagte Gloria: »Was war denn los mit dir heute Abend?«

»Was soll denn los gewesen sein?«, fragte ich zurück.

»Hattest du schlechte Laune?«

»Keineswegs.«

»Du hast kaum was gesagt den ganzen Abend.«

»Ich bin müde. Hatte viel zu tun an der Uni.«

»Aha.«

»Ja, aha.«

Sie ging ins Bad und putzte sich die Zähne.

An der Uni lief es sehr gut. Beck hatte Unsinn erzählt. Vorlesungen brachten sehr wohl etwas. Ich belegte drei in Geschichte und jeweils eine in den Nebenfächern. Ich machte mir Notizen, schrieb mir vor allem die weiterführenden Literaturhinweise auf und ging nach den Vorlesungen in die Institutsbibliothek, um noch ein wenig was nachzulesen. Manchmal blieb ich den ganzen Tag an der Uni. Morgens kam ich früh genug, um noch einen Kaffee in der Cafeteria zu nehmen. Ich sah gern zu, wie die anderen ankamen. Mittags ging ich mit Beck in die Mensa, und jedes Mal beschwerte er sich über das schlechte Essen. Ich fand es auch nicht gut, aber auch nicht so schlecht, dass ich mich jeden Tag darüber ereifern mochte. Nach dem Essen saßen wir in der Cafeteria, und manchmal unterhielten wir uns sogar mit Kommilitonen, obwohl das Beck unangenehm zu sein schien. Mir machte es nichts aus, es war mir egal, dass die meisten etwas blöd waren. Sie mieden die Seminare am frühen Morgen, und Professoren, die ihnen nicht passten, waren Faschisten. Beck ärgerte sich darüber. Mich amüsierte es.

Bevor ich ins Seminar ging, verbrachte ich noch etwas Zeit in der Institutsbibliothek und bereitete mich vor. Dann ging ich ins Seminar, und danach blieb ich manchmal noch mit einigen Kommilitonen oder dem Dozenten auf dem Flur stehen, und dann fuhr ich nach Hause beziehungsweise zu Gloria.

Die Arbeiten zu den Referaten reichte ich immer bis

zwei Wochen vor Semesterende ein, damit ich das Ergebnis noch vor den Ferien wusste. Meine Arbeiten waren ziemlich gut. Jedenfalls sagten das die Zensuren.

Eine Zeit lang kaufte ich mir kaum CDs und kam mit meinem Geld besser zurecht.

Im Wintersemester besuchte ich ein Seminar über den Vormärz bei einer Frau, die erst vor einem halben Jahr eine Stelle als Privatdozentin an der Fakultät angenommen hatte. Sie hieß Roberta Appleman und war Halbamerikanerin.

Das Seminar fand am Mittwoch statt, von vier bis sechs, und manchmal lud sie das Seminar ein, nach der regulären Sitzung noch gemeinsam mit ihr ein oder zwei Bier trinken zu gehen. Ich fing an, mir Gedanken zu machen, in welchem Bereich ich meine Magisterarbeit schreiben sollte, und das neunzehnte Jahrhundert schien interessant zu sein.

Nach einer dieser Kneipensitzungen nahm Roberta Appleman mich beiseite und sagte, ich solle doch am Montag mal in ihrem Büro vorbeischauen, sie habe etwas mit mir zu besprechen. Ich dachte, vielleicht hatte ihr meine Seminararbeit nicht gefallen, die ich kurz vor Weihnachten abgegeben hatte. Aber als ich am Montag in ihr Büro kam, empfing sie mich betont freundlich, gab mir die Hand und lächelte. Das Büro war mehr eine Art Zelle, die ihre Existenz nur der Tatsache verdankte, dass ein großes Zimmer durch Rigipswände in drei kleine aufgeteilt worden war. Die Wände waren weiß gekalkt, aber Roberta Appleman hatte ihr Möglichstes getan, um den Raum ein wenig aufzuwerten. An der Innenseite der Tür hing ein großes Plakat, das zum Jazzfestival nach Montreux einlud, und hinter dem Schreibtisch hing ein noch größeres von Neil Young. Die Wand gegenüber zierten zahllose kleine private Fotografien, die meisten davon ordentlich eingerahmt, andere nur mit einer Heftzwecke angepinnt. Auf diesen Bildern waren immer wieder drei bestimmte Kinder zu sehen. Ich vermutete, dass es ihre waren. Auch ein älteres Ehepaar – bestimmt ihre Eltern – erkannte ich mehrmals, und einige Männer, die ich nicht zuordnen konnte.

»Sehen Sie sich nur alles in Ruhe an«, sagte Roberta Appleman. Sie erklärte mir, wer die Leute auf den Fotos waren. Die beiden älteren Herrschaften waren tatsächlich ihre Eltern, bei den drei Kindern handelte es sich jedoch um ihre Neffen, die Söhne ihrer drei Brüder. »Und das und das und das«, sagte sie und tippte die entsprechenden Fotos an, »sind meine drei letzten Lebensgefährten. Exfreunde. Zwei Amerikaner, ein Deutscher aus Kaiserslautern.«

So genau hatte ich das gar nicht wissen wollen, und mir war auch nicht klar, was ich jetzt sagen sollte. »Entschuldigen Sie«, sagte Roberta Appleman, »deswegen sind Sie natürlich nicht hier, manchmal geht mein familiärer Besitzerstolz mit mir durch. Setzen Sie sich doch. Möchten Sie einen Kaffee?«

»Danke.«

»Danke ja oder danke nein?«

»Danke ja.«

»Ich muss Ihnen allerdings gestehen«, sagte sie, als sie die Thermoskanne von einem kleinen Servierwagen neben dem Schreibtisch nahm, »dass der Kaffee von heute Morgen ist, ich glaube nicht, dass er noch sonderlich gut schmeckt. Ich könnte in die Cafeteria gehen und frischen holen.«

»Wird schon gehen, machen Sie sich keine Umstände«, sagte ich und verpasste dadurch die Gelegenheit, meine Dozentin zum Kaffeeholen zu schicken. Ich fragte mich, ob ich sie »Mrs Appleman« oder »Frau Appleman« nennen sollte.

»Also, weswegen ich Sie um ein Gespräch gebeten habe …», begann sie und machte gleich eine Pause und sah mir zu, wie ich die Kaffeetasse zum Mund führte und einen Schluck nahm. Der Kaffee war wirklich ziemlich schlecht, schmeckte bitter und abgestanden. Als ich die Tasse wieder abstellte, redete Frau oder Mrs Appleman noch immer nicht weiter. Sie schien aber nicht mehr mich anzusehen, sondern einen Punkt an der Wand hinter mir. Ich sah aus dem Fenster.

»Äh, wo war ich stehen geblieben?« fragte sie, und ich sagte, sie habe mir erklären wollen, weswegen sie mich zu diesem Gespräch gebeten habe.

»Ach ja, richtig, genau. Bitte entschuldigen Sie, manchmal trägt es mich fort, und ich bin nicht mehr richtig in der Welt. Es ist immer nur ein Detail, eine Fliege an der Wand oder etwas in der Art. Ihre Art, die Kaffeetasse an den Mund zu führen, hat mich an irgendetwas erinnert. Oder an irgendwen. Aber ich komme nicht drauf.«

Nachdem sie etwas lässig in ihrem teuren Bürostuhl mit Lederbezug und hoher Lehne zusammengesunken war, richtete sie sich nun wieder auf und zog das lindgrüne Damensakko straff, das sie über einem einfachen weißen T-Shirt trug.

»Ihre Seminararbeit über Friedrich Julius Stahl und den frühen deutschen Konservatismus hat mir außerordentlich gut gefallen. Sie haben die verfügbaren Quellen in der im Rahmen eines Hauptseminars möglichen Vollständigkeit ausgewertet, die relevante Sekundärliteratur angemessen berücksichtigt und außerdem noch einige interessante Thesen entwickelt, die Sie schlüssig belegen. Darüber hinaus ist die Arbeit gut geschrieben und nicht einmal besonders lang. Meinen Glückwunsch.«

»Danke.«

»Ich habe die Arbeit Professor Mutter gezeigt, und er war ganz meiner Meinung.«

Professor Sebastian Mutter war der Ordinarius für Neuere Geschichte, mit dem Schwerpunkt Europa bis 1914. Eine ebenso anerkannte wie wegen seiner angeblichen Strenge gefürchtete Koryphäe.

»Zum nächsten Semester wird bei Professor Mutter die Stelle einer studentischen Hilfskraft frei, und ich wollte Sie fragen, ob Sie nicht Interesse hätten, sich darum zu bewerben.«

Ein Job? An der Uni? Studentische Hilfskraft? Kopieren? Kaffee kochen?

»Es wären neun Stunden in der Woche, bei ungefähr sechzehn Mark die Stunde. Der Vertrag läuft zwei Jahre. Sie müssten natürlich auch den einen oder anderen niederen Dienst verrichten, hätten aber auch die Gelegenheit, eine Menge über wissenschaftliches Arbeiten zu lernen. Nächste Woche lädt Professor Mutter einige Studierende zu Vorstellungsgesprächen. Wenn Sie mir bis Ende dieser Woche Bescheid geben, ob Sie Interesse haben, sind Sie dabei.«

»Ich wüsste nicht, was dagegensprechen sollte.«

»Sie müssen sich nicht verpflichtet fühlen, jetzt gleich zu antworten. Kommen Sie einfach am Freitag noch mal vorbei und geben mir Bescheid. Aber lassen Sie sich nicht ins Bockshorn jagen von dem, was man sich über Mutter erzählt … Man kann mit ihm auskommen.«

»Okay«, sagte ich, »ich komme am Freitag noch mal vorbei.«

»Ich bin bis drei im Büro.« Sie stand auf, gab mir die Hand und hielt mir die Tür auf und lächelte.

Gloria hielt es für eine gute Idee, den Job anzunehmen. Wir lagen im Bett. Sie las, und ich dachte nach.

»Na ja, erst mal muss ich mich darum bewerben. Dass ich ihn kriege, ist gar nicht mal sicher.«

»Aber klar«, sagte sie, »ich kann mir nicht vorstellen, dass du ihn nicht bekommst.«

»Wieso nicht?«

»Na ja, das kann ich einfach nicht.«

Ich ärgerte mich etwas. Was hatte sie für eine Ahnung davon, was an der Uni los war? Das war mein Bereich.

»Dann könntest du auch endlich diesen Parkhaus-Job an den Nagel hängen. Und wer weiß, was sich an der Uni noch für Kontakte ergeben.«

»Kontakte?«

»Na ja, es kann doch wohl nicht falsch sein, bei so einem berühmten Prof zu arbeiten, oder? Da ergibt sich vielleicht was für die Zeit nach dem Studium.«

Nach dem Studium ist weit weg, dachte ich.

»Was liest du da eigentlich?« fragte ich sie. Sie zeigte mir den Umschlag des Buches. Da war ein gemaltes Bild von zwei Leuten, die sich küssten. Der Mann trug ein Rüschenhemd und hatte dichtes schwarzes Haar. Die Frau trug etwas pinkfarbenes, ebenfalls mit Rüschen, und ihr Dekolleté streckte sich ihm entgegen. Der Rasen, auf dem beide standen, war sehr grün. Im Hintergrund war ein großes, weißes Haus mit Säulen davor

»Ich frage mich, wie du so einen Schund lesen kannst«, sagte ich.

»Es entspannt mich.«

»Wie kann man bei so einem Mist entspannen?«

»Ich kann es nun mal.«

»Ich begreife das nicht.«

»Du musst es ja nicht lesen.«

Am Freitag ging ich gegen halb drei in Roberta Applemans Büro. Sie war gerade dabei, ihre Sachen zusammenzupacken, und versuchte gleichzeitig, einen Apfel zu essen. Sie hatte sich den Apfel in den Mund gesteckt und hielt ihn mit den Zähnen fest. Mit der einen Hand hielt sie ihre große lederne Aktentasche auf und versuchte mit der anderen, einen Stapel Papiere hineinzustopfen. Ich musste lachen, als ich hereinkam, nachdem ich ein unbestimmt durch die Tür gedrungenes Geräusch als ein »Herein« interpretiert hatte. Als Frau oder Mrs Appleman mich lachen sah, konnte sie nicht anders und lachte auch, wobei ihr der Apfel aus dem Mund fiel, über den Schreibtisch rollte und zu Boden fiel. Ich bückte mich und hob ihn auf. Sie lachte immer noch, als ich ihr den Apfel gab. Sie steckte ihn in ihre Jackentasche. Ich sagte, ich würde sehr gern an dem Bewerbungsgespräch teilnehmen.

»Eine gute Entscheidung, das werden Sie sehen.«

»Sicher«, sagte ich.

»Tja«, sagte Roberta Appleman, »ich bin gerade dabei zu gehen.«

»Ich bin schon weg.«

»Nein, so war das nicht gemeint. Ich dachte, wenn Sie schon mal da sind, könnten Sie mir vielleicht helfen, ein paar Sachen zu meinem Wagen zu tragen.«

»Klar«, sagte ich, und sie wies auf einen Karton mit Büchern, der auf dem Besucherstuhl vor ihrem Schreibtisch stand. Ich hob ihn hoch, musste feststellen, dass er sehr viel schwerer war, als ich gedacht hatte, ließ mir aber nichts anmerken und trug ihn auf den Flur hinaus. Roberta Appleman folgte mir mit zwei vollgepackten Taschen voller Papier, stellte sie auf dem Flur ab und verschloss die Tür hinter sich. Wie am Freitagnachmittag üblich, war kaum noch jemand im Gebäude. Einer der Fahrstühle empfing uns mit offenen Türen. Wir stiegen ein und Roberta Appleman stellte eine ihrer Taschen ab, um auf den Knopf zu drücken. Die Türen schlossen sich und wir fuhren abwärts.

Etwa zwischen der zweiten und dritten Etage gab es einen Ruck, und wir steckten fest. Es wurde dunkel, aber ein paar Sekunden später ging die Notbeleuchtung an. Roberta Appleman sah mich fragend an, ich zuckte mit den Schultern. Sie stellte auch ihre zweite Tasche ab und fing an, auf den Knöpfen herumzudrücken, aber es tat sich nichts. Als sie mich wieder ansah, sagte ich, sie solle es doch mal mit dem Alarmknopf versuchen. Sie drückte darauf herum, als wollte sie ihn durch die Wand treiben. Wir hörten nichts, aber das musste nichts bedeuten.

»Was jetzt?« fragte Roberta Appleman.

»Keine Ahnung. Warten.«

»Stellen Sie doch erst mal den Karton ab.«

»Gute Idee«, sagte ich und stellte erst mal den Karton ab.

»Es ist Freitagnachmittag«, sagte sie. »Was ist, wenn alle schon weg sind? Dann sitzen wir hier bis Montagmorgen.«

»Ich glaube, der Hausmeister ist bis sechs Uhr da.«

»Ich weiß nicht. Und ich muss aufs Klo.« Sie begann »Hilfe« zu rufen, wenn auch nicht besonders laut. »Ich komme mir so blöd vor, wenn ich Hilfe rufe«, sagte sie.

»Kann ich verstehen.«

»Das ist ungefähr so blöd, wie wenn man hinter einem Bus herläuft.«

»›Fahrstuhl zum Schafott‹.«

»Wie bitte?«

»›Fahrstuhl zum Schafott‹, Louis Malles erster Film. Aus den Fünfzigern. Ein Typ begeht den perfekten Mord, bleibt dann aber im Fahrstuhl stecken. Musik von Miles Davis.«

»Sehr ermutigend.« Sie atmete aus. »Miles Davis, sagten Sie?«

»Genau.«

»Komisch«, sagte sie, »das hätte ich wissen müssen. Ich höre ziemlich viel Jazz.«

»Ich dachte, Neil Young ist mehr Ihr Typ.«

»Wegen des Plakats in meinem Büro? Das ist noch von meinem Vorgänger. Ich habe nichts gegen Neil Young, aber manchmal geht mir seine Stimme auf die Nerven. Hören Sie gern Musik?«

»Ich habe eine Menge Platten.«

»Vinyl oder CDs?«

»Beides.«

»Und welche Richtung?«

»Alles Mögliche.«

»Aha.«

»Na ja«, sagte ich, »viel aus den Sechzigern, also Beatles, Stones, Dylan, aber auch Springsteen und so.«

»Also sind Sie ein Traditionalist?«

»Mag sein.« Ich wusste nicht, was sie damit meinte, also widersprach ich vorsichtshalber nicht.

Sie drückte noch ein paarmal auf den Alarmknopf. Dann klopften wir an die metallenen Wände des Fahrstuhls, in der Hoffnung, dass irgendjemand uns hörte. Nach etwa einer halben Stunde hockten wir uns hin und fingen an, uns zu unterhalten. Dann hatten wir das Gefühl, der Fahrstuhl neben uns bewege sich, also schlugen wir gegen die Wand, bekamen aber keine Reaktion. Dann sagten wir eine Zeit lang nichts. Die Notbeleuchtung ließ uns beide kränklich aussehen. Ich sah Roberta Appleman an. Sie hatte Grübchen um die Mundwinkel.

»Was sind das eigentlich alles für Bücher?«, fragte ich.

»Die habe ich aus der Institutsbibliothek. Eigentlich darf ich sie nur im Büro lesen und nicht mit nach Hause nehmen, also verraten Sie mich nicht.« Sie lachte. Ich sah mir die Bücher an.

»Ich schreibe einen Aufsatz über Prostitution im Kaiserreich, den ich am Mittwoch abliefern muss, und wenn ich das Wochenende nicht durcharbeite, schaffe ich das nie. Deshalb musste ich die Bücher entführen.«

»Wenn wir Pech haben«, sagte ich, »müssen Sie das gar nicht. Dann können Sie hier drin arbeiten.«

»Sie könnten mir helfen. Ich müsste Sie dann allerdings als Co-Autor nennen und Ihnen die Hälfte des Honorars abgeben.«

»Hört sich gut an.«

Wieder lachte sie. Es schien leicht zu sein, sie zum Lachen zu bringen. »Ich könnte ein bisschen was von Ihrer Formulierungskunst gebrauchen. Meine Aufsätze sind meistens ziemlich trocken und nicht unbedingt ein Vergnügen zu lesen. Aber ich kann nicht anders.«

»Ist ›Kunst‹ nicht ein wenig hochgegriffen?«

»Na ja, vielleicht ein bisschen, aber ich finde schon, dass Sie ziemlich gut schreiben.«

»Danke schön.«

»Was wollen Sie denn nach dem Studium mal machen?«

»Tja …« sagte ich. »Keine Ahnung.« Schon wieder wollte jemand wissen, was »nach dem Studium« sein würde.

»Studieren Sie auf Lehramt?«

»Nein. Nein, auf keinen Fall, bloß nicht zurück in die Schule.«

»Vielleicht Journalist?«

»Keine Ahnung. Ich habe mir wirklich noch keine Gedanken darüber gemacht.« Und vor allem hatte ich keine Lust, hier darüber zu reden, wo ich keine Möglichkeit hatte, wegzukommen.

»Darf ich Sie mal was fragen?«, begann ich.

»Nur zu«, sagte Roberta Appleman und zog ihre Knie an die Brust.

»Ich weiß nicht, ob ich Sie Frau Appleman oder Mrs Appleman nennen soll.«

»Also Mrs schon mal gar nicht, weil ich nicht verheiratet bin.«

»Aha.«

»Die meisten Amerikanerinnen in meinem Alter sind geschieden oder leben in Scheidung. Ich habe nie geheiratet. Ich glaube nicht an die Ehe. Sie können Roberta zu mir sagen.«

»Roberta?« Ich musste daran denken, wie Brittas Mutter sich damals einfach als Jutta vorgestellt hatte.

»Na ja, vielleicht nicht im Seminar, aber ich habe ein Prinzip, das besagt, dass alle Leute, die mit mir im Fahrstuhl stecken bleiben, mich beim Vornamen nennen können. Aber sprechen Sie es bitte amerikanisch aus, *Roberta,* nicht *Robehrta,* das hört sich so albern an. Natürlich bleiben wir erst mal beim Sie. Ich habe Ihren Schein noch nicht unterschrieben.«

»Von wo in den USA kommen Sie, wenn ich fragen darf?«

»Sie dürfen. Vermont. Aber aufgewachsen bin ich in Boston.«

»Und was hat Sie nach Deutschland verschlagen?«

»Sie wollen also wissen, wer ich bin und wo ich herkomme?«

»Nun ja …«

»Neugier, die Berufskrankheit des Historikers. Ist schon in Ordnung. Ich bin ein Reiche-Leute-Kind, mein Vater war Professor an der Harvard Law School. Meine Mutter kommt aus Kiel, und als sie sich von meinem Vater trennte, ging sie nach Deutschland zurück und nahm mich mit. Ich war damals acht Jahre alt.«

»Und deshalb glauben Sie nicht an die Ehe.«

»Nicht so schnell. Meine Eltern haben zwölf Jahre später wieder geheiratet, und in diesen zwölf Jahren waren beide jeweils zwei weitere Male verheiratet. Und drei Jahre nach ihrer zweiten Heirat ist mein Vater gestorben. Herzinfarkt.«

»Und deshalb glauben Sie nicht an die Ehe?«

»Sie hätten wenigstens sagen können, dass es Ihnen leidtut.«

»Es tut mir leid.« Es tat mir leid, dass ihr Vater tot war, und es tat mir leid, dass ich nicht gesagt hatte, dass es mir leid tat.

»Es war vielleicht etwas theatralisch, dieser Satz »Ich glaube nicht an die Ehe«. Ich sehe keine Veranlassung zu heiraten, weil … Hören Sie mal, ich kenne Sie gar nicht und rede mit Ihnen über so intime Sachen.«

»Tut mir leid.«

»Was ist mit Ihnen, wo kommen Sie her?«

»Von hier.«

»Sie sind in der Uni geboren?«

»Nein, aber in dieser Stadt.«

»Und Sie sind noch nie hier herausgekommen?«

»Nur im Urlaub.«

»Das zählt nicht. Sie sollten mal woanders richtig leben.«

»Mal sehen.« Wieder ging es um meine Zukunft.

»Wo haben Sie studiert?« wollte ich wissen.

»München, Hamburg und Berlin. Und jetzt wollen Sie sicher wissen, wieso ich ausgerechnet hier hängen geblieben bin? Ich habe einfach woanders keinen Job bekommen. Und in zwei Jahren läuft dieser Vertrag hier auch aus, dann kann ich mir wieder was Neues suchen. Akademisches Nomadentum. Das sollten Sie sich überlegen, falls Sie die wissenschaftliche Karriere einschlagen wollen.«

»Ich habe nicht gesagt, dass ich das will.«

»Sie würden aber an die Uni passen. Hier bleiben viele hängen, die sich nicht rechtzeitig für was anderes entschieden haben. Sie entscheiden sich nicht gern, nicht wahr?«

Darauf wusste ich nichts zu sagen.

»Sie könnten Glück damit haben. Sie haben Talent. Das wird immer ausreichen, um Jobs anzunehmen, die man Ihnen anbietet, aber irgendwann müssen Sie sich überlegen, was Sie wirklich wollen. Über einen bestimmten Punkt kommt man nur hinaus, wenn man weiß, wo man hin will.«

»Sie scheinen mich schon ziemlich gut zu kennen.«

»Sie haben recht, wenn Sie sauer sind. Das alles geht mich nichts an.«

»Ist schon gut«, sagte ich. Ich wollte mit niemandem streiten, mit dem ich in einem Fahrstuhl festsaß.

»Ich muss jetzt wirklich dringend aufs Klo.« Lustlos hämmerte sie mit der Faust ein paarmal gegen die Fahrstuhlwand. Und plötzlich gab es einen Ruck, das Licht ging wieder an, und der Fahrstuhl setzte sich in Bewegung. »Na endlich! Die Luft wurde langsam schlecht«, sagte Roberta Appleman. Wir blieben erst mal sitzen und saßen immer noch am Boden, als der Fahrstuhl unten ankam, die Türen sich öffneten und der Hausmeister vor uns stand.

»Stromausfall«, sagte er und schien nicht im Mindesten überrascht, uns da am Boden hocken zu sehen. Wir rappelten uns auf und verließen den Fahrstuhl. Ich passte auf ihre Sachen auf, während Roberta Appleman auf dem Klo verschwand, dann brachte ich sie zu ihrem Auto, stellte den Karton mit Büchern in ihren Kofferraum, gab ihr die Hand und blickte ihr nach, wie sie über den Parkplatz davonfuhr.

Beck hatte mittlerweile ebenfalls jemanden kennengelernt. Sie hieß Mariele Kaufmann, und »Mariele« war kein Spitzname. Sie war mir schon in der einen oder anderen Vorlesung aufgefallen, weil sie immer so gut angezogen war. Beck hatte sie in einem Seminar über die Innenpolitik der Weimarer Republik gesehen und war gleich ganz hingerissen gewesen. Zum ersten Mal seit Gabriele interessierte er sich für eine Frau. Ganz förmlich lud er sie erst zu einem Kaffee und dann zum Essen ein. Es dauerte keine ganze Woche, und die beiden waren ein Paar. Sie passten zueinander. Sie waren die einzigen Studenten an der ganzen Fakultät, die sich ordentlich anzogen.

Wir gingen jetzt öfter zu viert essen. Ich konnte bald keine Kellner mehr sehen, aber ich ging mit. Vier waren besser als drei.

Am Tag, nachdem ich mit Roberta Appleman im Fahrstuhl stecken geblieben war, gingen wir in ein Restaurant, das gerade erst aufgemacht hatte. Es sei innerhalb kürzester Zeit zu einem Geheimtipp avanciert, sagte Beck. Es gebe hier alles, was gut sei, sagte Mariele. Das Restaurant war nicht auf eine bestimmte Richtung oder Nationalität festgelegt.

Ich kam aus der Uni und duschte. Gloria zog sich im Schlafzimmer an. Sie hatte sich die Haare gewaschen, und als ich aus dem Bad kam, stand sie in Slip und BH nach vorn gebeugt vor dem Spiegel, kämmte ihr Haar in einer fast kreisförmigen Bewegung vom Haaransatz im Nacken über den Hinterkopf nach vorn, der Bürste mit dem Föhn folgend. Dann warf sie den Kopf ruckartig zurück und schüttelte ihn und überprüfte Sitz und Halt ihres Haars, beugte sich wieder nach vorn und arbeitete nach. Ich setzte mich auf das Bett und sah ihr zu. Dann zog ich mich an. Als sie mich sah, sagte sie: »So willst du doch wohl nicht gehen!«

»Wie denn?«

»Weißt du, was das für ein Restaurant ist?«

»Ich war noch nie da.«

»Du solltest dir schon ein bisschen was Besonderes anziehen.«

»Das ist doch Blödsinn.«

»Du willst doch nicht in dieser alten Jeans und diesem Sweatshirt in dieses Restaurant gehen.«

»Na ja, ich habe nichts anderes.«

»Kannst du nicht wenigstens ein Hemd anziehen und ein Jackett?«

»Vielleicht habe ich dazu keine Lust.«

»Bitte«, sagte Gloria. »Mir zuliebe.«

Ich seufzte und zog ein Hemd an und ein Jackett. Gloria trug ein schwarzes, enges Kleid mit einem tiefen Dekolleté, schwarze Strümpfe und Schuhe und eine Perlenkette.

»Eine Perlenkette?«, sagte ich.

»Hast du daran was auszusetzen?«

»Nein, nein, natürlich nicht.« Ich sagte ihr nicht, dass die Perlenkette sie älter machte.

Es klingelte. Beck und Mariele Kaufmann waren früh dran. Beide hatten sich Mühe gegeben, umwerfend auszusehen. Ich war das hässliche Entlein an diesem Abend. Mariele hatte leicht glänzenden Lippenstift aufgetragen. Sie trug eine durchsichtige, weiße Seidenbluse und darunter einen schwarzen Spitzen-BH sowie eine enge schwarze Hose und eine Art Kummerbund. Beck trug einen schlichten grauen Boss-Anzug und ein schwarzes Hemd. Wir waren jung, wir sahen gut aus, wir waren klug. Ich musste an eine ziemlich schlechte Nummer von Joan Baez denken: *We are the children of the eighties, haven't we grown? Tender as a lotus, tougher than a stone.* Ich war gerade in der Stimmung, Frau Baez ihren Kitsch ins Maul zurückzutreiben. Wir machten uns auf den Weg.

Das Restaurant hatte einen französischen Namen und die Kellner trugen Fräcke. Als wir Platz nehmen wollten, rückte Beck für Mariele den Stuhl zurecht. Gloria sah mich an, weil ich nicht daran gedacht hatte.

Als Aperitif bestellte Beck für uns alle Sherry. Dann wählten wir die Speisen aus. Beck ließ es sich nicht nehmen, das für uns zu übernehmen, nachdem wir ihm gesagt hatten, was wir wollten.

»Also«, sagte er zu dem Kellner, »bei der Vorspeise bleiben wir ganz rustikal und nehmen einfach Bruscetta mit gehackten und gerösteten Kirschtomaten, dazu einen leichten Rosé, vielleicht einen Lirac. Als Hauptspeise für die Dame zu meiner Linken bitte den gegrillten Schwertfisch mit Mais-Tomaten-Soße, für die Dame mit dem zauberhaften Dekolleté bitte das Schweinefilet mit Muskatellersoße, für den Herrn den Kalbsbraten mit Sauerampfer-Spinat-Püree und meiner Wenigkeit bringen Sie bitte die gegrillten Stubenküken im Schalottenconfit. Zu dem Fisch empfehle ich der Dame meines Herzens einen mittelschweren, trockenen Weißwein, sagen wir mal einen Entre-deux-mers, was sagst du dazu, Liebste?«

»Ich vertraue dir.«

»Fein, also einen Entre-deux-mers, einen fünfundachtziger. Zu dem Schweinefilet empfehle ich ebenfalls einen trockenen, geschmackvollen Weißwein, vielleicht einen Bianco di Custoza, und zu dem Kalbsbraten hätte der Herr gerne …»

»Ein Bier«, unterbrach ich Beck.

»Nein, nein«, lächelte Beck den Kellner an, »er macht nur Spaß. Was er wirklich bestellen wollte, war ein kräftiger Rotwein, sagen wir ein Graves rouges. Und zu den Stubenküken bringen Sie mir bitte einen milden bis würzigen Weißwein, vielleicht einen Montravel. Ach nein, wissen Sie was, bringen Sie einfach etwas mehr von dem Lirac, der tut es sehr gut zu den Küken. Außerdem zwei große Flaschen Wasser, San Pellegrino. Vielen Dank.«

Der Kellner verschwand, und Beck war zufrieden mit sich. Ich sagte: »Ich hätte aber lieber ein Bier getrunken.«

»Nein, hättest du nicht«, sagte Beck.

»Hätte ich wohl.«

»Sei nicht albern«, sagte Gloria.

Beck begann ein Tischgespräch und spekulierte darüber, dass sich die Veränderungen in der Sowjetunion auf den ganzen Ostblock auswirken würden, auch auf die DDR. Mariele zog die Augenbrauen in die Höhe und sagte, da würde sich auch in hundert Jahren nichts rühren. »Sobald die auch nur ein wenig Luft ins Haus lassen, fangen die sich eine Erkältung ein, die sie nicht überleben. Also werden sie erst gar nicht das Fenster öffnen.«

»Was sagt der Experte dazu?«, fragte Beck und meinte mich.

»Was? Wer? Ich?«

»Na immerhin studierst du Geschichte und Politik.«

»Ich bin vorbelastet. Mich wollten sie mal beim Pinkeln abknallen.« Ich erzählte die Geschichte. Alle lachten. Der Lirac kam. Wir gossen uns die Gläser voll und stießen an. Wir plauderten ein wenig über dies und das. Die Bruscetta kamen. Die gehackten Kirschtomaten lagen auf frischem italienischem Landbrot. Wir tranken Wein, und unsere Gesichter wurden rot. Beck biss in ein Brot, und etwas Tomate blieb an seinem Kinn hängen. Er sagte, der Sozialismus habe seine Chance gehabt und er habe versagt. Alle nickten und schoben sich Tomatenstückchen in den Mund.

Dann kam der Hauptgang.

»Stubenküken«, sagte ich. »Hört sich ja ekelhaft an.« Gloria verdrehte die Augen.

»Ganz und gar nicht«, sagte Beck. »Obwohl ich gestehen muss, dass die Zubereitung nicht ganz ohne ist.«

»Wie werden die denn gemacht?« wollte Gloria wissen, schnitt ein Stück Filet ab und schob es sich in den Mund.

Mariele antwortete für Beck. »Nun ja«, sagte sie. »Man schneidet das Küken entlang des Rückgrats auf und trennt es ab. Außerdem entfernt man noch die Flügelspitzen.

Dann löst man den Gabelknochen heraus und legt das Tier mit der Brust nach oben und drückt dann das Brustbein durch, bis es flach liegen bleibt. Na ja und dann spießt man sie auf, am besten auf zwei Holzspieße. Dann bestreicht man die Tiere mit zerlassener Butter und grillt sie. Etwa zehn Minuten von jeder Seite. Wenn man will, kann man sie auch noch mit Senf bestreichen und noch mal zehn Minuten grillen.« Mariele sezierte ihren Schwertfisch mit spitzen Fingern.

»Und wie macht man die Soße?«, fragte Gloria.

»Man schält die Schalotten«, sagte Beck, »und schneidet sie in dünne Ringe. Dann verrührt man Wein, Essig, Zucker, Salz und eine Prise Pfeffer in einer großen Pfanne und erwärmt es langsam, bis der Zucker sich aufgelöst hat. Dann kocht man es auf und mischt die Schalotten unter, deckt es zu und lässt es bei schwacher Hitze etwa zwanzig bis fünfundzwanzig Minuten köcheln, bis die Schalotten glasig und sehr weich sind.« Beck nahm sein Küken auseinander. »Natürlich muss man zwischendurch noch ein paarmal umrühren«, fügte er hinzu.

»Natürlich«, sagte ich. Gloria stieß mich unter dem Tisch an.

»Was ist los mit dir, alter Freund«, sagte Beck und kaute auf dem Küken herum.

»Nichts. Was soll los sein?«

»Ich spüre schlechte Schwingungen.«

»Es ist alles in Ordnung.«

»Er hat sich geziert, etwas Anständiges anzuziehen.«

»Na ja, das hat er ja auch nicht gemacht«, sagte Mariele Kaufmann. »Oh, tut mir leid, war nicht so gemeint.«

Ich trank Wein. Meine Karaffe war leer. Ich bestellte noch eine.

Mariele sagte, sie hätte Verwandte in der DDR, die würden sich von Gorbatschow eine Menge versprechen. Ich fragte mich, was Britta sagen würde, wenn sie hier wäre. Ich aß und trank weiter. Ich trank schneller, als gut war. Solange ich trank, konnte ich nichts sagen. Mariele erzählte, dass sie Tennis spielte. Gloria erzählte, dass sie vielleicht im nächsten Jahr aus Wimbledon berichten würde. Mariele war begeistert. Ob Gloria ihr vielleicht eine Karte …? Gloria sagte, sie wolle sehen, was sie tun könne.

Beck wollte wieder über Politik reden und sagte, ich sei ja früher an der Schule ziemlich aktiv gewesen, gegen die Nachrüstung.

»Ach ja?«, sagte Mariele und hob die Augenbrauen. »Dann stehst du ja jetzt ganz schön blöd da.«

»Wieso?«

»Na, ich denke, es ist klar, dass die harte Haltung des Westens die Veränderungen, die Gorbatschow jetzt durchsetzt, erst möglich gemacht hat.«

»Ach ja?« Ich trank Wein. Es war mir scheißegal, wer was möglich gemacht hatte.

Als wir fertig waren, schoben wir die Teller von uns weg und bestellten das Dessert. Beck rief den Kellner. Er fragte, ob es gut gewesen sei. Beck sagte, es sei hervorragend gewesen. »Zum Dessert nehmen wir einmal das Grapefruitsoufflé mit Campari, den Panettonepudding, das Haselnuss-Birnen-Soufflé und den Mango-Limonen-Fool.«

Der Fool war für mich, nur wegen des Namens. Beck öffnete seinen Hosenknopf und sagte, so könne man es aushalten. Ich trank den restlichen Wein. Das Dessert löffelten wir schweigend. Dann nahmen wir noch jeder einen Espresso und einen Grappa. Beck ließ die Rechnung kommen und zahlte. Gloria gab ihm die Hälfte.

Wir gingen zu Fuß durch die Stadt nach Hause. Wir waren satt und betrunken. Beck und Mariele gingen voraus, Gloria und ich folgten. Es war spät und kalt. Plötzlich sagte Gloria: »Wart ihr schon mal nachts in der Kirche?«

»Zu Weihnachten«, sagte Mariele. »Zur Christmette.«

»Nein«, sagte Gloria. »Ich meine ganz allein. Mitten in der Nacht. Ich weiß, dass die Kirche da vorn am Marktplatz nie abgeschlossen wird.«

»Lass uns lieber nach Hause gehen«, sagte ich.

»Nein, ich finde das interessant«, sagte Beck.

Wir gingen zu der Kirche. Sie war tatsächlich geöffnet. Wir gingen hinein. Es war sehr dunkel. Durch die hohen Fenster fiel das Licht einer Straßenlaterne. Durch das Glas hinter dem Altar konnte man den fast vollen Mond sehen. Unsere Schritte hallten von den Wänden wider. An den Säulen hielten Heilige mit traurigem Blick Wache.

»Es ist kalt«, sagte Mariele.

»Während des Gottesdienstes stellen sie Heizgeräte auf«, sagte Beck.

Gloria seufzte. Sie legte mir ihre Hand auf den Hintern. Beck und Mariele gingen ins rechte Seitenschiff, wo man vor einem kleineren Altar Kerzen anzünden konnte. Gloria nahm mich an der Hand und führte mich nach links vorne. »Sieh mal«, sagte sie, »da ist ein Beichtstuhl.«

»Ich finde, wir sollten nach Hause gehen«, sagte ich. »Ich bin müde.«

»So eine Gelegenheit kommt so schnell nicht wieder«, sagte Gloria und grinste mich an. Sie öffnete die Tür. Ich hatte noch nie gebeichtet. Ich war Protestant. Und auch das nur auf dem Papier. Sie stieß mich auf den Platz, wo sonst der Priester saß. Dann schloss sie die Tür hinter sich, schob ihr Kleid hoch und setzte sich rittlings auf meinen Schoß.

»Gloria«, sagte ich, »Beck und Mariele …«

»Es ist so schön still hier«, sagte sie und küsste mich. Sie roch nach Wein und Essen, auch ein bisschen nach Espresso. Sie lutschte an meinem Ohrläppchen und stöhnte leise.

»Gloria, ich …« Aber sie küsste mich wieder. Sie zog ihren Mantel aus und ließ ihn fallen. Sie griff unter ihr Kleid und zog sich Slip und Strumpfhose aus. Sie griff mir in den Schritt, Sie zog meinen Reißverschluss herunter und griff nach meinem Schwanz. Er war ganz weich. Sie ging auf die Knie und versuchte, mich mit dem Mund hart zu machen. Ich stieß sie weg und sagte: »Lass das!« Sie verlor das Gleichgewicht, kippte nach hinten und stieß mit dem Kopf gegen die Tür. Der Rahmen splitterte und die Tür ging auf. Gloria fiel aus dem Beichtstuhl. Sie schrie: »Sag mal, hast du sie noch alle!« Ihre Stimme war sehr laut in der hohen, dunklen Kirche. Mariele und Beck kamen angelaufen. Gloria zog sich gerade den Slip und die Strumpfhose an. Beck und Mariele sagten nichts. »Du bist ein Idiot«, zischte Gloria. Ich sah Beck an. Er runzelte die Stirn. Mariele sah weg. Gloria zog ihren Mantel an und stürmte hinaus. Ich folgte ihr.

11

Das Vorstellungsgespräch bei Professor Mutter war am Dienstag. Zu viert saßen wir auf den fest an der Wand angebrachten Schalensitzen vor der Tür von Mutters Büro, zwei Männer und zwei Frauen. Die beiden Frauen kannte ich vom Sehen. Die eine mochte fast so alt sein wie Roberta Appleman, eine späte Studentin mit Kind, einem etwa sechsjährigen Mädchen, mit dem man sie manchmal in der Cafeteria sah. Ihre schmalen Lippen waren fest zusammengepresst. Sie schien den Job unbedingt haben zu wollen.

Die andere Frau war viel jünger und trug ein sehr kurzes Kleid, schwarze Strümpfe und hochhackige Schuhe. Sie war nicht unbedingt hübsch, wusste aber, sich zurechtzumachen.

Den Mann hatte ich noch nie gesehen. Er war vielleicht Mitte zwanzig, versuchte aber, älter auszusehen. Er trug einen dunklen Anzug mit Hemd und Krawatte. Sicher kannte er eine Menge historischer Daten auswendig.

Ich kam als Letzter, sagte guten Tag, bekam als Antwort aber gerade mal ein Kopfnicken.

Ich hatte gedacht, wir würden alle der Reihe nach zu Einzelgesprächen ins Allerheiligste vorgelassen, stattdessen aber bat uns Mutters Sekretärin alle gleichzeitig ins Büro und sagte, »der Chef« komme in ein paar Minuten. Das Büro war etwa doppelt so groß wie das der Appleman. Mutter hatte sich Mühe mit der Einrichtung gegeben. Immerhin hatte er den Lehrstuhl schon seit fast zwanzig Jahren inne und würde ihn wohl auch noch ein paar Jahre behalten. Der größte Teil des in der ganzen Uni verlegten grauen Linoleums wurde durch einen alten Perserteppich verdeckt. An den Wänden hingen gerahmte Drucke abstrakter Kunstwerke. Ein schwerer Eichenschreibtisch stand im rechten Winkel zur Tür. Es lagen zwar eine Menge Papiere darauf herum, doch alle waren zu sauberen Stapeln geschichtet, die Stifte lagen in einer kleinen Schale, nur ein aufgeschlagenes Buch lag auf der grünen Schreibunterlage aus Kunststoff.

Gleich links neben der Tür standen ein niedriger Tisch und eine schwarze, lederne Sitzgarnitur, ein Zweisitzer-

Sofa und zwei Sessel. Wahrscheinlich hatte Mutter nur vier Kandidaten eingeladen, weil nur vier Sitzgelegenheiten vorhanden waren. Die Sekretärin verschwand, und wir hockten stumm da.

Nach etwa fünf Minuten flog die Tür auf, und Mutter platzte herein. Er war etwa einsneunzig groß und hatte eisgraue Haare. Zwischen seinem Scheitel und dem Türrahmen blieben vielleicht zwei Zentimeter Platz. Er trug einen dunkelbraunen Anzug mit Weste und ein weißes Hemd, aber keine Krawatte, und auf der Nase eine Lesebrille, die ihm bis zur Nasenspitze hinuntergerutscht war. Grußlos durchmaß Mutter den Raum mit zwei oder drei Riesenschritten, ließ sich in seinen ledernen Schreibtischsessel fallen und sah uns der Reihe nach an, als mache er sich Gehirnfotos von uns. Dann fragte er: »Was ist Geschichte?« Er zeigte auf die Schmallippige. Sie sah aus, als hätte sie beim Eishockey den Puck ins Gesicht bekommen.

»Wie bitte?«, fragte sie, und ihre Stimme klang alt.

»Was ist Geschichte? Wollen Sie sagen, Sie studieren das, haben sich aber noch nie Gedanken darüber gemacht, was es eigentlich ist?« Mutter leckte sich die Lippen. Das schien ihm Spaß zu machen.

»Äh ... äh ... Geschichte ist ... Beschreiben, wie es wirklich gewesen ist«, sagte sie.

»Das ist Geschichtsschreibung«, blaffte Mutter sie an. »Jedenfalls, wenn man an Leopold von Ranke glaubt, den Sie offenbar auswendig gelernt haben. Sie da, in dem Kleidchen! Sollte das ein Versuch sein, mich zu beeinflussen, muss ich Ihnen leider sagen, dass das bei mir nicht mehr zieht. Haben Sie eine Antwort?«

»Geschichte ist ...», begann sie, »Geschichte ist ... die Fakten.«

»Das ist ja schon mal grammatikalisch Blödsinn.« Er zeigte auf den dunklen Anzug. »Jetzt Sie!«

»Geschichte sind … Geschichte ist … die Darstellung … der Ablauf … äh … des Gewesenen …«

»Ist das Ihr Ernst?« Jetzt war ich an der Reihe. »Was haben Sie dazu zu sagen?«

»Nichts.«

»Aha. Wieso nicht?«

»Weil ich nicht in einem Satz erklären kann, was andere in ganzen Büchern nicht schaffen. Außerdem finde ich Theoriediskussionen ermüdend.« Am Abend zuvor hatte Roberta Appleman mich angerufen und mir ein paar Tipps für den Umgang mit Professor Mutter gegeben. Ich solle, hatte sie gesagt, mich nicht von ihm einschüchtern lassen, er schätze Studenten mit eigenen Vorstellungen, die nicht gleich springen, wenn der Meister pfeift. »Und außerdem«, hatte sie gesagt, »hält er nichts von neumodischen Theoriediskussionen. Er ist ein Linker, aber von der moderaten Sorte. In seinem Sozialdemokratismus und seinem Glauben an die Kraft der Aufklärung ist er schon fast wieder konservativ.« Sie hatte tatsächlich »Sozialdemokratismus« gesagt.

Mutter nickte und sagte: »Sie haben den Job. Die anderen können gehen.« Die Schmallippige und die im Kleidchen straften mich mit einem Blick, den sie sonst sicher nur für Vergewaltiger bereithielten. Im Hinausgehen murmelte die Schmallippige »Faschist«, und ich fragte mich, ob sie mich meinte oder Mutter.

Die Tür fiel etwas zu hart ins Schloss, und ich war mit Mutter allein. »Wie heißen Sie?«

Ich sagte ihm meinen Namen.

»Frau Appleman hat mir schon gesagt, dass Sie nicht auf

den Kopf gefallen sind. Ihre Seminararbeit über Stahl war nicht übel. Manchmal etwas überzogen im Urteil, selbst wenn es die Quellenbasis nicht hergibt, aber das ist mir lieber als das faktensatte Beschreibungsgesülze vieler Ihrer Kommilitonen. Ich kann Ihnen auch nicht sagen, was Geschichte genau ist, aber man braucht Fantasie, um sich damit zu beschäftigen. Und eine eigene Meinung, eine Position. Was wir machen, ist Wissenschaft, aber keine Mathematik.«

»Gut«, sagte ich.

»Also ab März arbeiten Sie für mich, was bedeutet, dass Sie für mich und den Lehrstuhl arbeiten. Offiziell sind das neun Stunden die Woche, es kann auch mal die eine oder andere mehr sein. Ich hoffe, da gehen Sie nicht gleich in die Knie.«

»Das wird sich zeigen.«

Damit war ich entlassen.

Gloria und ich redeten nicht über das, was in der Kirche war. Wir schafften es bis in den Frühling.

Zum 1. März trat ich meinen Job bei Mutter an. Im Sekretariat stand ein Körbchen mit meinem Namen, und gleich am ersten Tag fand ich dort eine Liste mit Aufsätzen und Buchpassagen, die ich kopieren sollte. In der Bibliothek stellte ich fest, dass Mutter die Angaben wohl aus der Erinnerung niedergeschrieben hatte, denn kaum eine stimmte. Mal war der Titel richtig, aber die Zeitschrift, in welcher der betreffende Aufsatz veröffentlicht worden war, stimmte nicht, also sah ich in den gängigen Fachzeitschriften nach, bis ich ihn fand. Manchmal war der Titel genauso falsch wie die Zeitschrift und es stimmte allenfalls der Autor, dann wieder gab es die Monografie nicht, von der Mutter glaubte, dass er sie brauche, oder der Autor schrieb sich »Schmitt« statt »Schmidt« oder hieß, besonders witzig, »Schaf« statt »Wolf«. Ich korrigierte das stillschweigend. Ich brauchte etwa zwei Stunden, dann hatte ich alles bis auf ein Buch zusammen.

Ich ging zurück zum Lehrstuhl, und die Sekretärin, Frau Schumann, ließ mich gleich zu ihm. Mutter saß am Schreibtisch und war über ein Buch gebeugt. Seine Füße unter dem Tisch waren nackt. Zunächst reagierte er nicht, also sagte ich: »Ich bin's!«

»Das will ich hoffen«, brummte Mutter, ohne vom Buch aufzusehen. »Setzen Sie sich, ich bin gleich bei Ihnen.«

Ich wartete etwa fünfzehn Minuten. Mutter saß bewegungslos da und las. Ich hatte den Eindruck, eine Terrorgruppe hätte das Nachbargebäude sprengen können, und Mutter hätte es nicht bemerkt. Seine Stirn war in Milliarden Falten gelegt, der Mund leicht gespitzt. Dann fuhr er plötzlich herum und sagte: »Sie sind schon zurück? Gab es Probleme?«

»Eigentlich nicht.«

»Was heißt eigentlich?«

»Das Buch von Price, ›The Evolution of the Zollverein‹, von 1949 war in der Bibliothek nicht aufzutreiben.«

»Wieso nicht?«

»Es ist ausgeliehen.«

»An wen?«

»An Sie.«

»Stimmt.«

»Stimmt?«

»Ja, ich wollte sehen, ob Sie clever genug sind. Sie haben sich wahrscheinlich gedacht, der Alte ist nicht mal in der Lage, ordentlich zu bibliografieren. Aber tatsächlich wollte ich Sie testen.«

»Heißt das, Sie brauchen die Texte gar nicht?«

»So durchtrieben bin ich nun auch wieder nicht. Ich brauche das schon alles, was Sie so fleißig und vor allem so schnell kopiert haben, aber ich habe Ihnen die Arbeit etwas schwerer gemacht, als es hätte sein müssen. Kommt nicht wieder vor. Jetzt weiß ich ja, dass Sie zu eigenständiger Arbeit fähig sind.«

Auch in den nächsten Wochen lief es gut mit Mutter. Ich sagte ihm, ich wolle mich von ihm prüfen lassen, und er sagte, es sei ihm ein Vergnügen.

Gloria hatte sehr viel zu tun. Sie berichtete jetzt immer häufiger über Tennisturniere. Als die Sandplatzsaison begann, fuhr sie nach Mailand und nach Monte Carlo und dann nach Paris zu den French Open. Wir schliefen immer weniger miteinander, aber das lag daran, dass sie so selten zu Hause war und ich am Lehrstuhl zu tun hatte. Ich arbeitete viel mehr als die neun Stunden, die im Vertrag standen. Mutter sagte, er wisse das zu schätzen.

Unter meinen Kommilitonen galt ich jetzt als Mutters Schoßhündchen. Ich hatte den Ruf eines Strebers. Das sagte mir mal jemand, nachdem ich ihn bei seinem Referat korrigiert hatte. Er hatte offensichtlichen Unsinn erzählt über Theodor Mommsen und die Göttinger Sieben, und als Mutter in die Runde fragte, wer etwas dazu sagen könne, meldete ich mich und stellte den Sachverhalt richtig. Danach herrschte eisiges Schweigen, als hätte ich jemanden denunziert. Nach dem Seminar kam der Referent zu mir und nannte mich einen Speichellecker und einen Streber. Zuerst fühlte ich mich getroffen. Aber als ich darüber nachdachte, war mir klar, dass er sich nur abreagieren musste, weil er schlecht vorbereitet gewesen war. Ich hatte keinen Zugang zu irgendwelchem Geheimwissen. Ich las nur etwas gründlicher und konnte die richtigen Bezüge herstellen. Auch Beck sagte, ich solle mir deswegen keine Gedanken machen. Das sei der Neid der geistig Besitzlosen. Schon am nächsten Tag dachte ich nicht mehr daran.

Am Lehrstuhl ging es nicht zu wie an der Supermarktkasse. Ich stellte fest, dass die wissenschaftliche Beschäftigung mit dem Gewesenen eine interessante Mischung bot aus Faktenvermittlung und Kreativität. Wenn ich Quellen las, sprangen mich plötzlich Zusammenhänge an. Ich hatte mich nicht zu entscheiden zwischen verschiedenen Schokoriegeln. Wenn ich etwas behauptete, hatte ich es mit Fakten zu belegen. Und was nicht zu belegen war, das behauptete ich nicht. Das fiel mir leicht. Ich fand immer mehr Gefallen daran. Im gleichen Maße kamen mir meine Kommilitonen hohl vor, bis auf ein paar Ausnahmen. Ich nahm es hin, dass sie mich für einen Arsch hielten. Und bei Mutter wusste man immer, woran man war. Er wurde nicht privat, erzählte einem nicht Schwänke aus seiner Jugend, er machte nur klar, dass er der Chef im Ring war. Hatte man das akzeptiert, war alles möglich. Nichts von wegen »Ich möchte wirklich wissen, was Sie eigentlich wollen!« Ich verbrachte mehr und mehr Zeit an der Uni.

Mir fiel auf, dass ich schon lange nicht mehr über Gloria gelacht hatte. Oder über etwas, dass sie gesagt hatte. Ich dachte wieder häufiger an Britta. Daran, dass sie niemals so dämliche Liebesromane gelesen hätte. Gloria und ich stritten immer mal wieder über solche Dinge. Ich schüttelte den Kopf, wenn wir zusammen im Buchladen waren und sie sich ihren Schund kaufte. Zu Hause sagte sie dann, sie sei mir wohl nicht klug genug. Ich sagte, das sei Unsinn, ich verstehe nur nicht, wie man so etwas lesen könne, aber das hatte ich schon oft gesagt. Ich wusste nicht, was ich sonst dazu sagen sollte.

Anfang Juni starb Onkel Bertram. Es kam ziemlich überraschend. Er war nicht krank, sondern Frau Fuchs wachte eines Morgens neben ihm auf, und er war tot. Onkel Bertram hatte irgendwann Frau Fuchs geheiratet, ganz heimlich, ohne dass wir etwas davon mitbekamen. Herr Figge, der alte Nazi, und eine andere Nachbarin waren die Trauzeugen. Bei seinem nächsten Geburtstag erzählte er es uns. Wir nannten sie aber immer noch Frau Fuchs, obwohl wir jetzt mit ihr verwandt waren.

Die Beerdigung war erstaunlich gut besucht. Ich ging zusammen mit Gloria hin. Sie trug das gleiche schwarze Kleid wie bei dem Essen mit Beck und Mariele. Ich fand es unpassend, mit einem solchen Dekolleté zu einer Beerdigung zu gehen.

»Willst du das wirklich anziehen?«, fragte ich sie. Sie sagte, das sei das einzige schwarze Kleid, das sie habe. Dann sah sie mich an, als warte sie nur darauf, dass ich Einwände erhob. Diesen Gefallen tat ich ihr nicht. Ich zuckte nur mit den Schultern.

»Wie war denn dein Onkel so?«, fragte sie mich im Wagen. Sie hatte den Sportwagen wieder angemeldet, und wir fuhren mit offenem Verdeck.

»Er war nur mein Großonkel.«

»Und wie war er so?«

»Er war ein Arsch. Ein schlecht riechender, aufdringlicher, selbstgerechter, tyrannischer Arsch.«

»Aber immerhin war er dein Onkel.«

»Mein Großonkel. Aber das ändert nichts an der Tatsache, dass er ein Arsch war.«

»Hast du ihm das mal gesagt?«

»Natürlich nicht.«

»Dann solltest du heute vielleicht auch die Klappe halten.«

»Was soll das denn heißen?«

»Na ja, wenn du jahrelang keinen Ton gesagt hast ...«

»Du hast ja keine Ahnung«, sagte ich. Bis zum Friedhof sagten wir nichts mehr.

Meine Eltern standen am Straßenrand, als wir ankamen. Fast ein Jahr lang hatte ich es geschafft, ihnen Gloria nicht vorzustellen. Jetzt kam sie in einem offenen roten Sportwagen und mit einem Dekolleté wie ein Pornostar zur Beerdigung meines Großonkels. Das war ziemlich genau das, was die Augen meiner Eltern sagten. Endlich waren sie sich mal wieder einig. Meine Mutter sagte »Guten Tag« und gab Gloria die Hand. Mein Vater gab ihr auch die Hand, sagte aber nichts, sondern nickte nur.

»Sie sind also die Freundin unseres Sohnes«, sagte meine Mutter.

»Sieht ganz so aus«, sagte Gloria.

»Was soll das heißen?«

»Wie bitte?«

»Wieso sieht es nur so aus?«

»Mama, bitte«, sagte ich, »das ist nur so eine Redensart.«

»Ein schöner Wagen«, sagte meine Mutter. »War sicher nicht billig. Was machen Sie damit im Winter?«

»Da fahre ich einen anderen.«

»Aha«, sagte meine Mutter, aber es war kein schönes Aha.

Ich nahm Glorias Hand und zog sie weg. Wir gingen zur Trauerhalle. Davor stand Frau Fuchs und begrüßte die Leute, die ankamen. Wir gingen hin und gaben ihr die Hand. Sie machte nicht den Eindruck, als kenne sie mich.

Als die Trauerhalle geöffnet wurde, setzten Gloria und ich uns in die letzte Reihe. Vorne stand der Sarg. Davor lagen Kränze. An einem Gestell daneben hingen noch mehr Kränze. Ich konnte die Aufschriften auf den Schleifen nicht lesen und wusste nicht, von wem die Kränze waren. An der Stirnseite der Trauerhalle hing ein riesiges, gusseisernes Kreuz.

Als alle saßen, wurde Orgel gespielt. Während der Musik kam ein Pfarrer herein, ein vierschrötiger Kerl mit einem fast quadratischen Kopf. Er segnete die Trauergäste, wobei er mit seinen mächtigen Armen durch die Luft hackte wie ein Taekwondo-Schüler in seiner ersten Lektion. Dann wurde gesungen und gebetet, ich weiß nicht mehr, in welcher Reihenfolge. Dann kam die Predigt, und der Pfarrer redete davon, dass wir einen geliebten Menschen verloren hätten. Niemand lachte. Dann redete der Pfarrer davon, dass jeder Mensch seine Fehler hätte und dass niemand den ersten Stein werfen solle und dass im Angesicht des Todes alles bedeutungslos würde. Das Steineschmeißen sollten wir Gott überlassen. Ich fragte mich, was Frau Fuchs dabei dachte.

Dann gingen wir hinaus. Der Sarg wurde auf einen Wagen geladen, der von sechs Männern mit Zylindern und weißen Handschuhen gefahren wurde. Zwei zogen ihn, die anderen vier gingen neben ihm her und schoben. Da viele Trauergäste ziemlich alt waren, kamen wir nur langsam voran. Das Grab war in der hintersten Ecke des Friedhofs, da, wo man schon die Autobahn hören konnte. Ein paar von den Leuten, die mitgingen, kannte ich noch von den alten Familienfeiern. Keiner kam zu mir und sagte, wie groß ich geworden sei. Viele kannte ich auch gar nicht. Herr Figge, der alte Nazi, kriegte kaum noch einen Fuß vor den anderen. Frau Fuchs stützte ihn. Neben mir wippten Glorias Titten, und ich wollte weg von hier. Alles hier roch nach altem Blumenkohl. Ich wurde wütend. Wie konnte Gloria es wagen, hier so herumzulaufen? Herrgott, letztlich war es mir egal, aber es war doch klar, dass meinen Eltern das nicht gefallen konnte. Das lieferte ihnen doch nur Munition. War das nötig? Natürlich war es spießig und bigott, sich darüber aufzuregen, dass jemand auf einer Beerdigung ein bisschen Dekolleté zeigte, aber es gab Festungen, die konnten einfach nicht geschleift werden, warum also sollte man immer wieder gegen sie anrennen? Wahrscheinlich war das gar nicht Glorias Absicht, sie hatte wirklich nur dieses eine schwarze Kleid, aber sie hätte doch auch was anderes anziehen können. Ich hätte sie leichter gegen den Vorwurf verteidigen können, sie sei schlampig angezogen, als gegen den, sie laufe herum wie ein Flittchen. Natürlich war sie kein Flittchen, natürlich war es mies, sofort an »Flittchen« zu denken, wenn man so ein Dekolleté sah. Aber ich wusste doch, wie meine Eltern tickten, und mit denen würde auch Gloria noch länger auskommen müssen.

Hier hielt ich inne.

Wie lange musste Gloria denn mit meinen Eltern auskommen? Für immer? Das war eine verdammt lange Zeit. Konnte ich meinen Eltern eine Schwiegertochter wie Gloria zumuten? Das war natürlich eine alberne Frage. Aber sie war mir durch den Kopf gegangen. Herrje, was konnte ich dafür, was mir durch den Kopf ging? Mir ging ständig irgendein Mist durch den Kopf, das durfte man nicht so ernst nehmen. Manchmal, wenn ich über eine belebte Straße lief, ging mir durch den Kopf, ich könnte überfahren werden und tot sein oder im Rollstuhl sitzen, aber das passierte ja auch nicht. Nichts passierte, nur weil ich es dachte.

Und was dachte Gloria? Kriegte sie mit, dass ihr alle auf die Titten starrten? Das taten sie nämlich. War sie sich darüber im Klaren, dass ich das alles ausbaden musste? Ich wartete nur darauf, dass meine Mutter auf mich zukam und mich fragte, was das alles sollte, und ohne dass sie es aussprechen musste, würde ich es wissen, dass sie Glorias Titten meinte. Ich wollte nicht, dass meine Mutter sich mit den Titten meiner Freundin befasste.

Wurde Gloria vielleicht geil? Normalerweise mussten sie die ganzen Gräber und der Sarg und die Kreuze doch mächtig in Stimmung bringen. Hatte sie vielleicht deshalb das Kleid angezogen? War das alles Absicht? Wollte sie mich gleich hinter einen Baum oder einen besonders hohen Grabstein zerren und es mit mir treiben, während die anderen Erde auf den Sarg des Onkels warfen? Mir wurde schlecht. Gloria machte keine Anstalten. Aber das konnte Tarnung sein.

Am Grab ließen die sechs Männer den Sarg über drei dicke Seile in die Erde hinab, verschränkten ihre Hände vor ihren Bäuchen und blickten ein paar Sekunden in das Grab. Dann nahmen sie kurz ihre Zylinder ab, setzten sie wieder auf, zogen sich die weißen Handschuhe aus, warfen sie auf den Sarg und gingen weg. Ich sah ihnen nach. Nach ein paar Metern fingen sie an zu plaudern und steckten sich Zigaretten an.

Frau Fuchs und Herr Figge stellten sich neben dem Grab auf. Jetzt mussten wir alle zum Grab gehen, etwas Erde hineinwerfen und dann Frau Fuchs und Herrn Figge kondolieren. Frau Fuchs nickte jedes Mal, wenn jemand »Mein Beileid« sagte. Herr Figge sagte gar nichts, aber er sah aus, als würde er sich gleich zu Onkel Bertram legen. Als Gloria und ich zu den beiden kamen, starrte Frau Fuchs unverhohlen auf Glorias Brüste und auch Herr Figge sah kurz hoch.

Dann gingen wir alle in eine Kneipe in der Nähe des Friedhofs. Die alten Leute sahen im Sitzen noch älter aus. Sie machten Geräusche, wenn sie von ihrem Kaffee tranken. Gloria und ich saßen mit meinen Eltern an einem Tisch. In der Mitte stand eine Kanne Kaffee und ein Teller mit Kuchen. Meine Mutter nahm sich Kuchen, mein Vater nur Kaffee. Gloria schenkte mir und sich Kaffee ein und bestellte bei der Kellnerin einen Cognac.

»Ist das dein Ernst?«, fragte ich.

»Beerdigungen stehe ich ohne Cognac nicht durch«, sagte sie.

»Es ist gerade mal zwölf!«

»Ja und?«

Meine Mutter fragte Gloria, was sie mache, und Gloria erzählte es ihr. Das irritierte meine Mutter. Von Sport hatte sie keine Ahnung. Sie fragte, was man da so mache, und Gloria sagte es ihr. Sie erzählte ihr von den French Open in Paris, aber meine Mutter hatte noch nie von den French Open gehört.

Ich aß ein halbes Stück Torte. Dann konnte ich nicht mehr. Gloria trank ihren Cognac und bestellte noch einen zweiten. Mein Vater und meine Mutter sahen sich an. Wahrscheinlich zum ersten Mal seit Jahren.

Ich stand auf und ging aufs Klo. Ich pinkelte und wusch mir die Hände, und als ich wieder herauskam, stand meine Mutter vor mir.

»Sag mal, was soll das eigentlich?«, zischte sie und sah sich um, ob auch niemand in der Nähe war. Jetzt wurde Tacheles geredet.

»Was meinst du?«, fragte ich scheinheilig, aber ich wusste, was jetzt kam.

»Was fällt dieser Frau ein, in diesem Aufzug zu der Beerdigung deines Onkels zu erscheinen?«

»Er war nur mein Großonkel.«

»Du weißt, was ich meine.«

»Onkel Bertram hätte es gefallen.«

»Helmut!«

»Stimmt doch. Er war eine geile alte Sau.«

»Unterstehe dich, so von deinem Onkel zu reden, noch dazu auf seiner Beerdigung.«

»Unterstehe dich, so von meiner Freundin zu reden!«, sagte ich. »Noch dazu auf der Beerdigung meines Onkels!«

»Junge, ach Junge!«, seufzte meine Mutter.

»Manchmal möchtest du wirklich wissen, was ich will, was?«, sagte ich, bevor sie es sagen konnte.

Ich ging wieder an unseren Tisch. Aber ich war sauer. Meine Mutter war nicht ganz dicht, aber letztlich war es Gloria, die mich in diese Situation gebracht hatte. Ich musste an die Bücher denken, die sie las. Vielleicht war sie wirklich ein bisschen billig. Das ging mir nur durch den Kopf! Ich konnte mich nicht dagegen wehren. Ich meinte es nicht. Ich beugte mich rüber zu Gloria und küsste sie. Sie roch nach Cognac. Das ärgerte mich. Das alles war so unnötig.

»Musst du nicht noch in die Redaktion?«, fragte ich sie leise.

»Zerbrich du dir mal nicht meinen Kopf«, sagte sie. »Passt dir irgendetwas nicht?«

»Nein, nein, schon in Ordnung«, sagte ich und fügte hinzu: »Außer dass du aussiehst wie eine Nutte und schon am Mittag anfängst zu saufen.«

Gloria tupfte sich den Mund mit der Serviette ab, stand auf und ging. Meine Eltern sahen mich an. Meine Mutter sagte: »Junge, ach Junge!« Ich stand auf und ging Gloria nach. Zusammen kamen wir an ihrem Wagen an. Wir stiegen ein und sagten nichts. Sie fuhr los. Schweigend fuhren wir nach Hause. Als sie anfing, sich umzuziehen, stellte ich mich hinter sie und hielt ihre Brüste fest und rieb mich an ihr. Sie mochte das. Ich küsste ihre Schulter und ihren Hals. Sie drückte sich gegen mich. Alles würde gut werden. Sie drückte ihren Hintern gegen meinen Schwanz. Ich war schon ganz hart. »Danke«, sagte ich.

»Wofür?«, flüsterte sie.

»Dass du in der Trauerhalle und auf dem Friedhof nicht geil geworden bist, bei dem Altar und dem Kreuz und der Musik.«

Sie versteifte sich. Sie fuhr herum und schlug mir ins Gesicht. Sie fing an zu weinen. Sie zog sich um, während ich auf dem Bett saß. Dann ging sie zur Arbeit.

Ich blieb eine Weile auf dem Bett sitzen. Dann legte ich mich hin und sah an die Decke. Dann stand ich auf und ging in der Wohnung umher. Irgendwann blieb ich vor diesem selbst gemachten Regal mit ihren Büchern stehen. Was für eine Scheiße! Was für eine gottverdammte Scheiße! Gloria war doch eine tolle Frau, und sie war nicht dumm. Warum konnte sie keine anderen Bücher lesen? Es musste doch nicht gleich »Ulysses« sein, das war mir auch zu durchgedreht. Aber es gab doch noch etwas zwischen James Joyce und Barbara Cartland.

Ich holte ein paar Tüten und Taschen und steckte die Bücher hinein. Ich ging in einen Wald, der nicht weit weg war. Da warf ich die Bücher auf den Boden und zündete sie an. Ich bekam eine ziemlich klare Vorstellung von der Redewendung »Raub der Flammen«. Wenn man genau hinschaute, sah man, wie das Feuer sich nacheinander die einzelnen Bücher vornahm und sie fraß. Es dauerte ziemlich lange, bis sie alle verbrannt waren. Aber es waren Taschenbücher. In Leinen gebundene Hardcover hätten länger gedauert. Ich packte die Asche und die verbrannten Seiten wieder in die Taschen und Tüten, ging zurück in Glorias Wohnung und stellte sie vor das Regal. Ich hatte mir die Hände versaut und die Hose und das Hemd. Ich zog mich um.

Dann fuhr ich in die Stadt und ging ins Raskolnikow. Ich redete mit Uwe über alte Zeiten und betrank mich. Ich fragte ihn, ob er sich an Britta erinnere. Natürlich tat er das. Sie sei sehr schön und sehr klug gewesen, sagte er. »Alle waren wenigstens ein bisschen in sie verliebt«, sagte er. Ich nickte, und Uwe grinste und gab mir noch ein Bier.

Ich sah mich in der Kneipe um. Eine kurze flüchtige Affäre mit einer angetrunkenen Blondine wäre das Sahnehäubchen auf diesem Tag. Aber es war keine da, die infrage gekommen wäre. Später konnte ich das nicht mehr beurteilen, denn meine Augen machten schlapp. Und alles andere wohl auch.

Gegen zehn kam ich zu Glorias Wohnung zurück. Ich war betrunken. Fast sechs Stunden hatte ich Bier getrunken. Gloria war nicht da. Aber im Flur standen ein paar Kisten mit meinen Sachen. Ich setzte mich ins Wohnzimmer und wartete. Gloria kam nicht. Ich sah fern und wartete. Gegen zwei Uhr schlief ich kurz ein, wurde aber um Viertel nach vier wieder wach. Gloria war immer noch nicht da. Ich rief ein Taxi, trug die Kisten hinunter, warf meinen Schlüssel in Glorias Briefkasten und ließ mich in meine alte Wohnung fahren. Es war eine gute Idee gewesen, sie zu behalten.

12

Ich konnte nachts nicht richtig schlafen, weil es zu laut war. Ich hatte mich an die Stille von Glorias Wohnung gewöhnt, jetzt ging mir der Straßenverkehr auf die Nerven. Ich blieb bis mittags im Bett liegen. Drei Wochen lang besuchte ich gar kein Seminar, ging nur zum Lehrstuhl, wenn ich arbeiten musste. Einmal fragte mich Frau Schumann, ob ich krank sei. Ich sagte, es sei alles in Ordnung. Dann sagte sie, ich könnte mich mal wieder waschen. Das war mir unangenehm. Die Wochenenden verbrachte ich vollständig im Bett. Ich holte mir einen Vorrat an Videos aus der Videothek und sah mir zum Beispiel die Star-Wars-Trilogie in einem Rutsch an. Aber die Macht war nicht mit mir.

Dann wechselte ich zu Filmen, die noch weniger Ansprüche an meine Konzentrationsfähigkeit stellten. Ich schaffte alle vier Superman-Filme mit Christopher Reeve an einem Abend. Zwischendurch ließ ich einfach den Fernseher laufen. Es beruhigte mich, dass da etwas geredet wurde. In der DDR regten sie sich plötzlich auf, dass die Kommunalwahlen gefingert worden waren. Dabei hatten wir doch bisher immer gedacht, die Zustimmung von 99,8

Prozent sei ehrlicher Ausdruck der Freude über die Leistungen des real existierenden Sozialismus gewesen! Es wurden Leute verhaftet, weil sie eine Kommunistin zu ernst genommen hatten, nämlich Rosa Luxemburg. Das war nicht ohne Witz. Ich bekam Rückenschmerzen, weil ich so viel im Bett lag und mich so wenig bewegte. Gloria meldete sich kein einziges Mal, um mich zu fragen, wie es mir ging. Dann war das Semester zu Ende.

Den Sommer über tat ich nichts. Mutter war in Italien, wo er ein Haus hatte, und ich hatte sechs Wochen frei. Ich las ein wenig über die preußische Verfassungsdiskussion der Sechzigerjahre des neunzehnten Jahrhunderts, weil Roberta Appleman im nächsten Semester ein Seminar dazu anbieten wollte, aber die meiste Zeit lag ich im Bett und sah fern. Der Sommer war ziemlich gut, aber das interessierte mich nicht. Ich lag da und sah fern. Manchmal ging ich los und lieh ein paar Videos aus, aber dann legte ich mich wieder ins Bett und sah fern. Zum Beispiel »Midnight Run« mit Robert de Niro und Charles Grodin. Grodin gibt einen Buchhalter, der der Mafia ein paar Millionen entwendet hat, und de Niro muss ihn in fünf Tagen nach L. A. bringen. Ich erinnerte mich daran, dass Grodin mal in einer Kurzserie mitgespielt hatte, die »Dallas« und »Denver« auf die Schippe nahm. Die Serie hieß »Fresno«, und im deutschen Fernsehen waren nur sieben Folgen gelaufen und auch die nur einmal. Es machte mich stolz, das zu wissen. Aus mir konnte noch richtig was werden. Ich aß Kartoffelchips und Leberwurstbrote. Manchmal kochte ich mir ein paar Nudeln oder holte mir Pommes frites, aber meistens sah ich fern.

Immerhin blieb ich dadurch auf dem Laufenden. Eine Menge Menschen wollten nicht mehr in dem anderen

Deutschland bleiben. Mit Plastiktüten in der Hand kletterten sie über die Zäune irgendwelcher Botschaften und blieben da. Ich schob mir Chips in den Mund und fragte mich, warum die nicht wenigstens richtige Koffer hatten.

Abends trank ich Wein oder Bier. Meistens war ich betrunken, wenn ich einschlief. Mit der Zeit hatte ich Übung und konnte mehr trinken, bis ich blau war. Ich nahm einen Schluck Bier und dachte, dass die DDR bald leer sein würde, wenn alle abhauten. Siebentausend Leute waren in der Botschaft in Prag. Das musste eine große Botschaft sein. Ich konnte mir das kaum vorstellen. Aber es war im Fernsehen. Es musste wahr sein.

Ein paarmal traf ich mich mit Beck, aber er sagte nur, ich solle mich mal wieder rasieren. Er war immer noch glücklich mit seiner Mariele. Er sagte, sie wollten heiraten. Ich sagte herzlichen Glückwunsch. Er nahm mir übel, dass ich das mit Gloria nicht hinbekommen hatte.

Im September musste ich wieder am Lehrstuhl arbeiten. Aber das Semester hatte noch nicht wieder angefangen, und Mutter war noch nicht zurück. Wenn ich zur Uni fuhr, wusch ich mich und zog mir was Sauberes an. Den Rest der Zeit legte ich mich wieder ins Bett und sah fern.

Anfang Oktober kam Mutter aus Italien zurück, und es wurde wieder ernst. Notgedrungen hatte ich in der Zwischenzeit angefangen, Freiübungen zu machen, um meine Rückenschmerzen in den Griff zu bekommen. Einmal in der Woche rasierte ich mich, aber nach drei Tagen sah ich für vier Tage aus wie ein Penner. Frau Schumann schüttelte nur noch den Kopf, wenn ich zur Tür hereinkam. Ein paar Tage bevor Mutter zurückkam, zog ich die Notbremse. Eines Morgens stand ich schon gegen neun Uhr auf und brachte die Wohnung in Ordnung und duschte und zog mir frische Sachen an. Ich putzte das Bad und die Küche mit einem Reiniger, der nach Zitrone roch. Dann ging ich in die Stadt, zog am Geldautomaten ein paar Hundert Mark und kaufte mir CDs. Das hatte ich schon lange nicht mehr getan. Ich versuchte es mal mit Jazz. Miles Davis, die Filmmusik zu »Fahrstuhl zum Schafott«. Außerdem Cannonball Adderly, weil mir der Name so gut gefiel. Und John Coltrane, weil man den eben haben musste, das wusste ich schon. Zu Hause ließ ich die Musik ohne Kopfhörer laufen. Wenn es Melodie hatte, war es gut. Manchmal aber war mir dieses Saxofon-Gedudel zu hektisch. Am Abend legte ich mal wieder Simon and Garfunkel auf. War lange her. Ich konnte noch alle Texte. Ich wollte auch mal die Autos zählen am New Jersey Turnpike. Als es mir zu gemütlich wurde, hörte ich sehr laut »We're on the Road to nowhere«, aber das war mir sehr schnell zu beziehungsreich, also hörte ich noch einmal die ersten Minuten von »Blue Train«.

Zwei Wochen vor Beginn des eigentlichen Semesters veranstaltete Roberta Appleman eine Vorbesprechung für ihr Seminar, in der man sich verbindlich anmelden sollte. Natürlich waren da die meisten noch in den Ferien. Sie versuchte dadurch die Teilnehmerzahl gering zu halten. Zu Semesterbeginn saßen dann aber trotzdem dreimal so viele Leute im Seminar, und Roberta Appleman brachte es nicht über sich, die, die sich nicht ordnungsgemäß angemeldet hatten, wieder rauszuschmeißen.

Die Vorbesprechung fand im Sitzungssaal des Dekanats statt, nur ein paar Meter von Applemans Büro. Die Tische waren zu einem großen Rechteck zusammengestellt. Außer mir waren noch etwa fünfzehn andere dabei, nur zwei kannten sich offenbar schon und unterhielten sich tuschelnd, die anderen saßen gelangweilt herum oder lasen oder machten sich Notizen. Ich setzte mich in eine Ecke und wartete. Wir waren im fünften Stock, und es war sehr schönes Wetter. Die Sonne schien direkt herein, und die Stühle und Tische warfen Schatten.

Die Appleman kam fast eine Viertelstunde zu spät. Plötzlich flog die Tür auf, und sie hastete herein, unterm Arm die gleiche schwere Tasche, die sie dabeihatte, als wir zusammen im Aufzug festsaßen. Sie trug ein orangefarbenes Kostüm mit einem kurzen Rock und eine weiße Bluse. Sie entschuldigte sich für ihr spätes Erscheinen und setzte sich an die Stirnseite des Rechtecks. Sie schien ihre Haare gefärbt zu haben, sie wirkten blonder als noch ein paar Monate zuvor. Sie schwitzte ein wenig, auf ihrer Stirn standen Schweißperlen. Sie sah gut aus. Sie stellte ihre schwere Tasche auf den Tisch und zog die Jacke ihres Kostüms aus. Die Sonne durchleuchtete von hinten ihre Bluse. Wenn sie die Arme ausbreitete, sah man die Umrisse ihres Körpers. Bewegte sie sich leicht seitwärts, erkannte man die Form ihrer Brüste. Sie hatte recht große Brüste.

Nach einigen einleitenden Worten, mit denen sie uns zum neuen Semester begrüßte, setzte sie sich hin und zog sich die Schuhe aus. Durch ihre schwarzen Strümpfe sah man, dass sie ihre Zehennägel rot lackiert hatte. Sie sagte, sie freue sich, das eine oder andere bekannte Gesicht zu sehen, wobei sie niemanden direkt ansah, ließ eine Anmeldungsliste herumgehen und begann zu erklären, wie sie sich das Seminar vorstellte, und gab einen kurzen Einblick ins Thema. Dann verteilte sie zwei zusammengeheftete Blätter, auf denen die Referatsthemen standen. Sie wies noch darauf hin, dass die Anmeldung für das Seminar verbindlich sei und dass sie über die Leute hinaus, die jetzt im Raum saßen, niemanden mehr annehmen würde.

Ich kreuzte irgendein Thema an. Dann wurden noch ein paar Fragen gestellt und beantwortet, und nach etwa einer Dreiviertelstunde war es vorbei, alle schlurften dem Ausgang entgegen, auf den Flur und zu den Aufzügen oder in die Institutsbibliothek, die im gleichen Stockwerk lag. Da ich es nicht eilig hatte, war ich einer der Letzten. Roberta Appleman rief meinen Namen und hielt mich zurück.

Sie sagte: »Schön, dass Sie wieder dabei sind.«

»Hört sich interessant an, das Thema.«

Sie lachte. »Sie sind sicher einer der wenigen, die ein Seminar über verfassungshistorische Fragen interessant finden.«

»Aber offenbar nicht der Einzige.«

»Wenn Sie die anderen meinen – die brauchen doch nur den Schein. Und das Seminar liegt angenehm spät am Dienstagnachmittag. Macht das lange Wochenende nicht kaputt. Außerdem gelte ich als nachsichtig, was die Abgabefristen für die Hausarbeiten angeht.«

»Mag sein, dass das eine Rolle spielt.«

»Aber Sie brauchen den Schein nicht, Sie haben schon einen bei mir gemacht. Bei Ihnen muss es echtes Interesse am Thema sein, oder?«

»Klar«, sagte ich. »Ich denke mal, es kann nicht falsch sein, sich ein bisschen im neunzehnten Jahrhundert auszukennen, wenn man bei Mutter arbeitet.«

»Mag sein.«

»Wo wir gerade …«

»Ja?« Sie sah mich an.

»Ich habe Ihnen etwas mitgebracht.«

»Was denn?«

Ich zog die CD aus der Jackentasche und gab sie ihr.

»Miles Davis!«, rief sie.

»›Fahrstuhl zum Schafott‹. Die Filmmusik.«

»Äh … das ist sehr … nett von Ihnen.«

»Na ja, ich dachte, das muss man schon haben, wenn man Jazz mag.«

»Vielen Dank.«

Sie gab mir die Hand und sah mich kurz an. Dann packte sie ihre Sachen zusammen. »Ich fahre in die Stadt. Soll ich Sie mitnehmen?«

Mein Wagen stand im Parkhaus, trotzdem sagte ich Ja.

»Eine tolle Gelegenheit, wieder zusammen im Fahrstuhl stecken zu bleiben«, sagte sie.

»Vielleicht sollten wir die Treppe nehmen.«

Sie lachte wieder. Um ihre Augen bildeten sich Fältchen. »Ich denke, das wird nicht nötig sein.«

»Soll ich Ihnen wieder was tragen?«

»Heute habe ich nur die eine Tasche, das geht schon.«

Wir gingen zum Fahrstuhl und fuhren nach unten. Sie hatte ihren Wagen auf dem Dozentenparkplatz direkt am Gebäude.

Sie warf ihre Tasche auf den Rücksitz, und wir stiegen ein und fuhren los. Etwa auf halbem Wege in die Stadt fragte sie mich nach der Uhrzeit. Es war kurz nach drei.

»Ich weiß nicht, wie es mit Ihnen ist«, sagte sie, »aber ich habe Hunger. Sollen wir nicht noch was essen gehen?«

»Tja«, sagte ich, »wieso nicht.« Wir gingen in die nächste Pizzeria, vor der ein Parkplatz frei war. Wir bestellten Salat und Pasta und Wein, unterhielten uns über das neunzehnte Jahrhundert, aber auch über das zwanzigste, und über klassische Musik und die Situation in der DDR im Besonderen und im Ostblock im Allgemeinen, und über Mutter und die Uni und sogar über Fußball, und als der Espresso kam, sagte Roberta Appleman zu mir: »Ich möchte mit Ihnen schlafen.«

Und so begann meine Affäre mit Roberta Appleman. Sie war einundvierzig. Sie sagte, ihr Hintern sei schon ein wenig aus der Form, aber ich sagte, das sei Unsinn. Wir behielten beide unsere Wohnungen, verbrachten nur jeden zweiten oder dritten Abend gemeinsam, und am Lehrstuhl taten wir, als seien wir nur Kollegen.

Wir trafen uns mal bei ihr, mal bei mir, sie störte die Unordnung in meiner Wohnung nicht. Wir liebten uns in aller Ruhe, nur manchmal etwas heftiger, und danach blieben wir lange liegen, ohne etwas zu sagen. Wir kochten zusammen und sahen uns Filme an. Roberta konnte gut kochen, und ich lernte ein wenig von ihr. Wir hatten immer ein paar leckere Sachen im Haus, feine, manchmal nicht ganz billige Sachen. Aber Roberta machte nicht so viel Aufhebens darum wie Beck. Roberta liebte es, nackt in der Wohnung herumzulaufen. Sie achtete aber immer darauf, dass die Vorhänge geschlossen waren. Ich fühlte mich wohler, wenn ich wenigstens Boxershorts trug.

Wir sahen uns »Fahrstuhl zum Schafott« an. Roberta fragte sich, wieso der Typ in dem engen Aufzug auch noch rauchen musste. Ihr wäre schlecht geworden. Wir waren uns einig, dass es kaum einen Film gab, wo die Bilder und die Musik so perfekt zusammenpassten.

Die Tage wurden kürzer, es war wieder dunkel, wenn die »Tagesschau« lief. Ich half Roberta beim Schreiben eines Aufsatzes. Sie sagte, das habe sie bisher immer allein gemacht und eigentlich sei sie zu eitel, um sich von jemandem, einem Mann zumal, dabei helfen zu lassen, aber sie habe tatsächlich das Gefühl, dass der Aufsatz durch mich besser werde. Das schmeichelte mir, aber ich wusste, dass sie recht hatte. Ich mochte Geschichte. In dem Augenblick, da sie passierte, schien sie Chaos zu sein, vieles passierte gleichzeitig und schien keine Verbindung untereinander zu haben. Wenn man darauf zurückblickte, konnte man das Chaos in den Griff bekommen. Und wenn man dann darüber schrieb, war alles ganz klar. Roberta formulierte manchmal sehr umständlich und kam gerne mal vom rechten Weg der Fakten ab, um sich in feuilletonistischen Betrachtungen zu ergehen. Ich versuchte ihr das auszureden, wo es ging. Sie sagte, sie beneide mich. Sie strich mir über den Nacken und küsste meine Nase. Roberta konnte sehr gut küssen. Sie küsste sehr zart, und sie roch immer gut. Sie hatte sehr weiche Lippen und sehr gerade Zähne. Sie schloss immer die Augen beim Küssen und manchmal seufzte sie. Ich bekam dann eine Gänsehaut, aber das ging schnell vorbei. Manchmal lagen wir einfach stumm da und hörten Dexter Gordon. Und Roberta schmiegte sich in meine Arme, als sei ich der ältere von uns beiden.

Ich kann es nicht leugnen: Es schmeichelte mir, dass eine Frau, die fast doppelt so alt war wie ich, sich für mich interessierte. Sie hatte sicher schon einige Männer gehabt, aber ich war in die Wertung gekommen. Mit Roberta war alles so leicht. Da wurde nichts hin und her geredet, sie kleidete sich nicht so auffällig, sie fuhr keinen auffälligen Wagen, wir arbeiteten im selben Bereich, und sie las keine blöden Bücher. Dafür sahen ihr auch nicht alle Männer hinterher, aber das konnte ich verschmerzen. Ich konnte mich entspannen.

Ich traf mich mit Beck und erzählte ihm von Roberta.

Irgendwer musste es ja wissen. Er nickte und sagte herzlichen Glückwunsch. Aber es war nicht mehr das Gleiche mit Beck. Wir waren freundlich zueinander, aber mehr auch nicht. Er sagte, Mariele sei schwanger. Sie wollten mindestens zwei oder drei Kinder. Ich sagte, das höre sich gut an.

Wenn ich den Abend nicht mit Roberta verbrachte, blieb ich zu Hause und arbeitete. Ich musste noch eine Arbeit in Politik schreiben. Manchmal ging ich ins Raskolnikow und plauderte mit Uwe. Ich war dreiundzwanzig, ich hatte eine Affäre mit einer achtzehn Jahre älteren Frau, ich hatte ein Auto und eine Wohnung, und ich wusste nicht, was ich mehr haben wollte. Etwas mehr Geld vielleicht. Alles war sehr ruhig, und ich dachte, so kann es weitergehen, auch wenn es keine Richtung hatte. Aber das brauchte es auch nicht. Richtung hatte es erst, wenn es Geschichte war. Ich dachte manchmal an Britta, und ich dachte, dass es jetzt gut war. Dass ich an sie denken konnte, ohne dass etwas passierte.

Einmal saßen Roberta und ich abends in einer Kneipe. Wir waren im Kino gewesen, und der Film hatte uns nicht gefallen, wir waren mittendrin rausgegangen. Wir tranken Bier und unterhielten uns, und als ich gerade mein Glas zum Mund führte, sagte Roberta: »Jetzt weiß ich es!«

»Was denn?«

»Weißt du noch, als du das erste Mal in meinem Büro warst? Wie ich gesagt habe, deine Art, die Tasse an den Mund zu führen, erinnere mich an etwas?«

»Ja«, sagte ich, »ich erinnere mich.«

»Es ist mir jetzt eingefallen, woran es mich erinnerte!«

»Woran?«

»Ich saß einmal in einem Diner in Boston, als ich meinen Vater besuchte. Ich trank einen Kaffee, und außer mir war nur noch so ein komischer Mann da. Er hatte sich zwei kreisrunde, rote Flecken auf die Wangen gemalt. Er sah aus wie ein Clown, der sich nicht richtig abgeschminkt hatte. Er starrte mich ständig an, und ich wurde schon ganz sauer. Der hat die Tasse genauso zum Mund geführt wie du.«

»Wie denn?«

»Du fasst Kaffeetassen immer ganz oben an, am Rand, nur mit dem Mittelfinger und dem Daumen. Dein Zeigefinger steht dann ein bisschen ab. Ist ganz schön exaltiert.«

»Ist mir noch gar nicht aufgefallen.«

»Ist aber so.«

»Und der Mann in Boston hat das auch gemacht?«

»Ganz genauso.«

»Und was ist dann passiert?«

»Nichts. Er hat mich angestarrt, und ich habe zurückgestarrt. Irgendwann habe ich gezahlt und bin gegangen.«

Ich trank Kaffee wie ein Irrer in Boston. Das Leben war toll.

Eines Abends lagen wir im Bett und sahen uns den zweiten Teil von »Alien« an. Etwa gegen elf ging das Telefon. Es war Beck. »Sie haben die Grenzen aufgemacht!«, sagte er.

»Wer? Welche Grenzen?«

»Die DDR, du Ignorant.«

»Na ja«, sagte ich, »irgendwann mussten sie das ja wohl tun.«

»Ist das dein Ernst? Ist das alles, was du dazu zu sagen hast?«

»Du, wir sehen da gerade einen ganz spannenden Film, können wir uns morgen weiterunterhalten?«, Beck legte auf.

»Wer war dran?«, fragte Roberta, als ich zu ihr zurückkam. Sie hatte den Film angehalten. Sigourney Weaver war gerade in diesen Arbeitsroboter geklettert, um es mit dem letzten der Viecher aufzunehmen.

»Es war Beck«, sagte ich. »Haben wir noch irgendwas zu essen?«

»Im Kühlschrank müsste noch etwas Parma-Schinken und ein paar Melonenscheiben sein. Was wollte er denn?«

»Wer?«

»Beck.«

Ich fand den in hauchdünne Scheiben geschnittenen Schinken, drapierte ihn auf einem Teller, legte die Melonenstücke daneben und ging damit zurück.

»Was wollte er?«, fragte Roberta noch einmal.

Ich legte mich zu ihr und stellte den Teller auf ihren Bauch. Ich nahm eine Scheibe Schinken und hielt sie ihr vor die Nase, sodass sie nach oben schnappen musste, um sie zu erreichen. »Beck sagte, sie machen die Grenzen auf.«

Roberta angelte mit ihrer Zunge nach dem Schinken, erwischte ihn und versuchte, ein wenig abzubeißen. Ich steckte ihr die ganze Scheibe in den Mund. »Welche Grenze?«, fragte sie, während sie kaute.

»Die DDR«, sagte ich und biss in ein Melonenstück, das aussah wie ein kleines Schiffchen. Etwas Saft tropfte mir aufs Kinn. »Das war ja abzusehen«, sagte ich. »So konnte es ja nicht weitergehen, mit den Botschaften und so.«

»Soll ich wieder auf Play machen?«

»Klar. Noch ein Stück Melone?«

»Her damit!«, sagte Roberta, und ich fütterte sie. Etwas Saft tropfte auf ihr Schlüsselbein, und ich leckte es ab. Dann sahen wir uns an, was Sigourney Weaver mit dem Alien machte, und dann schliefen wir ein.

Am nächsten Morgen wurde ich erst wach, als Roberta schon weg war. Sie musste um neun im Institut sein und vorher noch ein paar Sachen aus ihrer Wohnung holen. Ich schaltete das Radio ein und wollte ins Bad gehen. Im Radio war keine Musik, nur Gerede. Irgendwas mit Berlin. Ich ging aufs Klo und pinkelte und gähnte. Dann duschte ich und putzte mir die Zähne. Als ich zurückkam, ging es immer noch um Berlin, noch immer ohne Musik. Ich schaltete den Fernseher ein. Überall die Mauer. Auf der Mauer saßen Leute! Ich wunderte mich, dass die Mauer am Brandenburger Tor so breit war, dass mehrere Leute nebeneinander darauf herumlaufen konnten. Es wurde niemand erschossen. Die Leute saßen auf der Mauer und tranken Sekt. Andere Leute standen davor und tranken auch Sekt. Einige waren mit kleinen und großen Hämmern zugange und hämmerten kleine und große Stücke aus der Mauer. Und keiner wurde erschossen. Mich hatten sie beim Pinkeln abknallen wollen. Die Kameras zeigten Volkspolizisten, die in sicherem Abstand das Treiben verfolgten. Sie lächelten unsicher. Aber keiner schoss. Dann wurden Leute gezeigt, die in ihren kleinen Autos in Kolonne über den Ku'damm fuhren. Es wurde viel geweint. Ich sah auf die Uhr. Es war Viertel vor zehn. Ich ging in die Küche und machte mir ein Brot und kochte Kaffee. Um zehn kamen Nachrichten. Ich blieb den ganzen Tag vor dem Fernseher sitzen.

Gegen Abend kam Roberta. Sie sagte, auch an der Uni gebe es kein anderes Thema. Überall liefen Fernseher.

Abends um neun ging wieder das Telefon. Als ich den Hörer abnahm, hörte ich zunächst nur Lärm.

»Hallo?«, rief ich in die Muschel. Es hörte sich an, als riefe jemand von einer Party an oder aus einer Disco. Dann hörte ich eine Stimme brüllen: »Hier ist Mücke!«

»Wer?«, schrie ich zurück, obwohl ich genau verstanden hatte.

»Hier ist Mücke, du Arschloch!«

»Herrgott! Von wo rufst du an?«

»Aus Berlin, du Arschloch.«

»Kannst du nicht irgendwo hingehen, wo es ruhiger ist?« Wir hatten seit Jahren nichts voneinander gehört.

»Hast du sie noch alle? Hier gibt es keinen Ort, wo es ruhig ist. Das ist Berlin am zehnten November 1989. Jemand hat mir fünf Mark geschenkt, damit ich dich anrufen konnte!«

»Wieso?«

»Na, weil er mich für einen Ossi gehalten hat. Überleg dir das mal! Fünf Mark! Geschenkt. Normalerweise scheißen sie dir eher in die Hand, als dass sie dir auch nur einen Groschen geben!«

»Warum rufst du an?«

»Weil hier die Hölle los ist!«

»Das höre ich.«

»Warte mal, ich gehe in die Küche.«

Ein paar Sekunden lang hörte ich nur undefinierbare Geräusche, aber dann konnte ich Mücke besser verstehen.

»Besser so?« fragte er.

»Viel besser.«

»Ich bin hier in einer Kneipe, und vorne ist die Hölle los …«

»Das sagtest du bereits.«

»Aber jetzt bin ich in der Küche, hier ist Ruhe. Essen will hier heute keiner mehr.«

»Ich denke, du bist an einem Münzfernsprecher.«

»Bin ich auch, aber der hängt gleich neben dem Eingang zur Küche, und das Kabel … Ist das alles, was dich interessiert? Hier tanzt der Bär und du …«

»Ich habe es im Fernsehen gesehen.«

»Scheiß auf Fernsehen. Da muss man dabei sein.«

»Was machst du denn da?«

»Ich wohne in Berlin. Schon seit ein paar Jahren.«

»Sag bloß, du studierst?«

»Blödsinn, ich mach hier was mit Autos.«

»Ich glaube, die Details will ich gar nicht wissen.«

»Ich habe sie gesehen«, sagte er.

»Wen?«

»Willst du nicht herkommen?«

»Hör mal, ich kann nicht. Ich studiere hier und habe einen Job.«

»Britta. Ich meine Britta.«

»Britta?«

»Ja, sie ist hier.«

Britta. Natürlich war sie in Berlin. Wahrscheinlich hatte sie die Mauer aufgemacht. Wer sonst hatte so viel Macht?

»Ich habe sie auf einer Party getroffen. Gestern Abend. Sieht immer noch so geil aus wie früher!«

»Warum sollte mich das interessieren?«

»Na hör mal, willst du mich verarschen oder was? Sie war die Liebe deines Lebens, und ich wette, du hast nicht nur Händchen gehalten mit ihr. Ich jedenfalls nicht. Na ja, ist lange her.«

Was sollte das jetzt heißen? Woher wusste er – »Ich jedenfalls nicht«?

»Hör zu«, sagte Mücke, »das Geld läuft hier durch wie nichts, ich gebe dir jetzt meine Nummer und meine Adresse. Setz deinen verdammten Arsch in Bewegung und komm her. Ich will keine Ausreden hören.«

Ich schrieb mir seine Nummer und seine Adresse auf, und dann war das Gespräch plötzlich weg. Ich steckte mir den Zettel in die Hosentasche und ging zu Roberta und küsste sie. Sie sah mich fragend an.

»Aus Berlin«, sagte ich. »Ein alter Freund. Da muss die Hölle los sein.«

»Was Unangenehmes?«

»Wieso?«

»Du bist blass geworden.«

Ich schüttelte den Kopf, dann zuckte ich mit den Schultern. Roberta umarmte mich und biss mir zärtlich ins Ohr. Ich sah über ihre Schulter auf ihre wie immer prall gefüllte Ledertasche, die neben dem Bett auf dem Boden stand. Im Fernseher erzählte ein Mann mit Schnäuzer in breitestem Sächsisch, dass das alles Wahnsinn sei. Und noch immer wurde nicht geschossen. Na gut, das war schon alles sehr bemerkenswert, aber irgendwie war es nur Fernsehen. Es war real, das wusste ich, ich studierte so etwas, ich musste ein Experte sein, zumindest ein angehender, aber doch war es nur Fernsehen. Wenn ich aus dem Fenster blickte, sah ich die gleichen Autos und die gleichen Menschen. Das Wetter war nicht besser und nicht schlechter, und in den Wohnzimmerfenstern sah man den Blauschimmer der anderen Fernseher, und die Leute, die davorsaßen, machten keine Anstalten, aufzuspringen, auf die Straße zu stürzen und den Beginn einer neuen Zeitrechnung auszurufen. Für den Mann aus Sachsen mochte es »Wahnsinn« sein. So weit ich das beurteilen konnte, kratzten sich die meisten in meiner Straße allenfalls am Sack. Oder wo auch immer. Draußen wackelte Deutschland nicht gerade verführerisch mit dem Hintern. Wir sahen fern bis Mitternacht, dann schliefen wir ein.

Irgendwann mitten in der Nacht wurde ich wach und

hörte zum ersten Mal, dass Roberta schnarchte. Als ich einschlief, wurde es schon wieder hell.

Ich wurde noch mal wach, als Roberta aufstand, tat aber so, als schliefe ich noch. Als sie weg war, rief ich im Institut an, meldete mich krank, setzte mich in den Zug und fuhr nach Berlin.

13 Im Zug hörte ich Musik über Walkman. Ich hatte die Lautstärke so weit aufgedreht, dass ich sonst nichts anderes hörte, nicht die Fahrgeräusche des Zuges und auch nicht die Beschwerden der Leute, die im gleichen Abteil saßen. Irgendwann gaben sie auf oder suchten sich einen anderen Platz. Ich sah aus dem Fenster. Zusammen mit der Musik war es wie eine Filmsequenz. Es durfte kein Jazz sein. Ich wollte nicht an Roberta denken. Als ich zu meinem letzten Geburtstag ein paar Kommilitonen eingeladen hatte, hatte mir einer von ihnen eine Kassette geschenkt. R.E.M. Bisher hatte ich sie nicht gehört. Das passte gut. Wir fuhren durch die DDR, und in meinem Kopf lief »Radio Free Europe«. Gott, war das beziehungsreich!

Der Zug war sehr voll. Viele Leute wollten nach Berlin. Sie hatten nichts Besonderes an sich. Ich fragte mich, ob ich mich wohl je für eine bestimmte Art von Musik würde entscheiden können. Ich hatte alles Mögliche, aber meine Sammlung hatte keine Richtung. Kurz vor Berlin hörte ich *It's the end of the world as we know it. And I feel fine.* Es wurde immer beziehungsreicher.

Mücke wohnte in Schöneberg. Ich setzte mich am Bahnhof Zoo in ein Taxi und ließ mich hinfahren. An der Grenze waren wir ganz normal kontrolliert worden. Die Vopos hatten wohl keinen Fernseher und konnten es deshalb auch nicht glauben. Und das bisschen Weltgeschichte war kein Grund, seinen Job nicht ernst zu nehmen.

Die Fassade des Hauses war erst vor ein paar Jahren restauriert worden. Ich studierte die Klingeln und fand den Namen Kuwelko im obersten Stock des sogenannten Gartenhauses. Die Tür zur Straße war nur angelehnt. Ich stieß sie auf und stand in einem Durchgang, von dem rechts und links je ein Treppenhaus abzweigte. An den Wänden hingen zerbeulte Briefkästen, die bei der Restaurierung des Hauses wohl ebenso vergessen worden waren wie die dreckigen Wände. Geradeaus führte eine Tür auf den Hinterhof. Ich vermutete mal, dass dort das Gartenhaus lag. Der Hinterhof war auch einer. Ringsum Fassaden, auf deren Restaurierung ebenfalls verzichtet worden war. In der Mitte des Hofes ein kreisrundes Loch, das früher mal ein Beet gewesen sein mochte, in dem jetzt nur noch Unkraut wucherte, das aber immerhin in Hüfthöhe.

Auch die Tür des Gartenhauses war nur angelehnt. Die Treppenstufen waren ausgetreten und abgewetzt. Es roch muffig. Vor den Türen standen Schuhe. Oben angekommen, nahm ich mir erst mal eine Minute, um zu verschnaufen. Ich wollte nicht keuchen wie ein Gewichtheber, wenn ich Mücke nach Jahren das erste Mal gegenüberstand. Auf die braune Holztür, von der der Lack abblätterte, waren mit Edding vier Namen geschrieben: Bioswitz, Kuwelko, Telepanic (jedenfalls vermutete ich, dass das ein Name war) und Hamann. Als ich wieder bei Atem war, drückte ich auf den Klingelknopf rechts neben der Tür. Nichts. Ich legte mein Ohr an die Tür und horchte. Drinnen war es still. Ich klopfte. Nichts. Ich klopfte stärker. Ich sah auf die Uhr. Es war kurz nach drei. Ich kannte sonst niemanden in Berlin. Ich hämmerte so laut und so lange an die Tür, bis ich dahinter Geräusche vernahm. Die Tür ging nur einen Spaltbreit auf, und durch den Spalt sah ich eine junge Frau in einem langen weißen T-Shirt mit einer Mickey Mouse. Die Frau blinzelte mich aus verquollenen Augen schlecht gelaunt an. Ich sagte, ich wolle zu Mücke.

»Gibt's hier nicht«, sagte die Frau.

»Mircea Kuwelko.«

»Komm rein.« Sie öffnete die Tür, ließ mich herein, schloss die Tür, sagte: »Kuwelko pennt noch. Setz dich in die Küche, mach dir 'n Kaffee, aber sei still!« und verschwand in einem der Zimmer.

Ich sah mich um. Der Flur war gelb gestrichen, aber Staub oder Ruß hatten die Pickel der Raufasertapete schwarz gefärbt. Der Flur war leer, bis auf einen alten Schuhschrank, auf dem ein graues Telefon stand. Neben dem Schrank ein Kabel, das vom Herumtragen des Telefons durch die Wohnung zu vielen kleinen Würsten verdreht war. In der Küche war alles alt. Ein alter Gasherd, ein alter Tisch, drei alte Stühle, ein alter Schrank. Als die Kaffeemaschine zum Endspurt ansetzte, stand Mücke in der Tür. Er war nackt, bis auf eine Unterhose, auf der »Montag« stand.

»Heute ist Freitag«, sagte ich.

Er brauchte ein paar Sekunden, bis ihm klar wurde, dass er wach und ich real war. »Was machst du denn hier?«

»Du hast doch gesagt, ich soll kommen. Schließlich ist hier die Hölle los, und da muss man dabei sein.«

Mücke rieb sich die Augen, dann grinste er.

»Helmut«, sagte er. »Das alte Arschloch. Ich fasse es nicht.«

Wir umarmten uns. »Warte«, sagte er, »ich ziehe mich mal eben an.« Er verschwand, und als er wiederkam, trug er Jeans und T-Shirt und roch sehr gut.

Ich sagte: »Du riechst gut.«

»Was meinst du, was ich bin? Ein verdammtes Schwein, oder was? Ist ein ziemlich teures Eau de Toilette, was ich mal geschenkt gekriegt habe. Ich finde, man sollte immer gut riechen.« Er nahm sich Kaffee und setzte sich zu mir an den Tisch.

»Also, du studierst?«, fragte er.

»Genau.«

»Wahrscheinlich irgendwas Hochgeistiges.«

»Geschichte.«

»Sag ich doch. Passt zu dir, du Klugscheißer.«

»Was hat dich nach Berlin verschlagen?«, fragte ich.

»Der Barras«, sagte Mücke. »Ich hatte keinen Nerv auf den Bund, deshalb habe ich mich hier verkrochen. Wer in Berlin wohnt, muss nicht hin.«

»Ich dachte, das wäre nur früher so gewesen.«

»Bis jetzt klappt es. Was ist mit dir und Bund?«

»Ich bin zurückgestellt.«

»Und danach?«

»Keine Ahnung. Mal sehen.«

»Ich dachte, du würdest verweigern. Gerade du.«

»Wieso gerade ich?«

»Na ja, du hast doch diesen ganzen Friedensscheiß so vor dir her getragen, damals. Ich hätte mir nie vorstellen können, dass du zum Bund gehst, dafür bist du doch viel zu zart besaitet.«

»Bei dir habe ich immer gedacht, du wärst ganz heiß drauf, mit der Knarre in der Hand durch die Scheiße zu robben.«

»Das täuscht«, sagte Mücke und machte eine Pause, in der ihm wohl wieder einfiel, dass er Mücke war. »Ich meine, so 'n bisschen rumballern wäre schon geil gewesen, aber dieses ganze Herumkommandieren und mit sechs Idioten auf einem Zimmer und das Bett mit dem Zollstock machen … Nee, nichts für mich.«

»Warum hast du nicht verweigert?«

»Alten Knackern die Scheiße aus dem Arsch zu wischen hört sich nicht nach einer tollen Alternative an.« Dann lachte er. »Außerdem hätte mein Vater mich wohl grün und blau geprügelt, wenn ich ein Verweigerer geworden wäre, von meinem Bruder mal ganz zu schweigen.« Er hatte das Wort »Verweigerer« ausgesprochen wie ein spanischer Inquisitor das Wort »Heide«.

»Und jetzt machst du was mit Autos, hast du am Telefon gesagt?«

»Nicht, was du denkst.«

»Was denke ich denn?«

»Du denkst doch an krumme Sachen. Was anderes kannst du dir doch bei mir auch nicht vorstellen. Du wunderst dich wahrscheinlich, dass ich noch nicht im Knast sitze.«

»Ach Quatsch.«

»Ich arbeite in einem Autohaus. Ganz seriös. In Schlips und Kragen. Ich bin ziemlich gut.«

»Und heute hast du frei?«

»Ich habe die ganze Woche Urlaub. Dafür muss ich im Sommer arbeiten, wenn die Familienväter in die Ferien gurken. Haben die da drüben sich prima ausgesucht. Machen die Mauer auf, während ich Urlaub habe. Sehr rücksichtsvoll.«

»Meinst du, die Mauer bleibt auf?«

»Wie sollen sie die jetzt wieder zukriegen?«

»Und was kommt dann?«

»Was weiß ich. Du studierst doch Geschichte, sag du es mir.«

Ich sagte nichts.

»Ist mir auch scheißegal«, sagte Mücke. »Aber das Spektakel ist geil. Die ganze Stadt macht Party. Gestern war ich im Osten. Aber so richtig, nicht nur am Alex oder so. Wir waren auf 'ner Party. Ich kam mir vor wie auf dem Mond. Die kriegen sich alle gar nicht mehr ein. Man sollte anfangen, mit Videorekordern zu dealen.«

»Du hast gesagt, du hättest Britta gesehen?« Mücke grinste.

»Hab ich mir doch gedacht, dass dir das unter den Nägeln brennt.«

»So schlimm ist es nicht.«

»Ach, hör doch auf, mich zu verarschen. Ich weiß Bescheid. Du warst total verknallt in sie, bist es wahrscheinlich immer noch. Außerdem war sie die Erste, die dich rangelassen hat. Das vergisst man natürlich nicht. Hab ich doch auch nicht.«

»Woher weißt du das alles?«, wollte ich wissen. »Und was sollen diese blöden Anspielungen von wegen, nicht nur Händchen gehalten und hab ich auch nicht vergessen?«

»Na hör mal, du weißt doch wohl, dass ich auch was mit ihr laufen hatte. Sie hat mir das alles erzählt. Sie hat uns beide zum ersten Mal richtig rangelassen, und wahrscheinlich nicht nur uns. Die hatte es ganz schön hinter den Ohren, unsere Britta.«

»Was soll das heißen?«

»Was soll was heißen? Willst du mich verarschen?« Er

machte eine Pause. »Ach du Scheiße«, sagte er dann und zog die Augenbrauen in die Höhe. »Du hast es nicht gewusst, was? Du hast nicht gewusst, dass ich sie auch gefickt habe. Du hast wirklich gedacht, du wärst der Einzige gewesen, was? Du hast vielleicht sogar gedacht, sie wäre auch in dich verknallt gewesen, was? Ach du Scheiße, ach du Scheiße!«

In diesem Moment kam die Frau, die mir die Tür geöffnet hatte, herein, noch immer im Mickey-Mouse-T-Shirt. Sie sah noch immer nicht besser aus.

»Ihr Arschlöcher macht einen verdammten Krach«, sagte sie. »Ich hatte Nachtdienst. Es wäre schön, wenn darauf mal jemand Rücksicht nehmen würde.« Sie schlurfte zum Kühlschrank, nahm eine Packung Milch heraus und verschwand wieder.

»Tja, was soll ich sagen«, sagte Mücke, als die Frau wieder verschwunden war, »ich dachte, du hättest es gewusst.«

»Wer war die Frau?«, wollte ich wissen.

»Das war Carola. Die wohnt hier. Aber nur so. Ich habe nichts mit ihr. Außerdem wohnt hier noch einer, der Boris heißt, in einer Pommesbude arbeitet und an den Sieg des Sozialismus glaubt. Und Klaus, aber der ist gerade nicht da, der studiert Tiermedizin oder so, jedenfalls sagt er das, aber ich habe in seinem Zimmer noch kein einziges Buch gesehen. Carola ist Krankenschwester, und manchmal glaube ich, sie ist lesbisch. Ich habe noch nie einen Kerl bei ihr gesehen. Eine Frau allerdings auch nicht.«

Wir tranken Kaffee.

»Sollen wir irgendwohin gehen?«, fragte er.

»Wohin denn?«

»Keine Ahnung. Vielleicht was essen. Und dann sehen

wir mal nach, wo heute noch 'ne Party steigt. Du kannst deine Sachen bei mir abstellen. Natürlich pennst du auch hier. Ich hab allerdings nur eine Luftmatratze und eine Decke, also beschwer dich nicht über mangelnden Komfort.«

Ich stellte meine Tasche in Mückes Zimmer. In dem Zimmer lag eine Matratze, und daneben stand ein Holzregal, in dem ein paar Unterhosen, Socken und Pullover lagen, und ein Tisch mit drei alten Sesseln. Auf dem obersten Regalbrett lagen ein paar Krimis und auf dem Tisch waren unzählige Ränder zu sehen, wo mal feuchte Gläser gestanden hatten. Ich hatte seit Jahren mit niemandem mehr zu tun gehabt, der keinen Schreibtisch hatte. An der Innenseite der Tür hing ein dunkler Anzug.

»Den ziehst du ernsthaft an?« fragte ich.

»Nur auf Arbeit«, sagte Mücke. »Lass uns gehen.« Also ging ich mit diesem alten Kumpel, der meine große Liebe gefickt hatte, essen.

Ich versuchte zu entscheiden, ob das ein Schock war. Mücke und Britta. Ich sah sie beide vor mir. Britta liegt mit gespreizten Beinen auf dem Bett – oder sonst wo. Vielleicht auf dem Boden? Und Mücke über ihr, sein Hintern pumpt auf und ab. War es so gewesen? Oder hatten sie es im Stehen gemacht? Oder hatte er sie von hinten genommen? Britta hatte gern auf mir gesessen. Bei Mücke auch? Oder fand sie es geil, sich es von ihm richtig besorgen zu lassen? Was hatte sie bloß an ihm gefunden? Was hatte er ihr geben können? Mücke hatte keine Ahnung von Politik und Literatur. Na gut, er war nicht blöd, aber – gewöhnlich. Er gebrauchte ständig unflätige Ausdrücke. Hatte sie das angemacht? Damals schon, mit siebzehn? War sie mit ihm im Bett gewesen, während sie mit mir zusammen war, während wir ein Paar waren? Aber: Waren wir denn ein Paar gewesen? Waren Herr und Hund ein Paar? Wahrscheinlich war es nur ein einziges Mal geschehen. So wie man manchmal unbändige Lust auf ungesundes Essen hat.

Ich sah Mücke an, während wir gingen. Er hatte gesehen, was ich gesehen hatte. Ich fragte mich, ob er es hatte würdigen können. Ich fragte mich, ob ihm klar war, mit wem er da im Bett gewesen war. Ich fragte mich, ob sie ihm ihren Orgasmus geschenkt hatte, dieses diffizile Kunstwerk ihrer Lust, etwas, das sich anschlich, so leise, dass man es nicht kommen sah, hörte oder fühlte, und das einen dann plötzlich ansprang, einem kurz Angst machte, dann aber gleich wieder die Richtung änderte, um sich unfassbar langsam zurückzuziehen. So war es mir damals nicht vorgekommen, mit diesen Worten hatte ich nicht daran gedacht. Das hatte ich mir erst zurechtgelegt, als ich in den Jahren danach immer wieder daran dachte. An dem Punkt, wo Brittas Orgasmus einen kurz ansprang, stieß sie meist einen kleinen Schrei aus, als hätte man sie mit einer Nadel gepiekt, weniger ein Schmerzensschrei als vielmehr einer, der aus der Überraschung kam. Und dann dieses Abebben.

Ich durfte nicht daran denken. Es war sehr merkwürdig. Es war, als wäre alles gestern gewesen. Aber ich war darüber hinweg. Ich war nicht wütend auf Mücke. Auch nicht auf Britta. Ich war erstaunt, aber nicht wütend. Ich ging wie durch Watte.

Es reichte nur zu einem Döner auf die Hand. Wir sahen einem dicken, schwitzenden Türken zu, wie er mit einem langen Messer Fleisch abschnitt. Er trug ein enges weißes T-Shirt, auf dem »Dönerstation« stand. Das T-Shirt steckte hinten ordentlich im Hosenbund, aber vorne ließ es den Nabel frei. Mücke hatte zwei Dosen Bier bestellt, und wir stießen an.

»Okay«, sagte er, »dann wollen wir doch mal sehen, wo heute Abend was los ist.«

»Wo wollen wir hin?«, fragte ich.

»Na ja, wir könnten in irgendeinen Klub gehen und mal sehen, was passiert, aber ich denke, es wäre noch interessanter, wenn wir irgendwo auf eine private Party gehen würden.«

Ich fragte Mücke, ob er Brittas Nummer habe.

»Na ja«, sagte er, »irgendwie bin ich nicht dazu gekommen, sie nach ihrer Adresse oder ihrer Nummer zu fragen, ich habe nur ein paar Worte mit ihr gewechselt, aber es dürfte nicht allzu schwer sein, sie zu finden.«

»Klar, bei den paar Millionen Leuten hier.«

»Nein, ich meine, ich kenne Leute, die sie kennen müssen, also jedenfalls den Typen, der die Party geschmissen hat, auf der ich sie getroffen habe. Den kann ich mal anrufen.« Mücke nahm einen tiefen Schluck Bier.

»Mit alles?«, fragte der dicke Türke und deutete auf das Angebot seiner beleuchteten Auslage.

»Mit alles«, sagte Mücke. »Und schön scharf machen.«

»Soße auch?«

»Ich hab doch gesagt mit alles.«

»Meins bitte nicht ganz so scharf!«, sagte ich.

»Nich so scharf?«, fragte der Türke und grinste breit.

»Ja, ein bisschen schon«, sagte ich, »aber nicht so richtig. Also schon richtig, aber nicht so superscharf.«

»Meins kann ruhig superscharf sein!«, sagte Mücke.

»Eins scharf, eins nich?«, fragte der Türke und sah uns an.

»Genau«, sagte ich.

Nach dem Essen setzten wir uns in eine Kneipe ein paar Meter weiter und tranken weiter Bier. Mücke hatte inzwischen jemanden angerufen und ihn nach Britta gefragt, und dieser jemand hatte uns den Tipp gegeben, mal auf einer bestimmten Party vorbeizuschauen, denn er habe gehört, Britta wolle dort auch hingehen. Aber bis dahin hatten wir noch Zeit.

Wir erzählten uns, was wir so getrieben hatten in den letzten Jahren, und wie nicht anders zu erwarten, interessierte sich Mücke vor allem für die Frauen, denen ich begegnet war. Nach dem dritten Bier wurde er deutlicher.

»Mann, einundvierzig? Nicht schlecht. So eine Alte hatte ich noch nie. Erzähl mir was von ihren Titten.«

»Was soll ich da erzählen. Sie hat welche.«

»Ja, aber was für welche. Ich meine, schlabbern die schon um die Knie herum, oder was. Ich meine, die Mutter ist einundvierzig, da läuft doch schon einiges aus dem Ruder.«

»Da fällt mir ein«, sagte ich, »dass diese Carola mit dem Namen Mücke gar nichts anfangen konnte, als sie mir die Tür aufmachte.«

»Na ja«, sagte Mücke, »die kennen mich hier nur unter meinem richtigen Namen.«

»Bist du zu alt geworden für deinen Spitznamen?«

»Mag sein.«

»Wie soll ich dich nennen. Mircea? Oder Kuwelko?«

»Nein, bei dir ist es okay. Früher war Mücke okay. Heute ist es irgendwie Scheiße. Hört sich nach Kindheit an.« Er bestellte noch zwei Bier.

Drei Nächte lang gingen wir auf Partys, ohne Britta zu finden. Es waren merkwürdige Partys. Es waren nicht einfach

Zusammenkünfte in einer Wohnung oder in einem Keller, es standen nicht einfach ein paar Flaschen in der Ecke, und der Rest spielte sich auf Matratzen ab, die auf dem Boden lagen. Nein, jede Party wollte etwas Besonderes sein.

Eine fand statt in einem alten unterirdischen Bunker. Die Musik dröhnte so laut, dass der Mörtel aus den Fugen rieselte. Es gab kein echtes Partylicht. Irgendwer hatte einfach ein paar Scheinwerfer aufgestellt und ein paar Quadratmeter waren zur Tanzfläche erklärt worden. Die Leute sahen alle ziemlich abgerissen aus. Das Bier wurde aus Flaschen getrunken, der Schnaps auch. Es gab Tequila und Weinbrand und Whiskey, verschiedene Sorten. Alle schienen ein bisschen was mitgebracht zu haben. Mücke und ich blieben ein paar Stunden, dann gingen wir wieder, ohne mit jemandem geredet zu haben.

Ein anderes Mal gingen wir in ein altes Obst-und-Gemüse-Geschäft. Zur Straße hin eine verdreckte Schaufensterscheibe. Merkwürdigerweise lief nur sehr langsame Musik, die aber besonders laut. Ein langhaariger Schwarzer verkaufte Bier für eine Mark die Flasche. Im hinteren Teil war die alte Angestelltentoilette. Als ich da mal hin musste, war besetzt. Ich wartete fast zehn Minuten, dann kamen ein Junge und ein Mädchen heraus, beide vielleicht Anfang Zwanzig. Ich fragte mich, ob sie gefickt hatten. Anders hätte man das in diesem engen Kabuff auch nicht nennen können. Aber ich fand keine Anzeichen dafür. Allerdings zeigte der Raum deutliche Spuren der Benutzung, ohne dass man die Art genau spezifizieren konnte. Das war alles ziemlich deprimierend. Ich war noch mit der Vorstellung aufgewachsen, dass eine Party Spaß machen sollte. Ich war von gestern. Ich war gar nicht scharf darauf, Britta an so einem Ort wiederzusehen.

Mücke telefonierte und redete mit vielen Leuten. Man konnte den Eindruck gewinnen, er wolle etwas gutmachen. Dann sagte er, er habe mit jemandem gesprochen, der sagte, er wisse genau, auf welcher Party sie in der nächsten Nacht auftauchen würde.

Als wir auf der Party ankamen, waren wir schon einigermaßen hinüber.

Die Party war in einer alten Fabrik und fand auf zwei Etagen statt. Wie es aussah, waren es eigentlich mehrere Partys, denn es gab mindestens drei unterschiedliche Stellen, an denen Musik aufgelegt wurde, in einigen Ecken standen Bierkästen aufgestapelt und ein paar Meter weiter war dann ein Büfett. In alten Sesseln und auf noch älteren Sofas hingen Leute herum, die aussahen wie aus den Siebzigern entsprungen, mit langen, in der Mitte gescheitelten Haaren und in Jeans und T-Shirts mit Aufdruck, dann wieder sah ich Leute in Anzügen und mit schwarzen Bindern um den Hals, die Sekt oder Champagner in den Händen hielten. Die Musik floss ineinander, und ich kannte nichts davon und hörte gar nicht hin. Es mussten mehrere Hundert Menschen da sein, und niemand schien zu wissen, was hier gefeiert wurde.

Mücke besorgte uns Champagner. Es waren unglaublich viele unglaublich schöne Frauen da. Ich sagte zu Mücke, ich müsse mal zur Toilette. Ich drückte mich durch die Leute zu der Treppe hindurch, die wir hochgekommen waren. Ein kleiner Mann im Smoking blinzelte mir zu. Ich war gut gelaunt, also blinzelte ich zurück. Er kam auf mich zu, packte mich am Unterarm und sagte: »Ich habe es! Brauchst du es?« Und noch bevor ich ihn auch nur fragen konnte, was er meine, war er wieder verschwunden. Dann kam mir eine schwarze Frau mit einer Glatze entgegen. Sie trug einen grauen Herrenanzug mit Nadelstreifen. Unter dem Jackett trug sie nichts. Ich blickte in ihren Ausschnitt. Die Frau sah, wo ich hinstarrte, griff sich ans Revers und zog es zur Seite und zeigte mir ihre flache, schöne Brust. Dann lachte sie und verschwand. Ich fragte einen Mann, der zwei Kisten mit Champagner trug, wo die Toiletten seien, und er wies mit dem Kinn zur Treppe. Hoch oder runter? Aber da war er schon weg.

Ich ging hinunter. Unten pinkelten ein paar Männer an die Wand. Also pinkelte ich auch an die Wand.

Ich ging wieder nach oben und suchte Mücke. Zwecklos. Ich ging zu einem der Sofas, von dem gerade zwei Leute aufstanden, und setzte mich hin. Für ein paar Minuten kam ich mir vor wie ein Leprakranker, denn keiner wollte sich zu mir setzen. Dann kam ein Mädchen in kurzen Hosen und Netzstrümpfen und Stiefeln und roten Haaren und setzte sich.

»Hast du was zu rauchen?«, fragte sie.

»Nee, tut mir leid, Nichtraucher.«

»Scheiße«, sagte sie resigniert, und ich dachte, sie fängt gleich an zu weinen, »ich brauche was zu rauchen. Hast du 'n bisschen was für die Nase?«

»Nee, auch nicht.«

»Scheißwelt. Bist du 'n Ossi?«

»Nein«, sagte ich.

»Gott sei Dank.« Sie stand auf und ging weg.

Kurz danach setzten sich zwei neben mich und küssten sich sehr heftig. Dann fingen sie an zu diskutieren.

»Das ist doch Blödsinn!«, sagte der Junge, »natürlich machen die wieder dicht, die können doch nicht riskieren …«

»Dann müssen sie uns aber alle totschießen.«

»Das machen die mit links.«

»Und wieso haben sie noch nicht damit angefangen?«

»Was weiß ich. Scheiß drauf.« Dann küssten sie sich wieder sehr heftig. Ich stand auf, nahm mir aus einem herumstehenden Kasten eine Flasche Bier, borgte mir von einem, der in einer hektisch gestikulierenden Gruppe stand, das Feuerzeug, öffnete die Flasche damit, wollte das Feuerzeug zurückgeben, musste aber feststellen, das die ganze Gruppe nicht mehr da war, und steckte das Feuerzeug ein. Dann trug ich die Flasche ein wenig spazieren.

Dann stand sie plötzlich vor mir. Sie trank Bier und trug etwas ohne Ärmel. Sie schwitzte. Das ständig wechselnde Licht färbte ihr Gesicht mal rot, mal blau, mal grün, mal gelb. Dann setzte irgendeine Stroboskop-Spielerei ein, und alles sah aus wie ein Film, dem man ein paar Bilder entfernt hatte. Sie bemerkte mich nicht, stand im Profil zu mir, sah irgendwohin. Ich betrachtete sie, konnte aber nicht erkennen, ob sie sich verändert hatte, ob sie schöner geworden war oder nicht oder hässlicher oder nicht. Ich hatte sie größer in Erinnerung.

Britta.

Sofort war alles wieder da. Ich küsste sie und fasste sie an. In Gedanken. Ich dachte zurück. Wie sie sich bewegte, wie sie lachte, wie sie mir sagte, wo es langging. Ich war ein Idiot gewesen zu glauben, ich sei über sie hinweg. Sollte sie mit Mücke geschlafen haben, mit der halben Welt, egal! Es war wie bei »Highlander«: Es kann nur eine geben. Aber ich war älter geworden, schlauer. Ich kannte mich ein wenig aus mit der »Vernunft«. Ein berühmter Professor glaubte das jedenfalls. Ich wusste, dass ich für sie nur ein Pudel gewesen war, ein Fell-Muff, in den sie ihre Hände steckte, wenn ihr kalt war. Aber das war mir egal, scheißegal. Ich wollte ein Fußabtreter sein, wenn es nur ihre Füße waren, die mich traten. Ich war vernünftig genug geworden, zu wissen, dass sie nicht einzigartig war. Aber ich war auch intelligent genug, zu erkennen, dass es die Kombination war, die Verbindung der Elemente, die das Besondere war. Ich dachte an Worte wie »Aura«, und dass nur ich sie sehen könne, aber innerlich haute ich mir auf die Finger, so was war Unsinn. Es war chemisch zu erklären. Vielleicht aktivierte sie ein Enzym in meinem Hirn, das sonst unbenutzt in der Gegend herumlag und nur von ihr zum Leben erweckt werden konnte.

Benutz mich!

Ich wartete. Sie sollte mich entdecken, wenn sie sich umdrehte. Ich wollte nicht zu ihr gehen und ihr auf die Schulter tippen oder so. Sie hatte einen Arm in die Seite gestemmt. Ich sah, dass sie ihre Achselhöhlen rasiert hatte. Sie wippte ein wenig zur Musik.

Dann sah sie mich. Sie nahm einen Schluck Bier und kam auf mich zu. »Hallo, Helmut«, sagte sie. Es war, als wären wir hier verabredet gewesen.

»Hallo, Britta«, sagte ich.

»Schön, dich wiederzusehen«, sagte sie und lächelte wie eine Ärztin, die sich freut, dass der Patient sich an ihre Ratschläge gehalten hat und nun endlich wieder gesund ist.

»Ganz meinerseits«, sagte ich.

»Sollen wir vielleicht nach draußen gehen?«

Mein Britta-Enzym war nicht nur aktiviert, sondern trieb Kraftsport.

Sie lotste mich Richtung Treppe. Unterwegs kamen wir an einem Haufen Jacken und Mänteln vorbei, Britta wühlte kurz darin herum und zog dann etwas hervor, das wie ein

Pelzmantel aussah. Wir stiegen die Treppe hinunter. Unterwegs begegneten uns viele schöne Leute. Auch der kleine Mann, der mich vorhin am Unterarm gepackt hatte, war wieder da, und ich hörte, wie er zu einer blonden Frau im Minirock sagte: »Ich habe es! Brauchst du es?«

Draußen war es kalt, aber das war kein Wunder, es war November, und nur vom Singen des Deutschlandliedes wurde es nicht wärmer. Britta zog ihren Mantel an. »Was hast du gemacht in all den Jahren?« fragte sie.

»Ich bin früh schlafen gegangen«, sagte ich.

Sie runzelte die Stirn.

»Das ist aus ›Es war einmal in Amerika‹«, sagte ich.

Sie schüttelte den Kopf. Das war schon mal daneben gegangen. Ich hatte geistreich sein, gleich mit der ersten Bemerkung andeuten wollen, dass ich jetzt clever war, auf gleicher Augenhöhe. Aber ich war noch weit weg.

»Ich studiere«, sagte ich. »Geschichte.« Das musste sie doch gut finden. »Ich habe auch einen Job an der Uni«, sagte ich, »am Lehrstuhl von Professor Mutter.«

Sie zuckte mit den Schultern.

»Was machst du denn so?«, fragte ich.

»Ich bin in Berlin«, sagte sie.

»Hast du einen Job?«

»Klar.«

»Was ist denn das für ein Job?«

»Warum willst du das alles wissen?«

Ich fing an, von mir zu erzählen.

»Bist du allein hier?«, unterbrach sie mich.

»Nein, mit Mücke.«

»Mücke ist hier?« Eine Falte zwischen ihren Augen. Schlechtes Gewissen?

»Ja, aber ich habe ihn in dem Gedränge verloren.«

»Hast du eine Freundin?«

»Nein.«

»Möchtest du mit zu mir kommen?«

»Wann? Jetzt?«

»Nein, nächstes Jahr. Natürlich jetzt. Hier ist es kalt, und die Party ist Scheiße. Lass uns gehen.«

Was würde passieren, wenn wir bei ihr zu Hause waren? Keine Ahnung, aber ich war bereit. Ich stellte mir ihre Wohnung vor: Eine warme Höhle voller Bücher, vielleicht mit Che-Bildern an der Wand. Vielleicht hauste sie mit einer Horde von Atomkraftgegnern in einer Wohnung, die aussah wie eine Hütte an der Startbahn West.

Wir fuhren mit der U-Bahn durch die ganze Stadt. Sie wohnte in Wilmersdorf. Nicht gerade eine Revoluzzer-Hochburg. Aber das war natürlich Absicht. Wo sollte man den Widerstand gegen den bürgerlichen Mief etablieren, wenn nicht mittendrin?

Ich sah Britta an, sie schien zu schlafen, hatte die Augen geschlossen. Sie sah nicht besonders fit aus, aber vielleicht hatte sie ein paar Nächte durchgemacht, vielleicht experimentierte sie mit bewusstseinserweiternden Drogen, immer auf der Suche nach Erkenntnis. Politische Arbeit macht müde, da konnte man nicht immer aussehen wie der Frühling.

In mir schwappte Bier hin und her, das Licht in der U-Bahn war mir zu hell. Ihr Mantel war kein echter Pelz. Er war tiefrot. Uns schräg gegenüber saß ein türkischer Junge, vielleicht fünfzehn, mit zurückgekämmten Haaren und einem Flaum auf der Oberlippe, der mal ein Bart werden wollte. Der Junge rauchte, hatte die Ellenbogen auf den Oberschenkel gestützt, den Kopf gesenkt und starrte auf den Boden zwischen seinen Füßen. Dann fing er an, Speichel aus seinem Mund tropfen zu lassen. Jetzt sah ich, dass zwischen seinen Füßen schon einige, noch frische Speichellachen waren. Offenbar versuchte er, ein Muster zu spucken. Ich konnte aber nicht erkennen, was für eins.

»Hast du den Ring noch?«, fragte ich sie.

»Welchen Ring?«

»Den Ring, den ich dir mal zu Weihnachten geschenkt habe.«

»Du hast mir mal einen Ring geschenkt?«

Wir fuhren ziemlich lange. Plötzlich packte Britta mich am Arm, sprang auf und zog mich zur Tür. Wir fuhren gerade in einen Bahnhof ein, und als wir anhielten, riss sie hastig an dem Hebel, der die Türen öffnete, und zog mich nach draußen.

Es war eine ganz normale Gegend. Wir gingen noch etwa zehn Minuten schweigend nebeneinander her, dann betraten wir ein Haus, das aussah, als könnten meine Eltern darin wohnen. Der Hausflur roch nach Reinigungsmitteln, und vor den Türen lagen Fußmatten auf denen »Willkommen« stand oder »Tritt ein, bring Glück herein«. Auf den Treppenabsätzen, die wir passierten, standen Strohblumen in angemalten Milchkannen und kleine Gummipalmen mit einer großen Nuss am unteren Ende. Wir stiegen bis ganz nach oben. Ich war ziemlich außer Atem, als ich oben ankam, Britta schien besser trainiert zu sein. Sie schloss die Tür zur Rechten auf, und wir gingen hinein.

Es war eine ganz normale Wohnung. Auslegeware, Einbauküche, im Wohnzimmer alles Richtung Fernseher ausgerichtet, ein nach oben in Dreiecken endendes Ikea-Ensemble aus Regal und Vitrine, mit Leonardo-Gläsern darin, eine lederne Sitzgarnitur und weiße Gardinen an den

Fenstern. Und nirgendwo Bücher. Außer dem Wohnzimmer gab es nur noch ein Schlafzimmer mit einem ordentlich zugedeckten Doppelbett. Auch dort keine Bücher.

»Willst du was trinken?«, fragte sie, ohne mich anzusehen.

»Klar. Was gibt's denn?«

»Alles.«

»Dann nehme ich ein Bier.«

»Eigentlich ist nur Wein da.«

»Wein ist auch okay.«

Sie ging in die Küche und kam gleich darauf mit einer Flasche Frascati und zwei Gläsern zurück. Ich hatte mich aufs Sofa gesetzt, aber sie sagte: »Komm, wir setzen uns in die Diele.« Also stand ich auf und ging in die Diele, und Britta schaltete hinter mir das Licht im Wohnzimmer aus. Ich drehte mich zu ihr um und sah sie fragend an, und sie setzte sich auf den Boden und lehnte sich an die Wand, goss die beiden Gläser voll, schloss die Augen und legte den Hinterkopf an die Wand. Ich setzte mich in die Mitte der Diele im Schneidersitz auf den Boden. Britta sah müde aus, hatte Ringe unter den Augen. Ohne die Augen zu öffnen, hob sie ihr Glas und sagte: »Cheers. Willkommen in Berlin.«

Ich stieß mein Glas gegen ihres. Wir tranken, und sie griff, die Augen immer noch geschlossen, zum Lichtschalter und machte das Licht aus. Es war jetzt ganz dunkel in der Wohnung, nur durch das Wohnzimmerfenster fiel etwas Licht von einer Straßenlaterne herein.

Ich sagte ihr, dass Mücke sich sehr verändert habe und dass ich keinen Kontakt mehr zu Leuten von früher hätte. Wir saßen herum, und es war sehr still.

»Du kannst hier schlafen, wenn du willst«, sagte sie. »Ich bin müde.«

»Okay«, sagte ich, und sie stand auf. Sie ging ins Schlafzimmer und schloss die Tür hinter sich. Als sie wieder herauskam, trug sie einen gestreiften Herrenpyjama, ging ins Bad und putzte sich die Zähne, alles, ohne Licht zu machen. Dann ging sie wieder ins Schlafzimmer und nahm die weiße Decke vom Bett, faltete sie ordentlich zusammen und legte sie neben dem Bett auf den Boden. Das Bett war ordentlich gemacht: zwei Kopfkissen, zwei Decken in gedeckten Farben mit einem dezenten Blumenmuster. Britta legte sich auf die rechte Seite, schob eine Hand unters Kopfkissen und schien gleich einschlafen zu wollen. Ich zog mich aus bis auf Unterhose und T-Shirt und legte mich auf die rechte Seite, auf den Rücken, die Hände unter dem Kopf verschränkt. Ich roch ein wenig unter den Achseln, also legte ich die Hände auf die Bettdecke.

Ich fragte sie: »Hast du mit Mücke geschlafen, damals?«

Sie sagte: »O Gott, das ist alles so lange her.«

Ich wollte noch etwas sagen, aber da war sie schon eingeschlafen.

Als ich aufwachte, war das Bett neben mir leer. Ich stand auf und sah in den anderen Zimmern nach. Sie war nicht da. Ich ging duschen. Als ich aus dem Bad kam, stand sie vor mir und sagte: »Ich war beim Bäcker.« Ich war nackt. Sie sah auf meinen Schwanz, und ich bedeckte ihn mit den Händen.

»Zieh dich an«, sagte sie, »es gibt Frühstück. Kaffee oder Tee?«

»Kaffee.«

»Tee wäre auch keiner dagewesen.«

Ich ging ins Schlafzimmer, sammelte meine Sachen auf und zog mich an. Als ich in die Küche kam, war Britta gerade dabei, den Tisch zu decken, Kaffee lief durch, und ein Teller mit verschiedenen Wurstsorten und Käse stand auf dem Tisch.

»Ist das hier deine Wohnung?«, fragte ich.

»Was dagegen?«

»Nein, ich …«

»Es ist kein verdammtes Scheiß-Bauernhaus, meinst du?«

»So ungefähr.«

»Ich hasse diese verdammten Scheiß-Bauernhäuser. Ich will bis an mein Lebensende keine Scheiß-Bauernhäuser mehr sehen. Irgendwann fahre ich nach Hause und zünde es meinen Eltern über dem Kopf an, diese verkackte bourgeoise Hütte.«

Sie war so schön. Ich wollte meinen Kopf auf ihren Bauch legen.

Nach dem Frühstück gingen wir nach draußen und liefen herum. Irgendwann nahm sie meine Hand, und wir sahen aus wie ein Paar.

Zwei Wochen blieb ich in Berlin, bei Britta. Ich war verliebt wie mit sechzehn. Aber ich war auch geil auf sie wie mit dreiundzwanzig. Sie ermutigte mich nicht gerade. Sie war auch nicht abweisend. Sex und alles, was in diese Richtung ging, spielte überhaupt keine Rolle. Händchenhalten war schon das höchste der Gefühle, aber auch da hatte ich den Eindruck, sie merkte gar nicht, dass ich ihre Hand hielt.

Manchmal hielt ich es nicht mehr aus, und dann ging ich ins Bad und onanierte. Einmal, als wir abends im Bett lagen und ich an der Art, wie sie atmete, hörte, dass sie noch nicht eingeschlafen war, schmiegte ich mich an sie, an ihren Rücken, und legte einen Arm um sie und drückte mich gegen sie. Ich war hart, das musste sie spüren. Sie bewegte sich nicht. Ihr Atmen veränderte sich nicht, und sie bewegte sich nicht. Ich hätte genauso gut ein Schwein sein können, das sich an einem Baum reibt.

Als ich schon wieder von ihr ablassen wollte, drehte sie sich plötzlich um und sah mich an. Ihr Gesicht war ganz nah an meinem. Sie sah mich an, als fragte sie sich, wer da wohl in ihrem Bettchen lag und von ihrem Tellerchen aß und aus ihrem Becherchen trank. Ich war versucht, mich vorzustellen: Hermes, Helmut, Geschäftsmann aus dem Ruhrgebiet. Ich mache in Turbinen. Sitzen Sie schon lange hier an der Bar. Meine Zimmernummer ist vierhundertzwölf.

Dann strich sie mir plötzlich mit der Hand durchs Gesicht. Sie streichelte mir nicht die Wange mit dem Handrücken oder so, nein, sie legte ihre Fingerkuppen auf meine Stirn und fuhr sachte mit allen fünf Fingern durch mein Gesicht. Mittel- und Ringfinger strichen über meine Augenlider, nahmen meine Nase in ihre Mitte, während der kleine und der Zeigefinger sich über meine Jochbeine abwärtsbewegten.

Dann küsste sie mich, und ich erinnerte mich an ihren Geschmack.

Meistens schliefen wir lange und frühstückten dann zusammen. Wir gingen spazieren. Am frühen Abend sahen wir fern. Der Fernseher war voller Osten. Später am Abend gingen wir auf Partys oder waren zum Essen eingeladen. Britta war eingeladen und nahm mich mit.

Das Personal auf den Partys und bei den Abendessen wechselte, aber einer war immer dabei: ein Glatzkopf um die dreißig, der darauf achtete, dass sein Schädel, seine

Wangen und sein Kinn immer von dem gleichen dünnen Haarfilm überzogen waren. Er trug eine schwarze Lederhose, ein schwarzes Unterhemd und ein schwarzes Jackett. Britta sagte, er heiße Tomasz, mit Betonung auf der zweiten Silbe, und er sei ein ganz alter Freund. Er roch ziemlich schlecht.

Eines Abends waren wir in Spandau eingeladen, renovierter Altbau mit hohen Decken und sehr sauberen Parkettböden. In der großen Wohnküche stand ein fast raumfüllender Tisch, um den etwa zehn oder zwölf Leute herumsaßen, fast alles Paare. Die Wohnung gehörte einem Mann und einer Frau, die »irgendwas mit Möbeln« machten, wie Britta sagte. Nach dem Essen standen schmutzige Teller und halb leere Weinflaschen herum. Jemand rauchte Pfeife. Es wurde geredet über das, was passierte. Alle kannten es vom Fernsehen. Ich konnte nicht mitreden. Ich wusste nicht, ob jetzt das vierte Reich vor der Tür stand oder ein goldenes Zeitalter. Niemand erhob die Stimme, niemand fiel dem anderen ins Wort, die Gesichter wurden nicht rot, sondern blieben blass und bleich und sackten noch mehr in sich zusammen und alterten. Alle waren müde, aber niemand wollte nach Hause.

Britta saß daneben und rauchte und betrachtete die Leute, die redeten. Ich trank viel Wein. Niemand kümmerte sich um mich, niemand redete mit mir. Vielleicht ahnten sie, dass ich nichts »mit Möbeln« machte, außer dass ich darauf saß, darin schlief oder etwas in ihnen aufbewahrte. Vielleicht wussten sie, dass mein Vater Schlagersingles sammelte und manchmal ganz allein im Keller tanzte. Vielleicht wussten sie, dass ich schlecht in Mathematik war.

Tomasz saß neben mir und roch wieder schlecht. Er hatte den ganzen Abend kein Wort gesagt. Als ich betrunken war, sagte ich zu ihm: »Kannst du sprechen?«

Er sah mich lange an, holte dann eine Sonnenbrille hervor, setzte sie auf und sagte: »Was willst du wissen?«

»Was weißt du denn?«, fragte ich zurück.

»Was du wissen willst.«

»Was soll das heißen?«

»Ich weiß alles, was du wissen willst, aber was du nicht wissen willst, das weiß ich auch nicht.«

»Und was will ich wissen?«

»Das weiß ich nicht. Aber ich sage dir, was du wissen willst.«

»Wer wird deutscher Fußballmeister?«

»Das willst du nicht wissen.«

»Wie bitte?«

»Das hast du mich nur gefragt, weil dir gerade nichts anderes einfiel. Du willst es aber nicht wirklich wissen. Ich habe dir doch gesagt, ich sage dir, was du wissen willst. Was ich dir nicht sage, das willst du auch nicht wissen.«

»Ach, was weiß ich«, sagte ich.

Tomasz nahm die Brille wieder ab und starrte die Tischplatte an. Ich wusste nicht, was ich weiter tun oder sagen sollte, also stand ich auf und ging aufs Klo. Dort war es still und sauber und niemand rauchte dort Pfeife. Die Armaturen waren auf antik gemacht, und auf dem Boden stand eine Schale mit Duftblumen. Wie bei Gloria. Über der Toilette war ein kleines Fenster. Ich stellte mich auf die Brille, öffnete das Fenster, streckte den Kopf hinaus, sog die frische Stadtluft ein und rief einmal laut »Hallo«, aber niemand antwortete. Mit was für merkwürdigen Leuten gab sich Britta bloß ab! Und das Beste war: Sie schien sich in dieser Gesellschaft noch nicht einmal wohlzufühlen. Sie war so weit weg. Was machte ich hier? Irgendwann würde ich nach Hause müssen. Ich fand es zum Kotzen hier, aber ich konnte nicht weg. Ich kam mir vor wie eine Fliege, die auf einer Leimspur festsaß.

Ich zog den Kopf wieder ein, stieg von der Brille herunter und wusch mir die Hände.

Als ich das Klo verließ, standen Britta und Tomasz im Flur. Er drückte sie mit dem Unterleib an die Wand und hielt ihr angewinkeltes Bein in der Hand. Sie küssten sich. Sie bewegten sich ein bisschen. Dann bemerkte Britta mich. Sie sah mich an. Tomasz hielt ihr Bein weiter fest. Ich ging wieder in die Küche, setzte mich an den Tisch und ließ mich weiter ignorieren. Ich griff nach der Grappa-Flasche und stürzte drei Gläser in einem Zug hinunter. Nach etwa zehn Minuten kam Britta in die Küche und sagte, wir gingen jetzt noch zu Tomasz. Ich nickte, zog meine Jacke an und verließ die Wohnung. Draußen wartete Tomasz. Er pinkelte an einen Baum. Ein paar Minuten lang, während Britta oben Abschiedsbussi verteilte, standen wir nebeneinander wie zwei Typen, die sich kennen. Dann kam Britta und sagte, sie habe ein Taxi bestellt.

Während der Fahrt wurde nicht geredet. Ich schlief kurz ein, aber dann wurde ich wieder wach. Mir war schlecht. Ich hoffte, ich würde nicht ins Taxi kotzen. Als wir ausstiegen, drehte sich zwar alles, aber die frische Luft half mir etwas, den Brechreiz zu unterdrücken.

Tomasz wohnte in einer umgebauten Fabriketage. Irgendwo müssen die Klischees herkommen. Es war ein einziger, riesiger Raum. In einer Ecke stand ein riesiges Bett, an einer Wand standen ein paar Kinosessel, wieder woanders ein alter Rollladenschreibtisch und weit weg davon ein runder Holztisch mit sechs verschiedenen Stühlen drum herum. Mir zitterten die Knie, aber das kam vom Alkohol. Ich hockte mich in einen der Kinosessel. Tomasz gab mir wortlos eine Flasche und ein Glas, ich glaube, ich lachte und goss mir was ein und trank. Ich legte den Kopf an die Wand hinter mir und sah, wie Britta und Tomasz sich an den Küchentisch setzten und Tomasz etwas aus seiner Jacke hervorholte. Auf dem Tisch lag ein kleiner Spiegel.

Dann fehlt mir etwas Zeit in der Erinnerung. Das Nächste, an das ich mich erinnern kann, ist, dass Britta plötzlich rittlings und mir zugewandt auf meinem Schoß saß und sehr fröhlich wirkte. Sie strich mir mit beiden Händen über den Kopf und küsste mich auf die Stirn. Sie lachte. So fröhlich hatte ich sie in den ganzen letzten zwei Wochen, nicht gesehen. Ich war froh, dass es ihr gut ging. Jetzt würde alles gut werden. Sie konnte jetzt sehen, dass sie mich liebte. Das hatte sie bisher nicht sehen können, weiß der Teufel, warum. Ich sah jetzt, dass sie es jetzt sah. Ihre Augen waren so voller Liebe für mich. Wir hatten aber auch eine tolle gemeinsame Geschichte. Ich hatte ihr mein junges Herz zu Füßen gelegt und mich für sie zusammenschlagen lassen. Irgendwo hörte ich Tomasz lachen. Britta küsste mich auf den Mund. Sie bewegte sich auf mir. Sie knöpfte mein Hemd auf und streichelte meine Brust. Ich hörte sie reden. Aber vielleicht träumte ich das nur, vielleicht schlief ich ja schon.

»Ach, mein kleiner Verehrer!«, sagte sie immer wieder, und sie hatte recht: Ich verehrte sie, ich betete zu ihr, ich begehrte sie und wollte mich abstechen lassen für sie, wie ein doofes Lamm, aber das war vielleicht der Alkohol.

»Was hast du denn gedacht?«, sagte sie jetzt, aber vielleicht träumte ich das auch nur. »Hast du gedacht, du kommst hierher und ich adoptiere dich wieder? Meine Güte, du bist wie ein junger Hund, weißt du das? Ich liebe junge Hunde. Du bist so süß. Wie ein junger Hund. Habe ich das schon gesagt?«

»Ich liebe dich!«, sagte ich, jedenfalls glaube ich, dass ich das sagte, aber vielleicht habe ich das auch nur geträumt, das war alles nicht mehr so gut auseinanderzuhalten, das mit dem Traum und der sogenannten Realität. Dann hörte ich Tomasz wieder lachen, und Britta küsste mich und gab mir ihre Zunge, und ich gab ihr erst meine und ihr ihre dann zurück. »Hast du gehört, was er gesagt hat?« Hatte ich was gesagt? »Ah, junger Hund, du bist so süß!« Sie biss in mein Ohrläppchen, aber ich konnte nicht sagen, ob in das rechte oder das linke, aber vielleicht schlief ich ja schon. Sie sagte etwas, das ich nicht verstand. Und dann sagte sie: »Das kannst du doch nicht wirklich geglaubt haben!« Und irgendwer lachte. Alles war sehr lustig.

Ich wollte sie festhalten, ich schlang meine Arme um sie und drückte mein Gesicht gegen ihre Brüste, und dann versuchte ich, sie zärtlich zu beißen, aber ich erwischte nur Stoff und sagte noch mal: »Ich liebe dich.« Und Britta sagte »Junge, ach Junge! Manchmal möchte ich wirklich wissen, was du eigentlich willst!« Und dann schlief ich ein.

Ich wurde wieder wach, weil jemand schrie. Ich ließ den Blick durch die Wohnung schweifen, dorthin, wo die Schreie herkamen. Auf dem großen Bett wurde gefickt. Da kamen die Schreie her. Britta schrie. Tomasz auch. Ich konnte nicht genau erkennen, was sie taten. Dann schlief ich wieder ein.

Als ich aufwachte, lag ich auf dem Boden. Mein Kopf lag auf meinem Unterarm und tat sehr weh. In meinem Mund schmeckte es nach Kotze. Aber ich war ganz sauber und der Boden um mich herum auch. Ich ging zum Tisch und setzte mich. Ich sah mich um. Niemand da. Da waren zwei Türen. Ich ging zu der einen und machte sie auf. Ich pinkelte im Stehen.

Ich setzte mich wieder an den Tisch und dachte nach. Dann kochte ich Kaffee und wartete. Es war nur eine Tasse da. Tomasz hatte offenbar nicht oft Gäste.

Ich setzte mich aufs Bett und machte den Fernseher an, der daneben stand. Nach einer halben Stunde machte ich ihn wieder aus. Ich legte mich hin, stellte mir die Tasse auf den Bauch. Dann fiel mir ein, was ich heute Nacht gesehen hatte, das Ficken. Ich stand auf und sah das Bett an. Alles weiß, keine Flecken.

Die Zeit verging. Ich hatte Kopfschmerzen. Ich durchwühlte die Schubladen des Schreibtischs. Das Übliche: Papier, Büroklammern, ein Locher, ein Hefter, ein paar Fotos von Leuten, die ich nicht kannte. Als es schon wieder dunkel wurde, machte ich mich auf den Weg zu Brittas Wohnung.

Ich wusste nicht, wo ich war, also ging ich um ein paar Ecken, bis ich an einer großen Straße ankam, wo ich einem Taxi winkte. Ich nannte Brittas Adresse. Es war eine Achtzehnmarkfahrt. Ich gab zwanzig und sagte »Stimmt so«. Ich stand vor dem Haus und sah an der Fassade hoch. Eine Frau kam aus dem Haus, und bevor die Tür wieder zufallen konnte, ging ich hinein. Ich stieg die Treppe nach oben. Dann stand ich vor der Tür und versuchte, wieder zu Atem zu kommen. Ich schwitzte, und in meinem Kopf hämmerte es. Mir wurde wieder schlecht. Ich hielt mich am Geländer fest. In meinem Mund sammelte sich Speichel. Ich konzentrierte mich und schluckte den Speichel hinunter. Ungefähr fünf Minuten stand ich da und schnappte nach Luft. Dann ging es. Ich klingelte. Nichts. Ich klingelte noch mal. Nichts. Ich klingelte zum dritten Mal. Diesmal hörte ich von drinnen ein genervtes »Ja doch!« Es war eine Männerstimme. Ich hörte, wie aufgeschlossen wurde.

Den Mann, der mir öffnete, hatte ich noch nie gesehen. Offenbar hatte ich ihn bei irgendwas gestört. Er trug eine dunkle Hose. Der Gürtel war offen, und die Enden hingen schlaff in den Schritt hinunter. Der Mann trug ein weißes Unterhemd. Seine grauen Haare waren nass, und um die Schultern trug er ein Handtuch. Nackte Füße.

»Ja?«

Ich warf einen Blick aufs Klingelschild, aber da hatte schon in den letzten Tagen kein Name gestanden.

»Ja?«, fragte der Mann noch einmal. »Wollen Sie was von mir, oder wollen Sie da nur rumstehen?«

»Ich möchte zu Britta.«

»Die wohnt hier nicht mehr.«

»Seit wann?«

»Was geht Sie das an? Wer sind Sie überhaupt?«

»Ich bin der Helmut. Ich bin ein alter Freund. Wir sind zusammen zur Schule gegangen.«

»Ich weiß nicht, woher Sie diese Adresse haben, aber meine Exfrau wohnt hier nicht mehr.«

»Exfrau?«

»Würden Sie mich jetzt bitte entschuldigen? Ich bin gerade erst von einem längeren Auslandsaufenthalt zurückgekommen und …«

Er war schon wieder dabei, die Tür zu schließen.

»Wenn Sie Britta sehen …«, sagte ich.

»Ich glaube nicht, dass ich sie sehe.«

»Aber wenn doch, grüßen Sie sie von mir.«

»Ich glaube, Sie sehen sie eher als ich.«

Ich verließ das Haus. In der Wohnung mussten noch meine Sachen sein. Aber vielleicht hatte Britta auch schon alle Spuren verwischt. Ich suchte mir ein Taxi und ließ mich wieder zu Tomasz' Wohnung fahren. Niemand da. Ich trommelte mit den Fäusten gegen die schwere Eisentür und brüllte Brittas Namen. Nichts. Ich setzte mich auf die Treppe und wartete. Irgendwann schlief ich ein, mit dem Kopf an der Wand. Zwischendurch wurde ich wach, trommelte wieder gegen die Tür, setzte mich wieder hin, schlief wieder ein, den Kopf auf den Knien. Als es langsam wieder hell wurde, ging ich raus. Von einer Telefonzelle rief ich ein Taxi.

Ich pinkelte in eine Toreinfahrt.

That's great, it starts with an earthquake. It's the end of the world as we know it.

Ich habe es. Brauchst du es?

Ich setzte mich auf den Bordstein und wartete.

Teil drei

14

Als meine Eltern mir sagten, sie wollten sich scheiden lassen, wusste ich nicht, was ich sagen sollte. Ich war überrascht, dass sie die Leidenschaft aufbrachten, es zu tun.

Meine Mutter rief mich an und sagte, ich solle am nächsten Sonntag zu ihnen nach Hause kommen. Ihre Stimme war in den letzten Jahren tiefer geworden. Sie empfing mich an der Wohnungstür und führte mich ins Wohnzimmer. Auf dem Tisch standen drei Tassen und eine Kanne mit Kaffee. Mein Vater saß auf dem Sofa und las Zeitung. Als ich hereinkam, nickte er mir zu. Meine Mutter goss mir Kaffee ein, wartete, bis ich einen Schluck genommen hatte, und sagte: »Der Papa und ich, wir verstehen uns nicht mehr. Wir lassen uns scheiden.«

Mein Vater sah nicht von der Zeitung auf. Seit einigen Jahren brauchte er zum Lesen eine Brille.

»Das kommt sicher ziemlich überraschend für dich«, sagte meine Mutter.

»Ja«, sagte ich.

»Deine Mutter«, sagte meine Mutter, »hat jemanden kennengelernt. Dein Vater sieht ein, dass es keinen Sinn mehr hat.«

Meine Mutter hatte einen Liebhaber? Es wäre mir leichter gefallen, zu glauben, die Erde sei eine Scheibe.

»Deine Mutter zieht hier aus«, sagte meine Mutter. »Dein Vater bleibt erst mal hier wohnen.«

»Wann?«, fragte ich.

»Morgen.«

Das ging schnell. Ich hatte nichts gemerkt. Dass meine Eltern nicht miteinander redeten, war nichts Neues.

»Das ist sicher sehr schwer für dich«, sagte meine Mutter.

Es war nicht schwer. Es war merkwürdig. Scheidung war etwas, das anderen Leuten passierte. Meine Eltern waren jetzt sechzig. Wozu noch der Aufwand?

»Kann ich irgendwie helfen?«, fragte ich.

»Nein, mein Junge«, sagte meine Mutter. »Dein Vater und ich schaffen das schon. Mach du dir keine Sorgen.«

Ich trank Kaffee. Mein Vater las Zeitung. Nach ein paar Minuten sagte ich: »Tja, dann will ich mal wieder.«

»Gut«, sagte meine Mutter.

»Wenn irgendwas ist«, sagte ich, »ruft einfach an.«

»Das ist sehr nett von dir, mein Junge.«

Ich gab meinem Vater die Hand. Er stand nicht auf, aber er nahm die Brille ab, sah mich an und lächelte ein wenig. Sein Blick war ganz klar.

Meine Mutter brachte mich zur Tür. Ich gab auch ihr die Hand. Sie lächelte, stellte sich auf die Zehenspitzen und küsste mich auf die Wange. Ihr Busen drückte gegen mich. Ich fragte mich, ob er immer noch nach altem Blumenkohl roch, aber ich wollte es nicht wirklich herausfinden. Sie sagte: »Junge, ach Junge.« Als ich mich auf der Treppe noch einmal umdrehte, hatte sie die Tür schon geschlossen.

Meine Eltern wollten sich scheiden lassen. Was war das hier? Versteckte Kamera? Ich hatte plötzlich eine ziemlich genaue Vorstellung von der Bedeutung des Adjektivs »surreal«. Gleich würde sich eine Wolke vor den Mund schieben, ein Messer würde ein Auge zerschneiden, während irgendjemand sagt: »Das ist keine Pfeife.«

Reiche Leute ließen sich scheiden. Leute, die Bücher lasen. Leute, die in der Bahn erster Klasse fuhren. Leute, die Tagebuch führten und über sich nachdachten, Leute, die ihr bisheriges Leben einer Prüfung unterzogen und feststellten, dass da was fehlte. Meinen Eltern fehlte nichts. In unseren Kreisen ließ man sich nicht scheiden. In unseren Kreisen merkte man vielleicht, dass etwas nicht stimmte, aber man zog doch nicht gleich so drastische Konsequenzen. Natürlich hatte ich gedacht, das seien nicht mehr wirklich meine Kreise. Ich war Dozent. Na ja, akademisches Proletariat, Vertragssklave, aber Teil dieser großen, wunderbaren wissenschaftlichen Gemeinschaft, der »scientific community«. Und jetzt holten meine Eltern mich zurück nach Hause. Und da ließ man sich nicht scheiden, basta. Und dann auch noch so überraschend!

Die Nachricht war noch nicht wirklich zu mir vorgedrungen.

Ich ging nach unten und blieb ein paar Minuten im Hausflur stehen. Es war nichts zu hören. Es war Sonntag. Sonntag im Haus meiner Eltern. Mama und Papa hatten sich nicht mehr lieb. Das ganze Haus war still. Ich ging zur Kellertür. Sie wurde noch immer nicht abgeschlossen. Ich ging die Treppe hinunter und dann zum Keller meines Vaters. Es hing immer noch das gleiche Vorhängeschloss an der gleichen Lattentür. Ich versuchte durch die Latten zu schauen, wie damals, als ich meinen Vater hatte tanzen sehen. Aber er hatte dunkle Plastikfolie von innen an die Tür genagelt, und ich konnte nichts sehen. Ich blieb etwa zwanzig Minuten da unten. Mein Vater kam nicht.

Ich ging nach draußen. Ein Vogel hatte auf mein Auto geschissen. Es war ein neuer Wagen, und es würde eine verdammte Sauerei werden, die Vogelscheiße abzuwischen, damit sie mir nicht den Lack ruinierte. Ich stieg ein und fuhr los.

Vor ein paar Wochen hatten Tina und ich zum ersten Mal vom Heiraten gesprochen. Wir waren jetzt seit fast vier Jahren zusammen. Ihr Vater hatte diesen Wagen bezahlt und die Wohnung, in der wir lebten. Wir wohnten im sechsten Stock und hatten einen guten Blick über die Stadt. Unter dem Haus war eine Tiefgarage, und mit dem Aufzug konnte man direkt bis vor unsere Wohnung fahren. Im Parterre war eine Zahnarztpraxis, nur hundert Meter weiter ein Supermarkt und gleich daneben ein Bäcker und ein Metzger.

Ich fuhr aus der Stadt heraus, zum Stausee, stellte den Wagen auf einem Parkplatz ab und ging spazieren. Das waren die Neunzigerjahre. Mama und Papa ließen sich scheiden. Auf nichts war mehr Verlass. Wenn es so weiterging, würde bald vielleicht sogar Helmut Kohl abgewählt! Die Welt war aus den Fugen. Wenn man Beck glaubte, war das Internet an allem schuld. Er war nicht dagegen, aber er meinte, die Leute erwarteten so viel davon. Wenn man diese Zeitschriften durchblätterte, die einem klarzumachen versuchten, dass man ohne Internet nur noch eine soziale Amöbe war, dann ging einem schon durch den Kopf, wie man denn bisher nur hatte überleben können, ohne täglich sechs E-Mails aus Afghanistan zu bekommen.

Waren meine Eltern vielleicht auf so etwas hereingefallen? Hatte meine Mutter tatsächlich einen Lover? Den sie im Cyberspace kennengelernt hatte? In einem obskuren Chatroom, wo sich die Leute Namen gaben wie »Mickey-mouse Overdrive« oder »Die Sau von Nürtingen«? War meine Mutter online? Ich hielt nichts mehr für unmöglich. Vielleicht sollte ich die Augen offen halten und ab und an das Nachmittagsprogramm nach ihnen absuchen. Vielleicht saßen meine Eltern bald bei Arabella oder Sonja oder Vera oder Andreas oder Ilona oder Jörg oder weiß der Teufel wo und stammelten sich einen ab zum Thema »Nicole, nach zweihundert Jahren Ehe lassen wir uns doch noch scheiden«.

Meine Güte, wie hätte ich als Kind in die Hände geklatscht und getrommelt und gepfiffen, wenn mir einer prophezeit hätte, es gebe irgendwann *den ganzen Tag* Fernsehen. Und die ganze Nacht auch noch! »Sendeschluss« – ein Wort aus ferner Zeit. Ich sah mich schon als alter Sack, wie ich meinen Enkeln versuche klarzumachen, dass wir früher nur drei Programme hatten: »Das Erste und das Zweite. Und das Dritte nur ganz undeutlich, und auch nur bei gutem Wetter!« Es passte wohl in die Zeit, dass alte Leute durchdrehten und sich gegen die Naturgesetze verhielten. Niemand schämte sich mehr für etwas. Und die Idioten hatten dauerhaften Freigang.

Ich schüttelte mich. Ich kam mir vor wie ein alter Mann, dem die Welt fremd geworden war. Dabei stimmte das gar nicht. Obwohl mir nur noch siebzehn Jahre blieben, bis ich aus der marktrelevanten Zielgruppe herausfiel, auf die die Unterbrecherwerbung bei den Privatsendern zugeschnitten wurde. Und sie hatten mich so schön weichgekocht: Wenn ich mir zusammen mit Tina ein Video ansah, baute ich mir meine eigene kleine Werbepause. Ich drückte die Pausentaste auf der Fernbedienung des Videorekorders, ging in die Küche und verdrückte irgendein Markenprodukt. Für eine Extraportion Milch war man doch nie zu alt!

Wie konnten meine Eltern mir das antun? In einer sich so rasant ändernden Welt war man auch mit Anfang dreißig darauf angewiesen, dass manche Dinge so blieben, wie sie immer gewesen waren.

Tina hatte erst kürzlich gesagt, dass sie Gerhard Schröder attraktiv fand! Politiker fand man nicht »attraktiv«! Das musste irgendwo im Grundgesetz stehen. Und wenn, dann durften diese Leute auf keinen Fall Bundeskanzler werden! Aber da bestand wohl keine Gefahr. Die evangelische und die katholische Kirche sowie einige andere Weltreligionen hatten eine Abwahl Helmut Kohls sicher schon verboten. In ein paar Wochen wurde gewählt. Es fühlte sich anders an als in den letzten Jahren, aber das konnte nur eine Täuschung sein.

Plötzlich fühlte ich mich tatsächlich verlassen. Von meinen Eltern verlassen. Und betrogen. Meine Eltern waren Individuen. Mit Bedürfnissen. Meine Mutter jedenfalls. Ausgerechnet meine Mutter! Das einzige Bedürfnis, das meine Mutter früher gehabt hatte, war, sich über andere Leute das Maul zu zerreißen und mich davor zu warnen, dass ich nicht so endete wie der Nachbarsjunge.

Plötzlich merkte ich, dass ich heulte. Das war nicht mehr witzig. Ich ging zu meinem Wagen zurück und fuhr nach Hause. Es regnete ganz leicht.

Ich fuhr in die Tiefgarage und stellte den Wagen auf unserem Platz ab. Auf dem Weg zum Fahrstuhl traf ich Herrn Wiechert aus dem dritten Stock, der gerade seine zwei zahmen Dobermänner zum Auto brachte. Wir grüßten uns. Herr Wiechert hatte eine schwarz-rot-goldene Fußmatte. Ich hielt ihn für einen Nazi, obwohl ich noch keine zwei Sätze mit ihm gewechselt hatte. Eine Deutschlandfahne als Fußmatte! War das nun der Gipfel des Patriotismus, oder war der Mann ein alter Anarchist, der Deutschland zum Fußabstreifen fand? Ich hatte den Eindruck, er starre Tina immer so geil an, aber das konnte auch Eifersucht sein.

Ja, ich war eifersüchtig. Das war anders als früher. Früher war ich stolz gewesen, wenn andere Männer meine Freundin anstarrten, wie sie es bei Gloria gemacht hatten. Aber heute spürte ich etwas in mir fressen, es war mir unangenehm, es machte mich wütend. Nicht, dass ich Tina nicht vertraute. Ich konnte es nicht erklären. Wenn ein anderer Mann sie anstarrte, wurde ich sauer. Und es war kein Beschützerinstinkt. Ich wollte sie nicht davor bewahren, von diesen lüsternen Augen des Fremden entehrt zu werden, nein, es war wohl mehr Revierverteidigung, und das war mir natürlich auch unangenehm, wenn ich darüber nachdachte. Aber ich konnte nichts dagegen tun.

Ich fuhr nach oben, schloss auf, ging in die Küche, nahm eine Rolle Küchenpapier und einen Lappen, fuhr wieder nach unten und wischte die Vogelscheiße vom Auto. Früher wäre es mir egal gewesen, aber es war wirklich sehr schlecht für den Lack. Ich fuhr wieder nach oben, warf die Tücher und den Lappen in den Müll, ging ins Wohnzimmer und setzte mich aufs Sofa. Dann ging ich in die Küche und holte mir ein Glas Wasser. Tina war noch im Büro. Manchmal ging sie auch sonntags hin. Vielleicht hätte sie mitkommen sollen. Meine Eltern mochten sie. Nicht, dass das etwas geändert hätte. Aber vielleicht hätte sie mir erklären können, was hier vor sich ging. Sie war doch so klug.

Mit dem Wasser in der Hand ging ich hinaus auf den Balkon. Er war ziemlich groß. Wir hatten uns gerade neue Stühle gekauft. Vier Stühle mit hohen Lehnen, aus Teakholz. Die waren nicht billig gewesen, aber Tina sagte, das sei eine Anschaffung fürs Leben.

Ich verdiente nicht viel. Ich hangelte mich von einem Zweijahresvertrag zum nächsten und schrieb ab und zu Aufsätze. Außerdem unterstützte ich Mutter bei seiner großen Gesamtdarstellung des neunzehnten Jahrhunderts. Einmal hatte ich monatelang ganz ohne Bezahlung gearbeitet, da nach einer Weisung des Wissenschaftsministeriums frei werdende Stellen neun Monate nicht besetzt werden durften. Das gesparte Geld ging in den Osten, um dort die Universitäten neu aufzubauen. Seit drei Jahren war ich promoviert und hatte eine volle Assistentenstelle, und Mutter erwartete, dass ich mich auch habilitierte, aber dazu hatte ich keine Zeit. Tina sagte, es sei besser, einen Job bei einem Verlag oder so anzunehmen, aber das wollte ich nicht.

Ich fühlte mich Mutter verpflichtet. Als ich damals aus Berlin zurückkam, erzählte ich ihm, warum ich dagewesen war. Er feuerte mich nicht, obwohl er nicht gerade begeistert war.

Roberta hatte damals nichts mehr von mir wissen wollen. Zwei Wochen lang hatte sie nicht gewusst, was mit mir war. Dann stand ich eines Morgens vor ihrer Tür, als sie gerade auf dem Weg ins Institut war. Sie sagte nur, sie habe es eilig und ich sollte die Sachen, die ich noch in ihrer Wohnung hätte, mitnehmen und den Schlüssel auf den Küchentisch legen. Dann ging sie weg, und ich suchte meine Sachen zusammen und legte den Schlüssel auf den Küchentisch. Sie redete nicht mehr mit mir. Wenn wir uns auf dem Gang begegneten, grüßte sie mich wie jeden anderen auch. Ein Jahr später bekam sie eine Stelle in München.

In den Wochen nachdem ich aus Berlin zurückgekommen war, wollte ich niemanden sehen. Ich arbeitete am Lehrstuhl und schrieb meine Arbeiten, aber sonst lag ich im Bett und sah fern. Ich telefonierte ein- oder zweimal mit Beck, aber es war nicht gut. Ein paar Monate später ging ich zu seiner Hochzeit und saß am Tisch der Leute, die ihn nur flüchtig kannten.

Ich hatte immer so etwas wie einen »besten Freund« gehabt. Früher war es wohl Mücke gewesen. Hätte man mich gefragt, was ich von ihm hielt, hätte ich wahrscheinlich gesagt, er sei ein Idiot. Tatsache war, dass ich immer viel Zeit mit ihm verbrachte. Wenn mir langweilig war, rief ich ihn an. Später hatte Beck dann diese Rolle übernommen. Nur, über Beck hätte ich nie gesagt, dass er ein Idiot sei.

Mücke war die alte Welt für mich. Mücke erinnerte mich an den Hausflur meiner Eltern, an die Grundschule, an die Straße, in der ich aufgewachsen war, an die Sprache, die man mir beigebracht hatte, an die Hosen, Pullover, Socken und Unterhosen meiner Kindheit und Jugend. Beck war die neue Welt. Er stand für Parkettböden und Universität, Wohnungen mit hohen Decken in Jugendstilhäusern, die ich einmal bewohnen wollte, er stand für die Sprache, die ich dazugelernt hatte, und für bessere Hemden, teurere Hosen, Socken aus reiner Baumwolle und dezent gemusterte Herrenslips.

Ich hatte mich schon oft gefragt, warum Beck und ich uns aus den Augen verloren hatten. Ich wusste nicht, was geschehen war. Was er sagte, hatte mir plötzlich nichts mehr gesagt. Vielleicht trug ich ihm nach, dass er Gloria nachtrauerte. Er meinte, das sei die Richtige für mich gewesen. Ich fragte mich, was ihn das anging. Er meinte, das sei die Frau gewesen, die mir nicht gestattet hatte, feige zu sein. Ich fragte mich, was er damit sagen wollte. Aber ich fragte *mich,* ich fragte nicht *ihn.* Ich rief ihn seltener an und ärgerte mich, wenn Mariele ans Telefon ging. Sein exaltiertes Gehabe ging mir immer mehr auf die Nerven. Seine Ratschläge, mein Benehmen betreffend, kamen mir nicht mehr hilfreich vor, sondern nur noch arrogant und selbstgerecht. Aber ich sagte ihm das nicht. Ich rief nur noch seltener an.

Es hing wohl auch mit Tina zusammen. Als ich Tina kennenlernte, gingen wir zwar ein- oder zweimal zu viert essen, aber die Gespräche kamen nicht in Gang, man quälte sich durch typische Konversationsthemen wie Tagespolitik, neue Bücher, alte Gemälde und schlechtes oder gutes Wetter und die Auswirkungen all dessen auf die Gelenke.

Seit ich mit Tina zusammen war und am Lehrstuhl immer mehr eingespannt war, ging ich überhaupt kaum noch aus. Ich war froh, abends zu Hause sein zu können. Manchmal hatten wir keine Lust zu kochen und bestellten Pizza oder chinesisches Essen. Das war eine der größten Errungenschaften der Neunzigerjahre: Essen auf Rädern für Leute, die es eigentlich nicht brauchten.

Bevor ich Tina kennenlernte, hatte ich kaum Verabredungen. Ein paarmal hatte ich was versucht und war mit einer Kommilitonin ins Kino gegangen. Es war auch ein paarmal zum Sex gekommen. Bei zweien dachte ich auch, es könnte etwas daraus werden. Zwei oder drei Wochen verbrachte man Zeit miteinander. Dann war klar, dass irgendetwas fehlte. Und dann merkte ich, dass es mir auf die Nerven ging, ständig den gleichen Scheiß abzuspulen: erst so tun, als wolle man tatsächlich nur ins Kino gehen, dann über den Film reden, mehr oder weniger intelligente Fragen an ihre »Persönlichkeit« richten, zuhören, charmant sein, ihr einerseits das Gefühl geben, dass man sie begehrenswert fand, dann aber auch nicht so aufdringlich sein, als wolle man nur das eine. Und im Bett dann immer die Frage: Wie scharf darf ich rangehen? Kann ich das eine machen, das andere aber nicht? Findet sie das andere unangenehm oder sogar ekelhaft? Und wenn man das andere nicht ausprobierte, war man dann einfallslos? Warum sagte sie nicht klipp und klar, was sie wollte? Und ein paar Tage später die erste scherzhafte Bemerkung über die Unordnung in der Wohnung, die nicht ihre war.

Es war ein Mittwoch, als ich merkte, dass ich müde war. Sie hieß Nicole und studierte Germanistik. Wir hatten Fisch gegessen, obwohl ich keinen Fisch mochte, aber sie war ganz wild darauf gewesen. Und dann saß sie auf mir und rammelte sich die Seele aus dem Leib. Und ich wurde müde. Was sie da machte, wirkte auswendig gelernt, bis in die kleinste Bewegung. So war es, wenn Kinder Gedichte aufsagen: Die Wörter waren in der richtigen Reihenfolge, und an den Versenden reimte sich alles, aber das, worum es in dem Gedicht ging, kam beim Aufsagen nicht vor. Ich war müde, und ich wurde weich. Nicole tat so, als sei sie gekommen und legte sich neben mich. Sie fragte, ob es an ihr liege. Am liebsten hätte ich zurückgefragt, ob sie immer so selbstbezogen sei und tatsächlich glaube, mich impotent gemacht zu haben. Aber ich brachte das Spiel über die Zeit und beteuerte, das alles liege allein an mir, und sie spielte mit und sagte, für sie sei es aber auf jeden Fall sehr schön gewesen. Drauf geschissen. Wollte ich sagen, aber ich hielt den Mund. Ich war müde.

Was war mit dem Herzklopfen passiert? Diesem Gefühl der Panik, das Angst macht, nach dem man aber auch süchtig wird. Ich hatte keine Angst mehr, etwas falsch zu machen, und deshalb machte ich auch nichts richtig. Andererseits war ich nicht mehr ganz so scharf auf diese Art Panik. Dieses ewige Ruft-sie-an? Wenn nicht: wieso nicht? Und doch: wieso tut sie das? Hat sie mich angelächelt heute Morgen auf dem Schulhof? Oder hat sie nur gegähnt. Soll ich hingehen? Soll ich sie in Ruhe lassen? Soll ich ihr mehr schenken? Oder weniger? Einen Ring? Etwas aus dem Kaugummiautomaten? Eine Kette aus kleinen Brausebonbons? Ich war nicht mehr scharf auf die Angst, ein »Nein« oder ein »Ich dich nicht« wäre das Ende intelligenten Lebens in meinem Körper.

Ich hatte genug gebastelt. Jetzt war es an der Zeit, dass mal etwas funktionierte.

Ich schrieb meine Arbeiten und machte ein gutes Examen und fing mit meiner Dissertation an. Nichts und niemand lenkte mich ab. Ich verbrachte mehr und mehr Zeit am Lehrstuhl. Ich bekam einen Achtzehnstundenvertrag als wissenschaftliche Hilfskraft und verdiente wenigstens etwas mehr Geld. Ich fing an, Proseminare zu halten. Ich frühstückte zu Hause und aß in der Mensa zu Mittag, und oft war ich abends immer noch da. Ich war sehr konzentriert.

Wenn ich nicht im Büro saß, war ich in der Cafeteria und sah mir die Leute an oder unterhielt mich mit Studenten, die meine Seminare besuchten. Anfangs war es merkwürdig gewesen, dass sie mich siezten, und ich hatte mit dem Gedanken gespielt, ihnen das Du anzubieten, aber dann hatte ich Gefallen daran gefunden. Sie nahmen mich ernst, da sollten sie mich ruhig siezen.

Nach allem, was man hörte, galt ich als harter Hund.

Ich nahm prinzipiell keine Seminararbeiten an, die länger als fünfzehn Seiten waren. Das war vollauf genug für eine Arbeit in einem Grundstufenseminar. Ein paarmal versuchten sie mich auszutricksen, indem sie die Seitenränder verringerten oder den Zeilenabstand und die Buchstabengröße. Also verteilte ich zu Beginn jedes Semesters ein Merkblatt, auf dem alles genau nachzulesen war: sechs Zentimeter Rand links, zwei rechts und jeweils drei oben und unten. Schriftgröße zwölf Punkt, Schriftart Times. Fünfzehn Seiten plus Literaturverzeichnis, aber inklusive Anmerkungen, damit sie nicht auf die Idee kamen, den ganzen überflüssigen Text in den Fußnoten einzuschmuggeln. Manche versuchten sich durchzumogeln, appellierten an meine Gnade und sagten, es seien doch nur zwanzig Seiten, immerhin.

»Immer noch fünf zu viel.«

»Aber die fünf Seiten machen den Kohl doch nicht fett!«

»Meinen schon.«

Darüber hinaus bestand ich darauf, dass die Arbeiten noch vor Vorlesungsende eingereicht würden. Anfangs ließ ich ihnen manchmal noch die Semesterferien Zeit und machte ein paar Ausnahmen, weil der eine die kranke Großmutter zu pflegen hatte und die andere bis nachts in der Kneipe kellnern musste. Aber dann fühlte ich mich zu oft verarscht, wenn ich die Leute abends in der Kneipe traf oder sie stundenlang in der Cafeteria hockten. Ich gab ihnen Zeit bis zur letzten Seminarsitzung im Semester. Danach nahm ich nichts mehr an. Konsequent. Da herrschte bald Klarheit.

Manchmal gab es Ärger. Einmal kam ein Fachschaftsvertreter in meine Sprechstunde. Es ging um die Arbeit eines Studenten. Er hatte versucht, mir zweiunddreißig Seiten unterzujubeln. Er drückte sie mir nach einer Seminarsitzung in die Hand und wollte sich gleich davonmachen.

»Stopp!« sagte ich, blätterte die letzte Seite auf und las die Seitenzahl. »Bleiben Sie mal stehen!«, rief ich, weil der Herr auf mein Stopp nicht reagiert hatte. Widerwillig blieb er dann doch stehen und drehte sich ganz langsam um. Er trug einen Parka und hatte lange Haare. Ich wusste, dass er nicht auf den Kopf gefallen war, auch wenn er einem mit seiner aufgesetzten antifaschistischen Attitüde auf die Nerven gehen konnte.

»Die Arbeit ist zu lang«, sagte ich. »Die nehme ich nicht an.«

Er stellte sich vor mich und sah mich lange an. Dann riss er mir die Arbeit aus der Hand und ging. Im Gehen warf er die Tür ins Schloss.

Zwei Tage später kam der Fachschaftsvertreter zu mir. Es war der Gleiche, der mir zu Beginn meines Studiums die Erstsemesterberatung verpasst hatte. Er schien noch immer die gleichen Schuhe zu tragen. Mit der Fachschaft hatte ich nur im Fakultätsrat zu tun, in den ich mich auf Mutters Anregung hatte wählen lassen.

»Haben Sie die Arbeit überhaupt gelesen?«, fragte er mich.

»Ich habe sie ja nicht mal angenommen.« Ich machte es mir bequem, kippte meinen Ledersessel fast ganz nach hinten.

»Das können Sie nicht machen.«

»Aber doch. Jeder hat am Anfang des Semesters sein Merkblatt bekommen.«

»Die Arbeit ist wirklich sehr gut.« Er saß auf der Kante

eines einfachen Seminarstuhls und beugte sich leicht vor. Die Haare seines blonden Schnauzbarts hingen ihm über die Oberlippe.

»Aber zu lang.«

»Manchmal geht es nicht anders.«

»Es geht immer anders«, beharrte ich. »Man kann jedes Thema der Welt auf fünfzehn Seiten abhandeln.«

»Manchmal muss man etwas ausholen.«

»Beim Golf muss man weit ausholen«, sagte ich und musste ein bisschen schmunzeln, denn der Witz gefiel mir selbst ganz gut, »aber hier hat man auf den Punkt zu kommen. Ich weiß, dass in den Geisteswissenschaften Geschwätz manchmal eine Tugend zu sein scheint. Hier ist das anders.«

»Wo ist hier?«

»An diesem Lehrstuhl.«

»Mann, Sie sind ein preußisches Arschloch.«

»Und Sie ein Versager. Im wievielten Semester sind Sie? Ich war bei Ihnen in der Erstsemesterberatung. Ich wette, Sie haben nicht mal das Grundstudium abgeschlossen.«

Warum war Tina jetzt nicht hier! Was sollte ich in einem Verlag!

Er stand auf und beugte sich nach vorn. Gleich haut er mir eine rein, dachte ich. Aber dann drehte er sich nur um und ging. Auch er warf die Tür ins Schloss.

Noch am gleichen Tag wurde er bei Mutter vorstellig, der am nächsten Tag zu mir ins Büro kam und mir sagte, dass er mich voll unterstütze. Ich solle nur so weitermachen und nicht weich werden.

Ich wusste, hier war ich richtig. Nie hatte ich mich so sehr im Recht gefühlt, nie war ich meiner selbst so sicher gewesen. Sollten sie doch sagen, ich sei Mutters Hausmeister, der den Kindern das Spielen auf dem Hof verbietet. Wenn das meine Rolle war, dann hatte ich meinen Text schon drauf.

Der Langhaarige im Parka hat die Arbeit nie abgegeben.

15

Ich lernte Tina Anfang '95 kennen. Gerber, ein dicker, aufdringlicher Student hatte mich zu seinem Geburtstag eingeladen. Er trug eine Brille mit sehr dicken Gläsern und hatte einen massigen Hals und ein mächtiges Doppelkinn. Er wusste eine Menge, wusste aber mit seinem Wissen nichts anzufangen. Er konnte gut auswendig lernen. Er war einer von diesen Typen, mit denen man immer Mitleid hat: Die tragen immer die falschen Schuhe und zu kurze Hosen, machen auch den obersten Hemdenknopf zu, ohne eine Krawatte zu tragen, und leben sehr lange bei ihren Eltern. In der Schule hatte man sich daran beteiligt, diese Typen fertigzumachen, sonst war man selbst dran. Einer wie Mücke war dann der Wortführer, und man klaute diesen Typen zum Beispiel während des Sportunterrichts die Schuhe, wohl wissend, dass es sie ekelte, nur mit Socken über den staubigen Boden zu gehen. Später hatte man dann Mitleid mit ihnen, wollte aber trotzdem nichts mit ihnen zu tun haben.

Als ich gegen zehn zu der Party kam, verloren sich etwa fünfzehn Leute in Gerbers Wohnung. Gerber empfing mich an der Tür, drückte mir ein Glas Sekt in die Hand und verschwand dann wieder. Ich ging zum Büfett.

Das Büfett bestand aus belegten Broten. Die Wurst- und Käsescheiben bedeckten gerade eben die Brotscheiben.

Der Käse fing schon an zu schwitzen. Ich nahm einen Pappteller, legte zwei Schnitten mit Kochschinken und eine mit Käse drauf, drehte mich um und stieß mit ihr zusammen. Sie hatte schwarzes Haar, vorne Pony, hinten Pferdeschwanz, und sie trug ein dunkles Kostüm mit einer goldenen Brosche. Ich entschuldigte mich, und sie sagte, es sei ihre Schuld gewesen. Wir kannten beide sonst niemanden auf der Party und setzten uns zusammen in eine Ecke auf den Boden. Sie achtete darauf, dass ihr Rock nicht zu weit hochrutschte. Sie fragte mich, woher ich Gerber kenne, und ich sagte, er sei in meinem Seminar.

»Ach, Sie studieren zusammen?«

»Nein, ich gebe das Seminar. Woher kennen Sie Gerber?«

»Ich bin seine Steuerberaterin.«

»Wozu braucht ein Student eine Steuerberaterin?«

»Das sollte er Ihnen besser selber sagen. Aber er braucht eine, so viel ist sicher.« Sie hatte gleichmäßige, weiße Zähne und einen kleinen Mund, aber ziemlich volle Lippen, jedenfalls für so einen kleinen Mund. Um die Augen herum hatte sie ein paar kleine Lachfältchen und um die Mundwinkel kleine Grübchen, die man deutlicher sah, wenn sie lächelte oder lachte, was ein guter Grund war, sie dazu zu bringen.

Was war das Besondere an ihr? War sie nur ein Lichtblick auf dieser unglaublich peinlichen Party? Nein. Sie war auf ruhige Weise schön. Manchmal nickte sie und senkte den Blick, als wollte sie sagen: Ich weiß, worum es geht, in *der* Gegend habe ich mich auch schon verfahren. Kleine ironische Anspielungen brachten sie zum Lachen und nicht etwa zum Stirnrunzeln.

Überhaupt, ihr Lachen: Es war nicht auffällig, nicht außergewöhnlich, die halbe Party hielt nicht inne, wenn sie es herausließ, aber es war ehrlich, so völlig ohne Verstellung. Und ging manchmal ganz unsouverän in ein Glucksen über. Da war nichts gespielt, nichts für die Galerie.

Wir unterhielten uns etwa zwei Stunden lang. Tina erzählte mir viel über Steuern. Ich kümmerte mich um so etwas nur widerwillig, aber wenn man sie davon erzählen hörte, schien es die spannendste Sache der Welt zu sein. Was ich für ein undurchdringbares Chaos einander widersprechender Regeln, Anordnungen, Ausnahmen und Verboten gehalten hatte, war in Wirklichkeit ein hochspannendes Geflecht komplexer Herausforderungen. Undurchschaubar sei es nur für den, der sich nicht damit befasse. Wenn man einmal drin sei, löse sich das Chaos ganz wundersam auf. Ihre Augen leuchteten, wenn sie so redete. Ich hatte noch nie so viel gelacht, wenn es um Steuern ging. Sie sagte, sie habe nie viel mit Geschichte anfangen können.

Ich sagte, mit der Geschichte sei es ähnlich wie mit den Steuern, zumal Steuern in der Geschichte oft eine große Rolle gespielt hätten. »Die USA sind nur deshalb entstanden, weil einige Leute ihre Steuern nicht bezahlen wollten!«

»Ach was?«, sagte sie, und ich erzählte ihr ein bisschen über die amerikanische Revolution. Sie sagte, man könne mir sehr gut zuhören. Sie hatte eine kleine Nase, und ihre Hände waren ganz schmal, aber ihre Finger sehr lang.

Irgendwann sagte sie, sie müsse gehen. Gerber hatte sich nicht blicken lassen. Ich sagte, ich wisse nicht, was ich noch hier sollte, und ging mit ihr nach draußen. Sie fragte mich, wo ich wohne, und ich sagte es ihr. Sie sagte, das liege zwar nicht direkt auf ihrem Weg, aber sie könne mich mitnehmen, wenn ich wollte. Ich hatte keinen Wagen mehr, seit ich den alten hatte verschrotten müssen. Ich sagte, ich würde sehr gern mitfahren.

Vor meiner Haustür stellte sie den Wagen ab, und wir unterhielten uns weiter. Wir waren uns einig, dass es eine deprimierende Party gewesen war. Sie sagte, sie sei nur hingegangen, weil Gerber ihr so leid tue. Er sei sehr einsam und wohl ein bisschen in sie verliebt. Vorhin hatte sie so begeistert ausgesehen, jetzt wirkte sie tieftraurig, als ginge ihr das Schicksal des dicken Gerber wirklich sehr nahe.

»Und Sie?« fragte ich.

»Er tut mir nur leid«, sagte sie.

»Wahrscheinlich hätte auch Ihr Mann was dagegen.«

»Ich bin nicht verheiratet. Und einen Freund habe ich auch nicht. Das wollten Sie doch wissen, oder?« Jetzt lachte sie wieder. In wenigen Sekunden zeigte sie einem fast die ganze Palette menschlicher Empfindungen. Ich lachte auch.

»Morgen ist Sonntag«, sagte sie. »Da hätte ich Zeit.« Sie drehte den Kopf nur ganz leicht zu mir, sah mich nur kurz an und lächelte wie ein Kind, das etwas Freches gesagt hat.

»Um vier Uhr? Kaffeetrinken?«

»Ich hole Sie ab.«

Ich beugte mich zu ihr hinüber. Sie kam mir ein wenig entgegen. Mein Knie berührte den Schaltknüppel. Ich küsste sie ganz leicht auf den Mund. Dann lächelten wir beide, und ich stieg aus.

Am nächsten Tag duzten wir uns.

Wir gingen ein paarmal aus, ins Kino, auch ins Theater und hinterher etwas essen oder ein Bier trinken, das übliche Programm. Aber mit Tina war es locker. Es war logisch. Es war nicht Wir-gehen-jetzt-ins-Kino-und-hinterher-noch-was-essen-oder-ein-Bier-trinken, es war kein Programm, nicht das Abarbeiten einer Checkliste, sondern das, was man wirklich tun *wollte*, weil einen die Filme interessierten und die Kneipen und das Essen und die Theaterstücke.

Dann schliefen wir miteinander. Sie lachte dabei. Sie sagte, sie könne nicht anders. Sie machte ziemlich viel Lärm und lachte sogar beim Orgasmus. Als sie danach neben mir lag, lachte sie immer noch, aber als ich nachsah, weinte sie auch ein bisschen. Sie sagte, sie könne nicht anders, aber das würde jetzt nicht immer so sein, ich solle mir keine Sorgen machen. Ich sagte, ich mache mir keine Sorgen.

Und sie hatte recht. Als wir uns am nächsten Tag trafen, fielen wir wie ausgehungerte Tiere übereinander her. Sie lachte nicht, aber sie machte wieder ziemlich viel Lärm. Jetzt war sie aggressiver. Zwischendurch fragte sie mich, ob alles in Ordnung sei oder ob sie mir auf die Nerven gehe. Ich küsste sie und sagte, sie solle nur weitermachen.

Sex mit Tina war jedes Mal anders. Einmal mussten wir mittendrin aufhören, weil wir uns so kaputtlachen mussten. Dann wieder waren wir mit großem Ernst bei der Sache, und sie krallte sich in mir fest, als könnte ich versuchen zu fliehen.

Nach ein paar Wochen sagte Tina, sie suche etwas Festes, und ich sagte, das sei in Ordnung.

Tina machte gern Fotos. Nichts Künstlerisches. Sie hatte keine teure Kamera mit Dutzenden von Objektiven, sie entwickelte die Filme nicht in ihrer eigenen Dunkelkammer, aber wo sie auch hinging, meistens hatte sie einen kleinen Fotoapparat dabei. Sie sagte, man vergesse so schnell, wie alles aussehe. Ich hatte mir darüber noch nie Gedanken gemacht, aber ich fand, sie hatte recht. Wir fotografierten uns überall. An der Straßenbahnhaltestelle, beim Ausleeren des Mülls, am Bahnhof, im Büro, in der Schlange an der Kinokasse, einfach überall. Sie steckte die Umschläge mit den fertigen Fotos immer in eine große Kiste und nahm sich vor, das alles eines Tages mal zu sortieren und ordentlich in Alben einzukleben. Einstweilen holten wir ab und an den einen oder anderen Umschlag hervor und sahen uns Fotos an. Für niemanden sonst waren sie interessant, schließlich standen wir nur selten vor Sehenswürdigkeiten. Meistens waren es nur wir beide bei völlig alltäglichen Tätigkeiten. Ich fragte Tina, ob sie das mit ihren früheren Männern auch getan habe, und sie druckste ein wenig herum und sagte dann, die Fotos würde sie mir eines Tages schon noch zeigen.

Ich lernte ihren Vater kennen, der Rechtsanwalt in Saarbrücken war. Ihre Mutter war vor einigen Jahren gestorben. Ihr Vater mochte mich, und er kaufte uns die Wohnung, als wir zwei Jahre zusammen waren. Kurz darauf sprachen wir zum ersten Mal über Kinder.

Wir lagen im Bett. Ich las, und Tina löste das Kreuzworträtsel im Stern. Sie sagte, ihre Freundin Anne sei wieder schwanger. Es war das dritte Mal. Die beiden ersten Male hatte sie abgetrieben. Beide Male war sie von einem anderen Mann schwanger gewesen. Jetzt war es wieder ein anderer. Ich fragte, wer das sei.

»Dieser Dieter, der kürzlich dabei war, als wir im Kino waren.«

Ich erinnerte mich. Dieter sammelte Gemälde. Seine eigenen, weil niemand sie kaufen wollte. Als Tina Dieters Bilder zum ersten Mal sah, warnte sie Anne. Er war ein Idiot, ein Blender. Und wenn Tina etwas wirklich hasste, dann Leute, die sich aufplusterten, obwohl sie keine Federn hatten. Da konnte sie bisweilen recht zupackend formulieren. »Ich hab schon Kühe gesehen, die künstlerischer geschissen haben, als der Typ malt!« Und das sagte sie auch Anne, aber Anne wollte das nicht glauben, und als sie es glaubte, sagte sie, das sei ihr egal. Aber so etwas kann einem nicht egal sein, meinte Tina, und sie hatte recht.

»Aber sie ist nicht mit ihm zusammen«, sagte Tina, und ihr Tonfall verriet, was sie davon hielt: weniger als nichts. Tina war für klare Verhältnisse. Man war mit jemandem zusammen, oder man war es nicht. Sie war nicht prüde, spontaner, ungebundener Sex, zur Not auch mit Freunden, ging nicht gegen ihr Weltbild. Aber sie fand, man ging nicht mit jemandem ins Bett, der mehr von einem erwartete, als dass man nur mit ihm ins Bett ging. Und schon gar nicht ließ man sich bei so einer Gelegenheit schwängern. Das alles hatte sie Anne auch gesagt. Und dann hatte Anne etwas gesagt, und Tina verstand Anne plötzlich viel besser.

»Ich erinnere mich«, sagte ich. »Er war ziemlich blasiert.«

»Ja, ich mochte ihn auch nicht«, sagte Tina. »Aber sie wünscht sich so sehr ein Kind.«

Ich las weiter. Ich wollte dem Thema nicht unbedingt aus dem Weg gehen. Aber ich musste ihm auch nicht unbedingt entgegenstürmen.

»Was hältst du eigentlich von Kindern?«, fragte sie dann.

»Ich weiß, dass es sie gibt und was man machen muss,

um sie zu bekommen«, sagte ich, ohne von meinem Buch aufzusehen.

»Könntest du dir vorstellen, irgendwann selbst welche zu haben?«

»Ich habe viel Fantasie.«

Das war alles. Ich vergaß ein paar Minuten das Umblättern.

Ich hielt mich für einigermaßen aufgeschlossen. Ich stand Veränderungen nicht prinzipiell ablehnend gegenüber. Es musste nicht einfach alles so bleiben, wie es war. Ich hatte einen Computer. Noch im Hauptstudium hatte ich angefangen, meine Arbeiten am Computer zu schreiben.

Auf der Schule hatten die Typen, die Anfang der Achtziger einen der erstmals angebotenen Informatikkurse belegten, den Status von armen Irren. Sie hatten meist Mathe- und Physik-Leistungskurs gleichzeitig und sagten Sätze wie: »Ich habe gestern vor dem Schlafengehen noch einmal Pythagoras überprüft, und ich glaube, er war ein Idiot.« Sie hatten nicht die leiseste Ahnung von Fußball oder Rockmusik, trugen schwarze Adidas-Turnschuhe mit weißen Streifen zu braunen Cordhosen. In dieser komplett asexuellen Gesellschaft wollte man nicht gesehen werden, wenn man was auf sich hielt. So waren die Mücke-Regeln.

An der Uni hatte ich jedoch irgendwann die Schnauze voll davon, meine Seminararbeiten mit einer alten Olympia, Unmengen von Tipp-Ex, einer Schere und einem Pritt-Stift zusammenzuleimen. Andere waren da schon viel weiter: Es sah einfach viel schicker aus, wenn die Fußnoten ordentlich unten auf der Seite platziert waren, anstatt hinten im Anhang angepappt zu werden, sodass man immer hin- und herblättern musste.

Zunächst stellte ich mich einigermaßen blöd an. Ich glaube, es dauerte schon mindestens drei Wochen, bis mir ein wohlmeinender Kommilitone den Unterschied zwischen Hardware und Software beigebracht hatte (obwohl das jetzt vielleicht auch ein bisschen kokett war).

Ich fing an mit einem Modell ohne Festplatte. Wie ein schwachsinniger Discjockey musste ich ständig diese biegsamen Plastikteile, diese »Disketten«, in den Schlitz schieben, damit das Ding überhaupt ans Laufen kam. Der Bildschirm war eine Zumutung: Bernsteinfarben auf Schwarz flimmerten unvollständige Zeichen, die wohl Buchstaben sein sollten, vor meinen Augen. Als mir irgendjemand dann eine 20-MB-Festplatte einsetzte, kam ich mir vor, als könnte ich mit dem Ding zum Mars fliegen.

Auch einen Drucker hatte ich, aber den traute ich mich nur tagsüber zu benutzen, da dessen neun Drucknadeln deutlich über Zimmerlautstärke arbeiteten.

Auch diese Zeiten waren vorbei. Erst zwei Wochen vor dem »Termin« bei meinen Eltern hatte ich mir ein nagelneues Gerät zugelegt, einen edlen schwarzen Laptop mit einem weißen, angebissenen Apfel obendrauf. Das hatte nicht jeder, damit war man Teil einer elitären Sekte, und das war gut so.

Beck hatte sich dem immer verschlossen. Er schwor auf Kolbenfüller und mechanische Schreibmaschine. Ihm war nicht zu helfen.

Ich hatte nichts gegen Computer, also warum sollte ich etwas gegen Kinder haben!

Einmal habe ich Tina betrogen.

Simone war meine Studentin und saß in meinem Seminar »Einführung in die deutsche Geschichte des neunzehnten Jahrhunderts«. Sie war über einen Meter neunzig groß und sehr klug. Eines Tages kam sie in meine Sprechstunde und fragte mich, ob ich nicht auch finde, dass Bismarcks Rolle bei der Reichsgründung 1870/71 überbewertet würde. Sie hätte auch fragen können, ob der Delfin bei »Flipper« nicht überflüssig sei. Ich fragte, ob sie Kaffee oder Tee wolle, und sie sagte: »Tee, ohne Milch und ohne Zucker.« Sie hatte große dunkle Augen und kurze, dunkle Haare, hinter die Ohren gekämmt. Sie hatte einen kleinen Stein in der Nase.

Ich ging nicht ein auf das, was sie über Bismarck gesagt hatte. Wir besprachen ihr Referatsthema. Sie versprach, sie werde die Arbeit auf jeden Fall noch während der Vorlesungszeit schreiben, zumal sie im Sommer ohnehin keine Zeit habe.

»Fahren Sie weg?«, fragte ich.

»Nein, ich muss arbeiten. Ich habe eine fünfjährige Tochter.«

Zwei Tage später traf ich sie auf dem Dozentenparkplatz, wo sie ihr Fahrrad abgestellt hatte. Sie sagte, sie habe noch die eine oder andere Frage zu ihrem Referat, und ob wir uns nicht am Abend auf ein Glas Wein treffen sollten. Ohne nachzudenken, sagte ich Ja. Sie hatte mich nicht wirklich gefragt. Ich hatte nicht wirklich an der Supermarktkasse gestanden, hatte nicht wirklich eine Entscheidung treffen müssen. Ich hatte nur Ja zu sagen, ihren in Frageform erteilten Befehl bestätigen müssen. Das war leicht gewesen. Und es war ja nichts dabei, mit jemandem einen Wein trinken zu gehen. Und natürlich war doch etwas dabei. Sie war meine Studentin, auch wenn es nicht so wirkte. Ich weiß nicht, was ich mir von dem Abend erwartete. Ich versuchte, nicht daran zu denken. Ich musste einfach nur hingehen, einfach nur gehorchen. Das war nicht schwer.

Ich hatte in den letzten Jahren, also eigentlich seit ich mit Tina zusammen war, überhaupt nur sehr selten an der Supermarktkasse gestanden. Alles floss, und die Entscheidungen fällten sich selbst, hatte es den Anschein.

An diesem Abend fand im Stadion ein Bundesliga-Nachholspiel statt, und ich sagte Tina, ich wolle mal wieder hingehen. Ich sagte, ein junger Wirtschaftshistoriker würde mitgehen, und wir gingen später sicher noch ein Bier trinken. Sie nickte und küsste mich und wünschte mir viel Spaß.

Es war gar nicht schwer gewesen, sie zu belügen. Ich war selbst überrascht. Es war ganz klar, dass ich ihr nicht die Wahrheit sagen konnte. Es war nichts dabei, mit jemandem ein Glas Wein trinken zu gehen, selbst wenn es eine Studentin war, aber wenn man die Wahrheit sagte, musste man umständlich beteuern, dass da nichts dabei war. Und warum sollte man sich damit aufhalten, es würde ohnehin nichts passieren.

Und doch stellte ich mir vor, dass etwas passierte. Aber das waren nur Schreibtisch-Fantasien, eine Art sentimentale Reminiszenz an die Zeit, als solche Fantasien noch etwas Existenzielles hatten und einen aus der Bahn werfen konnten. Ich stellte mir vor, Simone würde mich überwältigen, ich würde mich wehren, zwischendurch die Oberhand gewinnen und schließlich wieder unterliegen. Und dann einfach daliegen und sie machen lassen. Und sie nahm sich, was sie brauchte. Das stellte ich mir erregend vor.

Ich kam zehn Minuten zu früh in die Kneipe, aber Simone war schon da.

»Ich wollte auf keinen Fall zu spät kommen«, sagte sie. Sie trug ein langes, ärmelloses Kleid. Sie hatte ihre Haare mit Gel nach hinten gekämmt und etwas Lippenstift aufgelegt. Das ganz normale Outfit, wenn man ein wenig über Bismarck diskutieren wollte. Sie erzählte mir von ihrer Tochter. Ich fragte nach dem Vater des Kindes, aber sie sagte, da gebe es nichts zu erzählen, er habe sein Sperma abgeliefert, damit sei sein Job beendet gewesen. »Ich will keine feste Beziehung«, sagte sie. Ich erzählte ihr von Tina, aber das schien sie nicht zu interessieren.

Nach zwei Stunden Wein und Reden gingen wir zu ihr. Sie lebte in einer kleinen Zweizimmerwohnung. Das eine Zimmer war gleichzeitig Wohn-, Arbeits- und Schlafraum, das andere war das ihrer Tochter. Sie war fünf Jahre alt und schlief. Auf dem Sofa saß der Babysitter und las. Simone bezahlte ihn und schickte ihn weg. Wir mussten leise sein, wegen ihrer Tochter. Sie fing an, mich zu küssen und mich auszuziehen.

Es war ungefähr so, wie ich es mir vorgestellt hatte. Sie überwältigte mich, aber ich wehrte mich nicht. Ich ließ sie machen, aber es war nicht so erregend wie in meiner Vorstellung. Etwas störte mich daran, obwohl ich doch wusste, dass das nicht in Ordnung war. Ich hatte es nicht nur zu akzeptieren, dass sie stark war, auch körperlich, dass sie sich nahm, was sie brauchte, ich hatte das toll zu finden und erregend, aber wenn ich ehrlich war, machte es mir ein bisschen Angst. Vielleicht war es auch nur die Angst, schlappzumachen, weich zu werden, bevor ich fertig war, denn das wäre das Schlimmste gewesen.

Als sie auf mir saß, spürte ich ihre spitzen Beckenknochen. Sie war ziemlich mager. Ich legte meine Hände auf ihre kleinen Brüste, aber ich rutschte immer wieder ab, weil sie sich so heftig bewegte. Sie hielt immer wieder die Luft an, um nicht schreien zu müssen. Sie sah mich nicht an. Ich hätte nicht ich sein müssen. Ich dachte: So, jetzt bin ich also ein Ehebrecher, einer, der seine Frau betrügt, eine John-Updike-Figur. Ich war nicht mit Tina verheiratet, aber das spielte keine Rolle. Ich betrog sie, jetzt in diesem Moment, während sich meine Studentin nahm, was sie brauchte, und gleichzeitig darauf bedacht war, ihre Tochter nicht aufzuwecken. Ich schwamm nicht davon auf einer Welle aus Leidenschaft, partiell unzurechnungsfähig und kopflos vor Lust, sondern ich wusste genau, was ich tat. Das mochte literarisch interessant sein, aber tatsächlich war es wie Steineschleppen. Man hat den Eindruck, man müsse es mal machen, aber wenn man es gemacht hat, drängelt man sich nicht danach, es noch mal zu machen. »Seitensprung« lag nun auf meiner persönlichen Liste dämlicher Wörter für lange Zeit unangefochten auf Platz eins.

Als sie gekommen war, ließ sie sich neben mich fallen, atmete ein paar Minuten tief durch und machte es mir dann mit der Hand. Es dauerte etwas, aber als ich mich richtig konzentrierte, ging es.

»Okay«, sagte sie später, »ich habe ein Kind und du eine stabile Beziehung. Du solltest jetzt vielleicht gehen.«

Ich ging ins Bad und wusch mich. Dann kam ich zurück.

»Es ist dir doch klar«, sagte sie, »dass dies hier nichts nach sich zieht, oder?«

»Natürlich«, sagte ich. Würde sie mir jetzt ein paar Scheine zustecken?

Sie saß auf dem Bett, und ihr Haar war ganz durcheinander. Vom Lippenstift war nichts mehr zu sehen. Ihre Brustwarzen waren steif, sie fror. Sie sagte: »Komm mal mit!« Sie stand auf und führte mich in das andere Zimmer.

Ihre Tochter lag im Bett und schlief. Es lagen Stofftiere auf dem Boden herum und Mobiles baumelten von der Decke. Das Kind hatte eine Ente im Arm und den Daumen im Mund. »Das wollte ich ihr eigentlich abgewöhnen«, sagte Simone leise. Ich nickte. Warum zeigte sie mir das jetzt? Was sollte ich davon mitnehmen? Ich wollte weg hier. Eine Weile sahen wir dem Kind beim Schlafen zu, dann führte sie mich hinaus. An der Wohnungstür sagte sie: »Wir sehen uns im Seminar«, und gab mir die Hand.

Unterwegs holte ich an einer Tankstelle eine Dose Bier und ließ mir vom Tankwart das Ergebnis des Fußballspiels sagen. Auf der Straße trank ich die Dose aus, damit ich nach Stadion und Kneipe roch, und ging nach Hause. Tina schlief bereits. Ich trank noch ein Bier auf dem Balkon, obwohl es sehr kalt war. Ich hatte Angst, Tina könnte riechen, dass ich mit einer anderen Frau zusammengewesen war. Ich setzte mich auf das Sofa und trank noch ein Bier. Dann schlief ich ein. Gegen halb sechs wankte ich ins Bett.

Als ich um zehn aufwachte, war Tina schon längst im Büro. Ich duschte und rief sie an. Ich sagte ihr, dass ich sie sehr, sehr liebe, und sie sagte, sie fände das sehr süß.

Die Arbeit, die Simone bei mir schrieb, war hervorragend. Ich musste ihr eine Eins geben, ob ich wollte oder nicht.

Als wir zusammenzogen und ich mit meinen Wagenladungen voll Vinyl-Schallplatten und CDs ankam, sagte Tina, das komme ihr nicht in die Wohnung. Ich konnte sie verstehen. Ich brauchte mittlerweile fünf CD-Schränke von Ikea, um alles zu verstauen. In jeden Schrank passten nach Auskunft der Schweden 332 normale CDs. Ich musste also mittlerweile über anderthalbtausend Stück haben. Das war ohne Frage eine raumgreifende Menge. In unseren Keller passten sie aber auch nicht alle. Ich sprach mit dem Hausmeister, und der sagte, neben dem Heizungskeller stehe noch ein Raum frei, den könne ich mieten, für hundert Mark im Monat. Ich sah mir den Raum an und schlug ein. Er maß etwa drei mal vier Meter. Ich ließ die nackten Betonwände verputzen und streichen und legte Teppichboden hinein. Ich stellte die CD-Schränke hinein und füllte sie auf. Dann ließ ich mir ein stabiles Regal für die Vinyl-Platten bauen.

Eine Zeit lang fuhr ich immer mit dem Fahrstuhl nach unten, um mir ein paar CDs nach oben zu holen. Oft konnte ich mich aber nicht entscheiden, wonach mir gerade der Sinn stand. Es konnte passieren, dass ich eine halbe Stunde unten blieb und mir die CDs und Platten ansah. Eines Tages zog ich los und kaufte mir eine neue Anlage und stellte sie in meinem Musikzimmer auf. Ich fing an, dort unten Musik zu hören. Tina schenkte mir zu Weihnachten einen ziemlich teuren schnurlosen Kopfhörer. Ich konnte jetzt beim Musikhören herumgehen. Dann kaufte ich mir einen großen Ohrensessel und stellte ihn dort unten hinein. Jetzt konnte ich im Sessel sitzen und mir in aller Ruhe die Booklets und die Cover ansehen. Der Raum hatte eine feuerfeste Stahltür und keine Fenster. Ich wurde durch nichts abgelenkt, ich hatte meine Ruhe. Ich konnte tanzen, wenn ich wollte. Ich konnte lauthals mitsingen. Das tat gut. Ich konnte schreien, wenn mir danach war. Vor allem aber war ich: allein. Ich musste nicht erklären, warum ich etwas gut fand und wieso nicht. Ich konnte einfach dasitzen und zuhören und musste mir keine Gedanken darüber machen, ob es Mücke passte, was ich hörte, oder Beck oder sonst wem.

Tina kam nicht hier herunter. Sie sagte, das würde sie nur im Notfall tun. Sie finde es gut, dass ich da unten meinen ganz eigenen Bereich hätte. Wenn jemand für mich anrief, sagte sie, ich sei nicht da. Oben hatten wir nur ein paar Klassik-CDs von Tina.

An dem Tag, als meine Eltern mir sagten, sie wollten sich scheiden lassen, kam Tina am frühen Abend aus dem Büro und strahlte über das ganze Gesicht. Sie warf ihren Schlüssel auf das Sideboard in der Diele und rief: »Stell dir vor, ich habe einen Igel gerettet!« Sie kam ins Wohnzimmer, kniete sich neben mich auf das Sofa, umarmte mich und knabberte an meinem Ohr herum.

»Er saß mitten auf der Straße«, sagte sie, »und hatte sich eingeigelt, direkt in einer Kurve. Ich bin über ihn drübergefahren, aber ohne ihn zu berühren, ich konnte gerade noch so ausweichen, dass ich einfach über ihn weggerollt bin, ohne ihn zu berühren. Ich denke mal, das hatten schon einige Autos gemacht, und er hatte eine ziemliche Angst. Ich habe angehalten, bin zu ihm hin, habe meine Jacke ausgezogen, ihn damit hochgehoben, damit ich mich nicht steche, und dann habe ich ihn auf eine Wiese gesetzt. Es war oben am Hauptfriedhof. Ich habe als Kind zuletzt einen Igel gesehen.« Sie war restlos begeistert. Es machte Spaß, sie so zu sehen. Ihr entging bei aller Freude aber nicht, dass mit mir etwas nicht stimmte. »Was ist los mit dir?« Ich sagte es ihr. Schlagartig brach ihr Gesicht zusammen. »Das ist ja schrecklich«, sagte sie und umarmte mich und küsste mich. Solche Dinge wurden immer ganz schnell zu ihrer ganz eigenen Angelegenheit. Wenn sie mit dem Finanzamt zu tun hatte, musste sie hart wie Kruppstahl sein, denn sie hatte einen guten Ruf und viele Klienten, aber Igel auf der Straße und Eltern, die sich nach fast vierzig Jahren Ehe doch noch scheiden ließen, brachten sie aus der Fassung.

Sie sagte, das müsse sehr schwer für mich sein. Ich sagte, es sei nicht schwer. Es war merkwürdig, aber nicht schwer.

Abends sahen wir ein wenig fern, einen »Tatort«. Nach dem »Tatort« gingen wir ins Bett und lasen ein wenig und dann liebten wir uns. Dann sagte ich, sie sollte mir noch mal von dem Igel erzählen. Sie sagte, sie habe ihn auch deshalb nicht mit bloßen Hände anfassen wollen, da man nie wissen könne, was für Ungeziefer zwischen den Stacheln hocken konnte. Dann schliefen wir ein, und ich träumte nichts.

16

Meine Mutter machte ernst und zog bei meinem Vater aus. Sie mietete eine kleine Wohnung in einem anderen Stadtteil, die er bezahlte. Sie nahm ein paar Möbel mit und ihre persönlichen Sachen, den Rest kaufte sie sich neu. Sie hatte etwas gespart, auf einem Konto, das auf ihren Namen lief. Mein Vater hatte davon nichts gewusst, und ich hatte es ihr nicht zugetraut. Irgendwann kriegt wohl jeder heraus, dass seine Eltern ein eigenes Leben führen, richtige, normale Leute sind, mit einer Geschichte und mit Bedürfnissen und Geheimnissen, dass sich ihre Existenz nicht in den Worten »Vater« und »Mutter« erschöpft. Das heißt dann wohl »Erwachsenwerden«. Und dann lernt man damit leben, dass sie Geheimnisse vor dem Sohn, der Tochter haben, aber noch immer erscheinen sie wie eine Einheit. Wenn das dann auch nicht mehr stimmt, was ist das dann? Was kommt nach »Erwachsenwerden«?

Ich hatte mal gedacht, ich könnte meine Eltern fragen, wie Ehe geht. Tinas Vater war allein, aber meine Eltern hatten es doch hingekriegt, dachte ich. Nicht, dass sie eine beneidenswerte Ehe geführt hätten, aber etwas musste da doch sein, von dem ich nichts wusste, zu dem ich keinen Zugang hatte. Aber meine Eltern nach irgendetwas zu fragen, war ja immer sinnlos gewesen.

Ein paar Wochen später entdeckte ich den Schwangerschaftstest. Es war ein Freitag. Ich hatte mir freigenommen, um zu Hause zu arbeiten, und war erst gegen elf Uhr aufgestanden. Ich ging ins Bad und duschte und rasierte mich dann. Als ich die Rasiercreme und den Rasierer aus dem Spiegelschrank über dem Waschbecken nahm, fiel mir die Packung noch nicht auf. Ich rasierte mich und wusch mir die Schaumreste ab. Dann öffnete ich den Schrank wieder und nahm den After Shave Balsam heraus, kippte etwas davon in meine linke Handfläche, und als ich die Flasche wieder zurückstellte, sah ich ihn. Ich verteilte den Balsam auch in der rechten Handfläche und rieb mein Gesicht ein. Dann wusch ich mir die Hände und nahm die Packung aus dem Schrank. Ich schaute hinein. Ein Streifen fehlte. Sie nahm die Pille. Wieso brauchte sie einen Schwangerschaftstest? Die Palette mit den kleinen, blauen Antibabypillen stand in ihrem Zahnputzbecher. Ich sah hinten drauf. Sie hatte alle genommen, auch die für Freitag. Ich stellte die Packung mit dem Test zurück und machte den Schrank zu.

Den Tag über arbeitete ich. Ich kam gut voran. Zwischendurch machte ich mir ein paar Nudeln mit Tomatensoße und trank dazu ein Glas Wein. Davon wurde ich schläfrig und legte mich aufs Sofa und schlief ein. Ich wachte auf, als Tina nach Hause kam. Ich sagte, ich sei eingeschlafen und müsse nun noch etwas arbeiten, und verschwand in mein Arbeitszimmer und machte weiter. Als ich mit der Arbeit fertig war, war es schon nach zehn und Tina lag schon im Bett und löste ein Kreuzworträtsel. Ich blieb in meinem Arbeitszimmer sitzen und dachte an den Schwangerschaftstest. Dann nahm ich mir ein Buch und las etwas, bis ich einigermaßen sicher sein konnte, dass sie schlief. Gegen halb zwölf ging ich ins Bad und sah im Schrank nach. Der Test war immer noch da. Ich ging ins Schlafzimmer, zog mich aus und legte mich neben sie. Um kurz nach zwei schlief ich ein.

Am nächsten Morgen stand ich mit ihr auf, und wir frühstückten gemeinsam. Es war Samstag. Wir gingen auf den Wochenmarkt und kauften Obst und Gemüse und frisches Fleisch. Das Wetter war gut, der Sommer ging zu Ende, es war September. Heute aber war es sehr warm. Am Mittag aßen wir auf dem Balkon. Am Nachmittag fuhr Tina für zwei Stunden ins Büro, und ich arbeitete auch ein wenig. Abends aßen wir Käse und Weißbrot und tranken Rotwein dazu. Bevor ich ins Bett ging, sah ich wieder im Schrank nach. Der Test war immer noch da.

Am Sonntag fuhren wir ins Grüne und gingen lange spazieren. Tina sprach wieder davon, wie es wäre zu heiraten, und ich nickte und stimmte ihr zu, aber es war ein Gespräch über etwas, das noch weit weg war. Am Abend liebten wir uns und schliefen gleich danach ein, weil wir müde waren vom Wandern. Ich hatte nicht mehr im Schrank nachgesehen.

Am Montag war Tina schon wieder im Büro, als ich aufwachte. Ich fuhr ins Institut, weil ich einen Termin bei Mutter hatte. Es ging um die Einstellung neuer studentischer Hilfskräfte. Er sagte, ich solle mich darum kümmern, er vertraue meinem Urteil. Den Rest des Tages verbrachte ich in der Institutsbibliothek. Auf dem Heimweg kaufte ich noch ein paar Sachen ein und fing an zu kochen, als ich nach Hause kam. Ich sah im Schrank nach. Der Test war weg. Sie hoffte wahrscheinlich, dass ich ihn nicht gesehen hatte.

Die ganze Zeit über hatte sie sich nichts anmerken lassen. Was hatte das zu bedeuten? Was beunruhigte mich mehr? Dass sie vielleicht schwanger war oder dass es ihr so leichtfiel, mir etwas zu verheimlichen? Nach etwas Nachdenken erschien mir Letzteres als nicht so schlimm. Das konnte ich auch. Aber der Gedanke an ein Kind machte etwas mit mir, das mir nicht gefiel. »Es schnürte ihm die Kehle zu«, hätte es wahrscheinlich in einem Buch geheißen. So ähnlich war es, aber das traf es nicht ganz. Ich konnte es nicht beschreiben, nicht in eine Formulierung kleiden. Aber es war sehr merkwürdig.

Dann suchte ich nach den Fotos. Nicht nach unseren, sondern nach denen, die sie mir noch nicht gezeigt hatte. Ich fand sie unter ihrer Seite des Bettes. Eine große schwarze Kiste. Sie hatte sich keine große Mühe gegeben, sie zu verstecken. Das konnte bedeuten, dass sie mir vertraute oder dass sie nichts zu verbergen hatte. Ich nahm die Kiste und trug sie hinunter in den Keller, in mein Musikzimmer. Ich legte Dylan auf. Das hatte ich schon sehr lange nicht mehr getan. Ich legte »Highway 61 revisited« ein und drückte auf die Taste für die Zufallsreihenfolge. Ich hörte »Like a Rolling Stone« und betrachtete die Kiste. *Once upon a time, you dressed so fine, threw the bums a dime in your prime, didn't you?*

Dann setzte ich mich in den Sessel, nahm die Kiste auf den Schoß und machte sie auf. Ich nahm einen Umschlag heraus und sah mir die Fotos an. Das waren alles Familienmitglieder. Ich erkannte ihren Vater. Ihren Bruder, der in Wien lebte. Dann viele Frauen, die wie Tanten aussahen. Ich steckte die Fotos wieder in den Umschlag. Ich nahm einen neuen heraus. Treffer. Ein ganzer Film von einem gut aussehenden, dunkelhaarigen jungen Mann. Er spülte Geschirr und trug dabei Plastikhandschuhe. Er saß auf einem Sofa und las, ohne Plastikhandschuhe. Der Titel des Buches war nicht zu erkennen. Er führte einen Hund an der Leine, einen Cockerspaniel. Er sah dem Hund beim Scheißen zu und lachte, wahrscheinlich weil Tina ausgerechnet diesen erhebenden Moment im Foto festhalten musste. Dann sah man den jungen Mann beim Autofahren, beim Kartenspielen, vor einer Haustür und im Kaufhaus, in der Abteilung für Damenunterwäsche. Er hielt einen schwarzen Spitzen-BH hoch und grinste. Ich hörte gerade »Ballad of a thin Man«: *You know some thing is happening, but you don't know what it is. Do you, Mr Jones?*

Ich nahm den nächsten Umschlag hervor. Wieder der Dunkelhaarige. Ich wusste nicht viel über ihre Exfreunde. Das hier musste Markus sein, mittlerweile Lehrer für Deutsch und Musik. Angeblich ein sehr guter Pianist. Er sah aus wie jemand, von dem man schöne Kinder bekommen konnte. Warum hatte es mit den beiden nicht geklappt?

Ich nahm den nächsten Umschlag. Wieder ein Mann, diesmal ein blonder. In ähnlich alltäglichen Posen und Situationen fotografiert. Das musste Max sein. Max hatte Tina sehr wehgetan. Wenn sie von ihm redete, brach ihr

Gesicht wieder zusammen. Sie hatte aber noch nicht erzählt, was Max ihr angetan hatte. Max trug eine schwarze Hornbrille, und man sah ihm an, dass er sich selbst ziemlich gut fand. Er lachte auf keinem einzigen Foto. Einmal verzog er den rechten Mundwinkel zu einem Grinsen, aber es sah nicht freundlich aus. Es sah aus, als wollte er sagen: Ich habe euch alle im Griff, ihr Arschlöcher. *Next time you see me coming, you'd better run!*

Im nächsten Umschlag waren lauter Bilder von Tina. Wer immer die gemacht hatte, hatte sich bemüht, Tina in besonders unvorteilhaften Momenten zu fotografieren. Einmal saß sie auf dem Klo, und ihrem Gesicht sah man den Schreck an, ausgerechnet jetzt fotografiert zu werden. Die Kacheln hinter ihr reflektierten den Blitz. Dann sah man Tina, wie sie gerade aus der Dusche kam. Wieder sah man den Schrecken in ihrem Gesicht. Was war das für ein Typ? Eine Art Peeping Tom für Arme? Ein Westentaschen-Norman-Bates? Auf dem nächsten Bild sah man Tina nackt im Bett. Jedenfalls musste man vermuten, dass sie nackt war. Sie hatte noch versucht, sich mit der Bettdecke zu verhüllen, aber an der Seite sah eine Brust hervor. Tina machte kein fröhliches Gesicht. Sie tat mir leid. Ich wurde wütend auf den Kerl, der die Fotos gemacht hatte. Einmal sah man sie in der Badewanne, mit dem Gesicht unter Wasser, aber die Augen geöffnet, starr nach oben blickend. Sie sah aus, als sei sie tot. Der Typ musste ein Perverser sein. Ich konnte mir das nicht ansehen. Ich steckte die Fotos in den Umschlag und legte den Umschlag in die Kiste. Ich hatte die Schnauze voll. Ich nahm den Kopfhörer ab, während Dylan sang, dass er in der Küche sei mit der Tombstone-Traurigkeit. Tombstone war eine Stadt, konnte aber auch Grabstein heißen.

Ich fuhr nach oben und verstaute die Kiste wieder unter dem Bett.

Tina kam früher als sonst. Wir aßen zusammen, und als wir das Geschirr danach in die Küche brachten, stellte ich mich hinter sie, umfasste sie und küsste ihren Hals und legte meine Hände auf ihre Brüste. Sie lachte und kratzte ein paar Essensreste vom Teller und stellte den Teller in die Spülmaschine.

»Hör mal«, sagte ich, »ich habe da was im Badezimmerschrank gefunden.«

»Was denn?« Keine besondere Reaktion. Sie fuhr nicht herum, ihre Nackenhaare hatten sich ohnehin aufgestellt, weil ich sie geküsst hatte.

»Na ja«, sagte ich, »so einen Test. Einen Schwangerschaftstest.«

Sie antwortete nicht. Ich hielt sie noch immer fest.

»Ein paar Tage stand er da, und jetzt ist er weg, und ich frage mich, warum.«

Sie sagte wieder nichts, aber ihr Körper war hart geworden. Sie machte sich los, drehte sich um und sah mich an. »Ich habe meine Tage nicht bekommen.«

»Aha.«

»Ich weiß nicht, ob ich schwanger bin. Ich habe nächste Woche einen Termin bei meinem Frauenarzt.« Ihre Gesichtszüge entglitten ihr. Man konnte immer genau sehen, was sie gerade fühlte. Jetzt sah sie aus wie auf den Fotos, die dieser Perverse gemacht hatte. Sie sah aus, als habe sie sich gerade erschreckt und als habe sie Angst.

»Soso.«

»Ich habe nur einmal vergessen, dieses verdammte Ding zu nehmen.«

»Warum hast du mir nichts gesagt?« Es stimmt doch? Sie hätte es mir doch sagen müssen? Sie war nicht immer so ehrlich, wie sie tat. Vielleicht war der Schrecken auf den Fotos von Peeping Tom nur Ausdruck ihres schlechten Gewissens.

»Ich wollte dich nicht beunruhigen.«

»Und das hast du wirklich nicht absichtlich gemacht?« Ich hatte meine Eltern fragen wollen, wie Ehe geht. Wenn nicht mit Tina, mit wem dann? Aber da hätte ich auch den Spülschwamm in der Küche fragen können, der war ähnlich aufnahmefähig und gab auch nur was von sich, wenn man ihn fest drückte.

»Bist du blöd? Wofür hältst du mich?« Jetzt wurde sie aggressiv, ein neuer Zug an ihr. Hatte sie nicht auch auf diesem einen Foto aggressiv ausgesehen? Auf dem im Bett? Was war so schlimm daran, seine Freundin nackt zu fotografieren?

»Für eine Frau, die ihrem Freund verschweigt, dass sie vergessen hat, die Pille zu nehmen, und die trotzdem mit ihm schläft.«

Sie seufzte und schaltete die Kochplatte aus. »Wenn ich ein Kind haben will«, sagte sie, »kann ich nicht warten, bis ich fünfundvierzig bin.«

»Also hast du es doch absichtlich gemacht.«

Sie ging ins Schlafzimmer, legte sich mit dem Gesicht nach unten aufs Bett. Ich ging ihr nach. »Du hättest mit mir darüber reden müssen.«

Ohne mich anzusehen, sagte sie, mehr zu ihrem Kissen als zu mir: »Ich weiß, dass du andere Frauen fickst.«

»Dass ich was?«

»Du fickst andere Frauen.« Sie sah mich an. Ihr Gesicht war ganz grau. Um meinen Solarplexus herum war irgendetwas los. Ein Gefühl, wie wenn man in einem gläsernen Fahrstuhl in den neunzehnten Stock fährt.

»Wer sagt das?«

»Diese Studentin, mit der du mal was hattest, diese Simone. Sie hat mich angerufen. Sie hatte den Eindruck, sie sei nicht die Einzige gewesen.«

»Und das glaubst du?«

»Sie schien dich gut zu kennen. Mit wem hast du noch rumgemacht? Irgendeine, die ich kenne?«

»Ich … ich … weiß nicht, was ich dazu sagen soll.«

»Ich habe es vermutet. Ich weiß nicht, wieso. Was Vertrauensbrüche angeht, sind wir jetzt quitt.«

»Ich kann nicht glauben, dass … du das glaubst.« Ich ging ins Wohnzimmer.

Sie musste nicht zwingend schwanger sein. Vielleicht kriegte sie ihre Periode nur später, weil durch den Aussetzer mit der Pille der ganze Zyklus ein wenig durcheinandergekommen war. Es war das Vernünftigste, erst mal abzuwarten, was ihr Frauenarzt sagte. Wenn sie nicht schwanger war, würde sie mich vielleicht verlassen. Ich sah mich um. Ich wollte hier nicht weg. Nicht aus der Wohnung und nicht aus diesem Leben. Wir hatten ein Zimmer, das wir kaum nutzten, wo manchmal Gäste übernachteten. Das konnte das Kinderzimmer werden.

Ich hatte Tina nie von Britta erzählt. Ich hatte auch selten an sie gedacht. Nur manchmal, wenn ich daran denken musste, dass Tinas Vater die Wohnung bezahlt hatte, dass Tina alles andere bezahlte und dass mein Job nichts abwarf. Manchmal ging ich noch ins Raskolnikow. Uwe war immer noch der Wirt. Hier änderte sich nichts. Ich trank Bier und redete mit Uwe über Musik. Er nahm mir manchmal Kassetten auf, die ich dann nicht hörte, weil sie mich nicht mehr interessierten. Beck sah ich vielleicht zweimal im Jahr. Wir luden uns noch immer zu unseren Geburtstagen ein. Er war jetzt Pressesprecher in einem großen Chemie-Unternehmen. Er und Mariele hatten drei Kinder. Einmal sagte er, er habe Gloria getroffen, und sie lebe nun in Düsseldorf. Gisela hatte mir mal zu Weihnachten eine Karte geschickt, die ich nicht beantwortet hatte, und von Roberta hatte ich gar nichts mehr gehört.

Ich ging wieder ins Schlafzimmer. Tina lag noch immer auf dem Bett. Ich setzte mich neben sie und streichelte ihren Nacken.

»Es stimmt nicht«, sagte ich. »Ich habe nicht mit dieser Frau geschlafen.«

»Sie schien dich ziemlich gut zu kennen.«

»Sie war eine Studentin von mir. Ihre Arbeit war schlecht, ich musste ihr eine Fünf geben, und sie musste den Schein noch mal machen. Da war sie sauer und hat sich das ausgedacht.« Es war nicht schwer, das zu sagen. Schon nach ein paar Sekunden glaubte ich es selbst. Also war es die Wahrheit: Ich hatte gar nicht mit Simone geschlafen. Ich war unschuldig. Ich war treu. Aber sie? Die Sache mit dem Schwangerschaftstest war nicht in Ordnung.

»Ich glaube dir nicht.«

Sie hatte recht, ich war ein Lügner. Ein mieser kleiner Lügner, der vor allem und zuerst sich selbst belog. Und sich selbst diesen Scheiß auch noch glaubte!

»Warum nicht?«, fragte ich sie. War ich ein so schlechter Lügner? Kriegte ich nicht einmal das hin?

»Ich weiß nicht«, sagte sie. »Ich glaube dir einfach nicht.«

Also ist es ihr Problem. Sie glaubt irgendeiner wildfremden Frau, die anruft und behauptet, mit mir geschlafen zu haben, mehr als mir. »Das tut mir sehr weh«, sagte ich.

»Du musst dich langsam mal entscheiden, ob das, was wir hier haben, etwas Festes ist.«

»Natürlich ist es das.« Hatte ich das tatsächlich gesagt? Oder hatte ich es nur gehört? Wer hatte es dann gesagt?

»Ich habe aber nicht den Eindruck.«

»Wieso nicht?« Mir ging durch den Kopf, dass dieser Moment eigentlich wert wäre, im Bild festgehalten zu werden.

»Du bist nie richtig hier.«

»Was soll das heißen?«

»Du bist hier, aber nicht wirklich. Und manchmal sitzt du nur in deinem Arbeitszimmer, oder du schläfst auf der Couch. Manchmal glaube ich, du bist nur zu Besuch hier.«

»Das ist doch Unsinn.«

»Ich will ein Kind, oder ich mache Schluss.« Ihr Gesicht sah aus wie aus vielen verschiedenen Einzelteilen zusammengesetzt. Aber sie hatte jetzt wieder etwas mehr Farbe.

»Das ist nicht dein Ernst!«

»Mir reicht es. Ich will, dass du dich entscheidest. Willst du richtig hier sein oder nicht?«

Ich stand auf und sah sie an. Warum war ausgerechnet ich ausgerechnet hier?

Ich ging in die Diele, nahm meine Jacke vom Haken und ging hinaus. Den Tag über war es warm gewesen, aber jetzt war es kühl. Ich lief umher und versuchte, mir mich selbst mit Kindern vorzustellen. Für Kinder musste man immer dasein, und man musste ihnen alles erklären und sie beschützen. Und manchmal wurden sie krank, oder es stieß ihnen etwas zu. Manche kamen schon krank auf die Welt. Das konnte passieren, und es passierte ständig. Kinder kriegen war wahrscheinlich das, was man tun musste, wenn man herausbekommen hatte, dass die eigene Mutter ein geheimes Konto unterhielt und sich vom Vater trennte. Man musste die Legende neu schreiben, jemanden in die Welt setzen, der noch einmal ein paar Jahre daran glaubte, dass sich ein Leben in den Worten »Vater« und »Mutter« erschöpfen konnte. Jemand, der einem glauben musste, egal was man sagte.

Ich würde vielleicht nie wieder mit einer anderen Frau schlafen als mit Tina.

Ich kam zu einer Tankstelle und kaufte ein paar Dosen Bier und eine kleine Flasche Weinbrand. Wie damals, nach der Sache mit Simone. Tina glaubte mir nicht. Sie traute mir zu, dass ich sie betrüge.

Nie wieder eine andere. Nie wieder andere Hände, andere Augen, andere Brüste, andere Arschbacken, nie wieder ein anderes weibliches Geschlechtsteil, ach sagen wir es doch, wie es ist: nie wieder eine andere Möse.

Sie glaubte, dass ich sie betrogen hatte. Aber es stimmte nicht, denn ich glaubte es nicht mehr, also war es nicht passiert, auch wenn ich mich daran erinnerte, denn erinnern kann man sich an jeden Scheiß, das hatte nichts zu sagen.

Was jetzt?

Was sollte man mit mir anfangen? Was sollte ich mit mir anfangen? War ich ein Arschloch? Der Führer aller Arschlöcher, der Champion aller Arschlöcher, das Oberarschloch? Was war dran an mir? Außer, dass ich mir keine Seminararbeiten über fünfzehn Seiten andrehen ließ?

Was jetzt?

Ich war am anderen Ende der Stadt angelangt und hatte auch schon ein paar Schluck Weinbrand intus, als ich eine Telefonzelle betrat und in dem Telefonbuch nach Giselas Namen suchte. Ich fand nur den ihrer Eltern. Dort rief ich an. Ihre Mutter erinnerte sich an mich, fand es toll, dass ich mich mal wieder bei Gisela melden wollte, und gab mir ihre Adresse und Telefonnummer. Sie sagte noch, Gisela habe geheiratet und heiße nun anders. Ich bedankte mich und verabschiedete mich höflich.

Ich war schon seit fast zwei Stunden unterwegs und die Füße taten mir weh, also rief ich von der Zelle aus ein Taxi und ließ mich zu Giselas Adresse fahren.

Sie schien es gut getroffen zu haben, das Haus lag in einem noblen Vorort, ein schicker Flachdach-Bungalow. Als ich die zwei lang gezogenen Stufen zur Haustür hinaufging, ging automatisch das Licht über der Tür an. Bevor ich klingelte, atmete ich noch mal in meine Hand und roch daran. Natürlich hatte ich eine Fahne. Ich durfte ihr nicht zu nahe kommen. Ich klingelte. Ein Kind machte die Tür auf und sah mich an, ohne etwas zu sagen. Es war nicht zu erkennen, ob es ein Junge oder Mädchen war. Es trug so etwas wie einen Schlafanzug und hatte einen alten Teddy unter dem Arm, aus dem schon die Füllung herausschaute. Ich sagte hallo und fragte das Kind, ob seine Mutter zu Hause sei. In diesem Moment rief sie von drinnen: »Kim, wer ist denn da?«

Dann tauchte Gisela auf, offensichtlich aus der Küche. Sie trug eine Schürze und wischte sich gerade die Hände daran ab. Auf der weißen Schürze zeigten sich schwarze Streifen. Es sah aus, als koche sie mit Motoröl. Sie war dick geworden. Sie blies eine Strähne aus ihrem Gesicht, aber die fiel sofort wieder herunter.

»O Gott!«, sagte sie.

»Ich bin's nur«, sagte ich.

»Wo kommst du denn her!«

»Von draus vom Walde«, sagte ich, da sie wohl eher mit dem Weihnachtsmann als mit mir gerechnet hatte. Sie strich die widerspenstige Strähne mit einer energischen Handbewegung endgültig hinters Ohr und fragte mich, was sie für mich tun könne. Kim stand zwischen mir und seiner Mutter und sah mich an. Ich sagte, ich hätte sie gern mal gesprochen. Ob ich nicht hereinkommen könnte. Sie dachte einige Sekunden darüber nach, dann trat sie zur Seite, und ich ging an ihr vorbei. Sie führte mich ins Wohnzimmer, wo ich mich auf einen schwarzen, ledernen Zweisitzer setzen durfte. Der Boden war weiß gefliest, unter der Ledergarnitur lag ein dicker Perser. Das Wohnzimmer war mindestens dreißig Quadratmeter groß. An einer Seite war eine große Scheibe und eine Balkontür. Der dahinterliegende Garten war nicht zu sehen, da die Rollladen heruntergelassen waren. In der Ecke stand ein Sessel, in dem man lesen konnte, aber ich sah nirgendwo Bücher. In einem Vitrinenschrank standen kleine weiße Skulpturen. Als mein Blick darauf fiel, sagte Gisela: »Die stehen da nur, weil meine Mutter sie mir geschenkt hat und ich es nicht über mich bringe, sie wegzuwerfen. Also, was kann ich für dich tun?« Sie setzte sich in einen der Sessel, aber nur ganz vorne, auf die Kante, als würde sie gleich wieder aufstehen.

»Ich weiß nicht, was du für mich tun kannst. Ich weiß eigentlich gar nicht, warum ich hier bin.«

Plötzlich musste ich heulen. Das war der Alkohol. Nie wieder eine andere Frau. Und wie war es mit denen von früher? Ich dachte daran, wie sich Gisela immer … Ja, aufgeopfert hatte sogar beim Sex. Wie sie alles in den Dienst der »Sache« gestellt hatte. Sie kam mir plötzlich unglaublich liebens*wert*, liebens*würdig* vor. Was für eine großherzige, liebevolle Frau! Eine GroßHERZogin!

»Warum warst du damals mit mir zusammen?«, fragte ich und wischte mir ein paar Tränen von der Wange und zog meinen Rotz in die Nebenhöhlen. Kim stand in der Wohnzimmertür und schien langsam Angst zu kriegen. Gisela drehte sich zu ihm um und bat das Kind, auf sein Zimmer zu gehen. Als es sich nicht rührte, stand sie auf, nahm es bei der Hand, führte es hinaus und verschwand irgendwo im Haus. Ein paar Minuten saß ich allein herum. Dann kam Gisela zurück und verschloss hinter sich die Wohnzimmertür.

»Findest du das nicht ein wenig merkwürdig, hier spät am Abend angetrunken aufzutauchen und so eine Frage zu stellen? Das ist alles so lange her.«

»Kannst du mir trotzdem eine Antwort geben?«

»Na, was glaubst du wohl, warum ich mit dir zusammen war?«

»Keine Ahnung, deshalb frage ich ja.«

»Weil ich in dich verliebt war.«

»Na ja, gut, aber wieso?«

Sie rutschte tiefer in den Sessel, warf den Kopf zurück und starrte an die Decke. »Tja, warum verliebt man sich. Ich weiß nicht. Ich hatte immer gedacht, du wärst anders. Du hattest immer so viel mit diesem ekelhaften Kuwelko zu tun, aber irgendwie wirktest du so … na ja weich. Und das hat mich wohl interessiert.«

»Habe ich dich gut behandelt?«, wollte ich wissen.

»Du hast mit meiner Mitbewohnerin geschlafen, hast du das vergessen?«

»Nein. Es tut mir leid.« Gisela sah auf die Uhr. Sie wollte mich loswerden.

»Du bekommst noch Geld von mir«, sagte ich. Sie sagte nichts. »Du hast mir damals Geld geliehen, für die Stereoanlage.«

»Schön, dass du es nicht vergessen hast. Aber du kannst das Geld behalten.« Sie sah auf die Uhr.

»Ja, dann gehe ich mal wieder.«

»Gut«, sagte sie und stand auf.

»Bist du nicht verheiratet?«, fragte ich.

»Mein Mann ist auf Geschäftsreise.«

»Aha.« Geschäftsreise. Das hörte sich an wie etwas, das zu diesem Wohnzimmer passte.

Als wir an der Tür standen, gab ich ihr die Hand und ging nach draußen.

Dann drehte ich mich noch einmal um und fragte sie, wie es ihr gehe. »Was macht dein Job? Du hast doch mal studiert.«

»Das interessiert dich doch gar nicht wirklich«, sagte sie. »Ich wünsche dir alles Gute.« Und dann schloss sie die Tür. Ich ging ein paar Schritte, bis ich aus dem Licht über dem Eingang heraus war, und nahm noch ein paar Schluck Weinbrand.

»Weich« hatte sie gesagt. Ich konnte mich nicht daran erinnern, »weich« gewesen zu sein oder mich jemals »weich« gefühlt zu haben.

Ich lief etwa zwanzig Minuten, bis ich zu einer Bushaltestelle kam. Da wartete ich noch einmal eine Viertelstunde, bis der Bus kam, der mich zum Bahnhof brachte. Dort kaufte ich noch zwei Dosen Bier an einer Bude, die gerade schließen wollte, und setzte mich dann in die letzte S-Bahn nach Düsseldorf.

Beck hatte gesagt, Gloria sei Redakteurin bei der Rheinischen Post und schreibe immer noch über Tennis. Tennis war keine ganz so große Sache mehr, aber sie fuhr immer noch zu den großen Turnieren. Ich hoffte, Gloria habe noch ihren alten Namen und stehe im Telefonbuch.

In den ersten drei Telefonzellen im Düsseldorfer Hauptbahnhof fehlten die Telefonbücher. In der vierten stellte ich fest, dass Gloria nicht unter ihrem alten Namen registriert war. Jetzt saß ich fest. In der Nähe des Bahnhofs war ein McDonald's, das noch geöffnet hatte. Ich setzte mich hinein und aß einen Big Mac und trank zwei Bier. Ich wurde langsam müde, und draußen war es kalt. Als McDonald's dichtmachte, suchte ich eine Kneipe, fand eine, setzte mich an den Tresen und bestellte ein Alt, weil ich in Düsseldorf war. An den Tischen saßen nur Männer. Am Ende des Tresens schien eine Frau zu sitzen. Ihre Stirn schwebte über einem Glas Alt und einem leeren Schnapsglas, beides von ihren herabhängenden, strähnigen Haaren fast vollständig verdeckt. Irgendwann hob sie den Kopf und strich ihre Haare zurück. Es war tatsächlich eine Frau. Oder es hatte mal eine werden sollen. Ihr Gesicht war rot und geschwollen, und ein Auge zierte ein monströses, gelbblaues Veilchen. Sie bemerkte mich, sah mich an und zeigte mir ein paar bemerkenswert weiße Zähne, die nicht zu ihrer restlichen Erscheinung passen wollten. Sie rutschte von ihrem Hocker und kam auf mich zu. Trotz des nahenden Winters trug sie eine enge kurze Hose und ein luftiges, grünes Top. Als sie sich neben mich setzte, konnte ich von der Seite sehen, wie ein sehr großer Büstenhalter versuchte, ihren sehr großen Busen einigermaßen zusammenzuhalten. Er schien nach allen Richtungen hin entfliehen zu wollen. Ich fragte mich, was meine Mutter gerade machte.

Die Frau sagte hallo. Ich sagte auch hallo, ohne sie anzusehen.

»Ich habe heute neue Zähne bekommen!«, sagte sie.

»Prima«, sagte ich.

»Die anderen haben sie mir ausgeschlagen.«

Ich fragte nicht nach, wer das gewesen sein könnte.

»Irgendwelche Idioten. Haben mir die Handtasche geklaut und mich zu Boden gestoßen. Dann haben sie mir in die Fresse getreten. Ich sah wochenlang total Scheiße aus.«

Klar, dachte ich, und jetzt bist du die frischgebackene Miss Düsseldorf.

»Achtzehn Mark hatte ich in der Tasche. Idioten. Wer ist so blöd und beklaut eine dämliche Schlampe wie mich! Für zwei Alt lese ich dir aus der Hand.«

»Vielen Dank«, sagte ich. »Kein Bedarf.«

»Hör zu, ich könnte auch auf den Strich gehen, aber ich lese nur aus der Hand, und ich brauche den Alkohol. Zwei Alt, Mann, das ist ein fairer Kurs.«

Bevor ich noch was sagen konnte, hatte sie auch schon meine Hand gepackt. Von ihren langen Fingernägeln blätterten rote Farbreste ab.

»Hm«, sagte sie, »weiche, fleischige Hügel. Das heißt, du bist leidenschaftlich. Und deine Lebenslinie zeigt hier eine Unterbrechung.«

»Und was heißt das?«

»He, ich bin nicht die Wettervorhersage. Mein Name ist übrigens Linda.«

»Peck«, sagte ich. »Gregory Peck.«

»Engländer?«

»Amerikaner.«

»Wieso sprichst du so gut Deutsch?«

»Meine Mutter ist Deutsche.«

Sie sah wieder in meine Hand. »Ansonsten sind da noch eine Menge Linien, die ziemlich was über dich aussagen.«

»Und was?«

»Ich habe gesagt, ich lese dir aus der Hand, ich habe dir nicht gesagt, ich weiß, was drinsteht. Alf, mach mir noch 'n Alt und 'n Kurzen!« Alf zapfte und goss ein. Linda verschwand wieder auf ihren Platz am Ende des Tresens, und für den Rest der Nacht war ich Luft für sie.

Bis halb fünf blieb ich da sitzen. Zwischendurch nickte ich immer wieder ein, fiel mein Kopf auf den Tresen. Aber das kümmerte niemanden. In einigen Ecken wurde ebenfalls geschlafen. Einmal wurde ich wach, weil Linda am Flipper spielte, ein riesiges Ding, das sprach und schoss und spuckte und pfiff. Als ich ging, schien mir die Rechnung etwas überhöht zu sein, aber ich sagte nichts. Mir taten die Gelenke weh, und ich hatte Kopfschmerzen. Vor einem Zeitungsstand lagen die Morgenzeitungen. Ich fummelte eine Rheinische Post aus der Verpackung und suchte nach dem Sportteil. Sie stand drin, allerdings mit einem anderen Nachnamen. Also hatte auch sie geheiratet. Im Telefonbuch fand ich den Namen und auch die Adresse. Ich setzte mich in ein Taxi und ließ mich hinfahren.

Es war ein einfaches Mietshaus. Ich sah auf die Uhr. Es war kurz nach fünf. Ich klingelte trotzdem. Nichts tat sich. Ich klingelte wieder. Nichts. Nach dem vierten Klingeln summte der Türöffner.

Die Wohnung lag im dritten Stock. Als ich oben ankam, stand aber nicht Gloria in der Tür, sondern eine dünne, kurzhaarige Frau in Schlüpfer und T-Shirt. Sie kniff die Augen zusammen, weil das Flurlicht sie blendete.

»Was wollen Sie?«, fragte sie.

»Ist Gloria da?«

»Wer sind Sie?«

»Ein alter Freund.«

»Scheiße, aber doch nicht um diese Zeit.«

»Wer ist da?«, hörte ich dann Glorias Stimme aus der Wohnung.

»Irgend so ein Typ, der sagt, er sei ein alter Freund von dir.«

Dann stand Gloria vor mir, in Boxer Shorts und einem dunkelblauen Adidas-T-Shirt. Sie blinzelte ebenfalls. Und: Ihre Haare waren weg. Sie waren immer noch so rot wie früher, aber sehr kurz.

»Ach du meine Güte«, sagte Gloria, als sie mich erkannte.

»Darf ich reinkommen?«

»Ja, klar«, sagte Gloria. Der anderen Frau schien das überhaupt nicht zu passen. Sie stöhnte, verdrehte die Augen, verschwand dann aber.

Gloria führte mich in die Küche. In der Mitte stand ein schwerer Holztisch, darüber hing eine Lampe. An den Wänden offene Regale, in denen Gewürze, Töpfe und Gläser standen. Auch ein Schrank war da, aber der hatte keine Tür mehr, sodass man das ganze Geschirr sehen konnte. Unsere gemeinsame Wohnung war eleganter gewesen.

»Du siehst ziemlich mies aus«, sagte Gloria. »Willst du einen Kaffee?«

»Gerne«, sagte ich.

Sie setzte einen Kessel mit Wasser auf, stopfte Filterpapier in einen Porzellanfilter und schaufelte Kaffeepulver hinein.

»Tut mir leid«, sagte ich, »dass ich um diese Zeit hier auftauche.«

»Schon gut«, sagte sie, »in einer Stunde wäre ich sowieso aufgestanden. Woher hast du gewusst, wo ich wohne?«

»Von Beck. Jedenfalls, dass du in Düsseldorf wohnst. Als ich deinen Namen nicht im Telefonbuch fand, habe ich ins Impressum der Rheinischen Post geschaut. Bingo. Woher der neue Name?«

»Ich habe noch mal geheiratet«, sagte sie, »aber jetzt bin ich wieder getrennt. Nur den Namen habe ich noch.«

»Kannst du dir keine eigene Wohnung mehr leisten?«

»Wieso?«

»Na, weil du jetzt in einer WG wohnst.«

»Das ist keine WG. Cornelia und ich leben zusammen.«

Ich sagte nichts.

»Sie ist meine Freundin.«

»So richtig?«

»Mit allem Drum und Dran.«

»Aha. Und was ist mit deinen Haaren passiert?«

»Es ging mir auf die Nerven, dass ich deswegen ständig angestarrt wurde. Und Cornelia gefällt es so besser.«

Das Wasser kochte, und sie goss es über den Kaffee. Als er durchgelaufen war, kippte sie ihn in zwei Tassen und stellte eine vor mich hin.

»Wir trinken beide schwarz, deshalb habe ich keine Milch, aber du kannst Zucker haben.«

»Schwarz ist okay.«

Sie wartete darauf, dass ich sagte, warum ich hier war. Ich hätte sie gerne betrachtet, ohne dass sie es merkte. Aber das ging nicht. Also sah ich sie einfach so an. Nie wieder eine andere Frau. Was war so schlimm an Friedhöfen und Kirchen? Warum hatte ich dafür kein Verständnis gehabt? Wieso war ich so ein elender Spießer? Wieso ging ich nicht auf die Knie und dankte meinem

Schöpfer, dass es mir vergönnt gewesen war, mit dieser Frau zusammenzusein? Am liebsten hätte ich ihr gezeigt, dass ich jetzt anders war, wenn auch erst seit dreißig Sekunden, dass ich eine starke, herausfordernde, sexuell experimentierfreudige Frau … Ja … was? Mir fiel kein Verb ein. Am liebsten hätte ich sie ausgezogen und sie angesehen. Noch lieber hätte ich mich einfach nackt an sie geschmiegt, ganz unschuldig. Noch lieber hätte ich sie gesehen, wie sie … Und ihre roten Haare …

»Also, warum bist du hier?«

»Warum warst du damals mit mir zusammen?«

»Du tauchst morgens um fünf nach fast zehn Jahren bei mir auf, um mich das zu fragen?«

»Genau.«

»Die Frage ist, warum warst *du* mit *mir* zusammen?«

»Wie meinst du das?«

»So wie ich es gesagt habe.«

»Ich habe zuerst gefragt.«

Gloria seufzte und trank von ihrem Kaffee. Sie verbrannte sich die Zunge. »Ich dachte, mit dir könnte ich es aushalten. Außerdem hast du dich so wunderbar dämlich angestellt in deiner Parkhausbude. Das machte dich gleich sympathisch. Außerdem hatte ich keine Angst vor dir.«

»Dämlich« hatte sie gesagt. Und: »keine Angst«. Weil ich »weich« war?

»Warum hast du wieder geheiratet?«

»Weil ich dachte, mit ihm könnte ich es aushalten. Er hat sich auch dämlich angestellt.«

Ich trank Kaffee. Warum hatte sie mich nicht geheiratet? Sie hatte doch sonst alles geheiratet, was bei drei nicht auf den Bäumen war. Und jetzt war sie lesbisch. Wegen mir? Oder wegen des anderen?

»Es geht dir nicht gut, was?«, sagte sie.

»Doch, doch. Es hat mich nur interessiert. Du weißt ja, ich war immer ein bisschen impulsiv.«

»Also wenn du eines ganz bestimmt nie gewesen bist, dann impulsiv. Ich weiß nicht, wie du darauf kommst. Auf mich hast du eher einen lethargischen Eindruck gemacht.«

»Ach ja?«

»Nach den ersten drei Monaten oder so schienst du so ein bisschen das Interesse verloren zu haben. Es war schwer, dich zu etwas anderem zu bewegen als fernsehen.«

Der Kaffee war jetzt so weit abgekühlt, dass man ihn trinken konnte. Ich trank die halbe Tasse, ohne wach zu werden.

»Und du hast so einen Aufstand gemacht wegen der Sache mit dem Friedhof und in der Kirche. Und ständig hat es dich gestört, was ich gelesen habe. Manchmal habe ich mich wirklich gefragt, was du von mir willst.«

»Bist du glücklich?«, wollte ich wissen.

»Soweit das überhaupt geht, ja.«

»Glücklicher als mit mir?«

»Ach Helmut«, seufzte Gloria, »das ist doch eine blöde Frage.«

»Wahrscheinlich, ja. Könntest du mir ein Taxi rufen?«

Während wir warteten, sagte sie: »Ich war unglaublich wütend auf dich. Das mit den Büchern wäre nicht nötig gewesen. Das hatte etwas mit Verachtung zu tun. Verachtung für das, was ich bin. Du hast dich vor mir geekelt, wegen der Sache mit dem Friedhof und den Kirchen. Ich war unglaublich wütend auf dich. Aber dann hast du mir leidgetan. Und dann habe ich begriffen, dass du wichtig warst. So wie die anderen. Du warst wichtig, damit ich begriff, wie es *nicht* geht.«

Zum Abschied küsste sie mich auf die Wange, sagte aber nicht, ich sollte mich mal wieder melden.

Von dem Taxi ließ ich mich erst mal zu einem Geldautomaten fahren, und dann zum Flughafen. Um sieben ging der erste Flug nach München, und sie hatten noch einen Platz frei. Ich bezahlte mit der Kreditkarte, die von Tinas Konto abbuchte. Schon im Warteraum nickte ich ein. Zwischen all den Geschäftsleuten in ihren sauberen Hemden und Sakkos wirkte ich wie ein Penner. Wie ein guter Freund von Linda.

Als ich mich auf meinen Platz am Gang setzte, versuchte der Typ neben mir, sich möglichst dicht an die Fensterverkleidung zu schmiegen. Noch bevor wir starteten, war ich eingeschlafen und wachte erst wieder auf, als wir landeten.

Mit der S-Bahn fuhr ich zum Hauptbahnhof. Es war jetzt kurz nach neun. Ich sah im Telefonbuch nach der Nummer des Unisekretariats rief dort an und ließ mich mit dem Institut für Geschichtswissenschaften verbinden. Dort sagte man mir, wo Frau Professor Doktor Appleman ihr Büro habe.

Als ich dort ankam, war ich so verdammt müde, dass ich kaum noch etwas wahrnahm. Ich hatte dröhnende Kopfschmerzen. Die Sekretärin hielt mich für einen Studenten und erlaubte mir, in Robertas Büro zu warten.

Das Büro war mit feinster Auslegeware ausgelegt, auf dem Schreibtisch stand ein Laptop, der zwischen den Papier- und Bücherbergen kaum zu sehen war. Vor dem Schreibtisch stand ein Stuhl, dahinter ein einladender Ledersessel. In den setzte ich mich.

Nie wieder eine andere Frau. Roberta hatte das Beste von Gisela und Gloria in sich vereint. Und sie war älter.

Und sie war Amerikanerin. Ich hätte noch so viel von ihr lernen können. Aber sie war älter. Aber sie war Amerikanerin. Und sie war so begehrenswert. Und sie hatte so wundervolle … Vor ihr hatte ich keine Angst gehabt. Jetzt hatte ich Angst, dass ich mir fast in die Hosen machte. Jawohl, ich hatte Angst, als ich da saß. Scheiß auf Überhöhung in der Beschreibung, scheiß auf die Reduzierung auf das Wesentliche, scheiß auf die Kunst des Weglassens: Ich hatte Angst. Davor, mich zu binden, davor, Verantwortung zu übernehmen oder was einem sonst noch an Sozialarbeitergelaber einfallen mag, ich hatte Angst vor Tinas Bauch, ich hatte Angst, dass mein Papa und meine Mama mich im Stich ließen, ich hatte Angst vor dem Älterwerden, und – damit es auch wirklich jeder begreift: Ich hatte Angst vor dem Tod.

Nach fünf Sekunden war ich eingeschlafen.

Ich wachte auf wie in einem Film: Jemand stand über mich gebeugt und schlug mir mit den Händen ins Gesicht. Es war Roberta. Meine Augen waren noch ganz verklebt.

»Was zum Teufel machst du hier?« Sie sah ärgerlich aus.

»Ich muss eingeschlafen sein«, sagte ich.

»Das war nicht zu übersehen.«

»Ich habe die ganze Nacht nicht geschlafen.«

»Und das musstest du in meinem Büro nachholen?«

»Ich freue mich auch, dich zu sehen.« Ich stand auf und wollte sie umarmen, aber sie ging einmal um den Schreibtisch herum und ließ sich in den Sessel fallen.

»Was willst du? Wie bist du hierhergekommen?«

»Ich bin geflogen.«

»Verleiht Alkohol jetzt Flügel?«

»Nein, im Ernst, ich bin heute Morgen von Düsseldorf aus hergeflogen.«

»Du siehst ziemlich schlecht aus.«

»Es geht mir auch nicht gut.«

Sie wartete, dass ich erklärte, warum ich hier war. Ich nahm mir ein paar Sekunden, sie zu betrachten. Sie war alt geworden. Sie war jetzt fünfzig. Ihr Haar war grau. Ihre Figur war noch in Ordnung, unter dem dunkelgrauen Kostüm konnte ich ihre schönen, schweren Brüste sehen.

»Starr mir nicht auf die Titten«, sagte sie. »Sag mir, weswegen du hier bist!«

»Warum bist du so abweisend?«

»Ich mag solche Überraschungen nicht.«

»Was für Überraschungen?«

»Aus einem früheren Leben überfallen zu werden.«

»Ich will dich nicht überfallen.«

»Was willst du dann?«

»Mit dir reden.«

»Worüber?«

»Über mich. Über uns.«

»Schöne Reihenfolge.«

»Können wir nicht irgendwohin gehen?«

Sie sackte plötzlich in sich zusammen, schlug erst die Hände vors Gesicht und rieb sich dann die Augen. »Ich habe in einer Stunde ein Hauptseminar«, sagte sie, »und ich muss mich noch ein wenig vorbereiten.«

»Der alten Zeiten wegen.«

»O Scheiße, komm mir nicht mit alten Zeiten. Du sagst mir hier, was du von mir willst, und dann verschwindest du und lässt mich in Ruhe.«

Unter ihren Augen waren dunkle Ränder. Auf ihren Händen waren erste Altersflecken zu sehen. Auf ihren Handrücken hatten sich Adern nach oben gearbeitet. Sie war nur zehn Jahre jünger als meine Mutter. Und ich war mit ihr im Bett gewesen.

»Ich wollte dich etwas fragen«, sagte ich.

»Schieß los!«

»Warum warst du damals mit mir zusammen?«

»Was soll die Frage?«

»Was soll die Frage sollen?«

»Bist du quer durchs ganze Land geflogen, um Wortspiele zu machen?« Ihre Augen waren jetzt ganz rot. Ich konnte nicht sagen, ob sie weinte oder ob das vom Reiben kam.

»Warst du in mich verliebt?«, fragte ich.

»Warst du etwa nicht in mich verliebt?«, fragte sie zurück.

»Ich habe zuerst gefragt!«

Sie seufzte und machte eine lange Pause. Dann sagte sie: »Du warst immer so desinteressiert.«

»So desinteressiert?«

»Du warst begeistert von meinen Titten. Und davon, dass ich älter war. Heute würdest du mich wahrscheinlich nicht mal mehr mit der Kneifzange anfassen. Und du hast an andere gedacht, wenn du mit mir im Bett warst. Du willst nie da sein, wo du bist, sondern immer woanders. Du bist ein verantwortungsloses, bindungsunfähiges, triebhaftes Arschloch.«

»Triebhaft?«

»Na ja, das ist vielleicht etwas dicke, aber es geht in die richtige Richtung.«

»Wenn ich so ein Arschloch war, wieso …?«

»Nun ja, zu Anfang schien es ja ganz gut zu gehen. Ich meine, ich war Anfang vierzig und du warst Anfang zwanzig, das hat mir geschmeichelt. Und ich hatte wirklich den

Eindruck, dir machte es nichts aus, dass die Haut an meinem Hintern nicht mehr taufrisch war. Ich fühlte mich begehrt und fand es toll, dass du geil auf mich warst. Aber dann hatte ich den Eindruck, es war nur bequem für dich. Und richtig geil warst du nur auf die beiden Dinger da vorne.«

»Ach, Roberta, das ist doch Quatsch.«

»Ich habe seitdem mit keinem Mann mehr geschlafen«, sagte sie und sah an mir vorbei, in Gedanken versunken, als sei ihr das gerade erst aufgefallen. »Aber dadurch«, fügte sie hinzu, »habe ich mehr Zeit zum Lesen. Willst du noch etwas wissen?«

»Ja«, sagte ich.

»Was denn?«

»Bist du glücklich?«

»He«, sagte sie, »ich habe eine C4-Professur, eine tolle Wohnung und ein schnelles Auto. Was meinst du? Bin ich glücklich? Nun, zumindest bin ich gesund.«

»Ich würde deine Wohnung gern sehen.«

»Wozu?«

»Ich möchte mit dir schlafen.«

Roberta stand auf. »Mal abgesehen davon, dass du das nicht ernst meinst, bin ich aus dem Alter raus, wo ich wegen eines Anflugs von Leidenschaft ein Hauptseminar versäumen würde.«

»Ich könnte heute Abend zu dir kommen.«

»Du beleidigst mich.«

»Wenn du das so siehst ...«

»So sehe ich das.«

Sie ging zur Tür und hielt sie mir auf.

»Du schmeißt mich raus?«

»Nenn es, wie du willst, ich muss arbeiten.«

»Schade«, sagte ich.

»Meine Güte«, sagte Frau Professor Doktor Roberta Appleman, »ich möchte mal wissen, was größer ist, dein Selbstmitleid oder dein Ödipus-Komplex. Metternich, Bismarck und Napoleon III. sind wie ein offenes Buch für dich, aber der Mensch im Spiegel wohnt wohl nicht bei dir. Du solltest in der Institutsbibliothek wohnen und nicht im richtigen Leben.« Und dann schloss sie die Tür.

Ich fuhr in die Innenstadt. Von den drei Frauen, mit denen ich zusammengewesen war, war eine fett geworden, eine lesbisch und eine lebte mit fünfzig immer noch allein. Ich hatte ganze Arbeit geleistet.

17

Ich war durchnässt, unrasiert und ich roch schlecht. Ich stand in München auf dem Rathausplatz und wartete zusammen mit einigen Japanern, die sich und ihre Kameras unter riesigen Regencapes versteckten, darauf, dass die Rathausuhr zwölf schlug. Als sie es tat und diese albernen Figuren herauskamen und ihren ruckenden Tanz aufführten, gerieten die Japaner völlig aus dem Häuschen.

Ich rief Tina im Büro an.

»Hallo, ich bin es!«, sagte ich.

»Meine Güte, wo bist du?«

»Ich wollte nur sagen, dass es mir gut geht.«

»Na, das ist ja prima, vielen Dank auch, jetzt bin ich aber beruhigt. Schön, dass es dir gut geht.«

»Und wie geht es dir?«

»Wie soll es mir schon gehen, du Idiot! Ich habe die ganze Nacht kein Auge zugemacht!«

»Ich auch nicht.«

»Wo bist du?«

»In München.«

»Du bist wo? Willst du mich … Ist das dein Ernst?«

»Ich hatte hier was zu erledigen.«

Sie sagte lange nichts. Dann sagte sie: »Und jetzt?«

»Ich habe noch mehr zu erledigen.«

»Heißt das, du kommst nicht nach Hause?«

»Ich muss noch nach Berlin.«

»Nach Berlin? Was willst du denn in Berlin?«

»Ich muss da was erledigen.«

»Was denn?«

»Ich muss jemanden treffen. Ich muss mir über einiges klar werden.«

Pause.

»Und das geht nur in Berlin?«

»Ja, ich glaube schon.«

»Und dann? Kommst du dann nach Hause?«

»Ich rufe dich aus Berlin noch mal an.« Ich legte auf.

Ich war sicher, dass Britta noch in Berlin war. Aber Mücke wollte ich nicht anrufen. Also rief ich Brittas Eltern an.

»Hallo, hier ist Helmut«, sagte ich, als Brittas Mutter den Hörer abnahm.

»Helmut wer?«

»Ich bin ein alter Freund Ihrer Tochter. Wir sind zusammen zur Schule gegangen. Ich war damals ein paarmal bei Ihnen zu Besuch. Weihnachten, Anfang der Achtziger.«

»Helmut! Das ist aber schön, dass du dich mal wieder meldest! Hier ist die Jutta. Mensch, du, wie geht es dir, Helmut?«

»Mir geht es gut«, sagte ich. »Ich bin in München.«

»München, toll!«

»Tja, ich dachte eigentlich, ob Sie mir vielleicht die aktuelle Adresse von der Britta geben könnten, ich nehme mal an, dass sie noch in Berlin ist, und da muss ich in den nächsten Tagen auch noch hin, und ich dachte, ich könnte mich mal bei ihr melden.«

Am anderen Ende der Leitung wurde es still.

»Hallo?« fragte ich nach einigen Sekunden.

»Ja, ja, ich bin noch dran«, sagte sie. »Es ist so … Wir haben schon seit einiger Zeit nichts mehr von unserer Tochter gehört.«

»Ist ihr etwas passiert?«

»Nein, ich denke nicht. Es ist nur so, dass sie mit uns nicht mehr … dass wir keinen Kontakt haben, zurzeit.«

»Das tut mir leid.«

»Das Letzte, das ich gehört habe, ist, dass sie tatsächlich noch in Berlin ist. Sie arbeitet bei der taz und macht wohl irgendetwas bei den Grünen.«

Das hörte sich an wie die Britta, die mich mal kannte.

»Tja«, sagte ich, »das tut mir wirklich leid.«

»Wenn Sie sie finden, dann richten Sie ihr doch bitte aus, dass sie sich mal melden soll.«

»Mach ich«, sagte ich. »Ganz bestimmt. Grüßen Sie Ihren Mann von mir.« Darauf sagte sie nichts. Und dann legten wir auf.

Ich fuhr mit der S-Bahn zum Flughafen. Unter meinen Achseln wurde der Schweiß langsam zu Salz. Als ich am Lufthansa-Schalter die Kreditkarte hinlegte, um mein Ticket nach Berlin zu bezahlen, sagte die blonde Frau in dem dunkelblauen Kostüm, es gebe Probleme.

»Probleme?«

»Diese Karte ist offenbar gesperrt.«

Ich gab ihr meine ec-Karte. Sie zog die Karte durch ihren Apparat und runzelte die Stirn. »Diese Karte ist ebenfalls ungültig«, sagte sie.

»Das kann nicht sein. Würden Sie es bitte noch mal versuchen?«

Sie versuchte es noch mal und wiederholte: »Diese Karte ist ebenfalls ungültig.«

»Das kann nicht sein.«

Sie versuchte es noch mal. »Es funktioniert nicht.«

Sie versuchte es noch fünf- oder sechsmal, wischte den Magnetstreifen an ihrem Ärmel ab, reinigte ihn mit Spucke – nichts. Mir fiel ein, dass Tina volle Verfügungsgewalt über mein Konto hatte.

Ich hatte nur noch wenig Geld. Ich investierte noch mal in ein Taxi und ließ mich zur nächsten Autobahnauffahrt bringen. Dort hielt ich den Daumen heraus. Über eine Stunde stand ich herum. Dann hielt ein alter Passat-Kombi an. Als ich die Tür öffnete und hineinsah, erkannte ich einen jungen Mann mit Bart, der mich fragte, wo es denn hingehen solle. Ich sagte Berlin, und er sagte, da wolle er nicht hin, aber bis Nürnberg könne er mich mitnehmen. Ich sagte, Nürnberg sei okay. Ich ließ mich auf den Beifahrersitz fallen. Der Wagen roch streng nach Nikotin. Der Fahrer hieß Jörg. Er drehte selbst, auch beim Fahren. Er jagte den alten Passat auf hundertfünfzig hoch und holte dann ein Päckchen Drum aus der Brusttasche seiner alten Lederweste und legte es sich zwischen die Oberschenkel auf den Sitz. Dann hielt er den Wagen mit den Knien am Lenkrad auf Kurs, holte ein Blättchen heraus, schob Tabak hinein und rollte sich eine Zigarette. Immerhin sah er dabei auf die Straße. Er wischte sich die Krümel, die danebengegangen waren, von der ausgebleichten Jeans, packte den Tabak zusammen und steckte ihn wieder in die Brusttasche. Die Zigarette zwischen den Lippen, fragte er mich: »Hättest du auch eine gewollt?« Ich verneinte dankend. Er nickte, holte ein Bic-Feuerzeug aus der Hosentasche und zündete sich die Zigarette an.

Der Wagen war verdreckt. Überall lag Asche herum, und am Innenspiegel hingen zwei Stoffwürfel. Die Rückbank war umgeklappt, und unter einer Decke lag allerlei Kram. Ich fragte Jörg, was er da transportiere, und er sagte: »Alles Mögliche. Technikkram.« Er sei Tour-Manager für eine Rockband. »Nichts Großes, weißt du. Noch nicht. Also, ich mache da die Technik und die ganze Tour-Planung, also kümmere mich um die Hotels und so. Und da hinten, das sind Ersatzteile, für Verstärker und so und für alles andere, also, es gibt nichts, was ich nicht reparieren kann.«

Irgendwann schlief ich ein.

Als Jörg mich wach rüttelte, waren wir kurz vor Nürnberg. »An der nächsten Raststätte lass ich dich raus«, sagte er. Als ich an der Raststätte aussteigen wollte, hielt er mich am Arm fest und sagte: »Ich fand das total beschissen, dass du einfach eingepennt bist. Ziemlich unhöflich. Ich wollte nur ein bisschen quatschen.«

»Tut mir leid«, sagte ich.

Als der Passat weiterfuhr, sah ich, dass auf der Heckklappe ein Aufkleber klebte, auf dem stand einfach nur: »Ja!«

Es war später Nachmittag. Die Raststätte war einigermaßen belebt. Ich ging hinein und leistete mir eine Bockwurst mit Kartoffelsalat sowie ein Mineralwasser und einen Kaffee. Ich fand einen freien Tisch, hockte mich hin und sah mich um, versuchte mir vorzustellen, wer mich als Nächster mitnehmen würde. Die Familien mit Kindern schieden aus, die hatten selbst kaum genug Platz im Auto. Ich ging von Tisch zu Tisch und fragte, ob mich jemand mit nach Berlin nehmen könnte. Niemand wollte nach Berlin, nicht mal in die Richtung.

Ich ging aufs Klo.

Als ich wieder zurückkam, passte mich eine alte Dame ab, berührte mich am Unterarm und sagte: »Wo möchten Sie denn hin?«

»Berlin«, sagte ich.

»Ich muss nach Potsdam«, sagt sie.

»Das würde mir sehr weiterhelfen«, sagte ich.

»Haben Sie einen Führerschein?«

»Ja, sicher.«

»Sie müssten selber fahren, macht Ihnen das etwas aus?«

»Nein«, sagte ich.

»Gut. Kommen Sie.«

Sie fuhr einen riesigen, goldmetallicfarbenen Benz, S-Klasse.

»Sind Sie sicher, dass ich den fahren soll?«, fragte ich.

»Trauen Sie sich das nicht zu?«

»Doch, natürlich.«

Sie drückte mir die Schlüssel in die Hand, ging zur Beifahrerseite und stieg ein. Ich öffnete die Fahrertür, schob den Sitz nach hinten und setzte mich.

Nach ein paar Minuten sagte die alte Dame, dass sie aus Mailand gekommen und nun einfach zu müde sei, um den Rest selbst zu fahren. Sie habe aber auch nicht unterwegs übernachten wollen. Und kurz darauf war sie eingeschlafen.

Es wurde langsam dunkel. Ich beschleunigte behutsam.

Am späten Abend waren wir vor Potsdam, und ich berührte die alte Dame vorsichtig an der Schulter, und sie schreckte hoch.

»Entschuldigen Sie bitte«, sagte ich, »aber wir sind jetzt kurz vor Potsdam.«

»O ja, gut«, sagte sie. Dann sagte sie mir, wo ich abfahren musste, und lotste mich durch die Stadt in einen Vorort, und schließlich hielten wir vor einer alten Jugendstilvilla. Einen Moment lang dachte ich, sie würde mich vielleicht hereinbitten und mir ein Bett für die Nacht anbieten, aber als wir ausstiegen, sah sie auf die Uhr, runzelte die Stirn und sagte, wir seien ja ganz schön früh dran. »Sie haben den Wagen ja nicht gerade geschont, junger Mann.«

»Hätte ich das tun sollen?«

»Wenn Sie die Straße entlanggehen, kommen Sie automatisch zur S-Bahn. Dann sind Sie in einer halben Stunde in Berlin.«

»Danke«, sagte ich und machte mich auf den Weg. Als ich mich umdrehte, sah ich noch, wie die Alte in den Wagen stieg und den Weg zurückfuhr, den wir gekommen waren. Wahrscheinlich war es ihr zu gefährlich gewesen, sich vor ihrem eigenen Haus absetzen zu lassen.

»Automatisch« kam ich erst mal nirgendwo hin. Es war auch niemand unterwegs, den ich hätte fragen können. Die Straßenlaternen leuchteten orange. Dann stand ich vor dem Eingang zum Filmgelände Babelsberg. Ich ging zum Pförtner und klopfte an seine Scheibe. In der Bude saß eine Frau im Bademantel. Der Pförtner war nicht gerade begeistert, von mir gestört zu werden. Er hatte einen riesigen, fast völlig kahlen Kopf und eine große, schwarze Stelle auf der rechten Wange. Er schwitzte. Dabei war es mittlerweile einigermaßen kühl. Ich fragte ihn nach der S-Bahn. Das brachte ihn aus der Fassung.

»Die S-Bahn? Sie klopfen hier um diese Zeit, um mich nach der S-Bahn zu fragen? Sind Sie noch ganz dicht? Sie können mich mal am Arsch lecken, Sie mit Ihrer S-Bahn!« Er wandte sich wieder der Frau im Bademantel zu. Ich wartete noch ein paar Sekunden und hoffte, dass er sich nur einen Spaß mit mir erlaubt hatte. Dann ging ich weiter. Kurz darauf hörte ich Schritte hinter mir. Ich drehte mich um. Es war die Frau im Bademantel. Sie hielt den Mantel züchtig unterm Kinn zusammen. Sie war hübsch.

»Guten Abend«, sagte sie.

»Guten Abend.«

»Zur S-Bahn müssen Sie da vorn rechts abbiegen!«, sagte sie und zeigte in die Richtung, in die ich unterwegs war. »Aber ich würde Ihnen raten, um diese Zeit nicht mehr mit der S-Bahn zu fahren.«

»Wieso nicht?«

»Es sind viele böse Menschen unterwegs um diese Zeit.«

»Leute wie Sie und ich?«

»War das jetzt witzig?«, fragte sie.

»Nein. Sonst hätten Sie ja gelacht.«

»Mann, Sie haben sie ja nicht alle!«, sagte sie, drehte sich um und rannte zurück. Ich blickte ihr nach. Plötzlich blieb sie stehen, drehte sich um und rief: »Ich bin nicht so eine, wie Sie denken. Ich bin Schauspielerin. Nur in einer dämlichen Vorabendserie, aber immerhin. Und ich leiste dem Mann da nur ein wenig Gesellschaft. Ich bin kein Flittchen.«

Ich hob die Hand, um ihr zu zeigen, dass ich sie verstanden hatte. Sie lief weiter.

Die S-Bahn-Station war verlassen, bis auf mich selbst und einen schlafenden Skinhead. Ein dicker Speichelfaden hing ihm von der Unterlippe auf seine olivgrüne Bomberjacke. Seine Stiefel waren sehr sauber.

Nach zehn Minuten kam eine Bahn. Ich stieg in einen völlig leeren Wagen ein, und der Skinhead folgte mir. Die Bahn fuhr los. Der Skinhead beobachtete mich. Bis Wannsee passierte nichts. Dann sagte der junge Mann quer durch den ganzen Wagen: »Ich bin kein richtiger Skin!«

Ich sagte nichts, und der Junge sah aus dem Fenster. Ein paar Minuten später sah er mich wieder an und rief: »Natürlich bin ich Skin. Aber nicht so einer, wie Sie denken. Ich bin links, ehrlich. Ich wähle PDS. Ich bin ein Redskin. Aber bei mir im Viertel wohnen so viele rechte Skins. Wenn ich so rumlaufe, kriege ich wenigstens nicht ständig auf die Fresse. Aber ich bin nicht so einer, wie Sie vielleicht glauben. Ich wähle PDS!«

Ein paar Minuten war jetzt wieder Ruhe. Dann machte er weiter.

»Also, ich darf ja noch nicht wählen. Aber wenn ich wählen dürfte, würde ich PDS wählen, ehrlich. Ich bin nicht so einer, wie Sie glauben.«

»Gut!«, sagte ich.

»Ich wollte das nur mal sagen! Nicht, dass Sie denken, ich bin so ein … so ein … Na ja, so einer eben.«

Für den Rest der Fahrt hielt er den Mund. Als ich am Bahnhof Zoo ausstieg und noch mal einen Blick zu ihm hereinwarf, winkte er mir zu, und ich hätte schwören können, dass er Tränen in den Augen hatte. Deutschland war ein merkwürdiges Land.

McDonald's hatte noch geöffnet. Ich musste irgendwie die Nacht herumbringen. Ich gönnte mir einen Kaffee, setzte mich ans Fenster und dachte an nichts. Um ein Uhr wurde zugemacht, und ich machte mich auf den Weg die Budapester Straße hinunter, ließ die Gedächtniskirche rechts liegen. Ich musste schlafen, und zwar richtig, nicht nur ein paar Minuten in einem Stuhl, nicht nur zwei Stunden im Auto. Meine Knochen fühlten sich an wie mit flüssigem Blei gefüllt. Meine Augen brannten. Ich musste in Bewegung bleiben. Ich durfte nicht riskieren, hier irgendwo an einer Straßenecke einzuschlafen.

Die Budapester wurde zur Stülerstraße. Dann bog ich links in die Hofjägerallee ein und kam zum Großen Stern an der Siegessäule. Von dort ging ich mitten auf der Straße des 17. Juni auf das Brandenburger Tor zu. Mehrere Scheinwerfer strahlten es an. Ich stand mitten auf dem Platz vor dem Brandenburger Tor, der »Platz vor dem Brandenburger Tor« hieß. Durch das Tor kam ein Mann auf mich zu. Vielleicht eine Aufsichtsperson, die dafür sorgte, dass keine Menschen mitten auf dem Platz vor dem Brandenburger Tor standen und den Verkehr störten? Es war fast gar kein Verkehr.

Der Mann stellte sich neben mich, wir sahen gemeinsam zur grünkupfernen Quadriga hinauf, und der Mann sagte: »Das ist das Brandenburger Tor!«

»Aha«, sagte ich.

»Wir haben nur eins davon«, sagte der Mann, als hätte ich nach einem zweiten gefragt. Er war ziemlich klein, aber gut gekleidet, trug einen dunklen Anzug mit einer schreiend gelben Weste und einem pinkfarbenen Hemd darunter.

»Sind Sie das erste Mal in Berlin?«

Ich schüttelte den Kopf.

»Na, dann wissen Sie ja, wie das ist.«

Ich nickte. Der Mann sagte: »Kommen Sie, wir gehen was trinken.«

Wir gingen durch das Tor. »Das hier ist Unter den Linden«, sagte der Mann. Wir kreuzten die Friedrichstraße, gingen an der Oper und am Palast der Republik vorbei, dann nach rechts ins Nikolai-Viertel. Dort fanden wir eine kleine Kneipe, die noch geöffnet hatte.

Der Mann hieß Wolfgang und sagte, er gehe gern nachts spazieren, einfach so. Er könne nämlich nicht schlafen, habe seit drei Jahren kein Auge zugemacht, seit seine Frau ihn verlassen habe. »Ich habe wohl Angst, genau den Moment zu verschlafen, wo sie zu mir zurückkommt.« Er lachte kurz auf. »Das ist natürlich Quatsch, aber …« Er sagte, er habe zwei Kinder, die bei ihrer Mutter und deren neuem Lebensgefährten wohnten.

»Sie sehen müde aus«, sagte er.

Ich sagte, ich hätte seit Tagen nicht mehr geschlafen, und er lud mich ein, bei ihm zu übernachten.

»Gut«, sagte ich.

Er wohnte in einem der Plattenbauten an der Leipziger Straße, sechster Stock, und der Fahrstuhl war außer Betrieb. Er kam mit wenig Möbeln aus, im Wohnzimmer standen nur zwei Ledersessel und ein kleiner Tisch. Auf dem Boden standen ein CD-Player und ein Verstärker, daneben lagen ein paar Klassik-CDs. Im Schlafzimmer stand ein breites französisches Bett und ein schwarzer Kleiderschrank mit Lamellentüren. Die ganze Wohnung war mit hellem Velours ausgelegt. Wolfgang schenkte mir einen Whiskey ein und sagte, er sei gleich wieder da. Ich ging hinaus auf den Balkon, sah auf die Straße hinunter und nippte am Whiskey. Nach ein paar Minuten kam Wolfgang zurück, im Bademantel. Darunter trug er einen seidenen Pyjama. In der Hand hielt er einen weiteren Pyjama in der gleichen Farbe. »Hier«, sagte er. Ich sagte »Danke«. Dann gingen wir hinein und setzten uns in die Sessel, und Wolfgang goss sich auch noch einen Whiskey ein. Als wir beide stumm ausgetrunken hatten, ging ich ins Bad und zog mich um, legte meine Sachen auf den Badewannenrand. Das Bad war komplett weiß gekachelt, sehr sauber. Ich öffnete den Spiegelschrank über dem Spülstein. Darin waren nur eine Flasche Rasierwasser und ein Trockenrasierer. Alles war sehr sauber, bis in die Ecken.

Als ich aus dem Bad kam, stand Wolfgang in der Tür zum Schlafzimmer. »Sie nehmen vielleicht die linke Seite. Die rechte ist meine.« Auf dem Digitalwecker neben dem Bett war es halb fünf morgens. Das Bett war breit genug, dass wir uns nicht in die Quere kommen würden.

Ich legte mich hin und drehte mich gleich auf die Seite. Als Wolfgang sich hingelegt hatte, sagte ich »Gute Nacht«. Und: »Vielen Dank.« Wolfgang antwortete nicht. Ich war gerade dabei einzuschlafen, als er mich fragte: »Würde es Ihnen etwas ausmachen, wenn ich Sie umarme?«

Ich sagte nichts.

»Verstehen Sie das nicht falsch. Ich bin nicht … Na ja, nicht, was Sie vielleicht denken. Es ist nur so … Ich habe schon lange niemanden mehr im Arm gehalten. Es wäre nur für ein paar Minuten. Das ist alles.«

Ich sagte nichts, und nach einigen Sekunden kam Wolfgang näher und legte von hinten die Arme um mich. Mehr tat er nicht. Und wieder ein paar Sekunden später war ich eingeschlafen.

Als ich wach wurde, war es kurz nach sieben. Ich hatte nur knapp zweieinhalb Stunden geschlafen. Ich fühlte mich immer noch sehr müde, hatte immer noch Kopfschmerzen. Wolfgang hatte sich wieder von mir weggedreht und atmete gleichmäßig. Ich stand auf, ging ins Bad, duschte, zog mich an und verließ die Wohnung.

Ich ging zum S-Bahnhof Alexanderplatz und gestattete mir in einem Stehcafé einen Kaffee und zwei Croissants. Um mich herum tobte der Berufsverkehr. Ich kaufte die taz und sah im Impressum nach. Die Redaktion saß in der Kochstraße. Das war nicht weit von hier. Ich trank noch einen Kaffee, schlug die Zeit tot. Ich sah mir die Leute um mich herum an und wartete darauf, dass mal wieder einer zu mir kam und mir sagte, was er oder sie alles nicht sei: nicht schwul, kein Flittchen, kein Nazi.

Ich setzte mich unter die Weltuhr auf dem Alexanderplatz und las die taz von vorne bis hinten. Nichts von Britta. Ihr Name stand auch nicht im Impressum. Als die Geschäfte öffneten, machte ich mich auf den Weg.

Die taz saß in einem schönen alten Haus unweit des ehemaligen Checkpoint Charlie. Ich postierte mich auf der anderen Straßenseite. Wenn sie drin war, musste sie herauskommen, und wenn sie noch nicht drin war, musste sie irgendwann hineingehen. Meine Knie waren weich, aber ich war hellwach.

Bis Mittag geschah gar nichts. Ich spürte, wie meine Konzentration nachließ. Ich hätte noch immer in Wolfgangs Armen liegen können. Stattdessen stand ich hier und starrte eine Fassade an.

Dann, endlich, es war kurz vor eins, sah ich sie. Sie ging an einem der Fenster im dritten Stock vorbei. Sie war es, ganz sicher. Sie lehnte sich mit dem Rücken zur Scheibe gegen das Fensterbrett. Sie sah toll aus. Ich hatte ihr Gesicht nur für eine oder zwei Sekunden gesehen. Sie sah wieder so aus wie früher, wie vor siebzehn Jahren. Nicht mehr wie neunundachtzig, als sie so traurig und still gewesen war. Sie lachte. Sie trug ein weißes T-Shirt. Sie sah glücklich aus.

Den ganzen Nachmittag ging ich vor dem Haus auf und ab und wartete auf sie. Aber sie kam nicht heraus. Dann ging ich hinein und nach oben und ging von Büro zu Büro und fragte nach Britta, aber alle sagten, eine Britta gebe es hier nicht. Ich sagte, ich hätte sie doch gesehen, von der Straße aus hätte ich sie am Fenster stehen sehen. Die Leute zuckten nur mit den Schultern. Es gab überhaupt keine Frau in einem weißen T-Shirt.

Als ich aus dem Haus herauskam, war ich erledigt. Weiter ging es nicht. Ich konnte nicht kreuz und quer durch diese riesige Scheißstadt laufen und darauf warten, dass sie mir über den Weg lief. Ich konnte keine Phantomzeichnung anfertigen, sie hundertmal kopieren und an die Bäume heften, als suchte ich eine entlaufene Katze. Ich musste Mücke anrufen. Vielleicht wusste er … Vielleicht konnte er mir wenigstens Geld leihen, damit ich …

Ich ging in eine Telefonzelle und wählte Mückes alte Nummer. Es meldete sich eine Männerstimme, die sagte, hier gebe es keinen Mircea Kuwelko, keine Britta und keinen Kuwelko.

Ich setzte mich in die U-Bahn. Ich konnte nicht mehr laufen. Mehrere Male stieg ich um, einfach so. Kurz vor Mitternacht stieg ich am Kottbusser Tor aus. Ich ging ein paar Meter die Adalbertstraße hoch, dann beschloss ich, den Rest meines Geldes zu vertrinken. Es hatte angefangen zu regnen.

Vor dem Haus war ein Gerüst aufgebaut. Im Souterrain war eine Kneipe. Sie sah nicht besonders fein aus, aber das störte mich nicht. Hinter dem Tresen stand ein Kerl, der mindestens drei Meter groß war und mindestens genauso breit. Er trug eine Sonnenbrille, mitten in der

Nacht, und von seinem Kinn fiel ein langer Bart auf seine Brust. Er hatte die Hände auf den Tresen gestützt und schien etwas zu betrachten, das sich auf der Innenseite seiner Brillengläser abspielte. Er trug ein schwarzes Hemd, von dem die Ärmel abgetrennt worden waren. Seine Oberarme waren behaart. Es gab nur drei Tische in der Kneipe, und zwei waren besetzt. An einem saßen fünf Männer, die ebenfalls Sonnenbrillen trugen. Auch sie waren sehr breit und kräftig und trugen T-Shirts, allerdings waren bei ihnen die Ärmel noch dran. Sie tranken Bier, stumm und ernst.

An dem anderen Tisch saß eine junge Frau in einem ausgeleierten Batik-Pullover im Schneidersitz auf einem Stuhl und starrte in ein Glas Mineralwasser. Sie hatte fast keine Haare. Sie sah müde aus.

Ich setzte mich an den freien Tisch und wartete darauf, dass der Wirt zu mir kam und meine Bestellung aufnahm. Nichts geschah. Der Wirt bewegte sich nicht einmal. Ich sah mich um. An den Wänden hingen Bilder, auf denen Motorräder zu erkennen waren und lauter große, breite Männer mit Sonnenbrillen. Auf einem lachten sie sogar, Aus unsichtbaren Lautsprechern kam chinesische Musik. Plötzlich stand einer der fünf schweigsamen Trinker auf, griff sich die fünf mittlerweile leeren Gläser vom Tisch, ging zum Tresen und stellte sie dem Wirt hin, der sich gleich daranmachte, fünf neue Bier zu zapfen. Dabei unterhielt er sich mit dem anderen. Mit fünf Bieren in seinen zwei großen Händen kehrte der Mann an den Tisch zurück. Stumm wurde angestoßen und getrunken.

Ich stand auf und ging zum Tresen und bestellte ein Bier. Ich bekam eins und kehrte an meinen Tisch zurück und dachte daran, mit dem Mädchen im Schneidersitz ein

Gespräch anzufangen. Aber sie wollte wohl nur in ihr Mineralwasser starren.

Ich trank mein Bier aus, ging zum Tresen und holte mir ein neues. Das trank ich auch aus und ging wieder zum Tresen und holte mir noch eins. Das dauerte alles ungefähr eine halbe Stunde, in der niemand ein Wort sagte. Und im Hintergrund lief chinesische Musik. Ich machte mir ein paar Gedanken, aber die waren nicht der Rede wert. Dann sah ich, wie zwei Biker aufstanden und gemeinsam zum Klo gingen. Nach ein paar Minuten kamen sie wieder. Das Mädchen sah blass aus. Ihre Augen waren dunkel und blickten böse.

Ich trank langsamer. Draußen wurde es hell. Das letzte Bier trank ich sehr langsam. Dann stand ich auf und ging zum Tresen, um zu zahlen. Der Wirt sagte die Summe. Seine Stimme war ganz hell und hoch. Mein Geld reichte so gerade. Ich hatte noch eine Mark. Ich stieg die vier Stufen Richtung Bürgersteig hoch, und auf der dritten stolperte ich, konnte mich nicht mehr abfangen und schlug der Länge nach hin. Mit dem Gesicht landete ich in einer dreckigen Pfütze. Ich war müde. Ich blieb einen Moment liegen. Aus der Kneipe hörte ich noch immer chinesische Musik. Niemand machte Anstalten, mir zu helfen. Einfach liegen bleiben, dachte ich. Dann aber stand ich auf und wischte mir mit dem Ärmel durchs Gesicht. Auf der anderen Straßenseite hing ein Plakat, auf dem stand: »Wir werden nicht alles anders, aber vieles besser machen.« Ich fingerte in der Hosentasche nach dem Markstück.

Ich ging zur nächsten Telefonzelle und rief Tina an.

18 Ich sah sie gleich, als sie aus dem Zug ausstieg. Auf dem Bahnsteig war ziemlich viel Betrieb. Sie war erster Klasse gefahren, und auch da waren sehr viele Leute unterwegs. Geschäftsleute schlenderten betont lässig mit ihren Trolleys und ihren Aktenkoffern zu den Türen. Sie trug ein dunkles Kostüm und ein graues Halstuch. Sie hatte ihre Haare, die sie in letzter Zeit hatte wachsen lassen, hochgesteckt. Sie sah schön aus und ein bisschen streng. Ich traute mich kaum an sie heran. Ich musste ziemlich abgerissen aussehen, mal ganz abgesehen davon, dass ich wahrscheinlich roch wie etwas, das lange im Maul einer toten Kuh gelegen hat.

Wir sagten beide hallo und wussten nicht, was wir dann sagen sollten. Ganz automatisch gingen wir Richtung Ausgang. Am Telefon hatte sie darauf bestanden, selbst zu kommen, um mich abzuholen. Eine Gefangenen-Überführung wie in einem amerikanischen Film? Midnight Run? War sie Robert de Niro und ich Charles Grodin? Ich war zwar ein weinerlicher Schwätzer, aber eigentlich doch ziemlich clever. Ich hatte Tina kennengelernt, ganz blöd konnte ich also nicht sein.

Ich war mit der U-Bahn zum Bahnhof Zoo gefahren, ohne zu bezahlen. Ich hatte kein Geld mehr, aber es wäre mir auch egal gewesen, wenn sie mich erwischt hätten. Ich war viel zu früh da gewesen und noch ein wenig herumgelaufen. Gehen war immer noch besser als Stehen. Hätte ich mich hingesetzt, wäre ich sofort eingeschlafen. Wahrscheinlich hätte mich dann eine Polizeistreife aufgegriffen und mich in eine Ausnüchterungszelle geworfen. Ich hätte mich nicht gewehrt.

Vor dem Bahnhof hatte mich einer angequatscht. Lange, verfilzte Haare, ein schmutziges, ehemals nobles Klub-Jackett mit einem Wappen auf der Brust, darunter ein Kapuzenpulli, der zu seinen besten Zeiten mal grau gewesen war, an den Beinen eine alte Militärhose. Der Mann streckte mir eine Hand entgegen, und seine Fingernägel sahen aus, als habe er die Hand kurz zuvor noch in eine Schale mit Teer gehalten. »Sie baden gerade Ihre Hände darin!« – »Danke, Tilly.«

Der Mann konnte so traurig gucken, als sei er mein verschollener Halbbruder aus der ersten Ehe meines Vaters. Er wollte Geld. Ich sagte ihm, ich hätte selbst keines. Er sah mich an, als wolle er mir eine reinhauen. Er betrachtete mich von oben bis unten. Dann grinste er, griff in seine Hosentasche und drückte mir ein Zweimarkstück in die Hand. Dann zwinkerte er mir zu und sagte: »Aber sag der Mutter nichts!« Dann ging er weg. Ich ging zu McDonald's und trank einen Kaffee.

In der Nähe des Bahnhofs war das Palace Hotel, da gingen wir hin. Tina bestellte ein Doppelzimmer. Wir fuhren mit dem Fahrstuhl in den fünften Stock. Im Fahrstuhl lief leise nichtssagende Musik.

Es war ein großzügiges Zimmer mit einem breiten Bett, einem Sofa und einem Sessel. Tina hatte nur einen kleinen Koffer dabei. Sie sagte, vielleicht solle ich mich erst mal hinlegen. Ich sagte, es sei wohl besser, wenn ich erst mal dusche.

Ich stellte das Wasser auf lauwarm und ließ es bestimmt eine Viertelstunde einfach an mir herunterlaufen. Dann seifte ich mich ein, wusch mir die Haare und die Achselhöhlen und die Hände und die Arme und die Beine und die Füße und den Schwanz und den Sack und auch den Hintern. Als ich aus der Dusche kam, lag neben dem Waschbecken mein Nassrasierer. Daneben standen mein Rasierschaum und mein After Shave und mein Eau de Toilette, von Davidoff. Ich rasierte mich und legte Eau de Toilette auf. Als ich aus dem Bad kam, saß Tina auf dem Sofa und blätterte in einer Zeitschrift. Sie sah auf und lächelte.

Sie sagte: »Das erinnert mich schon mehr an den Typen, der bei mir wohnt.«

Ich lächelte zurück.

»Du willst dich wahrscheinlich erst mal ein bisschen hinlegen«, sagte sie.

»Nicht lange«, sagte ich, »nur ein Stündchen oder so.« Nach der Dusche war ich einigermaßen fit.

»Ist schon gut«, sagte sie, »ich gehe ein bisschen über den Ku'damm bummeln.«

»Gut«, sagte ich.

Sie stand auf, kam zu mir und küsste mich auf die Wange. Sie roch gut, wie immer. Ich zog den Bademantel aus und legte mich ins Bett. An der Tür drehte sich Tina noch einmal um und winkte mir zu und lächelte.

Ich hatte sie gebeten, mir meinen tragbaren CD-Player mitzubringen und ein paar Platten. Ich legte mich aufs Bett und sah an die Decke und hörte Dylan. Jazz und Klassik waren okay, aber das hier war the real thing. Das war ich, bevor es losging. Ich hörte Dylans »Desire«. Als die Platte herauskam, war ich neun. Jetzt war ich dreiunddreißig. Ich sollte eigentlich nicht mehr in dem Alter sein, wo man Angst hat vor Monstern unterm Bett. Auch nicht mehr in dem Alter, wo man sich nicht für einen Schokoriegel entscheiden kann. Und schon gar nicht mehr in dem Alter, wo man an Geister glaubt und Phantome, sondern an das, was es wirklich gibt.

Mir fiel die Gitarre ein, die meine Eltern mir damals geschenkt hatten, nachdem ich ihnen lange genug auf die Nerven gegangen war. Als ich mit Tina zusammenzog, war sie mir noch einmal in die Hände gefallen. Sie lag im Keller herum, die Saiten waren inzwischen stumpf und angelaufen. Ich hatte damals das Gitarrespielen nicht gelernt, weil es mir zu mühselig erschien. Vielleicht sollte ich jetzt wieder damit anfangen.

Ich kam mir vor wie der Typ in »Isis«, dem zweiten Song auf der ersten Seite von »Desire«. Ich heiratete Isis am fünften Mai, aber ich konnte nicht lange bei ihr bleiben, also schnitt ich mir die Haare kurz und machte mich auf den Weg. Ich kam zu einem hoch gelegenen Ort voller Schatten und Licht. Ein Mann bat mich um Feuer und schlug mir ein Geschäft vor. Ich dachte, es ginge um Gold, ich dachte, es ginge um Diamanten oder die größte Perlenkette der Welt, als wir durch die weiten Canyons ritten und die teuflische Kälte. Dann erreichten wir die Pyramiden, die fast völlig im Eis verborgen waren. Der Mann sagte: Ich suche eine Leiche, und die wird uns einen guten Preis bringen. Wir gruben die ganze Nacht hindurch, bis zum Morgengrauen, und dann starb er. Ich brach ein in das Grab, aber die Grabkammer war leer, keine Juwelen, nichts. Ich trug seinen toten Körper hinein und verschloss das Grab. Ich sprach ein kurzes Gebet, und es ging mir besser. Dann machte ich mich auf den Weg zu Isis, um ihr zu sagen, dass ich sie liebte. Sie war auf dem Feld. Ich kam aus dem Osten, mit der Sonne in meinen Augen. Sie sagte: »Wo bist du gewesen?« Ich sagte: »No place special.« Sie sagte: »Du siehst verändert aus.« Ich sagte: »Das ist nur natürlich.« Sie sagte: »Wirst du bleiben?« Ich sagte: »Wenn du mich willst, ja.«

Dann schlief ich ein.

Besondere Dankeschöns
an Kristine Meierling
und Christopher Wulff,
die schon wissen wofür.